荼蘼不争春

七月荔 著

江苏凤凰文艺出版社
JIANGSU PHOENIX LITERATURE AND
ART PUBLISHING

图书在版编目（CIP）数据

茶蘼不争春 / 七月荔著 . -- 南京 : 江苏凤凰文艺出版社，2022.9
ISBN 978-7-5594-6858-1

Ⅰ . ①茶… Ⅱ . ①七… Ⅲ . ①言情小说 – 中国 – 当代 Ⅳ . ① I247.5

中国版本图书馆 CIP 数据核字 (2022) 第 081442 号

茶蘼不争春

七月荔 著

责任编辑	刘洲原
特约编辑	周　维
出版发行	江苏凤凰文艺出版社
	南京市中央路 165 号，邮编：210009
网　　址	http://www.jswenyi.com
印　　刷	北京金特印刷有限责任公司
开　　本	710 毫米 ×1000 毫米　1/16
印　　张	22
字　　数	400 千字
版　　次	2022 年 9 月第 1 版
印　　次	2022 年 9 月第 1 次印刷
书　　号	ISBN 978-7-5594-6858-1
定　　价	59.80 元

荼蘼——春季最后盛放的花，花语为“末日之美”。

目录

第一章 苟活

秦王府死了一个丫鬟，在这白雪连天的夜里，被发现时人已经冻成了“冰棍儿”。

喧闹了一天的秦王府在下午时分才安静了下来，一个臃肿身影踏着银霜似的地面，缓缓进到屋里。沉重的门扉随着她的推动，发出“吱呀”的刺耳声音，冷风随即灌入屋内，屋里的两人不由得一抖。

来人抖了抖满身的雪花，帽檐下露出一张肥胖的脸，嘴唇都被冻得发紫，哆哆嗦嗦地说：“哎哟，今年的冬天可要冻死个人哟……”

屋里稍年长些的大娘迎了上来，一边帮忙抖落来人满身的雪，一边抱怨道：“你说说你也是的，这大冷天出去凑什么热闹呢？这天可不就是冻死了个人吗？”

“好歹也是咱院里出去的，你说我不得再去看一眼吗？”看似惋惜的话语，语气却是不加掩饰的鄙夷。

我暗暗摇了摇头，坐在原地缩了缩身子，继续将手泡在温热的姜汤里。

来人是我们这浣衣园子里的掌事蔡嬷嬷，帮她抖落雪花的是陈嬷嬷，算是这个园子里的副掌事。

片刻后蔡嬷嬷走到里屋处坐下，我也赶紧起身擦了擦手，倒了杯茶水递上去。

蔡嬷嬷眼里流露了些满意的神色，回头对另一侧的陈嬷嬷说：“你说这人啊，没有那命，就别贪那富贵，你瞧瞧，好好一个姑娘，说没就没了。”

陈嬷嬷在一旁附和着：“可不是，这夏蝉也是我们看着长大的，自打入府就不怎么安分，仗着有点儿姿色，心比天高，也不看看自己是什么出身，你说是吧……荼蘼？”话头一转，突然到了我身上。

我低头不语，故意很明显地缩了缩身子，陈嬷嬷只当我是被夏蝉死亡的消息吓得没了言语，也就没再追问。

一旁的蔡嬷嬷开口：“荼蘼和那丫头才不一样，那个夏蝉之前天天打扮得花枝招展的，我看荼蘼对这些半分都不上心，你看她头上那支黄铜簪子，我见她从进府后就没换过。”

陈嬷嬷瞥了一眼我头上的简陋簪子，眼里露出几分轻视，转头继续对蔡嬷嬷说：“要我说，你也别为那丫头难过了，是她自己不知死活，咱们呀……可劝不住。”

蔡嬷嬷喝了几杯热茶，嘴唇颜色终于好了些：“咱这园子里都是些老实本分的，偏偏出了这么一个不安分的，唉……还好五爷仁慈，没有追究到咱们身上……”

两个人又说了一会儿，见我还在一旁站着，蔡嬷嬷便说：“夏蝉死了，她手里的活儿一时半会儿也没人做，往日里你和夏蝉不是走得近一些吗？这两日你先暂代她的活儿吧，过两天我再重新安排。”

“是，嬷嬷，那我就先下去了。”我低头应和，小步走了出去。

身后陈嬷嬷的窃窃私语还隐约能听到一些：“你说这丫头的性子也太冷漠些了吧，刚我还看园子里的其他小姑娘一个个红了眼，死了一个住在一起三四年的姑娘，这丫头像个没事儿人一样。”

“你少说几句吧，往日里夏蝉跟她最不对付了，都是十六岁的姑娘家，园子里也就她们俩容貌好些，过去夏蝉没少针对她，现在你还指望她会为夏蝉难过……”

外面的雪正好停了，我踏着一地白雪走向院子，身后两人的声音渐渐听不清楚了。

雪踩起来发出“嘎吱嘎吱”的声音，而我的心情就如同这茫茫雪地一般，没有半点其他颜色。既没有方才屋里两人口中的幸灾乐祸，也没有听到死人消息的惊惧惋惜。

不争不抢，孤僻寡言——这八个字是蔡嬷嬷对我的评价，也是我进入王府后的生存之道。

走到平时洗衣的地方，只有孤零零的一堆衣服还放着。我拿了个木盆装好，又去后厨要了些热水——每次给后厨里的掌事塞个几文钱，他就会对我们拿热水一事装作看不见。只是这里的冬天太冷，就算有热水也免不了冻伤手指，泡了姜汤也没多大用。

手腕处隐隐传来酸疼的感觉，等洗完所有衣服时，外面天色都有些暗了，我捶了捶酸胀的脊背，才站起身来。

快了，来秦王府已经五年多了，再过四年，我来到这个世界就整整二十年了。

按律例满二十的奴才就可以用钱把卖身契赎回来了，到时候我要带着积攒的小金库，离这里远远的。

屋外又下起了淅淅沥沥的小雪，我抱着木盆，一步一个脚印走向平时熏香衣物的院子。遥遥地看到一片梅林，我脚步一顿，环顾四下并无人影。

这天气，估计也不会有人外出，我脚下一顿，抬步往那边走去。走到了一处空地前，那里只有一片白雪，没有丝毫别的痕迹。

夏蝉就是……冻死在这里。

在这片梅林中，那个像夏天一样的女孩，却再也见不到明年的骄阳蝉鸣了。

虽然夏蝉平日确实处处给我添堵，但我一般也没心思和她计较，都是任她闹。没想到她这平时只是口头上说说要当主子的人，竟然真的去邀宠。

她以为自己凭借姣好的容颜，会是个特殊的存在，所以模仿画本子上的故事，大冬天穿着攒钱买来的轻纱衣，在梅林里折了一枝梅花顾影自怜。虽然被五爷撞见了，却没能实现飞上枝头的梦想。

五爷就是这秦王府的主人，也是当朝的五皇子——高偃，府里的奴才都尊称他为五爷。

六年前高偃得了恩典离宫立府，我就是趁着那时候秦王府新建招人，被牙婆塞进来的。

说起这事，我还能想起当时买卖我的那个牙婆咬牙切齿的脸，她的一世英名差点折在我手上。

我本是她在路上捡的，当时十一岁的我由于小时候过穷日子，又黑又瘦，送哪儿都没人要，即便被送到青楼，也被那里的妈妈嫌弃“退货”。

为了不影响自己“零退货”的生意名声，又恰逢王府招人，牙婆就倒贴银子把我送了进来。

一回忆，思绪就不由自主地飞远了，我摇了摇头，强制让自己不去想。

看到那处空地，我叹了口气，放下手里装满衣物的木盆，走到梅林边缘处，从地上捡了一枝还带着花骨朵的枯枝，缓缓放到那处空地上。

她因一枝梅花丧命，希望这一枝梅，能给走在黄泉路上的她送去一路花香，让她来世投个好人家。

事毕，我抱起木盆，本打算继续走，突然看到正前方迎面走来二人，一人撑伞在后，一人大步向前。

前面那人一脸冷漠入骨，被这漫天雪地衬得像是个活了千百年的鬼魅，眉梢眼角满是阴郁，却并没有影响这张脸的好颜色，而我的脸在这一刻唰地变白了。

来人正是王府的主人，秦王高偃。

我虽整日待在浣衣园子里不喜外出，可对王府的主人，还是有些印象的。

我深吸一口气，垂手跪在路旁，头抵雪地，等他经过。

一步又一步，踩在雪上的声音离我越来越近，我用余光看到一双白底黑面的靴子停在了自己面前，紧张得心仿佛也要停止跳动。

“花……是你折的？”头顶飘下另一个声音，比这地上的雪还凉。

秦王高偃，平日性情阴郁寡言，喜怒无常。

王府有两处禁地，一是这梅林，二是花园里的鱼塘。

只因他一爱梅，二爱鱼，所以不允许府里的奴才去僭越触碰。

“回……回五爷，方才奴婢路过此处，看到地上掉落带着花的树枝，一时不忍才捡了起来，后来觉得不妥，又赶紧放了回去。”我努力让自己的声音抖得不太明显。

可眼前的靴子还是一动不动，我的心越跳越快。

少管闲事！少管闲事！少管闲事！

心底拼命地冲自己喊着，在这里老老实实待了五年，怎么就今儿个偏偏生出那无用的同情心。

昨儿个夏蝉就是因为罔顾他的心思，动了这王府里的梅林，触犯了他的禁忌，才被他下令——什么时候能让折下来的梅花枝重新长回去，什么时候才能回屋。

然后夏蝉就在这冬夜被活活冻死了。

虽说我刚才捡的那段树枝能看出来是自己掉落的，但刚才我放梅花的地方，就是夏蝉冻死的地方，若是高偃还有印象，那我就完了。

许久没有言语，地上的雪已经浸湿我的衣物，膝盖处冰冷一片，不知是冻的还是吓的，我整个身子抖得停不下来，额头也早被融化的雪水濡湿一片。

“你……”

这声音将我的心高高揪起，却被远处插进来的一道声音打断：“老五，你动作怎么那么慢啊，还非得小爷我过来请你吗？”

面前的靴子终于有了动作，抬步绕过我，向远处的人影走去。

我直接瘫软在地不敢抬头，直到所有人影全都消失，才挣扎着爬了起来，擦了擦冻得发疼的额头，抱着衣服继续走。

这个视人命如草芥的社会，主人家逼死了一个丫鬟，还会因没迁怒于别人，被下面人称赞一声“仁慈”。而底层的人想活着，要么不惜一切向上爬，要么就像我——因为没那么大的野心，只想苟活。

收拾完洗干净的衣物，我才回了住处，一屋子的丫头们在叽叽喳喳说笑个不停，我进来时仿佛没人注意到，毕竟平日里她们和我也很少玩到一处去。

我摸索着走到自己的床铺前，脱了半湿的衣物，钻进床铺里用层层被子包住自己，还是赶不走周身的寒意。

这个冬天，也未免太冷了些。

夏蝉的被褥本是挨着我的，我则是睡在大通铺的最外边，现下没了她，我一人倒是独占了一大片床铺，只是这一夜睡得却没那么安稳。

第二日起床，昨日穿过的衣服还湿着，唯一的一件换洗衣物前天恰好被我洗了，现在还没干，我只能翻出前些年的衣服来穿，衣袖都短了不少，不过也只能凑合了。

似乎是因为昨儿个受了凉，今天我一直咳嗽个不停，旁人见此都躲我远远的，倒是让我落了个清净。

洗了一上午衣服，十指都被冻得发麻——后厨的热水有限，不是每个人都能无限量拿到的。

到了晌午时分，大家正准备去吃饭，却见一位不常见的人迈进我们的园子——高偃身边的大太监李茂山公公，他身后还跟着蔡嬷嬷。

我顿时有种不好的预感。

跟随着其他人一起跪下，只听一道尖细的声音传来：“昨儿个傍晚，你们这些人可有谁去了府里的梅林？”

冻得僵硬的手指蜷缩起来，我只觉得全身上下的骨头都开始发麻了。

平日里路过梅林倒也不算什么大事，出了夏蝉这件事后，梅林才变成了忌讳。

身边的人交头接耳，却没人应答，嗓子眼儿痒得难受，我一个没忍住，咳嗽了起来。

李茂山那张白净的脸顿时向我看了过来，我低头拼命咬着下唇，让自己不再出声。

李茂山倒是没说什么，可我的咳嗽声像是提醒了其他人，跪着的人群里有人小声说：“昨儿个下雪，我们都早早洗完衣物回来了，也就荼蘼一个人回来得最晚……”

说话的正是同在这个园里的青黛。

饶是我一贯不喜和身边这群人打交道，此时也忍不住有些恼了，都是浣衣园子里的人，怎么就天天想着别人不好过？

“谁是荼蘼？”李公公眯眼问道，眼睛却看着我的方向。

我只得开口回道：“奴婢正是荼蘼。”

“哦？”李茂山的眉眼挑了挑，“你昨日去了梅林？”

“回公公，奴婢昨日只是照往常一样送完洗好的衣物就回屋了，并没有路过梅林。”我撒了个谎。

轻飘飘的脚步声响起，落在我的身前，李茂山的声音又响了起来：“抬起头来。”

我慢慢仰头看向他，只见李茂山一双眼睛越眯越小，就在我忍不住要再次开口时，身边一直站着的蔡嬷嬷说话了：“李公公，昨日是我让这丫头接了那个……奴婢留下来的活儿，才会自己一个人回去得晚了些。”

见李公公仍不言语，蔡嬷嬷继续说：“荼蘼这丫头往日就因为不会说话，才不讨人喜欢，性子也木讷。你看她这身衣裳，还是前几年府上统一发的，穿得袖子都磨破了也不见换。我也是看她老实本分又能干，才给她多派了些活儿。”

李茂山的目光在我破旧的衣袖和简洁的发髻上扫了一会儿，这才收回目光，慢悠悠地说：“蔡嬷嬷是府上的老人了，我自然相信，这园里没人去过梅林最好，往后都记着离梅林远些，再有那歪心思的奴才，可小心步了昨儿上午那丫鬟的后尘。”

一堆人跪着不发一言，李茂山在蔡嬷嬷的相送下离开了。

我被吓得出了一身冷汗，背后衣服已一片冰凉，今日身上这件破旧衣服还真是立功了。

身边的丫头们一个个慢慢起身，耳边响起了她们的低声讨论，都在疑惑发生了什么。

她们边说边向外走去，我稳了下心神冲着她们离开的方向开口：“你站住。”青黛的身影一顿，又若无其事地挽着其他人准备离开。

我直接上去揪住她的手臂，让她被迫停下面对我。

“你干什么？”被拉住的青黛一脸恼怒。

我丝毫没被她吓退，仍是面无表情地盯着她。

终是她先心虚移开了眼，嘴上还是不服气地说：“我又没说错，昨天就你回来得最晚。”

“对你有什么好处？”我看着她问。

见她一脸疑问，我又问了一遍："这样做对你有什么好处？"

"怎么，话都不让人说了吗？都是奴才，你还管不了我们要说什么吧？"青黛嗓音越来越高，性子绵软些的珠翠扯了扯她的袖子，其他人都站在一旁看热闹。

"你也知道都是奴才？"我一字一顿地说，"我在这园里待了五年，你何时见过我说你们的是非？何时见过我同你们争抢东西？何时见过我仗着资历把自己的活儿分给别人？我和你井水不犯河水，到头来你怎么偏偏跟我过不去？"

"谁说我针对你……"

青黛的话被我打断："都是身微命贱的奴才，我若落不到好，对你有什么好处？"

青黛的脸慢慢涨红。我知道她其实并没有多大的恶意，只是女孩子之间的攀比嫉妒心思罢了。说起来她还比夏蝉更容易相处些，只是她没脑子的口舌之快，不知道会带来多大的后果。

想到这儿，我下定了要敲打她的心思："咱们园里出了一个夏蝉，已经让主子看轻了去，这种节骨眼儿上你还有自己那些小算计，就不怕连累了整个园里的人？"

一番话终于说得青黛哑口无言，其他人也用匪夷所思的眼神看着我，不过我不在乎，毕竟我从来都没想过要和她们好好相处，再熬四年，我就会赎身离开。

"说得好！"身后突然传来一声肯定，回头看见蔡嬷嬷走进了园子里。

她环视了一圈园里的人，开口道："以后说话都给我过过脑子，什么该说、什么能说，好好想想，下次再有这种自己人咬自己人的事情，别怪我不留情面。"

青黛脸色苍白着和我们一起行礼应和。末了，蔡嬷嬷突然转头对我说："荼蘼昨日把夏蝉的活儿也给干了，今天下午就好生歇息一下吧，我再重新分配园里的活计。"

一群人慢慢离去，剩我一人时，蔡嬷嬷突然看了我一眼，眼神有些古怪："是我看走眼了，你还是聪明的。"

心里一跳，对着蔡嬷嬷不加掩饰的打量目光，我仍是面带恭敬地开口："嬷嬷言重了。"

最终蔡嬷嬷笑了笑，没再多说，估计她也不想多沾惹是非，就挥手让我离开了。

这浣衣园子里的活儿虽然累，还好掌事嬷嬷是个明理人，这日后的生活，想来也不会太难熬。

看着外面还未融化的雪，我踩得一步比一步小心，就如同我在这秦王府里的生活，落脚一步比一步谨慎。

夏蝉的死，加上蔡嬷嬷的警告，让浣衣园子终于安静了些许时日。

其他人对我更加疏远，倒是让我落得心静，整日老老实实地洗衣服，然后拿月银。

我一点一点地计算着，这些年不买胭脂、不买首饰，赎身钱早已经攒够了，现在攒的钱就是为了到年纪出府能找个住处，毕竟我曾经的父母亲人，早就不知去了何处。

忙完一天后，正准备出去，就看见陈嬷嬷直接朝我走了过来，说道："荼蘼，你等会儿去趟五爷住的院子里拿换洗衣物，珠翠那死丫头不知道跑哪里偷懒去了，找不到人影。"说罢便嘟嘟囔囔地走开了。

这种让我帮忙的事也经常发生，所以我整理了一下身上的衣服，就出发了。

想来梅林一事已过去七八天了，也不见李茂山有后续追查，应该是不会有人再记着了。

刚走到一半，就被一个高大的人影拦住，一抬头，看到了一张桀骜纨绔的脸，一身红衣，如同盛开在傍晚时刻的醉芙蓉一样浓墨重彩。

他傲慢地斜瞄了我一眼，鼻孔朝天地开口："你是这府上的丫鬟吧，老五住的地方在哪里，你知道吗？"

一听这声音语气，我顿时想起那日在梅林前，叫走高偃的那道声音。

原来是他。

只是我一直窝在浣衣园子，并不知此人身份，只能先不出大错地行了一个礼，点了点头应和。

眼前的人明显松了一口气，冲我说道："那就行，给小爷我带路。"

说起来那日还多亏了他，我才逃过一劫。

我十分恭敬地跟在他身后，给他指路。他背着双手，大大咧咧地走在前面。到了高偃的院门口，他大步一迈走了进去，门口的侍卫也没拦他，一看就是常客。我则是细细通报了一遍，才被侍卫放行。

刚进入院内取到了换洗的衣物，就看到屋里的高偃出来迎接那人："你怎么不说一声就来了？"

那人耸了耸肩说道："这不是被花楼的姑娘堵得没时间通知你嘛，所以我就直接翻墙进来了。"

高偃皱了皱眉头，看上去嫌弃中带着些无奈："你不是记不住路吗？怎么找到我院里来的？"

一听这话，我立刻加快脚步，赶紧准备离开。却见那人遥遥一指，指向了正溜墙角走着的我："就那个，那个丫鬟带我过来的。"

我抱着放满衣服的托盘，赶紧弯腰行礼。高偃并没多注意我，只是对着那人说：“胡元离，你也该改改你这风流成性的毛病了。”

胡元离，听到这个名字我一愣，慢慢想了过来。

燕王胡元离，生于著名的功勋之家，这个王朝唯一的异姓王。祖父是开国元老，被封燕王，子孙世袭罔替。到了胡元离这一代，因其父母早年死于战乱，所以他十四岁就承爵成了新一代燕王，因为年纪小，故人称“小燕王”。

不过他这个人……从他刚才的言语中也能看出来，因自小无人管教，为人荒诞不经，倒更像是“小阎王”，再加上常混于烟花巷子的斑斑劣迹，还落了个“小郎君”的花名。

虽然整日待在浣衣园子，但女人多的地方八卦就多，燕王这个名字，我听过不知多少次。

富家多生纨绔，到现在他也已二十有一，却还是文不成、武不就，整日浑浑噩噩一事无成。不过这些和我都没什么关系。

见无人注意我，我赶紧开溜，忽听一声“站住”，是高偃的声音。我脚下一麻，悄悄转头看去，发现高偃那双阴郁的双眸盯着的就是我。

他大步向我走过来，我腿一软，连忙举着托盘跪下。

高偃在我面前站定后，说道：“你这簪子看着好生眼熟，哪里来的？”

那日在梅林我也戴着这支簪子——因为我只有这一支。

我努力遏制住自己想哆嗦的心情，开口说：“回五爷，这是在街边小摊上随便买的黄铜簪子，不过五文钱，很是常见。”

高偃一张俊脸像是蒙上了一层阴霾：“你是浣衣园子里的？”

心脏像是要从嗓子里跳出来，正准备开口，却见胡元离的脑袋从高偃身后探了出来，他眼梢一挑，露出几分轻佻之意：“老五你怎么对这种簪子感兴趣？”

我察觉到他的视线在我身上转了个圈，声音又多了几分调侃：“我看这小丫头可比这簪子好看多了，老五，你说说你，看上人家小丫头就直接开口呗，还拐弯抹角……”

紧张的气氛顿时被胡元离一番话搅和了个干净，高偃像是拼命抑制住自己想翻白眼的心情，敷衍地对着我挥了挥手：“赶紧走。”说完，他径直转身走向屋里，不理会一旁站着的胡元离。

我也彻底松了口气，小跑着出了院子。回头看向这个院子，我还忍不住打了个哆嗦，这辈子我都不想再来这里了。

往日里我本就不负责高偃院子里的衣物打理，再加上刻意回避，转眼就过去了四五个月，我还是如同之前一样单调而安稳地生活，心里也松了口气——梅林前的那场风波，应该是彻底过去了。

眼看着就要立夏，恰逢五月初五，府上也迎来了高偃的庆生宴。

听蔡嬷嬷说是如今的太子——楚王高玠要求大办，才使本欲随便准备的高偃，开始认真筹备宴席。

后厨人手不够，就从我们这调了些人过去。听说这次宴席，不少年少有为的官家子弟和皇室之人都会参加，所以府上的小姑娘都削尖了脑袋往前厅进，后厨反而十分冷清，倒是方便了我偷吃些多做的餐食。

打了个饱嗝后，我看到厨房里的师傅急匆匆地走进来，还好他没注意到我心虚的表情，自顾自地从那些被我吃剩的餐食里整理出三盘点心，拿托盘装好，塞到了我手里。

“前厅那边被几个官家孩子闹得撒了一桌子菜，你赶紧把这些点心先送过去。”

“没有别人了吗？”我有些为难地问。

“你这小姑娘怎么这么懒呢，总不能让我一个大男人往前厅跑吧？”师傅不满地推搡着我，“赶紧去，别耽误了，前厅那边有人等着呢，你不用进去。”

听到这句话，我才放下心来，慢吞吞地往外走去。才走到半路，突然被斜里冲出来的一个小人影撞了个满怀，我匆忙护住手里的托盘，手肘直直撞到了一旁的墙上，疼得左手臂半晌没有知觉。

好不容易手能动弹后，我才看向刚才撞我的那个人影。只见一个圆滚滚的孩童坐在地上，看上去三四岁的样子，一身明黄色锦衣，衬得一张小脸晶莹剔透。

他似乎也被撞蒙了，只是双腿岔开呆呆地坐在地上。

寻了处干净的地方，把托盘放下，我才转身去扶那孩子。他乖乖地被我拉起来，我瞥见他肉嘟嘟的手心已经有了血丝。心里一凉，从他那身袍子上，一看就是非富即贵人家的孩子，现在受了伤，我可能又惹上麻烦了。

虽说是他自己撞上来的，但主人家哪里会和下人讲道理呢？

“你没事吧？”我尽量用轻柔的声音问道。

那孩子抬眼瞄了我一下，一言不发转身就走。

见周围没有下人跟着他，我有些放心不下，抬手拉住他的袖子说道：“小主子，怎么没人跟着你啊？是不是找不到路了，要不我送你去前厅吧？”

却不想那孩子突然发狠，冲我拉着他的手咬了一口。我一惊，忙松开了手，他一溜烟跑得不见了踪影。低头一看，手腕处赫然多了一道浅浅的牙印。

小小年纪，性子怎么被惯得如此霸道?

三四岁的孩子，一个人在这偌大的院子里跑，也不知道安不安全。可我还有送餐点的任务，不好立即跟上去，只能先把托盘送过去，再回来找找他。

前厅门口有人等着，见我过去匆忙接走了点心，连招呼都来不及和我打。

我索性转身回去，路过方才撞见那孩子的院子口，往里面走了几步。只见一个身影从墙角处闪过，看衣着不像是秦王府的奴婢，长相也没什么特别。她似乎没注意到我，鬼鬼祟祟地消失了。

心里生疑，直觉告诉我，一般这种情景都会牵扯出一个十分麻烦的故事，我当即准备转身离开，只是耳边隐隐约约传来“哗啦啦”的水声，似乎还有啼哭声。

这院子后面就是高偃养鱼的池塘。

万般纠结之下，我实在过不了好奇心这一关，调转了方向加快脚步朝池塘走去。

绕过一堵墙后，那片池塘顿时出现在视线里，我瞬间感觉手脚发凉，只见池塘中有个不断挣扎的身影，拍打起一片水花。那个漂在水面上的黄色衣角，正是我方才见过那孩子所穿的衣服。

“来人啊，来人啊，有人落水了……”我大声呼喊，然而直到我跑到水榭边缘，四周也不见一个人影出现。眼见着湖里那孩子的动静越来越小，我一咬牙心一横跳了进去。

虽是立夏，可水还是凉得我牙关止不住地打战，我拼了命地向着那孩子游了过去。

我虽然在小时候学了几天游泳，但还远远到不了能救人的程度。

终于碰到了那孩子的身体，他已经不再动弹，人也逐渐下沉。我手忙脚乱地想拉他回岸上，却一个没掌握好，反倒自己喝了好几口水。

最后我单手拉住他，双脚蹬水，终于浮出水面，余光瞥见了那孩子苍白到骇人的小脸。

我拼命让自己冷静下来，调整了好几个姿势，才勉强又拖着孩子游动起来。一番折腾下来，我的体力越发不支，本来不远的岸边，却感觉怎么都游不过去。

瞥见岸上多了些人影，我当即爆发出潜能，一手拖着孩子脖颈，另一只手拼命配合划动。终于划到了水榭边缘，可用尽了力气也没办法把孩子托举上去。

突然一片阴影投下，笼罩在我上方，眼前多了一只苍白瘦削的手，抬眼看去，高偃那张面无表情的脸撞进我的眼眶里。

他慢慢俯身，一张脸离水里的我愈来愈近，不等我反应，他的手已绕过我，将那孩子从水里提到了岸边。

一群人围了上去，围得密不透风，我则是自己挣扎着爬到了岸上。

刚坐起来喘口气，只见眼前闪过一道红影，我下意识地躲闪，却还是被踢中了右肩。伴随着我重重倒地声的，还有那人的一声怒喝：“狗奴才，你怎么看的人？”

踹我的人是胡元离，高偃看了我这方向一眼，最终还是转过头，将手里的孩子交给了一个匆忙赶来的银袍男子。

头上的发簪随着我的倒地冲势，一个弧线飞入湖中。我匆忙伸手去抓，却为时已晚。湖面上只留下一圈圈涟漪，再没有发簪的影子，一瞬间我大脑一片空白。

耳边响起的一声又一声焦急的“安儿”，才把我拉回现实。我强忍着右肩一抽一抽的疼痛，透过缝隙向人声喧哗中心看去。

最先看见的是那孩子双眼紧闭的小脸，没有一丝血色，一银袍男子抱着他焦急地喊着，有几个腿脚快的奴才已经去请大夫了。

“安儿似乎没有心跳了。”那银袍男子抬头看向高偃，高偃脸上的表情也阴沉得厉害。

我心里一抽，脑海里突然蹦出一个相似的人影，和那个孩子的脸渐渐重合，我拼命摇头赶走了自己的想象。

今日从踏入这个院子开始，我的命就已经和这孩子的绑到了一起，如果他有什么三长两短，我肯定也活不长了。

我咬牙忍着肩膀的疼痛站了起来，一步步挪过去，胡元离挡在我面前，一双上挑的眉眼瞪着我：“你要干什么？”

“让开。”心急之下，我也注意不了自己的语气了。

胡元离一愣，我随即绕过了呆在原地的他。

银袍男子抬眼向我看来，一张如同皓月般莹莹生辉的脸上，满是掩饰不住的忧色。

“小主子性命攸关，奴婢略懂救治之术，麻烦让一下。”我一开口，周围空气一滞。不知这人身份，但是看他表情并未因我的话恼怒。

身后又传来胡元离的声音：“太医马上就到了，你这奴才……”

“你有办法能救？”一直沉默的高偃开口，打断了胡元离的话。

“与其这样干等着太医赶来，姑且先让我一试，总会多一线生机。”我转头看向他，努力让自己吐字清晰。

人一着急，什么尊称礼仪全都忘了个干净。

银袍男子也看向高偃，问道：“她可是你府上之人？”

迎着高偃越发危险的视线，我眼神毫不动摇，最终他先转开了目光，对银袍男子说：“是。”

银袍男子不再犹豫，将孩子平放在地，看着我的眼神温和而坚定：“那就有劳……姑娘了。”

我顾不上客套礼节，赶紧蹲下凑了过去，手指勘测到那孩子的呼吸已经若有若无，又将头靠了过去，似乎已经听不到心跳声了。

我心里一沉，脑子里开始拼命回想记忆深处中心肺复苏的动作。

双手交叠按于孩子胸前，手掌一用力，右肩顿时传来撕心裂肺的疼，疼得我差点一口气没上来昏了过去，手臂也控制不住有些发抖。

银袍男子察觉出来我的异样，皱眉开口：“你可还好？”

我顾不上回话，移了力气在左手掌上，调整了力度，一下接一下地按压。其实本来我还想做个人工呼吸，又怕这些人以为我对这孩子有什么变态心思，只能老老实实做心肺复苏。

如果这孩子死了，说不定我也活不了了。抱着这个心思，我强忍疼痛，一下又一下。

渐渐地，我的双臂已经疼得没了力气，横竖都是一死，就在我准备不顾杀头之罪要给孩子做人工呼吸时，他终于有了反应——无意识地咳了一声。我心中大喜，又加大了力气，顿时那孩子吐出一大口水，按压着他胸膛的手也感应到了心脏的跳动。

我松开了手，全身失力，瘫坐在地上。

此时一华服丽人携着太医匆匆赶了过来，一来就扑到孩子身边，我也趁机挪了挪，缩到了角落。

太医查看后没有什么危险，华服丽人抱着还在昏迷的孩子，死活都不愿交给别人，一群人就这样前后相拥地离开。然而，这里面并没有我下水之前瞥见的那个身影。

我趴在地上喘了半天的气才忍下肩膀的疼痛，眼前忽然多了双黑色靴子，不等我抬头，一件银色外袍已轻飘飘地落在了我身上。

是刚才那银袍男子，他站直身子后对身边的随从开口：“顾阳，去把这位姑娘送回院子。”

那内侍模样、叫顾阳的随从一拱手回道：“是，太子殿下。”

太子殿下？我震惊地看着银袍男子转身离开的背影。

他是太子高玠？那我方才救的那个孩子……想起高玠对那个孩子的呼唤声——“安儿”。如果我没有猜错，那孩子应该就是高玠的嫡子——皇长孙高承安。

一张和善的脸孔出现在眼前，把我从震惊中拉回现实，四周人已经走完了，只留我和顾阳。

顾阳不带半分倨傲，真诚而又疏离地说：“姑娘可还能自己走？”

我点了点头，挣扎着站了起来，低头看到自己的衣服已经湿透，不由拢了拢身上披着的银色外袍。

回到住的院子，顾阳在门口停了下来，说道：“姑娘先进去换身衣物，就随我前去回话吧。”

我一愣，慢慢才反应过来，皇长孙虽然没了生命危险，但这落水缘由肯定是要盘问清楚的。

想起那个在院子口一闪而过的身影，我心里越发不安。

顾阳又开口道：“还有殿下的衣物，劳烦姑娘交还给我。”

我赶紧将身上披着的衣袍递了过去，行了礼才转身进屋。也是，总归是太子的外袍，平白放在一奴婢处，怎么说都不好听。

皇室之人的心思可真是弯弯绕绕，刚才我还真以为太子只是出于好心才让人送我回来的，原来还有这么多层套路在等着我。

里屋只有珠翠一人，她一脸诧异地看着落汤鸡一样的我，我抱歉地笑了笑：“珠翠，我的胳膊抬不起来，能不能劳烦你帮我换下衣服？外面还有人在等着我出去回话。”

珠翠为人单纯，没那么多心眼，我和她的关系倒是不算太坏，她听完上前帮了我一把。

换了件干净衣服，我就匆匆出了门，忍着肩膀上的疼痛，跟着顾阳一步步走向前厅。

似乎是已经清理了人，前厅此时没剩下多少人，除了一个长相格外俊美的陌生男子，其余的我都已经见过——太子高玠、秦王高偃，还有那个小燕王胡元离。

提前做了心思准备，因此他们一开口，我便将自己在肚子里过了好几遍的稿子说了出来：“奴婢是浣衣园的荼蘼，今日在后厨帮工，因人手不够帮忙传菜，回后厨的路上，听见后院的池塘里有水声响动，便过去多看了两眼。这才看到小主子落了水，喊了半天没人出现，奴婢只能自己跳下去救人。”

我隐去了瞥见了一个人影的这一段，毕竟这段说出来，对我来说百害而无一利，知道太多的奴才，没几个活得长久的。

厅里沉默了很久，那陌生男子先开了口："承安是如何落水的，你可知道？"

果然我救的那个孩子是皇长孙高承安。

我没有丝毫犹豫地开口："奴婢是听到水声后才赶到池边，只看到小主子落了水，周围没有别人。"

"哦？你是当真不知道，还是在撒谎？"陌生男子仿佛能看透我强装的镇定，声音严厉得如同下一秒就要将我拉下去打死。

我双手用力握紧，努力让自己的语气听起来格外真诚："奴婢所言句句属实。"

"好了，大哥。"高玠开口堵住了那人的追问，"这丫鬟应当是真的不知道，说起来刚才她还救了安儿一命，可能是安儿自己顽劣偷跑出去，才不小心落了水。方才太医说他已无大碍，事情经过等他醒来再问。"

能让在皇子中排行第二的太子称一句"大哥"的，那这个陌生男子应该就是大皇子高弘朗了。

听闻当朝皇帝盛宠淑妃，其所生的庶长子齐王高弘朗也如同她一般，生得倾国倾城，才貌双绝。

齐王高弘朗文韬武略，皆是在众皇子中碾压式地领先，平日里他对皇长孙也甚是宠爱。

今日一见，果然如传闻所言。

要不是刚才高玠拦着，我觉得他很有可能接下来会把我拉下去严刑拷打逼问。

高玠见高弘朗不再言语，才转头对我说："叫你过来只是询问事情的经过，不必害怕，等会儿别忘了找太医看看伤势。"说着高玠瞄了胡元离一眼，后者则是一副鼻孔朝天的嘴脸，看都不看我一眼。

太子高玠的性格，果然如同众人口中所说的那样温厚纯良，对着我一个浣衣园子里的丫鬟，也能不摆一点儿架子。

简单地又询问了几句后，高玠就遣太医随我回去医治了，他们几人则继续留在前厅议事。

和我一起回院子里的，除了太医，还有一大堆银钱，多到超过了这五年多我攒下的全部积蓄。

太医看过我的肩膀后，叮嘱我好生休养。

之后我又把拿到的赏钱直接分了一半给蔡嬷嬷，虽然心疼银两，但我的这一举动，成功地给自己换来了半个月心安理得卧床休息的待遇。

贪婪地享受了一段时间，我这肩膀刚好了些，就主动要求加入洗衣工作了。

休息的时间过长，难免惹人眼红。

日子恢复了平静，像是什么都没发生过一样，除了那堆被赏的银钱，我的生活并没有发生其他变化。

早起挽发的时候，我才想起掉落在湖里的发簪，一整日都心神恍惚。最后晚餐随便扒了几口，我便偷偷溜到后院的池塘边，打算找找簪子。

水榭附近的水并不浅，看了半天也望不到底。

负责喂鱼的奴才刚走，这会儿湖边除了我，空无一人。看着泛起微微涟漪的湖面，最终我还是下定决心，脱下鞋子跳了进去。这一跳，惊跑了水榭附近无数鱼群。

虽已入夏，微凉的池水还是让我适应了许久才缓过来。我吸了一口气潜下去，池水很是浑浊，我尝试了很多遍才勉强能在水里睁眼。沿着水榭附近，我一点一点地在湖底寻找，憋不住了就上来喘口气，然后继续潜下去。

我明明记得簪子就掉落在这附近的水域，可转了好几圈，也没发现那根黄铜簪子。

天色渐暗，湖中已看不大清楚，最后我深吸一口气，潜下去找了许久，还是一无所获，只得放弃，准备先上岸。

在水里一转身，却看到那水榭的柱子旁，一人斜倚，歪着头似乎正饶有兴趣地看着我，也不知看了多久。

被惊了一下，一瞬间手脚不着力，我喝了好几口水才扒住水榭边缘的木板。

那人抬脚向前一迈，走到水榭的边缘，高大的身影也随之落下，在我头顶投下一片不容忽视的阴影。

又是他，燕王胡元离。

看着那离我撑在岸边的手极近的靴子，我真怕他突然一抬脚踩上来——平日里那些跋扈的主子不都是喜欢这样欺负奴才吗？

于是我默默地往旁边挪了挪扒着木板台的手掌，准备先爬上去。没想到随我双手一起移动的，还有那双靴子，胡元离手肘撑在膝盖上，就这样半蹲着挡住了我上岸的路。

我只得先抬头赔着笑脸说：“奴婢见过王爷。”看他仍旧不说话，我只好再次开口，“劳烦王爷让一让，让奴婢先爬上去，再给您行礼。”

“哦？”胡元离一侧眉毛一挑，显得一张脸满是恶意，“上次你不是都敢直接喊我让开吗？怎么这次变得这么懂礼了？”

这话我真没法接。上次是我心急救人，急昏了头才一时没注意自己的态度。

我张了张嘴想着要怎么解释，他却又不再追问此事：“这时间，你在这湖里做什么？”

我眼珠转了转，还是准备说实话：“回王爷，先前奴婢的簪子掉进了湖里，今日感觉身体恢复了些，就过来找找。”

“我还以为你是要寻死呢，刚才看你半天在水里没上来，我都已经准备叫人帮你收尸了，你说我这不是让别人白跑一趟吗？”胡元离语气半认真半玩笑，听得我汗毛都竖了起来。

难不成他是想报上次我出口不敬的仇，准备把我溺死在这湖里？

他这混世魔王的性子，我觉得他真能干得出来。

看着我们之间的距离，再加上此时他在岸上，我在水里，这个高度真是太方便他下手直接把我的头按水里了，毕竟他可是众所周知的“小阎王”。

第二章 风起

我默默地又往旁边挪了挪，尬笑着开口：“王爷说笑了。”

这次他并没有再跟着我一起挪动身子，只是开口说道：“我听人说，那日你被我踹了一脚后，在床上养了半个月的伤？”

听人说？听谁说的？

不过我也没胆子问，只好回答：“是奴婢身体弱，那日之后得了风寒，才不得不休养了许久。”

“如此说来，就不是我的过错了？”胡元离手指微微在膝盖上轻叩，眯着眼反问。

我赶紧回答：“自然和王爷无关。”

保命要紧，要什么尊严。

只听胡元离轻呵一声，站了起来：“那就好。”

见他没再问话，我试探性地开口：“那奴婢就先上来了？”

胡元离虽未应答，但也并未反驳，我双手用力，一点一点爬上了岸。余光看见胡元离飞快地退了几步，离我很远，似乎怕我上岸时带到的水溅到他身上。

还没等我站起身来，忽听隔了一段距离的胡元离又开了口：“上次在厅里没听清楚，你是叫什么来着？”

“回小王爷，奴婢叫荼……荼蘼。”待在水里太久的我刚上岸就被冷风吹了个寒战，嘴里的话也结巴了一下。

“兔兔米？”胡元离眉头皱了起来，“这是什么古怪的名字？”

“是荼……”

我话还没说完，再次被他蛮横地打断，只听他不耐烦地说：“算了，你就叫兔子好了，还容易记。”

“奴婢是叫……”我想再挣扎下，可他根本就不理会我的回答。

“你的簪子多少钱？我赔给你。”

看来那日我因被他踹了一脚，才导致簪子掉进湖里的这件事，他心里也清楚，不然怎会没头没尾地要给我赔偿？可是我又哪里敢要。

“簪子是在小摊上买的，不值几个钱。”

“既然不值钱，你又为何会跳进湖里寻找？”胡元离双手背于身后，还是离我远远的。

“因为那黄铜簪子是奴婢弟弟送的，所以奴婢才想着再找找。”我解释道。

胡元离一脸匪夷所思：“让你弟弟再送你一个不行吗？一个破簪子至于跳湖寻找？”

衣袖下的手指一僵，手心传来阵痛，是我握得太用力了。

辗转了几个呼吸来回，我才回话：“奴婢的家人在奴婢小时候的一次逃荒中……走散了，那簪子是奴婢弟弟留下的唯一念想了。”

胡元离似乎一哑，半天没了言语，最后又不耐烦地说：“那过几日我赔你一个更贵的好了，赶紧过来给我带路，我要去老五院子。”

不知道是谁一直啰里啰唆说个不停，现在又突然让我带路。

真是人比人，气死人。

高玠贵为太子，见我落水还会送件衣物。这个胡元离，偏偏让我这个时候去领路，还不觉得有丝毫不妥。他又不是第一次来秦王府，怎么会不认路？分明就是摆王爷架子罢了。

心里默默抱怨，我这动作却不敢慢。

一路上胡元离都和我保持距离，似乎很是嫌弃我这一身落汤鸡的造型，生怕弄脏他的衣物。

半路上遇到巡夜的侍卫，我这领路的任务就被胡元离给终止了。回到住处后，我又想起那黄铜簪子，脑子里不由自主浮现出一张黝黑憨厚的小脸，时间太久，面容都有些模糊了。那张脸正是我的亲弟弟。

我投生在一普通农夫家，家里人口多，我排行老四，下面还有一个小我六岁的弟弟，说起来他也算是我抱大的。

明面上我是多了一堆“家人”，不过也只有那个弟弟，才算是我对这个世界唯一的挂念。

于是隔了一天后，我找准时机，再次溜到池塘边，却远远看到水榭上立了一个方方正正的木牌。我走过去一看，上面写着——“禁戏水”。

谁闲着没事会在池塘里游泳?

黄铜簪子是那个在一起生活了五年的弟弟留给我的唯一纪念，隐忍地活了这么久，我甘愿冒点儿险赌一把。救皇长孙的功劳才发生几天，即便是今日被高偃知道了，我称不识字看不懂木牌，他也不会在这个时候问我亵渎他池塘的罪。

于是我毅然决然地撩起裙子跳了进去，只是这一次我找了许久，直到天色已暗，仍没有找到，难不成簪子还能被这池塘吃了不成?

挫败地爬上岸，我在水榭台上坐着，看着碧绿色的水面，突然想笑。看来这就是上天的意思，非要斩断我对这个世界唯一的眷恋。已经过去了这么久……罢了罢了，那就如上天所愿吧。

我穿好鞋子大步走回浣衣园子，再没回头看一眼。

第二日清晨，蔡嬷嬷突然把正在洗衣服的我叫了出去，而院外站的那个人，正是李茂山。

这次他看我的眼神再没有上次的倨傲之色，见我行礼后，才不慌不忙地说：“五爷有令，念你前些时日救主有功，特地将后院池塘鱼群的饲养任务交给了你。”

我一愣，下意识看向蔡嬷嬷，只见她垂着头没有言语。

救主一事都过去大半个月了，怎么这个时候想起让我去养鱼了?

想起昨日那个池塘边“禁戏水”的木牌，我心里一跳，难不成昨天真的有人看见我跳湖，去告状了?

见我半天没有回话，李茂山眉头一皱：“怎么?你有异议吗?”

“不敢不敢，李公公，奴婢只是一时欣喜得昏了头，忘记开口了。”我赶紧回答。

无论怎样，后院那个池塘里的鱼，可是高偃的两大心头好之一，之前也都由他屋里的大丫鬟含玉饲养，如今转给我，至少外人看来是一种恩赏。

李茂山满意地点了点头，末了又说道：“日后记得上心些，这池里的鱼要是有一条半条出了意外，不用我说，你自己想想下场吧。”

现在我越发确定高偃肯定知道昨日我无视木牌警告跳湖一事了，所以才把这养鱼的活儿交给我，让我不敢再轻易放肆。如此看来，救了皇长孙一事倒成了我的免死金牌，否则按高偃的性子，早就拿我问罪了。其实这种明赏暗罚的举动真的是多此一举，毕竟本来我就决定不再去池里找簪子了。

李公公交代完琐事后就离开了，一旁一直如同木头人一样站着的蔡嬷嬷这才像是恢复了正常，伸手拍了拍我的肩膀说：“荼蘼，你是个有福气的人。”

福气？若是她知道我过去的种种经历，恐怕就不会说这种话了。福气这种东西，恐怕是我这辈子……哦不，加上辈子都不曾拥有的。

我按照吩咐，去和高偃院里的大丫鬟含玉做了工作交接。

含玉性子细腻，给我把养鱼的工作事无巨细地讲解了一遍，只是我始终觉得和她有种疏离感，而高偃则是从头到尾都没露过面。

于是我开始了每日早晚喂鱼的新工作体验，蔡嬷嬷还特意给我减了洗衣量，其他人碍于我的这份工作，也不敢有什么怨言。

骤减的工作量，让以往几年整日忙碌的我突然有些无所事事起来，不过这日子却不会永远这么舒心。突然出现在浣衣园子门口的小小明黄色身影，让我忍不住头疼。我们这个园子，这段时间真是空前热闹。

“谁叫荼蘼？”高承安身边的公公扯着嗓子开口。

又是我。

我在心里叹了口气，低头走了出来：“正是奴婢。”

一阵脚步声响起，高承安那圆滚滚的身影就出现在我的视野里，只见他抬头上上下下瞄了我几眼，倨傲地说道：“你跟我出来。”然后高承安小小的身影就迈着小短腿大步向外走去，我只能跟在他身后。

回廊上奴才站得老远，高承安背着手，像个小大人一样奶声奶气地问我：“那日是你从水里救出了我？”

我垂头应和，忽听他说道：“那你有没有看到是谁推了我？”

我心里一跳，面上赶紧做出一副惶恐的模样：“奴婢那日路过后院，听到水声后才过去看了几眼，当时小殿下已在水中，奴婢并不知小殿下是如何落的水。”

高承安抬起身子在栏台上坐下，双脚悬空晃荡着，慢条斯理地开口：“所以……就是你推的我吗？”

明明还是奶声奶气的声音，却平白让人心头一寒。我蓦然瞪大了眼睛，高承安又说道："听说你只是个浣衣奴才，救下皇长孙的功劳，给你带来了不少好处吧？"

我抬头想要辩解，却声音一哑，因为我看到了高承安那张稚气未脱的脸。

一个还不到五岁的孩子，怎么会有那样的眼神——猜忌、乖僻、阴冷，皇室究竟是怎么教养孩子的？

"你这是什么眼神？"

看到高承安的表情陡然转怒，我才发现刚才自己竟然在同情他。

"回小殿下，奴婢只是个小小奴才，万不敢有非分之心。说句大逆不道的话，纵使奴婢有那贪图富贵的心思，一招不慎可是会丢了性命的，又岂敢拿小殿下的性命去赌？"我赶紧屈膝跪下辩解。

高承安反倒是揪着我刚才一时失神的眼神不放："我问你的话是你刚才那眼神是什么意思！"

犹豫了片刻，我才顶着高承安压抑的眼神开口说道："奴婢也有个弟弟，是奴婢看着长大的，将心比心，奴婢又岂会对小殿下下毒手？"我避重就轻地回答了高承安的问题。

他倒是没听出我模糊了重点，自言自语地嘟囔："若不是你，那会是谁？"

我松了口气，到底是个只有四岁的孩子，就算再早熟，也还是个孩子而已。

"今日之事，你不许告诉任何人。"高承安一脸严肃地命令我。

见我似乎有些不解，他又说道："我被人推下水一事，现在只有你我知道，若是让父王和母妃得知，定不会让我插手此事。何况父王平日里已经够忙了，我绝不会就这样轻易放过那个想害我之人。"

他竟然没有把有人推他下水这件事告诉别人？

我忍不住开口："小殿下，奴婢觉得此事还是由你告诉太子殿下比较好，太子殿下总归会思考得更周到些，毕竟事关小殿下安全。"

"废话，我能不知道父王会更厉害些？要是告诉了他，我肯定会被牢牢看守，哪里还有出入的自由……"

察觉到自己不小心暴露了小心思，高承安脸上有几分不自在，随即恶狠狠地对我说："你给我听着，这件事要有第三个人知道，我就要了你的脑袋。"

幕后黑手不就是第三个人吗？

我忍住没提醒他，只是先唯唯诺诺地应下，满足了他那小小的虚荣心。

看着高承安大摇大摆地离开，我隐隐觉得有些好笑，孩子终归是孩子，就算再老成，也无法同大人的心眼儿相比。

高承安这匆匆一趟，倒是给我带来了不少便宜。他人都以为我攀附上了皇长孙，才惹得高承安亲自跑到这小破园子里找我，对我越发客气起来，连青黛也不自在地偶尔和我搭上几句话。而我大部分时间都蹲在池塘边的水榭上，因为这里安静，我能名正言顺地偷懒。

一把鱼食撒下去，就能看到池里的鱼群欢呼雀跃地在水面翻腾，和岸上总是沉默的我如同两个极端。

从捡起那枝梅花时，我在这个世界的命运轨迹，就彻底偏离了我最初给自己制定的求生路线。和皇长孙共同保守一个秘密可不是什么好事，尤其是他落水时我看到的那个人影，更不知道能对谁说，也变成了我心底最深处的一个秘密。

知道得越少活得越久，既然高承安不许我泄密，倒是给了我一个心安理得装不知道的借口。

起身准备回去，突然站起来头还有点儿晕，我揉着脑袋转身，看到身后不知何时站了个人，惊得一退，忘了身后就是水榭的边缘。

一脚踩空。

我下意识地伸手想抓住面前这个人，可是他非常淡定地身子一侧，让我抓了个空。伴随着划出的一道优美抛物线，手里的鱼食瓷器落水，我"扑通"一声掉进了水里。

身边的鱼群如同遭遇了灭顶之灾，被砸得晕头转向，我仓促地喝了几口水，才勉强控制住自己。

手扶住水榭边缘，我用余光看到方才还在眼前的胡元离已经躲得远远的，似乎怕我落水时的水花溅到他身上。

我默默从水里爬上来，紧握着拳头，拼命按捺住一肚子气，可还是不得不先给他行礼。

这就是身份的重要性。

感觉手里少了些什么，我才反应过来，刚才装鱼食的瓷器也掉进了池塘里。礼行到一半，慌得我赶紧转身看向水面。

此时的水面已经没了瓷器的踪迹，取而代之的是欢天喜地的鱼群。

完蛋了，那瓷器里面装的可是两天量的鱼食，我这一口气全洒进池塘里，这些鱼会不会……积食撑死？

先前夏蝉因为折了一枝梅花，就被活活冻死了，我要是把高偃的鱼喂得撑死了，他会不会如法炮制地把我也撑死？

前些时日李茂山的警告还在耳边回响，想到这里我只觉得手脚发抖，可已经撒进去的鱼食，我又不可能再捞出来。

这一切的罪魁祸首就是现在还在我身后一脸疑问看着我的人！我觉得自己下一刻就要控制不住破口大骂了，可理智拼了命地告诉我不可以。

偏偏这时候胡元离还一脸嘲弄地说："你是掉水里把脑袋摔傻了吗？怎么一个劲儿看着水面呢？"

我怕自己再看他一眼就会控制不住想把他踹进水里，赶紧低头："王爷怎么出现没一点儿声音呢？吓了奴婢一跳，把手里的鱼食全给撒进去了。"

胡元离眼睛一眯，像只狐狸一样，双手在胸前交叉，看着我说："你这是在怪我？"

"奴婢不敢。"我从牙缝里挤出一句话。

"是你自己不长耳朵，没听到我走近。我看你之前不是挺喜欢在水里待着嘛，刚才才特地没伸手拉你。"胡元离笑得不怀好意。

我觉得自己下一刻可能就要原地爆炸了，赶紧行礼："奴婢如今衣冠不整，这就下去整理收拾，不在这里碍王爷的眼了。"

"哎。"身后的胡元离喊了一声，我一回头就看到一个东西冲我飞了过来。

是暗器吗？

我手忙脚乱地接了下来，发现是个细细长长的盒子。在胡元离的目光示意下，我打开一看，是支白玉雕花簪子。耳边也响起胡元离的声音："正好这簪子今天没送出去，那就赔给你好了。"

心里一跳，我赶紧合上盒子双手递了过去："原本的簪子不值几个钱，还请王爷收回，奴婢不敢收。"

却见胡元离退了一大步，皱眉开口："别人碰过的东西，我不要。"

"奴婢刚才只是打开了盒子，并未触碰……"我尝试解释。

"说了不要就是不要，你不要可以丢掉。"胡元离不耐烦地摆摆手。

"可是……"我再次开口想要说话。

若是银子，我倒是能收下，可这送姑娘家簪子的举动也太……暧昧了吧？

"小爷我送出的簪子没有上百，也有几十支了，怎么就没见过像你这么磨磨唧唧的女人呢？"胡元离不愿听我多说，径直向外走去。

想起他花天酒地的名声，这簪子极有可能是花楼里的姑娘没收，他才想起来丢给我的。

刚走出几步，胡元离又突然停下，回头喊道："那个兔子你过来，我要去老五的院子，你来带路。”

听到这话我头皮一凉，因为这话听起来太像是在喊“那个秃子你过来……”。

于是我再一次以一身落汤鸡的造型给胡元离领路，到了高偃的院子，正好碰见他出来。

看到我的造型，高偃明显一愣，紧接着他看了看胡元离，眼睛闪过几分了然，估计猜出我是被胡元离折腾的了。

高偃收了出去的脚步，皱着眉对胡元离说：“你就不能有一次走正门吗？”

胡元离袖子一甩，毫不拘束地向院子里走去：“你又不是不知道我，我哪知道正门在哪儿，也就认识你们家那个池塘旁边的院墙。”

一旁默默站着的我一愣，才慢慢反应过来，怪不得胡元离每次都要别人给他带路，原来……他是个路痴。

看来以后我除了喂鱼，得离池塘远一点儿了。

高偃进院子之前回头看了我一眼，眼神十分古怪，尤其是扫过我手里放簪子的木盒时，那眼神仿佛要把我的手掌盯出个洞来。

因为担心那天失手撒的鱼食撑坏池塘里的鱼，我几乎每隔一个时辰就去池塘看一眼，生怕有一条半条被撑死的鱼漂起来。若是先被我看到，我还能捞起来偷偷毁尸灭迹，万一被别人看到，那我就完了。

一连看了两天，鱼都正常活着，我才彻底松了口气，不再一天七八趟地往池塘边跑。

刚准备恢复平日里早晚喂鱼的习惯，蔡嬷嬷便一脸喜悦地把我从房间里叫了出去。她向来严苛的脸上如今满是难得一见的柔和：“荼蘼，等会儿你就收拾收拾，去五爷的院子里吧。”

“嬷嬷这是什么意思？”我一脸惊疑。

蔡嬷嬷继续给我解释：“晚饭时李公公特地来找我要人，说是见你喂鱼那么上心，一看就是个能干的。正好五爷院子里缺人，虽然只是个扫地丫鬟，活计可比咱们这园子里轻松多了。”

我哑了半天才清醒过来……高偃的院子。

我害怕鱼被撑死才一天去好几趟，落到他们眼里，倒成了努力工作的表现。

看着话比平日里多了许多的蔡嬷嬷，我心底却十分忐忑，小心翼翼地问：“嬷嬷，自打入府我就在这园子里，其实我在这个园子里已经待习惯了……”

蔡嬷嬷似乎很诧异，半天才出了声：“你可知道五爷院里随便一个扫地的，可都比咱们这园子里的人金贵上许多？”

“我自然知道……”

我踌躇了许久，不知该怎么说出我想离是非远些的话，却听到蔡嬷嬷说：“这园子里个个都铆足了劲儿想往上走，你倒是没一点儿心思。”

我抬头，看到蔡嬷嬷的表情显而易见地越来越严肃：“只是你也得知道，奴才永远都只是奴才，主子开了口，你只用听着就行。”

一颗心陡然下沉，其实我也清楚，只是心里到底还是有些不情愿：“是，嬷嬷，我这就去收拾东西。”我低下头，努力掩去眼底的挫败。

我刚转身走上几步，就听到身后蔡嬷嬷的声音传来：“荼蘼，如果你想拒绝一件事，那你首先得有能开口的资格。”

我回头，夜色里蔡嬷嬷的脸上是我看不懂的神色，忽然她又笑了，像是安慰我一样说道：“你年纪还小，早说了你是个有福气的丫头，日后就好好珍惜吧。”

趁着夜色未深，我拿着一个小包裹来到了高偃的院子。李茂山只是给我指了一间稍偏的院子就离开了，说其他事宜等明日再谈。

来到这个院子唯一的安慰，就是可以自己住一间房，不用像之前一样十几个人挤在一个房间里。

我所在的这个房间虽是院子里较偏的房屋，紧邻着院子口，但房间里干净整洁，完全没有之前住处的那种阴冷潮湿，而且窗户朝南，白日里应该还会有日光。

难怪总有下等丫鬟费尽心机地想往上走，人生在世也就这短短几十年，稍微想让自己过得舒服些也是正常。

第二日醒来，看到窗口照进来的日光，我恍惚了很久才反应过来。赶紧起床去寻李茂山分配工作，得知高偃已经去上早朝，我便先干些杂活儿等着。

约莫巳时末，高偃的声音才出现在院子门口。而后不多时，李茂山便喊我进去。

我老老实实垂着头，进门行礼。屋里十分安静，余光扫见这个房间的装饰简单朴素到几乎和我住的那个房间无异，只不过摆放的物件看着更精致些。

“你是叫荼蘼？”高偃那无音调的声音传来，我赶紧收了心思应和。

“你是何时进的秦王府？”高偃继续盘问着。

“回五爷，奴婢是刚立府就被牙婆送进来的，一直待在浣衣园子里。”我规规矩矩地回道。

“原先是哪里人？”

“奴婢老家豫州，小时候因为旱灾向南逃荒，才来到此地。”

高偃沉默了很久，跪得久了我膝盖都酸痛起来，可他不说话，我也不敢动。

“抬起头来。”

我老老实实地抬头，不小心和高偃对视了一眼，他的眼神冷得让我心脏一缩，赶紧垂下眼帘。

又听高偃说道：“我听说承安去寻过你，所为何事？”

心思转了转，我似是而非地回道：“小殿下听说奴婢是之前救了他的人，这才过来看上几眼。”

“仅此而已？”高偃面带捉摸不定的神色，忽然起身，一步步向我逼近。

我握拳开口：“奴婢绝不敢编造。”

高偃在我身前站定，我感觉到他的目光似乎落到了我的头顶，只听他问：“你的那支簪子呢？”

“那日救小殿下时，不小心落在池塘里了。”

总不能到现在，他还想追究雪地梅林的事吧？

我刚回完话，就见高偃突然大步走回书桌前，转身拿着一张纸递给我：“这是承安让我转交给你的。”

我双手接过一看，不由得瞪大了双眼，竟是一间胭脂铺子的房契！就这样给我了？

“请五爷帮忙转回给小殿下，奴婢实在无法收下这么贵重的铺子。”

这可是皇城，在这里一间铺子的价值，我连估算都不敢。

手里的纸张被抽走，我来不及松口气，就听到高偃冷笑了一声，压低的嗓音传来：“哦？原来你识字？”

我一愣，这有什么关系？

抬头对上高偃那颇具危险意味的眼神，我脑子一闪，突然想起池塘边那个“禁戏水”的木牌。

敢情是在这里等着我啊，只是为了测测我是否识字？

就在我想把“弟弟”那套说辞再拿出来说一遍时，高偃却不再追问，大步走了出去，留我仍跪在屋里。

过了许久，李茂山才又进来，带我出去，随便安排了些活计给我。

除了早晚的喂鱼工作不变，平日里我只需要扫扫院子，修剪修剪绿植，不需要再进里屋了。

关于簪子和池塘的那些事，好像就这样翻篇了，没有人再提起，仿佛当时高偃只是随便问了一句而已。

我却无法不多心。把我调过来，用的是“喂鱼上心”的借口，可是细想，我不过一天多看了两眼鱼，哪里会因这点儿小事得到主子的赏识？

高偃刚才可半句都没提喂鱼之事，反而问了簪子和高承安，再加上之前被高偃看到胡元离丢给我簪子，不难猜出，是因为高承安和胡元离，我才突然“升职”了。

虽然我还不知道高偃的意图，但他调我过来，绝对不是出于赏识，反倒像是……监视。

想明白这点，我更加谨小慎微起来，在高偃院子里当差后，不该说的我一句话都不说，平日里只是老老实实做自己的工作。同时我发现，胡元离真是隔三岔五就要来一趟，逮着我就“兔子兔子”地指使个不停，一旁的高偃每次都恍若未闻，不发一言。

慢慢地，我听到胡元离的声音就默默躲到外院去扫地，想着离他们越远越好。

外人看了是他们自小交情好，胡元离才天天往秦王府跑，我却看出不对劲来——他们俩说是交情好的朋友，可看着倒更像是……盟友。因为每次他们一见面，身边除了李茂山，旁人都不许靠近，正常朋友之间的交谈怎会避讳他人？

因此，我躲胡元离躲得更远了，毕竟我这种炮灰角色，还是别往前面凑了。

“喂，你怎么在这里？”一道奶声奶气却趾高气扬的声音在我身后响起，我拿着扫把一回头，看到高承安一脸惊讶地看着我，身后还跟着两个人。

高玠往前走的脚步一顿，也抬眼向我看了过来。

“这是曾经救过安儿的那个丫鬟吗？”他开口。

我赶紧俯身行礼，同时听到了高偃的一声“嗯”。

高玠倒没和我说什么，只是伸手揉了揉高承安的脑袋说：“还是安儿眼力好，我都没认出来。”

高承安嘴巴动了动，可能是碍于高玠在场，没再说什么。

一行人进了屋，不过半盏茶的工夫，高承安那圆滚滚的身影又出现在我面前。这次他的脸色格外阴沉。

他看了看四周，确定只有我和他两人后，才怒气冲冲地呵斥道：“你还说你不贪图富贵，如今都跑到我五叔的院子里了，我还真是错信了你，那天你是不是对我撒谎了？”

这小孩还真有点儿难搞，我好声回道：“奴婢哪敢对小殿下说谎，奴婢如今在这院子里当差只是因为……”

“那天就是你将我推下去的，是吧？我都查过了，那段时间里只有你我二人出现在池塘水榭，你休想再蒙骗我了。”高承安气急败坏地打断我的话，“我五叔可知道此事？你现在被调到了他身边，难不成当初是他命令你……”

眼见他越说越不像话，我赶紧上前捂住他的嘴，这可是在高偃的院子啊。

看了看四周确实没人，我这才看向他。高承安完全没料到我会有如此大胆的举动，眼睛瞪得像只青蛙。

有一说一，这孩子的皮肤真好，摸着光滑柔嫩。

在他想开口咬我之前，我赶紧撒了手开口：“小殿下慎言，这院里人来人往的，方才小殿下的话若是被旁人听了去，不管落到太子爷还是五爷耳中，都会伤兄弟情分的。”

“大胆，你是在教训我吗？”高承安应该也知道自己刚才的话有多大逆不道，只是面子上过不去，嘴硬地说。

这孩子小小年纪，真是暴躁易怒，心中所想也是非常人能理解，加之生在皇家，骨子里都带着几分多疑猜忌。

不等他开口处罚，我又堵了他的话：“奴婢是因为养鱼有功，前几日才被五爷调到这院里的，此事小殿下可以去问五爷。再说奴婢救小殿下的功，都过去一个月了，该领的赏也都领过了，再怎么说也不应该把这件事算作奴婢调来这里的缘由吧？”

高承安眼珠子转了转，似乎想明白了。还好这孩子不傻。

我接着忽悠，一副掏心掏肺的模样：“之前小殿下的话，奴婢谨记心中，不敢对他人透露只言片语。如今小殿下这般当众质问，这隔墙有耳，万一走漏了风声，可是会误了小殿下的计谋呢。”

高承安似乎被我安抚了下来，只是过了片刻，他又暴躁地开口：“谁跟你说这个了。你一个贱婢，方才竟然敢用脏手碰我，不怕我父王剁了你的手？”

“小殿下，你落水当日，奴婢就是用这双手在太子殿下面前救了你，当时还是太子殿下亲自让奴婢为你医治的呢。”我故作委屈地说。

高承安被我一噎，急得几乎跳脚：“此一时彼一时，以后你再敢碰我，我就剁了你的手……不，以后你要是再敢出现在我眼前，我就砍了你的脑袋！”说罢高承安扭头就走，圆滚滚的背影，像极了一个不停弹跳的气球。

我不在意地行礼恭送他离开，毕竟对付这个年龄的孩子，我还是很拿手的。

我以为高承安会厌烦我到再也不想见我，没想到不过两天，他又出现在院子里，还直奔我而来。

我转身就走，他在我身后气急败坏地喊道：“你跑什么！”

我这才停了脚步，看着他小心翼翼地回道：“小殿下之前说再见到奴婢就要了奴婢的脑袋，奴婢心里害怕，就想躲着点儿。”

“你的脑袋先留着，过来，我给你说点儿事。”高承安气喘吁吁地站定，还抬手让身边的奴才退远些。

见我走近，他才开口：“我给你个赏赐。”

我一听顿时双眼放光，却见他一本正经地说：“那日背后推我之人，现在开始就由你我二人共同查探。”

“我？”我难以置信地指着自己。

高承安认真地点了点头，说道：“此事只有你我二人知晓，我身边有太多父王的人，不方便查，那日的事发生在五叔府上，你又正好是这里的奴才，查起来也方便些。”

这孩子的脑回路究竟是怎么长的？有人要杀他，他不仅不告诉父母，反而来找我这个外人帮忙。

“奴婢身份低微，实在是难担此任。”我毫不犹豫地拒绝。

“就因为你是个奴才，才不会引人注意。”高承安一脸理所当然。

“事关重大，奴婢还是觉得小殿下告诉太子殿下比较好，那样小殿下的安全会有保障，幕后之人的查找也定会轻松百倍。”我苦口婆心地劝导。

高承安眉头一皱：“你在教我做事？”

这语气，再过个十几年，绝对是个霸道的脾气。

不等我回话，高承安又说道：“上次我落了水后，身边的人全被母妃换了，你既然说自己没推我，那就找出幕后之人证明给我看，这是我给你的赏赐，让你自证清白。你若是一直推辞，我就认定你就是那幕后之人。”

你还别说，他这歪理还真有几分说服力。

他不愿告诉父母，身边又都是新来的仆人，才找上了我这个救过他的奴才。至少我救过他，就证明了对他是无恶意的，再加上我还是个吓唬两句就不敢说话的奴才，也方便他拿捏。

高承安完全听不进我的苦心劝解，自顾自地交代了几句后，就大摇大摆地离开了，我也没把这事放在心上。

高偃平时就比较孤僻，鲜少同他人来往，所以院子里除了胡元离会经常到访之外，也就只有高玠会偶尔过来，高承安自然无法天天追着我要调查结果。

我听其他人闲谈时说起，胡元离为了一个赎身后离开皇城的花楼姑娘，直接策马出城去追，一连几天都没有音讯传回来，也不知追上了没有。

这倒是让高偃的院子清静了小半个月。只是高玠偶尔来的几次，高承安都紧紧跟着，然后找时机偷偷问我进度，不过都被我三言两语给打发了。毕竟丫鬟身份低微，直接说我什么都查不到也正常，高承安也拿我没办法。他不想闹大到人尽皆知，而我也不想招惹这些麻烦事。

不过他这样明显地找我，还是引起了他人的注意。

在我又一次假笑着应对高承安时，正好和准备离开的高玠打了个照面，他目光扫过围着我打转的高承安，笑道："每次一来五弟府上，安儿就跑得没影，原来是跑到这里折腾别人了。"

高承安看到他，乖乖走了回去。

高玠身子半蹲，和高承安平视着开口："我见安儿似乎每次来都要找这丫鬟，就这么喜欢她吗？"

高承安偷瞄了我一眼后说："这丫鬟牙尖嘴利，孩儿看她比我身边的奴才都能说，喜欢和她说上几句解闷。"

老老实实站着的我顿时收到了好几道打量视线，这孩子，撒谎就不能找个像样点儿的理由吗？再说"牙尖嘴利"是夸人的话吗？

"哦，是吗——"高玠拉长的语调带着些懒洋洋的惬意，似乎在考虑着什么。

"既然安儿喜欢，把她带回东宫可好？"

什么意思？

我下意识地抬头，却见高玠回头看向高偃："五弟可愿割爱？"

是要把我送人吗？我的心一瞬间跳得厉害。

高偃恍如无物的目光扫过一脸紧张的我，说："她是签了活契的奴才，二哥若是想要，直接问她即可。"

高玠那张眉目含笑的脸再次转向了我，高承安眨巴眨巴眼睛似乎在权衡，一时间也没有反驳，顿时好像所有人都在等我回答。

好一个高偃，这不是陷我于不义之地吗？！

我若答应，那就是爱慕权势、背弃前主，去了东宫能落什么好？可区区一个奴才，若是拒绝了太子殿下，恐怕下场也不会太好。

虽然传闻里高玠性情十分温和，从未苛责过下人，可我终究不曾深入接触过，怎知他不会心生芥蒂？

高偃表面说让我选，实则是将我逼入进退两难的境地。

第三章 忠仆人设

“怎么？你可是不愿？”见我许久不说话，高玠再次开口问道，语气未带半分不满。

我深吸一口气拿定了主意，当即跪下开口：“承蒙太子厚爱，奴婢自进京以来就在秦王府，如今已将近六年，奴婢这个人向来手笨口拙，这些年犯过不少错，之前多亏管事嬷嬷宽厚才能继续留下来，实在不敢去东宫给殿下添麻烦。”

“依你的意思，是要继续留下来给五弟惹麻烦了？”高玠眉头一挑，带着几分调侃开了口。

太子的理解能力着实是有些感人……

我只能继续解释道：“奴婢已经在秦王府五六年了，若是就此离开换到新府邸，就怕自己又会手忙脚乱地添上许多麻烦。”

或许是因为我声音里的些许颤音，高玠并未追究下去，反而浅笑着开口：“我只是随口问问，你不必害怕。”

末了，他又转头笑着对高偃说道：“看来这丫鬟满心都是你这秦王府，那我也就不做这恶人了。”说罢，他抬步准备出去，高偃紧随其后，而高承安却慢了几步到我身边。我余光看到高玠朝这边瞄了一眼，不过他并未多说什么，只是继续向外走去。

“你为何要拒绝我父王？”耳边响起高承安的声音，“你若到了东宫，日子必定比现在好上千百倍。”

环顾四下无人，我才松了口气，不再像之前那样胆战心惊了：“小殿下可知我已在这秦王府生活了将近六年？”

高承安眉头紧皱：“你方才不是对我父王说过了吗，我说的是你要是去东宫，我直接赏你做我的大丫鬟，不比你现在这扫地丫鬟好吗？”

看不出来，高承安心里还挺待见我，我只好继续好声好气地回道：“小殿下可知，东宫对于你的意义，就如同秦王府对我的意义。”

“这是何意？”高承安一张小脸绷得紧紧的。

“奴婢小时候逃荒时被家人抛下，几经辗转才得以被秦王府收留，所以这秦王府就等同于奴婢的第二个家，外面即便富贵再多，我还是更贪图安稳些。”

谎话说出来，我丝毫不脸红，既然无论如何都躲不了是非，那我就要给自己立一个忠仆的人设，这也是我新的保命路线。

虽然这高承安确实比高偃更容易糊弄，可是听他说，上次落水之后，他身边之人就被换了个遍，那被换的那一批人，其结果不言而喻。再加上东宫有太子妃坐守，又岂会让高承安随意给自己安排奴才？

好歹这秦王府上人口还简单些，高偃并未立妃，再加上他性情古怪阴冷，下人们都不敢无事生非，对我来说这里也算得上是一片“祥和之地”。

如此权衡下来，傻子都知道该选什么。

高承安似乎还有点不死心，想继续说下去，就听高偃的声音传来：“承安，你父王已经上了马车，等了你许久，你也快些过去吧。”

我这几日观察发现，高承安有点儿怕自己这个五叔，所以他也没反驳，乖乖出去了。

我这才站起身来，一回头，却发现高偃刚才并没有和高承安一起走，反而是站在院子口，神情莫测地看着我。

方才我的那一番话也不知他有没有听到，那一番剖白骗骗孩子还行，到他耳朵里估计就没什么作用了。

我老老实实站着等他进屋，只是下一秒他的身影便出现在我眼前，不等我行礼，他就开了口：“日后离承安远些。”

我微微抬眸，却见他紧盯着我，吓得我赶紧开口道：“奴婢记下了。”

高偃倒没再说什么，抬步绕过了我，正当我拿起扫把准备继续扫地时，忽然听到高偃开口："你随我进来。"

我回头，看到高偃看着的是我，赶紧放下扫把跟了过去。

一进屋，高偃就在书桌前坐下，随手拿起一本书递给我。我刚接下来就听他说："你念给我听。"

我瞄了一眼书名，似乎是记载前朝的史书，心中虽然有疑，还是乖乖地一字一句读了起来。

念了一盏茶的工夫，也不见高偃开口，我只能忍着口干舌燥继续读。

念了小半个时辰，眼看着半本书都读完了，才听高偃叫停。

我咽了口口水，就听高偃说道："看来你识的字还挺多。"

我握住书的手一缩。

不会吧？又来这套？这又是一场测试吗？难不成到现在，他还想追究我无视木牌警告跳湖之事？陈年旧账也不能翻这么久吧。

下一秒高偃说的话，让我彻底明白过来他图的是什么。

他说："你生于田野农夫之家，可有哪个农夫的子女会识这么多字？"

"奴婢小时候对识字非常好奇，每天都偷溜到村上的学堂窗外偷听，这才认了不少字。"如今我说起谎话来简直就是信手拈来。

高偃抬手拿过我手里的书，举到眼前："这本史书是前朝所留，里面所用皆是最生涩难懂的词句，连自小经受闺房教习的贵女都未必能读得下来，我看你方才读得挺利索的。"

我有种想抓头发的冲动，难道博学也是错吗？

他这样不按套路出牌，我只想着没头没脑地念几句课本，却忘了藏拙，哪知道他原来又是在试探我。

我只得干巴巴地辩解："奴婢村里的夫子，最爱这些生僻字，奴婢才耳濡目染地跟着学了不少。"

这番话显然没能让他信服，高偃将手里的书本搁置在桌上，食指轻轻敲击："看来我还真是耳目闭塞，竟然让这样一个博学之人埋没在浣衣园子里。"

迎着高偃越来越漆黑的眼眸，我只觉得自己此时笑得比哭还难看："五爷太抬举奴……"

"那日后，这誊抄奏折的工作就交给你了。"高偃突然开口，话题转得太快，我一时间没反应过来。

誊抄奏折，肯定要每天进屋了，能出入高偃屋里的奴才，少说也是二等了，我这算是又升职了吗？

眼看着高偃就要开口喊李茂山进来安排，我抢先开口：“五爷……”

看到高偃陡然变寒的目光，我赶紧开口解释：“奴婢的字实在难以见人，是以恐难担此任。”

只听“哗啦”一声响，一张纸和一支毛笔就丢在了我眼前：“写给我看。”高偃用不容置疑的语气说道。

我为难地拿起毛笔，最后哆嗦着手写下“荼蘼”二字，小心翼翼地将纸递了过去。

我很清晰地看到高偃眼皮一跳，问：“写的什么？”

“是奴婢的名字……”我的声音越来越小。

屋里越发安静。

这就怪不了我了，我投生的家太穷，活了这些年，我几乎没碰过毛笔。

一阵风突然向我袭来，我下意识拿手挡，却接住了一叠纸。未等我细看，就听到高偃冷冰冰的声音：“半个月，若是你写出的东西还让人认不出来，就自行去找李茂山领十戒尺。”

我这才明白他方才丢给我的，是他平时抄写的诗集，让我当作字帖用。

不得不说，即便不懂书法的深层鉴赏，我也能看出这叠纸上的字个个苍劲有力，是难得一见的好字。

顶着高偃的压力，我不敢再说半句不是，小心翼翼地抱着纸退出了房间。

门口处李茂山笑得越发和善，似乎在等待着什么新乐趣。我尬笑着在他和蔼的目光下离开。

我如今是……被人逼着去学习了吗？

我尝试着去临摹，可不知道为何，每次拿起毛笔，我那只手都抖得如同筛糠一样，越用心，手抖得就越厉害，写出来的字更是一个比一个惨不忍睹。

在浣衣园子里待了这么久，我这手腕早已经用废了，哪里还能拿起笔做这种精细活儿。

眼见着高偃说的半个月时间就要到了，可我写出来的字还是毫无进益，我急中生智，竟想出了一些歪点子。

检查我练字成果的高偃，脸黑得堪比锅底，眼见着就要挨打了，我赶紧从怀里掏出另一叠纸，讨好地递过去：“五爷，您先看看这个，这也是奴婢写的。”

高偃接过去展开一看，规规整整的字体跃然纸上。只见他眉头一挑，下一刻一双黑眸就锁在了我脸上，语气不喜不怒："用什么写的？"

我这才从袖筒里掏出早就准备好的"笔"双手奉上。

我从后厨拿了些炭木，用石头磨成细长的圆柱状，之后再用纱布缠上，做成了简易"铅笔"。

高偃皱着眉头打量了许久手里奇丑无比的笔，我慢慢解释道："这是奴婢用后厨的炭木做的。小时家贫，买不起笔墨，奴婢时常用这碎炭渣习字，写习惯了，字还是能看懂的。"

话音刚落，却见高偃随手将那支笔丢在了桌面上，似乎并未多留意，转头看着我开口："我让你练的是毛笔，不是这种上不了台面的东西。"

"奴婢知道。"在他发火之前，我忙又开口，"只是奴婢先前在浣衣园子里待了数年，如今临摹字帖时手腕总是使不上劲，写出来的字也不忍直视。"

高偃的目光似乎闪烁了一下，片刻后才面无表情地说："再去练。"

我长吁了一口气，欢天喜地地说："奴婢这就下去练习。"

好歹是暂时逃过了一顿戒尺，瞄了瞄桌子上我做的"铅笔"，我还是没胆量伸手拿回来，反正我屋里还有，就不差这一根了。

还没等我走出去，身后又传来高偃的声音："再给你半个月，练不好，二十戒尺。"

脚下一绊，我差点跌了出去，而高偃此时还毫不留情地补充了一句："两只手一起打。"

这下我彻底收了耍小聪明的心思，老老实实拿出头悬梁锥刺股的劲头临摹字帖。

手虽然还是抖，但是渐渐地，我好歹能拿着毛笔画出一条直线了。

高承安这段时间倒没怎么来找我，听他人说起，太子妃给他换了个厉害的夫子，管得他现在没办法出来乱跑了。

于是我就每日在做杂活和苦练字之间辗转，有时候练字练到半夜，甚至忘了时辰。见月上梢头，才反应过来该睡觉了。

这一晚，我写得一双手满是墨痕，于是偷偷溜出屋子，去院子外打水洗漱。

大家似乎都睡了，院子格外安静，我只得蹑手蹑脚地行动，生怕发出一丝动静。

洗干净了手，我踩着月色回屋，刚走到房间门口，突然听到院子一处偏僻的墙角传来窸窸窣窣的响声，不等我进屋，两道人影突然从阴暗处闪出。其中一人似乎没了意识，另一人架着他。

我僵在原地，一动都不敢动，来人似乎也发现了我，一时之间也没有举动，似乎没想到会在这里碰上人。

我们三人……哦不，有一人是昏的，我们两人面面相觑。

借着月光，我看到未蒙面的那人正是高偃，而他扛着的那个黑衣人，看不清面目。

一瞬间高偃的表情变得格外阴森，一双眼眸像是盯上猎物的野兽。他抬步向我走来，我似乎看到他指尖有一闪而过的银色光芒，一时间全身僵硬，竟不知道是该跑还是该求饶。

这时院子外远远地传来阵阵喧闹声，似乎是有不少人正在朝这边走来。

高偃转头看了一眼，我看到他裸露在外的手背青筋暴起，最终他继续向我走来。走到我身边时，他竟直接将背上的那人推给了我。我手忙脚乱地抱住那人，一股浓重的血腥气涌入鼻腔。

高偃抬手将我和那人推进了我住的屋子里，关门之前，他附在我耳边低声说道："若是让别人发现他在这里，你也就别想活了。"

门被高偃大力关上，外面一片寂静。

不一会儿，隔着门看到院子里有火光闪动，还有一个高亢尖细的声音响起："秦王爷，陛下召您即刻入宫。"

只听到高偃的屋子门扉响动，然后他那满是睡意的声音响起："这是怎么了？"半晌没人作答，只听高偃又说道，"请公公稍等片刻，我换身衣服就随公公前去。"

我抱着那比我高了一头的黑衣人，大气都不敢出一下，直到院子又恢复安静，我才稍稍放松了紧绷着的神经。

我手臂酸疼，支撑不住那个黑衣人，我俩一起跌坐在地。我擦了擦头上的冷汗，喘了口粗气。余光看到那黑衣人的面罩方才跌倒时滑落，而那张脸……竟是别人口中本应出城去追花楼姑娘的胡元离。

我费了很大功夫才把他挪到床上，胡元离仍双目紧闭，似乎还是没有意识，我这才发现自己手上已满是鲜血。

于是我再次悄悄溜出去打了些水回来，把自己收拾干净后，才看向床上昏迷不醒的胡元离。只见他胸前已经完全濡湿，犹豫了许久，我最终还是上去轻手轻脚地解开了他的上衣腰带。

刚拉开衣服，就看到他左肩上一个鲜血淋漓的伤口，约五指宽，似乎是刀伤，胸膛上也是青紫一片，大抵是还受了什么内伤。

我不懂医术，只能先轻手轻脚地给他擦拭了伤口边缘的血渍。他还是没有苏醒的迹象。

我换下他那被血湿透的上衣，又随意给他找了件我的旧衣穿上，至于换下来的血衣，我不知道该怎么毁尸灭迹，就只能先丢在床底。

一张床完全被胡元离霸占，我只好去另外拿了床被子打地铺。

直到躺下后，我的手还一直哆嗦着，手掌用力地按压在心口，心脏仿佛也被它感染，疯狂地跳个不停。最终我还是翻身坐起，看着床上没有意识的胡元离，心情难以言喻。

高偃想杀我。

在黑夜里相遇时，他那一瞬间的眼神，被我看了个清楚。本以为这段时间的相处磨合，他会对我稍微心软，可是方才被我撞破那个场景后，高偃的第一反应……是杀了我灭口。多亏了后来进府的那群人，我才逃了一劫。

可是，这一劫，我真的能逃过吗？

现在高偃进了宫，无暇顾及胡元离和我，才给了我缓刑，若是他回来了呢？

我这个无意撞破他们隐秘之事的小丫鬟，能有什么价值可以活下去？

或者我直接带着钱跑吧……

这个想法刚冒出来就被我扼杀了，这个时代对于逃奴的手段残酷到令人胆战心惊，更何况还是一个知道了高偃秘密的逃奴，恐怕高偃会更不惜一切代价地追杀我。

那我该用什么筹码，才能让他放我一马？

一夜辗转难眠，到了第二日也不见高偃回来，而我头上就像悬了把刀，不知何时会落下。

胡元离被我留在屋子里，为了不引起别人怀疑，我还是如往常一样地干活儿。

听到院里的奴才私下嘀咕了几句，说是太子高玠、齐王高弘朗，还有高偃等一众在皇城里的宗亲，不知所为何事，都被连夜宣进了宫中，到现在一个也没出来。

我一点都不好奇皇宫里发生了什么事，我现在想的都是在高偃回来之前，我能做些什么保下自己的命。

晚上吃过饭回到屋里，胡元离还是没有醒。只见他嘴唇苍白、面色赤红，我心里一跳，伸出手放在他额头一探，果然热到烫手。

我屋里没有金创药，所以并未给他包扎过，只是简单清洗了下伤口，如今看他这个模样，估计是伤口发炎引起的发热。

下等奴才无令不得擅自出府，我也没办法出去买药找大夫，更何况这种局势，谁知道府外有没有监视的人。

秦王府倒是有府医，可是高偃说过了胡元离之事不能泄露，我也没办法去请府医过来。

只能先给胡元离换了个冷水帕子敷在额头上，一夜来来回回换帕子，到了天亮，他的额头似乎更烫了，而皇宫那边还是没有丝毫消息传出来。再这样下去，恐怕胡元离很快就会死于伤口感染了。

高偃虽然说不能让外人知道胡元离的行踪，可是若胡元离有三长两短，我肯定也不会有什么好下场。

看着昏迷不醒的胡元离，逼到绝境的我突然眼前一亮。

或许这就是我的机会，若是想活下去，那我就把自己亲手推上他们这条船，而此时的胡元离就是我的下手点。

清晨院子里已经有人在来回走动收拾，我不再犹豫，起身走了出去，像往常一样打扫着院落。

看到含玉也起了，我转到院子里绿植周遭，拿起剪刀开始修剪。余光扫见含玉从我身后经过时，我当机立断一咬牙，拿着剪刀狠狠向手臂上戳去。一阵尖锐的疼痛从手臂传来，几乎是条件反射，我丢开剪刀大叫一声，用手按住了戳伤处。

含玉脚步一顿，径直走了过来，待她走近时，手臂冒出的血液已经染红了我整个手掌。饶是一向镇定自若的含玉，也变了脸色。

方才只因我怕那剪刀太钝，所以下手狠了些，现在流的血看着格外骇人。

“这是怎么了？怎么这么不小心？”难得一见，含玉的脸上露出惊骇的神色。

我勉强回话道：“是我刚才走了神，一不小心拿剪刀戳到了自己手臂……”

“别说了，赶紧去找府医看看吧。”含玉打断了我的解释，语气里也有了些着急，“要不我和你过去……”

“不劳烦含玉姐姐了，我自己过去就行。”我赶紧打断了含玉想要帮忙的话语。她若是去了，我说话就不方便了。

毕竟我双腿没什么毛病，含玉也并未同我过多争执，只是让我停了手里的工作，我也就顺水推舟地到了府医的院子。

手臂疼得几乎已经麻木，府医擦拭上药时，我竟然像是感觉不到疼痛了一样，只是认真看着府医包扎上药的手法。

包扎完伤口后，府医又递给我一小瓶金疮药，嘱咐我一天换两次药。

接了药的我并未着急离开，试探性地询问道：“大夫，现在天越来越热了，我这伤口会不会感染发热呢？”

府医收了银子，态度还是很有耐心的：“你按照我的嘱咐，按时换药，伤口注意不要碰水，一般不会恶化到发热的地步。”

“那要不劳烦大夫给我开些清热退烧的药吧，我这平时干活离不开水，还是提前备下比较好。”我这才点出了自己的来意，借此又塞过去一锭银子。

府医只当是我胆小怕生病，自己也乐得有银子赚，就给了我几包药。

回了院子，含玉又叮嘱了我几句，大意就是以后行事小心些，切勿再毛手毛脚，之后就放我去休息了，也没有让我去干未完成的活儿。

我拿上药包，直接去后厨熬了药。

回了屋子，我低声唤了胡元离几声，他还是没有反应。我只能先给他的伤口上些金疮药，再拿着汤匙一点点给他喂些汤药。

他虽然没有意识，好在还能喝下汤药，一碗药很快就见了底。

我看到胡元离额头冒出了些汗水，赶紧又拿了帕子湿水后给他敷了上去。

一顿忙活下来，我左手上的纱布已经隐隐泛红，只是我也无暇顾及。

现在胡元离的伤势，我也看不出来严重程度，只能给他上些基本的药物，先撑一时，等高偃回来。

我心里万分纠结，既希望高偃能快些回来，解决了胡元离这个麻烦，又害怕他回来后处置我。

在地上翻来覆去到天亮，伸手一探床上的胡元离，烧似乎退了些，看来他的恢复能力还是挺厉害的。

我赶紧起床又熬了一碗药，端到床前。可能是昨天那碗药起了作用，胡元离似乎恢复了些，嘴巴突然闭得特别紧，我怎么努力都无法把药灌进去。

左手牵扯到了伤口，一个失力，汤匙里的药水顺着胡元离的嘴角淌了一下巴，而我缓了好一会儿才忍下去手臂那剧烈的痛意。

看着胡元离苍白的脸，恼得我直接伸手捏住他的鼻子，嘴上也忍不住抱怨：“‘小阎王’，你知不知道这药是我费了多大功夫才得来的？我都不舍得给自己用，你还不配合？”

似乎是憋不住气了，胡元离嘴巴微微露了一道缝，我当机立断地端起汤碗，给他往里面灌。

最终一碗药几乎是喝了一半，洒了一半。我放下空碗，忙拿起帕子细细地给他擦着脖颈处洒出来的汤药。

按照他之前那爱干净的性子，要是醒来看到自己这一身狼狈，恐怕又会找我麻烦了，还是先给他擦拭干净，以免落了把柄。

已经过了三天，高偃还没有回来，我就如同一个老妈子一样照顾着胡元离。

含玉见我手臂伤势未愈，只分了我些轻闲的活儿，使得我有时间溜回去看看昏迷中的胡元离，只是他始终未醒。

怕他会体力衰竭而死，晚上我还借口自己没吃饱，从厨房拿了些汤饭食水，也一点点给他灌了下去。

喂完之后我也累得出了一身汗，看着眉目紧闭的胡元离，我小声嘀咕着："看在我这么尽心照顾你的分上，以后也对我好些吧，我是叫荼蘼，别总是像骂人一样叫我秃子了。"

对着没有反应的胡元离说话，就像是自言自语，不过我也不介意，毕竟他要是真醒了，我也不敢这样说话了。

倒在地铺上，这一夜窗外的月光似乎特别亮，也让我心头的阴霾少了些。

迷迷糊糊睡梦间，听到院子里有嘈杂声响起，似乎听到有人在唤"五爷"，我顿时清醒过来。

我随便套了件衣服，打开门，果真看到高偃的身影出现在院子里。

他似乎正准备进屋，听到我这边开门声的一瞬间，转头向我看了过来，犀利的目光穿过人群，刺在我身上。

"你过来。"高偃开口，对着我说道。他身边的李茂山和含玉对视了一眼，低头并未多言。我赶紧小跑几步，跟在高偃身后进了屋。

含玉掌了灯后，就小步退了出去。屋里只剩我们两人。

高偃背着手站着，身后的烛火将他的影子打到我身上，晃动不止。

"人呢？"高偃开口。

我赶紧提起十二分精神应对，是死是活就看现在了："回五爷，人还在奴婢屋里，并未有人发现，只是……他到现在还未醒来。"见高偃迟迟未说话，我又小心翼翼地开口，"奴婢看……他伤势似乎很重，但是顾忌消息外泄，也不敢找大夫，五爷可要去看……"

眼前似乎闪过一道黑影，下一秒我的脖颈就被一只冰冷的手掌扼住，高偃微微低头，耳边响起了他阴森的声音："自作聪明的东西……"

握住我脖子的手指在逐渐收紧，一点一点地将我胸腔里面的空气挤了出来，我强忍恐惧艰难地开口："小……小燕……王一直昏迷不醒，奴婢是……是真的忧……心，再拖下去……恐怕就……就会凶……多……吉……"就在我眼前开始冒金星的时候，高偃的手一松，我整个人跌坐在地。

我疯狂抑制住想咳嗽的冲动，察觉到高偃的目光正投注在我头顶上，我故意将左手臂往身后缩了缩，果然引起了他的注意。

下一刻他俯下身来，伸手握住了我的左臂。饶是我做了心理准备，可是他的力道太大，还正好握在我的伤处，仍疼得我条件反射地伸出右手握住了他拉扯着我的手腕，人也下意识地开口："疼……"

高偃一愣，不等他反应过来，我就发现自己的举动有多大不敬，极快地撒开了手："奴婢僭越……"

高偃沉默了一会儿，扯下我的衣袖，看见我左手小臂上透红的纱布，他动作也未停，而是将其一圈圈解了下来。直到骇人的伤口暴露在空气里，高偃才停了手里的动作，因他刚才的拉扯，我手臂上的那道伤口又开始淌血了。

"怎么弄的？"高偃拉住我手腕的手未松，就势蹲在我面前开口。

顶着他的目光压迫，我才开始解释："小燕王一直昏迷不醒，五爷又吩咐不能被外人知道他的存在，奴婢见他伤口逐渐恶化，人也奄奄一息，为了不引人怀疑，奴婢只能动手弄伤自己，才能去讨些药材回来。"

空气里是令人压抑的沉默，片刻后高偃才开口："你没上药？"

"奴婢见小燕王伤势严重，从府医那里拿回来的药粉有限，不知道五爷什么时候回来，就只能先紧着小燕王用了。"我低着头，尽量让自己的声音听起来很真诚。

高偃始终未说话，可是握住我手腕的手掌未再用力，也并未松开，屋子里是让人压抑的寂静。似乎他在权衡——权衡我言语的可信度。

这一念之差，便是生死之间。

手臂上那道被高偃方才拉扯再次溢出鲜血的伤口，正一点一点流淌出暗红的血液，像是一道红线一般，滑过我手腕的皮肤，在上面留下一道略显骇人的痕迹。

在手肘部位凝结的血珠越来越大，最终一滴鲜血颤巍巍地摔在地上，摔得一小块地面斑驳不堪。

我们之间没人说话，忽然只听窗棂一响，一道声音也随之响起："老五……"

我浑身一抖，下意识抬头朝窗户看了过去，只见方才我离开屋子时还昏迷不醒的胡元离，如今就站在窗后，脸色苍白地看着我们。

我赶紧低头，另一只闲着的手慌得遍地摸索，最终狠狠地掐上了自己的大腿。如果不这样做，我怕我会笑出声来，因为我看到此时胡元离上身穿着的正是我的那件旧衣衫。

当时他昏迷不醒，我不舍得给他穿自己的新衣物，就翻出了前几年已经穿不上的衣服随便给他套上，才导致那本来就小的衣服穿在他身上格外滑稽。

躺着倒不觉得，如今他站起来，不仅手臂露出一大截，连腰腹也若隐若现，像极了那些五大三粗的傻娃。

天知道笑点低的我是如何忍下来的，若是我现在笑出来，恐怕想要我性命的就不只是高偃一个人了。

憋笑憋得我浑身颤抖，我把头深深低了下去，高偃估计以为我是在害怕，捏住我手腕的手掌反而松了些力道。最终只听他低声说道："若想活命，就把嘴给我闭严些。"

我心头一松，赶紧猛点头。

高偃这才放下了我的手腕，我手脚极快地撸下袖子，听到高偃开口："出去吧。"

我赶紧低头倒退着出了房间，不敢抬头看一眼。

屋外的夜空格外明亮，照得这个院子如同白昼一般，我深吸了口气，才按捺住疯狂跳动的心脏。

这一关，我算是过了。经此一遭，我也算是高偃的半个"自己人"了。

回到屋里，我终于能睡在床铺上了，于是又随便给手臂缠了些纱布，我便倒头睡了过去。这三日几乎都没有睡好，如今才算是能睡个安稳觉了。

一觉醒来，只觉得神清气爽。起身穿衣服时，却见屋里的桌子正中央放着一个小瓷瓶。

我屋里之前似乎没有这种瓶子吧？伸手拔开瓶塞，我就嗅到了一阵淡淡的药香，这是谁放的呢？

昨晚我睡得太熟，完全不知道这药从何而来。

不明来历的药我也不敢乱用，趁着白日去府医那边复诊时，我让他帮忙查看了下瓷瓶里面的粉末是何物。这才得知瓷瓶里面的粉末是京城里顶好的金疮药，价值不菲。

虽不知道具体是谁放过来的，但想来也就是那二人其中之一。不过看他们的性情……可都不像是会给一个丫鬟金疮药的模样。

当然了，我也不敢去问，就怕问错了人尴尬，反正府医说了此药无害，我索性直接用了起来。

当我刚恢复了勤勤勉勉的扫地工作时，就被李茂山叫到了高偃屋里。

高偃正襟危坐在书桌前，书桌的角落放着一摞书和摊开的空白纸张，我心里一跳。那不祥的预感果然没有出错。

只听高偃说道："这些都是世上难得一见的孤本，我从皇宫的藏书阁里借出来的，你且临摹下来，我用作日后翻阅或赠给他人。"

拿我写的东西去送人，这不是得罪人吗？我那字有几个人能看懂？

我磨磨蹭蹭地拿起笔，随手一翻，那一摞书都是些琴谱、棋谱、乐谱……乱七八糟的什么都有，反正都是我欣赏不来的东西。

察觉到高偃的目光扫过我写的字，下一刻他就将手里的书重重掷到桌子上。

不等他开口，我就赶紧解释："奴婢这些时日手臂受了伤，才荒废了练字。"

只听高偃轻嗤一声说道："你受伤的不是左手吗？"

我一愣，心里暗暗叫苦——失策，早知道当初拿刀戳右手了。

哑了半天我也没想出合适的措辞，最终只听高偃冷冷地开口："出去领罚。"

我垂头丧气地走了出去，还没走到门口，就听高偃又说道："日后你不必再负责院里的打扫了，每日来我这里抄书就行。"

"是，五爷。"我干巴巴的语气不带一点儿灵魂。

高偃似乎也准备出门，路过我身边时开口："今日开始，你就是我屋里之人，我知你聪慧，也要再告诉你一句，一荣俱荣一损俱损。"

我心里一突，这是彻底把我划入阵营之内了，可这对于我来说，并不是什么值得高兴的事情。

我只能先开口应承："承蒙五爷厚爱，奴婢牢记在心。"

高偃应该是比较满意，嘴角若有若无地勾了勾，还吩咐了李茂山一句："既然荼蘼的左手有伤，那戒尺就减到十下，只打右手即可。"

戒尺惩罚并没有想象中的那么痛，可能是因为李茂山见我是个小姑娘，下手才格外地轻。十戒尺下去，我手心也只是有些微微泛红。

高偃回来的第二日，京城里就传出了一个消息——追花楼姑娘而消失半月之久的胡元离，终于抱得美人归，回了燕王府，一连几日都在府上陪着追回来的美人，任凭往日酒友召唤也充耳不闻。

鉴于过去胡元离经常干出这事，大家也都只是猜测着这次的美人能受宠多久。与此同时，前几日忽然所有皇室宗亲被叫进皇宫三日之久的消息，反而没有引起什么波澜。毕竟对于平民百姓来说，还是八卦趣闻更让人津津乐道些。

而那被我藏了三日的胡元离和百姓口中的那个回城的纨绔胡元离，仿佛是两个人一样，我好像无意间窥见了什么不得了的秘密，更觉心底发冷。

为了保命，我只能把自己送上了他们这条船，选择和他们同一阵营，可是如此做只能保住眼前的生活，日后就不好说了。

本来我活着的唯一希望，就是攒够了钱后赎身去环游世界，可现在这个小希望已变得如此之难。一个知道那么多秘密的丫鬟，主子怎么可能让她轻易赎身离开呢。

如今的我还不到十七岁，我要想在二十岁的时候离开，只有两个解决途径：一是让我收留胡元离一事不再是不为人知的秘密，可是关于此事牵扯到的隐秘，我知之甚少，不是我想对别人说就能说的；二就是……江山易主。

虽然我还不明白具体发生了什么事情，可是所有宗亲被传唤进皇宫，而高偃和胡元离又想隐瞒下此事，那就证明他们所行之事不能被人知道，不能被宫里那位九五之尊知道。

若是江山易主，此事别人知不知道也就无关紧要了，毕竟至高无上的权力能压下来一切有异议的声音。

可是现在的我并不清楚皇宫里发生了何事，也不能去弄清楚高偃和胡元离做了什么事。

这是一个死局，不知道事情的来龙去脉，我就无法做下一步谋划，可是知道太多，我将会更难脱身。

我为保命而给自己树立的忠仆人设，将会彻底套牢我的余生。

不知是不是我忠仆的人设立得太稳，一连几日，高偃都没再寻我的事，连带着李茂山和含玉对我的态度都越发客气了。

平静了两日，皇宫里又传来旨意，说是皇帝设下宴席招待所有宗亲。

这个时间点，既不是什么节日，也没什么大事、喜事发生，皇帝却突然要大宴宾客，也就不难让人联想到几日前大动干戈的半夜召见事件。恐怕如今这场宴席，也只是为了安抚人心。

高偃为此还特地穿上了王爷品级的朝服，藏蓝色的衣袍衬得他眉宇间的阴郁更加显目，若是他改日换上一身胡元离时常穿的红袍，不知道会不会看着喜庆一些。

一想到高偃一身红色衣衫的画面，我就忍不住想笑。

走到院门口的高偃不知为何，像是心有感应一样停下了脚步，转头向我看来。我赶紧低头装作忙碌，却听他的声音传来：“今日，你跟我一起进宫。”

我偷瞄了一眼，他看着的人是我。

似乎是为了证实我的猜想，他又对跟在身后的含玉说：“你且留在府里。”不给我说话的时间，高偃就大步向外走去，李茂山赶紧冲我使眼色。就这样，我连洗手的时间都没有，就稀里糊涂地坐上了进宫的马车。

马车里，我和李茂山面对面而坐，高偃则坐于里侧闭目养神，一句话都没有和我交代，李茂山也是一副神游的模样。

如此一来，即便是我心里有着千百个疑问和不安，也不敢开口打破这静谧的氛围。只能心里默默安慰自己，这可是一次长见识的经历。等下就跟着李茂山，看他做什么，我跟着做什么好了。

宫宴之上，我和李茂山立于高偃座位之后，老老实实地垂手低头。

这殿里最上面坐着两位明黄色锦袍的人，应该就是皇帝和皇后了。

皇帝下方坐着的是太子高玠和一华服丽人，那丽人正是我之前救下高承安时出现的那位，想必就是太子妃蒋雅彤。他们中间那个小小的身影，也就是高承安，还皱着眉看了我好几眼。

皇后身侧坐着两位华服妇人，看打扮应该是后宫里的妃嫔，一位容貌美到让人不敢直视，联想到同样相貌出色的高弘朗，应该就是他生母淑妃了。另一位容貌稍逊色些，但看着也端庄大气，她的身份我一时猜不出来。

胡元离不知道是不是还在养伤，今日并未出席。

大致厘清了人物关系，我才开始看这场宴席上的表演——舞蹈乐器，乐师舞姬轮番上场，一开始我还饶有兴趣，看了一会儿就审美疲劳了。

座席之间的皇子们交头接耳，并没有多严肃。上座的皇帝和高弘朗也在随意聊着，谈的多是无关紧要的政事处理，隔着太子一家的座席相谈甚欢。只见皇帝不时点头，虽然面上还是严肃的神情，可眼神里是极为满意的模样，一旁的淑妃只是赞许地看着自己儿子，并没有过多骄傲。

看来果然如传闻一样，皇帝更宠爱淑妃和同她所生的长子。不过高弘朗也确实争气，文韬武略皆是名列前茅，只是……可惜了。

忽见座席上的高承安小短腿一蹬，站起来跑到皇帝面前，扒拉住他的膝盖，似乎想要说什么悄悄话。

都说隔代亲，一看到自己的大孙子，皇帝脸上再没有半点儿严肃，甚至还弯腰探头过去听高承安说话。

虽然隔着乐器声，听不到他们在说什么，不过看高承安那一脸炫耀的表情也大抵能猜出来，定是在夸自己的课业成绩之类的。皇帝笑得眉眼弯弯，就差没抱着高承安亲上两口了。

席上一团和气，反观高偃，却在自顾自地喝酒，也不主动与他人交谈，只是偶尔接几句高玠的问话。

我也曾听说过，高偃的生母是皇后身边的丫鬟，一次皇帝醉酒，她才误打误撞怀上了龙种，皇帝迫不得已给她封了个“丽嫔”。

没钱没势的女子，即便生了皇子，在后宫的日子也不好过，来不及看到高偃分府另住，丽嫔就病故了。自此，高偃便一直养在皇后身边，所以在这么多皇子中，他也只和高玠关系近些。

丽嫔的事情算是高偃的忌讳，大家都不敢在他面前提起，因为传言里丽嫔对于自己生的这个儿子，可是不喜到近乎厌恶的。

我也是无意中听府上嘴碎的下人说闲话才知道的，大家都说约莫是因为高偃那不怎么光彩的童年生活，才造成现在他孤僻阴冷的性子。

看着高偃笔挺的背影，我心里说不上是什么感觉，似乎有点儿同病相怜。

怕一直盯着高偃的背影会被他发现，我转开视线，这一转眼，却无意间瞄到了高弘朗的侧脸，只是那张俊美无比的脸上，表情似乎有点儿……奇怪，有种说不上来的感觉，和刚才那个意气风发地和皇帝谈论政事的高弘朗，很是不同。

我只是多看了几眼，他立马警觉地回头，和我打了一个对视，吓得我赶紧低头，过了很久才感觉到那一束不容忽视的目光转开。

我心头松了一口气，这时却看到皇帝身边的高承安正拿只小胖手指着我，下一秒就听皇帝叫停了歌舞，开口道：“哪个丫鬟叫荼蘼？”

我下意识看向了高偃，只见他身子未动，只是轻微地点了点头，我这才走了出去跪在殿中说道：“回陛下，正是奴婢。”

然后就听到皇帝那低沉威严的声音响起：“刚听安儿提起，之前是你救了他？”

察觉到所有目光都投注到了我身上，我只能唯唯诺诺地回答：“是小殿下福厚，有神明保佑，奴婢万万不敢担下此功劳。”

皇帝笑了几声，似乎心情不错：“倒是个懂事的奴才，不过听安儿说那日也有你的功劳，来人，带着下去领赏吧。”

我眼前一亮，唯恐皇帝反悔，赶紧磕头领恩，跟着小太监出了主殿。

真不愧是皇帝，一出手就赐了黄金百两。这可是我做一辈子奴才都赚不到的钱，没出息的我脑子一片空白，始终不敢相信手里的托盘是真的。

直到听到一道颇具威胁性的声音，我才被拉回现实："得了赏钱就把规矩都忘了？老五怎么养的奴才，见了主子都不行礼吗？"

我一回头，看到高弘朗就站在我身后，一脸嘲讽地看着我，他身边还跪着一地的奴才。我这才反应过来方才太过忘形，只顾着向前走，完全没有注意到路过的高弘朗。

我吓得赶紧放下托盘跪了下来："见过齐王爷，方才奴婢因为从未见过这么多赏钱，才一时财迷心窍、脑子发蒙没注意到王爷经过，还请王爷恕罪。"

在这里待得越久，我的膝盖就越软，好像下跪都成了习惯。

高弘朗轻嗤一声，并未让我起身，直接开口道："百两黄金就能让你如此忘形，若是钱再多些，你是不是都要踩在我们头上了？"

这大皇子怎么会如此不讲道理，我只能继续辩驳："奴婢万万不敢，奴婢只是个目光短浅、没见识的穷丫鬟，才会出了丑，给王爷看了笑话。"

高弘朗倒是并没有追问，只是开口："看着我回话。"

我只能依他所言，半仰起脑袋。

就见他眼睛微眯开口："方才席上，你是不是偷看我了？"

这句话说得我脸一红，这人是不是仗着自己的好相貌自恋得有点儿过头了？

不等我回话，就听他声音陡然压低："为何你用那种眼神看我？"

对上高弘朗有几分危险的眼眸，我心里一跳，赶紧掩饰性地说道："奴婢不明白王爷说的是什么意思，方才席上只是……只是因为王爷相貌太过俊美，奴婢才忍不住偷瞄了几眼，请王爷责罚奴婢的不敬之罪。"心一横，我只能先承认自己花痴，否则怕是过不了这一关。

高弘朗久久未出声，不知道是不是相信了我的这番说辞，直到蹦蹦跳跳的高承安出现，才打破了这压抑的沉默。

只见高承安跑到我们面前，先弯腰掀开了我托盘上的红绸，看到一锭锭的金子后，才得意扬扬地站直叉腰开口道："今日可是我特地向皇爷爷提起了你，你才能拿这么多赏银，看我没有亏待你吧？"

我赔着小心假笑着开口："奴婢是要多谢小殿下。"

"所以说，帮我办事，你是不会吃亏的。"高承安冲我挤眉弄眼，话里话外全是暗示。

我顶着高弘朗打量的目光，只能做出一副谄媚的模样应和。

只见高弘朗伸手揉了揉高承安的脑袋开口："看来安儿和这丫鬟关系不错啊，她有什么特殊之处得了你的青睐？"

高承安眼珠子转了转，一脸神秘地开口："这是一个秘密，大皇叔，我日后再告诉你。"

"好啊，你现在对我都有秘密了是不是啊？"高弘朗揪住了高承安的耳朵，作势要用力。一大一小打打闹闹，看着场面格外和谐。

最终高弘朗弯腰抱起了高承安，说道："时候不早了，等下宴席就散了，我们先回去吧。"

高承安倒是乖乖听话了，趴在高弘朗肩头，临走时还不忘冲我喊一声"不用跪了"。直到他俩都走远，我才起身揉了揉酸疼的膝盖，端着托盘继续走。

之前见高承安在自己父亲高玠面前都老老实实、规规矩矩的，如今在皇叔面前，两人反而能像朋友一样吵吵闹闹，连和我说的话也不避讳高弘朗。如此看来，高承安倒像是喜欢高弘朗胜过父亲高玠了，这也可以理解，毕竟父亲都会对儿子管得更加严厉些。

我没再回宴席上，而是端着金子在停放马车的地方等高偃出来。直到夜深，才听到前殿那边有人声传来，应是宴会结束了。

周围马车众多，都是各府的奴才，一个个也都开始准备离开。

东张西望时无意瞄见一个丫鬟，似乎有些眼熟，可我一时半会儿想不起来在哪里见到过。

前殿里的人陆陆续续地走了出来，高偃也在其中，我赶紧收了心思老实站好。看着我端着金子双眼放光的模样，高偃忍不住皱了皱眉头，但还是一言不发地上了车。

回去的一路上我都在傻笑着看手里的黄金，高偃却没再闭目养神，反而开口问道："就这么开心吗？"

"嗯。"我下意识地猛点头。

察觉到高偃越眯越小的眼睛，我这才反应过来，心里虽然有点儿不舍，但还是把托盘往前一伸："五爷，您要吗？"

对面的李茂山眼睛顿时瞪得像铜铃一般，而高偃则肉眼可见地深吸了一口气，然后继续闭目养神。我这才放下高悬的心，继续抱着我这一盘金子。

到了府上，我放好黄金就抱着鱼食偷偷溜出了院子，这一天都没有喂鱼，也不知道后院的鱼被饿成什么样子了。

离池塘越来越近，我忽然站定，手里的鱼食一个没拿稳，撒了一地。

我想起来了……我想起来在皇宫里看到的那个一晃而过的丫鬟为什么眼熟了。就是在这里，我见过她，在高承安落水的那日。

今日皇宫宴请的都是皇亲国戚，那就代表着要害高承安的人……是皇室宗亲。

我又无意之间窥见了说不得的秘密，可是之前在那么多人面前，我咬死了自己没在池塘边看到任何人，才得以平安活了下来。

这主人家可把自己的面子和奴才的忠诚度看得极为重要，现在我若突然翻供，岂不是承认自己犯了欺主之罪？

想起高承安今日在殿前替我邀赏的那张小脸，我突然感觉自己屋子里的百两黄金烫手极了。

思来想去，一夜难眠。

心里忐忑，想着还是先把手里的银钱存进钱庄再说吧，也算是条退路。于是第二日，我便找李茂山告了假，出府存钱去了。

难得出来一次，再加上心里压抑，我索性不着急回府，在街上多逛了一会儿。古色古香的街道和店铺，倒是让人心理压力缓解了许多。

我无法承担坦白的后果，也无法主动去寻高承安，就只能等他日后再找我时，委婉给他些暗示。

高承安年纪虽小却极为聪颖，日后定不会让自己再次落入相同的险境。

突然暴富加上心里藏着事，我开始报复性消费起来，衣物吃食买了一大堆，企图借此转移注意力。

眼看着临近午时，我准备再买支簪子后就去物色饭馆，毕竟自从黄铜簪子掉入池塘后，我几乎没有其他首饰，胡元离送的那个，我轻易又不敢用。

拎着大包小包进了一家小店，却一瞬间被柜台角落里的一串手链吸引，顿时挪不开步子。

那串手链是一根细细的银色链条，连接着四朵白色小花，一大三小簇拥在一起，连淡黄色的花蕊都上色得格外精致。

看着这花格外眼熟，我开口问道："掌柜的，这手链上面是什么花饰呀？"

店主双目放光地走来："姑娘好眼力，这可是我们店新到的首饰，格外抢手，上面雕刻的是荼蘼花，一种极为罕见的花草，所以用这个模板做成的首饰也很少……"

店主吹得天花乱坠，我心里好笑，这首饰摆在最角落，不细看都注意不到，想必不会是什么受欢迎的首饰。

在京城里荼蘼花或是不常见，可是在我出生的山野里，几乎是满山能见的寻常植物，它的花语……可不是什么好含义。

于是我开口道："老板，据我所知，荼蘼可不是代表吉利的花，你这首饰应该不好卖吧？"

"姑娘这你就不懂了，自古福祸相依，大凶即大吉，大悲同大喜，这种事啊……可都是说不好的。"店主摇头晃脑地继续忽悠。

心里虽对他的说辞嗤之以鼻，可说实话，我确实对这条手链挺感兴趣的，便问了价钱。

得知要二十两白银，我转身就走。店主眼疾手快地拉住了我，经过一番讨价还价，最终以十两银子成交。虽然这价格也不低，可我看着这串手链，竟然有几分同病相怜的感觉，狠狠心买下了。

走到街上时我忍不住又拿出链子细细端详了一番，只见手链在阳光下仿佛重生一般，折射着耀眼的光芒，让我心情顿时也大好起来。

没等看够，就被斜里伸过来的一只手夺走。我一回头，就看到胡元离两根手指捏着手链，皱着眉打量着它。看他脸色已经恢复红润，估计是养好了伤，又出来作妖了。

我不敢硬夺回来，只能眼巴巴地看着胡元离的手。

却听他嫌弃地说道："这种做工粗糙的劣质货色，你是怎么看上的？"

废话，他这个皇室贵族，怎么看得上我这种十两银子的首饰。

我放下手里的大包小包，一脸讨好地摊开双手，小心翼翼地回道："都是没见识的小姑娘家才喜欢的东西，自然入不了王爷的眼，还请王爷还给奴婢。"

胡元离眉毛一挑，怀疑地说道："姑娘家喜欢这种东西吗？"

我赶紧点头，却见他突然笑得不怀好意，开口道："那正好，我现在就要去找姑娘了，你这手链就当作见面礼吧。"

拿我买的东西去送别人？

胡元离当真是袖子一甩，转身就走，我赶紧追了几步，开口道："王……王爷且慢，这串手链上的雕花可是不祥之兆，实在不适合送人。"

胡元离双手背后，把手链也藏于身后，问道："有何不祥？"

"呃……"

我结巴了一下，正在纠结要不要说出这花是荼蘼时，胡元离冷笑一声开了口："若是此手链不祥，你又为何会买下它？当真以为小爷我是傻的不成？"

"这是奴婢方才花钱买的……"我委婉地说出了自己的意思。

荼蘼不争春
七月荔 著

胡元离没有半点儿抢了别人东西的自觉，还十分认真地说道："奴才的东西就是主子的东西，再说我之前还给了你一个簪子，那簪子可是……哎，怎么没见你戴过啊？"

"那簪子太过贵重，奴婢不敢戴。"我老老实实地回答。

刚说出口我就后悔了，这不是自投罗网吗？

果然胡元离笑得更加放肆："你也知道那簪子贵重，那这个手链就算我讨回来的一点儿本钱吧。"然后他就在我匪夷所思的注视下，大摇大摆地离开了。

十两银子就这样没了，气得我也没心情吃饭了，提着大包小包就回了府。

在门口正好遇到应该是下朝回来的高偃，我赶紧收起满脸怒火，像往日一样行了个礼。却瞥见高偃看我的目光格外地冷漠，像是在看一个罪人一样，没有理会我就进了府。

我心怀忐忑地回了院子，细想下来，我好像没做错什么事吧？

刚放下东西，我就被李茂山喊去了高偃的屋里。我跪下行了礼，高偃却一言不发，只是看着手里的书，像没看到我一样。

一旁的李茂山早已退了出去，屋里只剩我俩，我就稍微提高了些声音，又问了一遍礼。

高偃还是看都没看我，我这才明白他是在故意无视我，只能老老实实跪着，他不发话我也不敢动。

只是没想到，我这一跪就跪了两个时辰。

第四章 围猎

膝盖早已麻木，疼得没了知觉，书桌后面的高偃还是一言不发地看着书，可我瞧见这两个时辰里，他手里的那本书只翻了不到三页。

我开始回想今天一天发生的事，昨天晚上从皇宫回来，高偃还是正常的。今天一大早他直接去上了朝，我们根本就没碰面，接着我就出府去存钱买东西了，其间我就只遇见了胡元离，被抢走了一条手链，其他什么事情都没有发生过。

高偃现在如此生气，是在朝堂上遇见了不顺心的事情？那为何撒气到我身上？虽然此时的高偃面无表情，情绪没有丝毫外露，可我就是知道他在生气。

屋外传来轻叩声，李茂山小心翼翼地在门口询问：“五爷，该用晚膳了。”

我这才想起来自己连午饭都没吃，就被叫来罚跪了，而且肚子还非常应景且不争气地“咕”了一声。声音之大，让高偃终于抬起了头，而他看着我的目光并未有半点儿缓和。

屋外的李茂山唤了一声之后，也不敢再说话了。

高偃终于开了口：“今日下朝，齐王来寻我了。”

高弘朗？他怎么了？我听得一头雾水。

只听高偃又继续说，声音透着丝丝凉意："他开口向我要了一个人，你猜猜是谁？"

我的冷汗唰地一下冒了出来，高弘朗为何会开口要我？是因为那日宫宴上我看向他的目光让他心里起了疑，还是因为高承安对我的特殊待遇让他对我另眼相看了？

无论是何缘由，对我来说都不是一件好事。

高偃将手里的书本重重地放在桌上，表情还是丝毫未变，不见怒意却让人战栗："大哥自小就是皇子中的佼佼者，从未向我们这些兄弟开口讨要过任何东西，你倒是让他破例了。"说到最后，高偃的声音越发尖锐。

我赶紧磕了个头辩解："奴婢敢对天发誓，从未背着五爷做任何事，也不知齐王为何突然要讨要奴婢。"

高偃这般生气，恐怕是因为前几日我还一副为他鞠躬尽瘁死而后已的忠仆模样，现如今却突然跳出个高弘朗向他要人，无缘无故，他自然会认为是我背叛他改投了他人麾下。

只听高偃冷笑一声，起身向我走来，步伐间衣摆的摩擦声也是空前刺耳："你说你不知缘由？大哥可说是你自己口口声声说倾慕于他，他才开了尊口要人的。"

倾慕？这个高弘朗，能不能再自恋点儿？夸他长得好看就是倾慕于他？

当着高偃的面，我气恼也没办法发火，只能开口解释："齐王许是有什么误会，奴婢向来有自知之明，万万不敢企图攀附齐王殿下。"

话音刚落，高偃已经走到我面前，冷着一张脸俯视着我："他在这种事上，向来不屑说谎的。"

我仰起头，直视着高偃开口道："奴婢也万万不敢对五爷撒谎，可以用性命担保，对齐王绝无任何倾慕之意，也未曾向他表达过倾慕之心。"

高偃盯着我看了许久，我也毫不心虚地和他对视，目光不带半分闪躲。最后他忽然一转身不再看我，只是撂下一句话："即便如此，大哥已经开口要人，我又岂能回绝？"

高弘朗的齐王府已有一侧妃，而齐王正妃的人选也已定下，是太师的嫡长女，估计过不了几个月就要过门了。

虽然不知高弘朗究竟打的是什么主意，可是这个时间点要我过去，我哪里会有好下场？

后院女人间的争斗都不用我多说，我一个普普通通的奴才，没钱、没势、没背景，简直就是标配的炮灰，而我也不想去给高弘朗当侍妾。最最重要的是，我可是知道高偃秘密的人，他怎么可能让我活着去齐王府？

如此看来，今日也是他的试探而已，他根本就不可能把我送人，这是再次测试我的忠心。

既然他现在还没有完全起杀心，那我就只能选一条路了——将我的忠仆路线贯彻到底。

于是我狠狠地掐了自己一把，让声音也带上一些哭腔："奴婢自十一岁就进了王府，说句大逆不道的话，奴婢早已经把王府当作自己的家了，还请五爷不要赶奴婢离开，日后无论五爷让奴婢做任何事，奴婢都肝脑涂地，在所不惜。"

身前高偃的背影还是一动不动，并未转身，我脑筋转了转，这几句话的力度肯定还远远不够，想起之前听过那些关于高偃生母"丽嫔"自小就不喜他的传言，那么打蛇就要打七寸。

我连哭带号地开始表演："五爷也知奴婢是出生于农夫之家，可是五爷不知道奴婢出生时偏偏赶上旱灾，一连几年家里收成都不好，父母就一直怪奴婢是个灾星，从小打骂不断。到奴婢十一岁那年，旱灾实在太严重，家里几乎颗粒未收，所以不得不开始举家搬迁。迁移路上奴婢好心下了马车去给家人打水，一回来就发现父母和兄弟姐妹都已经坐车离开了。因为存粮有限，所以就只能抛下多余的人口，少一个人就少一张嘴吃饭。自打进了王府，奴婢才算是过上了不饿肚子的生活，所以奴婢是打心眼儿里想报答五爷和秦王府……"

说来也奇怪，明明我是在装可怜，可是说着说着我竟然真的想哭了，可能是因为我说的这些……都是真的吧。

我亲手把自己从来都没有提起的过去撕开给高偃看，他终于不是兀自站着了，见他回了头，而我眼里有泪，看不清他的表情，可他还是始终都没有开口。

看来还要再加一把火，我抬手抹了一把眼泪，重重地磕了一个头说道："奴婢自小就不讨家人喜欢，所以之前才被家人抛弃过一次，若是王爷再把奴婢送人，那奴婢就是被抛弃第二次了，这是在逼着奴婢去死。"

屋里悄然无声。

我在赌。赌高偃还有一点儿人性。赌那个传闻中对他格外冷漠的生母。赌我的经历能唤起他的共鸣。

半晌才听到高偃的声音，带着一丝沙哑："起来。"

我手脚并用想要站起，膝盖处猛地传来一阵针扎般的疼痛，痛得我颤抖着又跌坐在地。

正当我偷偷揉腿想缓解下膝盖的疼痛时，高偃却突然在我面前蹲了下来，伸手钳住我的下巴，发烫的指尖擦过我脸颊的泪痕，惊得我起了一身的鸡皮疙瘩。

他黑黝黝的双眸终于没有了方才的阴狠，我一颗悬浮的心微微落定。

高偃手指未松，就这样捏着我的下巴，眼底涌动着令人心头发怵的复杂："你今日所说之话，我都记下了。"言罢，他才松了手，起身道，"出去吧。"

看来是不会把我送人了，我心头一松，赶紧谢了恩，本欲起身离开，可膝盖还是没有恢复，许久站不起来。

一旁看着的高偃突然又俯身下来，不知道是不是我多心，看模样他竟然是伸手想抱我起来，吓得我连滚带爬地退了几米。

高偃伸手的姿势还僵在原地，我赶紧开口："奴……奴婢就先下去了。"

最后倔强的我……爬出了高偃的房间，还把门口守着的李茂山吓得抖了抖。

身后似乎有笑声，仔细听又没有了。一旁的含玉见此，出手把我扶回了屋子。

借着膝盖的伤势，我本来准备在床上躺上几日偷个懒。可是第二日高偃让含玉给我送来一个小茶几，正好可以放在床上，并交代说我只是腿受了伤，双手还是不能荒废练字。

恼归恼，见高偃绝口未提高弘朗的事情，我也彻底安心了，估计是已经回绝了，我便老老实实在床上练字。

高偃下令让我一天至少写一百页字，本来我还想讨价还价，却被他一句"你就是这样肝脑涂地的？"堵了回来，整得我更加不敢偷懒。

一个人待在屋里，忽听窗棂一响，我趴在床上往窗户看去，就看到正立于窗边的胡元离在用力拍打着自己的衣摆，力气大得像是要拍烂自己的衣服。

只听他万分嫌弃地质问我："你就不会擦擦窗户吗？看这灰尘都攒堆了。"

"王爷怎么不走门呢？"我面带微笑地反问。

胡元离拍打衣服的手一顿，随即若无其事地向我走过来开口说："走门不方便。"

这有什么不方便的？

他几步走到我床前，因为对他之前抢走我价值十两白银的手链还有气，所以我干脆偷了个懒，说道："请王爷见谅，奴婢双腿有疾，不能下床给王爷行礼了。"

"腿怎么样了？我看看……"

说着胡元离就要伸手掀我裙子，虽然里面还穿有裤子，但我也被他的举动吓了一跳，赶紧往床里面缩了缩，开口说："只是跪得久了，才一时间动弹不了。"

胡元离闻言皱起眉头，说道："是老五罚的吗？这个老五真是的，怎么还和一个小姑娘过不去……”

眼见他啰里啰唆个没完，我直接开口打断了他的话：“王爷是又走错了地方吗？五爷的屋子在院子最里面的地方，要出门左拐，不过今日五爷一大早就出门了，到现在还没回来，王爷还是改日再来吧。”

“我知道。”胡元离非常简洁地回答了我，视线瞄见我床上的茶几，自来熟地问道：“你这是在练字吗？”

不等我回话，他就凑过来看了几眼，撇了撇嘴：“这是在临摹老五的字吧，他的字中规中矩，死板得很，让小爷我来给你写几个看看。”

下一刻胡元离不由分说地夺走了我手里的毛笔，拿起一张白纸便龙飞凤舞地画了起来。

这一系列动作那叫一个自然，我完全来不及开口阻止。末了，他一脸得意地冲我说道：“看看，小爷我写得怎么样？”

我探头看了一眼——丑，极其丑，简直和我最初的鬼画符没什么两样。

我默默从他手里接过毛笔，委婉地开口赶人：“五爷令奴婢每天临摹一百张字帖，王爷还是不要再耽误奴婢了，免得奴婢又挨罚。”

今天的胡元离怎么如此古怪，以往他对我可没有这么客气。

身边的胡元离安静了一会儿，突然开口唤我：“荼蘼。”

我下意识地应答，只见他眼底蕴着丝丝怅惘，看着我如同是在看一件捉摸不透的事物。他的声音也带上了几分低沉：“那日你买的手链……”

我眼巴巴地等着下文，只是等了许久，他却袖子一甩准备离开，丢下一句：“我改日再来找……老五。”

翻窗户时，胡元离看到了我桌子上的“铅笔”，可能是觉得新奇，就当着我的面堂而皇之地顺走了，丝毫不顾及我难以置信的眼神。

上次夺了我的手链，这次又是“铅笔”，这人就如此没见过世面吗？

眼看着他要消失，我赶紧开口嘱咐了一句：“王爷，你还是走正门吧，那里有奴才，等下也方便送你出府。”

这个来秦王府串了十几年的门都还记不住高偃屋子的路痴，要是自己走，不知道走到猴年马月才能出去。却见踩在窗户上的胡元离回头冲我一笑，说道：“我识得来你房间的路。”红影一闪，人就消失在窗外。

他是翻窗户进来的，那就绝对不可能有人给他带路了，可他一个路痴，是怎么自己找来的？

刚才他似乎有话想说又憋了回去，是我那条手链惹了什么事吗？也没听到什么风声啊，看他的样子也不像是生气。还是他知道我得了百两黄金，想来找我借钱，最后还是开不了口才走了？燕王府也不至于落魄到这种地步吧？

我晃了晃头，赶走了脑子里不切实际的想法。

膝盖的伤势差不多四五天就可以下床走路了，只是那淤青还没下去，如今还是乌紫一片，看着骇人。

这期间胡元离又来了一趟，还是翻窗户，一声不吭地丢给我一瓶活血化瘀的膏药，就又翻走了。

他的路痴症是彻底好了吗？

至于高偃，不知道是不是因为不问缘由地处罚了我之后心里有愧，在我能下床走路之后也对我特别奇怪。就比如今早刚起床，他突然把我叫进去，让我服侍他更衣。

这应该是一等丫鬟才能做的事情，难不成高偃想给我升职又不好意思太过明显，所以才用这种暗示吗？

含玉并没有进屋来，李茂山也是袖手旁观地站在门口处，我只得自力更生。

架子上一套藏蓝色的锦袍，里一层外一层，还有一大堆烦琐的装饰和腰带，看着就麻烦。我的衣服都是很简单的，因此只能靠直觉给他穿衣。

好不容易穿到了最后，我看着手里几乎一模一样的两条腰带犯了难，为何会有两条腰带？

正在我难以取舍之时，高偃从我背后伸手抽走了我右手里的腰带，放回衣架上。

不等我回头，他又忽然伸手握住了我的左手，然后稍一用力，我一转身，脸孔几乎贴在了他的胸膛之上。

一瞬间我吓得浑身僵硬，高偃就势拉着我的左手往他身后绕去，另一只手接过腰带的另一头，放进了我的右手里。顿时我的姿势像是环抱着他的腰际，我拼命地梗着脖子，才勉强保持一点儿距离。

他这才松开我的手，声音在我脑袋上方响起，说话的鼻息都能投在我的额头上：“带银色纹理的是外袍腰带，这个才是内袍的。”

我赶紧站好，拉开距离说道：“奴婢记下了。”

在高偃的注视下，我勉强给他打了一个半歪不歪的腰带结，一身锦袍套在他身上看着邋里邋遢，没有半点儿平日里的雅正。

就在我准备先认罪，然后请李茂山再给他穿一遍时，高偃却没说任何话，径直出了门。

难道我那日博同情的一番话作用这么大吗？往日高偃若是见了自己衣物穿得如此不堪，早就发脾气了。

高偃离开后，我愁眉苦脸地去找含玉，委婉地说出自己不懂那些复杂衣物的穿戴，做不来这份更衣的工作。却没想到含玉说道："五爷向来都没有让我去服侍过他更衣，所以此事我也做不了主。"

难道是高偃为了给我升职，特地给我找了个新工作？

给自己壮了壮胆，我委婉地向高偃开口，却被他一句"慢慢学"挡了回来。于是服侍他更衣的任务，就落在了我的身上，任凭我手忙脚乱，他都没有半句指责或不满，脾气好到令我更加畏惧他。

鬼知道他心里又打着什么主意。

等到我熟练地掌握所有的穿衣流程后，这个院子里的人见了我都会称我一句"蘼姑娘"。

高偃许是真的信了我，所以才开始捧我，可是这种特殊待遇可不全是什么好事。主子喜怒难测，爬得越高，摔下来就会越疼。

我虽然心里担忧，可接下来的日子确实轻松，除了偶尔会来胡搅蛮缠一顿然后被高偃赶走的胡元离，当真是没什么其他的烦心事了。

终于逮到了高承安来秦王府的机会，我史无前例地主动凑了上去，太子高玠似乎已经习惯了高承安一到府上就找我，也没多说什么。

支开奴才后，我才蹲下身来，小声在高承安耳边说道："小殿下之前让奴婢查的事情，奴婢有了些线索。"

高承安一脸惊讶，估计他心里早就放弃了我这个"没用"的奴才，没想到我竟然主动找上了门。

"有何线索？"高承安紧绷着的小脸也变得紧张兮兮起来。

我又凑近了些，在他耳边说道："奴婢问了那日在后院巡逻和经过的奴才，得知小殿下落水的前后，曾路过那里的几个奴才全是……宗亲们带来的。"

高承安突然转头，小脸差点亲上我。他一抬手，拉住了我往后躲的身子，问道："此话当真？"

到底是年纪小，还隐藏不住自己的情绪，我看到高承安那双眼里瞬间盛满了震惊和愤怒，眼底似乎还有些……恐惧。

我伸手轻轻按住了他搭在我肩头的小手，说道："这是奴婢特地分开问了好几个府上的府兵才拼凑出来的答案，除了宗亲的奴才，并未有其他人路过那个院子，而且几乎是所有宗亲手下的奴才都出现过，奴婢也无法辨别究竟是谁。”

因我不能推翻之前说过的话，只能这样编造出来，我特地说问了许多个府兵，这样高承安也不可能再一个个去追问。

不过倒是我多虑了，高承安完全没有想去追问的意思，只见他的小脸涨得通红，嘴唇却抿得发白。

我索性也就敞开了说道：“既然小殿下说曾经是有人推你下的水，那么奴婢斗胆猜测这个人，必定是宗亲里的一个。”

“我不相信，你肯定是查不出来结果就随便拿了个借口搪塞我。”高承安甩开我的手，似乎转身就想走。

我赶紧拉住了他的衣袖，不顾他挣扎说道：“若是奴婢想糊弄小殿下，那直接说查不出来不更简单吗？何必编一个这样的借口。事关小殿下性命安全，奴婢才不敢有所隐瞒，冒着掉脑袋的风险也要来提醒小殿下。”

也难怪高承安不相信，宗亲里的皇子公主，都是他血亲的皇叔和姑母，让一个孩子怎么去相信是自己的亲人想杀自己？

本来我还准备再安慰高承安一会儿，却见他突然转身，小脸上是不符合年纪的镇定和冷冽。

这么短的时间里，他就已经调整好了自己的情绪，没有大哭大闹，也没有大喊大叫。我因为他的年纪又一次低估了他。

“那日途经池塘的奴才，可还能一一指认出来？”声音仿佛是从高承安喉间发出的。

我心里叹了口气，硬着头皮回道：“恐怕难以辨认，那日来来往往的奴仆众多，奴婢费尽心思也只能确定除了宗亲手下的奴才，其他官家子弟的人并未出入后院这一笼统的范围。”

高承安一张小脸阴晴不定，我又苦口婆心地劝导：“奴婢只是一个奴才，却也知道此事绝非意外，背后之人又如此隐秘，小殿下日后可要多加小心，切勿再独自一人行动。”

经过年前的落水意外之后，高承安身边的守卫又增加了好几倍，太子和太子妃都把他放在心尖上看顾。但他这性子惯来刁钻蛮横，我也只是希望这番警告能让他日后行事不再撇开奴仆。

沉默了半晌，才又响起高承安的声音：“我确实不能再一个人去查探了。”

见他终于意识到事情的严重性，我心底一松，这才又开始委婉地提示：“小殿下放心，奴婢这边一定会收紧口风，不会泄露半点儿风声影响到小殿下。只是奴婢斗胆请小殿下不要告诉别人是奴婢告诉了你此事，毕竟奴婢只是秦王府的一个奴才，不敌小殿下身边有层层护卫。”

高承安瞬间明白了我的言下之意，毫不犹豫地答应道：“你既是为我办事，我自然不会向他人提起你。”

被人推下水一事他都能瞒过所有人大半年，如今既然他开口答应不会暴露我，那我也就放心了。

言尽于此，我不准备再多说下去，只是高承安突然盯着我说道：“你可知你今日对我所说的话有多大胆？刚才若我不信你，那你很有可能会被拉下去乱棍打死。”

我心头一紧，面上还是不露声色地笑道：“奴婢一心为了小殿下的安全，刚才确实言语唐突了些，不过小殿下如此聪颖，奴婢倒是不曾担心过小殿下会黑白颠倒，是非不分。”

高承安十分不屑地“哼”了一声，却也毫不客气地接下了我递过去的“高帽”。

又叮嘱了一会儿后，高玠在远处笑着喊高承安离开，看到我后还和善地冲我点头示意，问候了几句。

太子竟然主动和我打招呼了？直到高玠父子离开，我还没从震惊中反应过来。那可是这个王朝未来的继承人啊。

我晃了晃脑袋，让自己冷静下来，正打算转身回去，却发现高偃就在身后不远处，面色不善地望着我这边。忽然想起他曾警告我的“离承安远些”的话，不等他责骂，我就赶紧老实认错：“奴婢日后一定注意分寸，离长孙殿下远些。”

高偃轻嗤一声，大步掠过了我，没留给我一点儿好脸色。

这个男人，性格刚和善了两天，又旧病复发了。

又一年的冬天到了，回想起去年那个还在浣衣园子里没日没夜洗衣服的我，恍如隔世。

听闻我的出生地豫州大坝决堤爆发了水患，皇帝特派了高弘朗前去治理。那个向来只会干旱的州县，竟然会有如此灾祸，可见这人生的际遇，真是难测。

浣衣园子的人在冬至这一天都会聚在一起包饺子，虽然我如今已是高偃院子里的人，她们还是主动邀请了我过去。

朝夕相处时摩擦不断，如今分开两处，我和她们的关系反而变好了不少。

我跟高偃说了声后，就准备前往浣衣园子，顺带还拐了眼馋的含玉一起。走到门口时，李茂山一直给我使眼色，我试探性地问道："公公你是也想过去吗？"

李茂山翻了个大大的白眼，我都害怕一个用力，他的眼珠就回不来了。他朝屋里努了努嘴，竟然是示意我去叫高偃。

我是疯了吗？

我用眼神给李茂山传达了这个意思，可他还是一直怂恿我。

一回头看到屋里的高偃仍旧独自一人坐在书桌前，自顾自地翻着些杂书，烛火把他的影子打得格外落寞。

我嘴不受控制地说道："五爷可要一起去？"

刹那间高偃黑洞洞的眼睛望过来，我才反应过来方才自己说了什么，赶紧开口补充："冬至这天大家都是图热闹聚在一起，五爷是王府的主子，若是感兴趣，可以和奴婢一起去尝尝我们这些下人的手艺，不想去也没关……"

话还没说完，就看到高偃起身站了起来，走到我身边时开口说："走吧。"

李茂山赶紧手脚麻利地给高偃披上了件蓝色狐裘披风，还暗地里赞许地看了我好几眼。

半路上又遇到了翻墙进来、在府上打转的胡元离，他这段时间好像格外游手好闲，动不动就跑到高偃府上，于是包饺子大军又多了一人。

我们三人来到浣衣园子里时，一屋子丫鬟的脸都白了，连一向镇定的蔡嬷嬷，脸都抽了抽。

我有点儿愧疚，把高偃叫来，简直是给她们叫来了一个监工。

高偃倒是没感觉到屋里气氛的凝固，自己先找了个地方坐下。反观胡元离，那一张巧嘴不一会儿就把气氛活跃了起来，逗得一屋子的小姑娘脸红彤彤的。

真是世风日下。

不知道是不是因为高偃在，大家的效率都变得特别高，不一会儿就把准备好的面和饺子馅包完了，可能都想赶紧吃完散了。

我觉得下一年冬至，她们应该不会叫我一起包饺子了。

吃完饺子，高偃和胡元离又聊了起来，似乎提到一个州县的大坝决堤的应对措施。我们这些下人就一个个互相使着眼色，悄悄溜了出去。

外面雪下得特别大，地上已经堆积了厚厚一层，踩下去几乎能没过脚踝。

本来大家都准备回去了，不知是哪个丫头起了打雪仗的头，一群人闹成一团，年纪大点儿的都默默躲到了屋檐下观战。

我本来也只想看看，可后来发现，自己不管躲到哪里，都是她们的攻击目标。大概是因为我带了高偃这个冷面阎王过来，害得她们饺子都没吃好。

我不得已加入了战斗，开始反击。

只见青黛团了一个足足有汤碗那么大的雪球，高举到头顶，冲着我的方向大喊："荼蘼，看招。"

这个雪球要真砸我头上，我至少要落个轻微脑震荡。我慌得赶紧想闪躲避开，然而脚下积雪已被我踩实，脚下一滑，我差点摔个四脚朝天。

一只手卡着时间握住了我的手臂，扯住了我下滑的身体。仓促间，我撞进了一个毛茸茸的怀抱，那是高偃的狐裘披风。

一抬头，正对上高偃那双眼睛，他的眼神出乎意料地竟然没有以往那般阴冷。

青黛的雪球已经脱手，根本来不及停下。我条件反射欲抱头，却见高偃右手一抬，狐裘披风遮住了我们两人，硕大的雪球在他的披风上炸开来，披风表面顿时变得狼狈不堪。

他缓缓放下手臂，青黛已经吓白了脸，看着身子似乎都有些站立不稳。

一院子的欢声笑语刹那间消失了个干净。

我看到高偃皱得愈深的眉头，张了张嘴准备说话，却用余光瞄到了他的身后。我赶紧手脚麻利地挣脱了他的桎梏，和他拉开一段距离。

高偃看着我往后躲的动作，眉宇间似乎有些疑惑，不明白我这突然的举动，不过他马上就明白了。因为下一刻，一颗不小的雪球在他后脑勺炸开，崩开的雪屑全落进了他的脖颈中。与此同时，还有胡元离得意扬扬的声音响起："哈哈哈，老五，你这警惕性也太差了。"

我清楚地看到高偃的眼睛又暗了几分，然后他动手解下了自己的披风，递给一旁哆哆嗦嗦的李茂山。附身弯腰下去，起身时手里已经多了一团雪球朝胡元离飞去，却见胡元离敏捷地躲开，然后继续欠揍地挑衅。

"愣着干吗，赶紧帮五爷啊。"李茂山略显紧张的声音点醒了院里呆愣的人群，大家纷纷投身其中，李茂山因为年纪大手脚不便，几个小太监嫌他碍事，合力把他抬到了屋檐下待着。

院子里雪球飞来飞去，一开始大家还缩手缩脚，到后来见高偃和胡元离并未有半点责怪之意，就彻底放开了手脚。

尤其是胡元离还煽风点火地喊着："来来来，今日机会难得，大家都有仇报仇、有怨报怨啊。"

我默默捏了个特瓷实的雪球，用最大力气朝胡元离丢过去。

抢我手链、拿我铅笔，还曾经踹我一脚……新仇旧恨全加在一起。

胡元离头一偏，雪球擦着他的脸孔而过，他也发现了是我丢的，开始追着我不放。

不顾高偃的阻拦和我的连声认错，胡元离硬是把我扯到了一棵树下，对着树狠狠踹了一脚，然后敏捷地跳远了。于是还在树下的我一秒钟就变成了一个硕大的“雪人”……

闹到最后，大家的衣服都已经半湿，累得面色发红，气喘吁吁。

胡元离毫不客气地对高偃说：“等会儿我要去你屋里洗澡。”

高偃斜睨了他一眼，吐出一个字：“滚。”

胡元离脑袋一转，大步向我走来：“那我去荼蘼屋里洗也行。”

我差点惊掉了下巴，未等胡元离走近我，他就被高偃拽走了。留下我们这一堆闹得满脸通红的姑娘们。

这一年的冬至，虽然天降大雪，气候极寒，可是大家都过得空前温馨。没有隔阂，没有等级，有的只是满院子的欢声笑语。

可能上天总喜欢在悲剧降临之际，吝啬地赏赐给人们一些温暖吧。

这一年的雪下得格外大，过去的十七年里，我都未曾见过这样连绵不绝的雪。除了高偃每日上朝，平常所有人几乎都闭门不出。直到年关将近，天才慢慢转晴。

这期间传来了一个消息，高弘朗的侧妃已经有孕，再加上他顺利解决了州县大坝决堤的问题，使得皇帝龙颜大悦。趁着天气转晴，就要举办冬季围猎，在京三品以上官员都要出席。

于是我打包了最保暖的衣物，跟着高偃去了皇家猎场。

猎场之上，除了一望无际的森林，来来往往的都是人群和马匹。我小心翼翼地跟在李茂山身后搬运行李。

忽听有人唤我，抬眼望去，只见太子爷一家三口出现在视线之中。

高承安规规矩矩地在高玠耳边说了几句，才撒腿向我跑来，一旁的太子妃从头到脚瞄了我一眼，似乎是想阻止，却被高玠拦下了。

众目睽睽之下，穿得如同福娃娃一样的高承安向我奔来。

高偃也没有阻止高承安带走我，可能是信任了我之后，就不再介意我和高承安相处了。

到了僻静之处，高承安才开始说话，语气之中似乎有些埋怨："五皇叔怎么走到哪里都带着你？"

"小殿下不也是不管到哪里，看到我就过来找我吗？"我故意逗他。

"我是有事要告诉你。"高承安急急忙忙地开口，迎着我打趣的目光，面不改色地说，"上次你告诉我的……那件事，我又想了想，即便你说的是实话，事实也未必如此。毕竟五皇叔府上巡逻的府兵所见也未必全为实，也有可能其他人路过后院而未被人所见。"

高承安的思路好像突然变得通透，没有那么容易被我的话说服了。

我心思转了转，还是开口说道："小殿下所说也有道理，只不过终归是府兵所见的奴才……嫌疑更大些。"

高承安倒是不见丝毫惊慌，反而一副胜券在握的模样："管他背后之人是谁，如今我已经有了帮手，今年年底前，我一定会把他揪出来。"

心头一松，有了太子插手进来，那高承安必定不会再处于危险之中了。

我也就故意拍了几句马屁："那确实，太子殿下一出手，小殿下肯定就高枕无忧了。"

高承安被奉承却没有那么高兴，嘴里嘟囔着："父王每日忙的都是国家大事，我的这点小事恐怕他都不放在心上。"

事关自己孩子的性命，哪里会有父亲不放在心上呢？

看着高玠平时温文尔雅，想必对高承安的教育还是比较严厉的，才会使得高承安觉得自己父亲更在意国事，这可能也是大多数不善表达的父亲的通病。想到这里，我带上了几分真诚的语气说道："小殿下可是太子殿下唯一的孩子，这天底下再大的事也大不过自己的孩子。"

高承安倒是也好哄，表情肉眼可见地好了起来。

说了没一会儿，大概是行李都已经安置好了，太子妃蒋雅彤寻了过来。我赶紧行了一礼，蒋雅彤淡淡地点了点头，对着高承安语气有几分严厉："猎场人多耳杂，我不是都说过切勿让下人离开你左右了吗，你怎么都不听话？"

高承安垂着个小脑袋，声音明显和刚才与我说话时有些不同，带着几分畏缩："孩儿身边还有丫鬟在。"

蒋雅彤看都不曾看我一眼，眉头微皱开口："我给你安排的人呢？你年纪小，别人怀的是什么心思，你怎么知道？"蒋雅彤越说越严肃，我却丝毫不敢插嘴。

万万没想到的是，高承安竟然没有唯唯诺诺地认错，反而开口为我说话："母妃，她是五皇叔府上的丫鬟，曾经救过孩儿性命，孩儿相信她。”

蒋雅彤似乎也没想到高承安会如此说，神情复杂地看了我一眼，但也没再多指责，只是搀着高承安离开了。

我顺势赶紧回了高偃的帐篷里，只见他已穿戴整齐，一身骑马装显得他越发挺拔俊逸、气度不凡。

我不敢多看，老老实实地开始帮忙布置帐篷。

下午时刻围猎才开始，我不会骑马，也不会射箭，顺其自然地被高偃下令留在帐篷里……练字。

没想到难得出来一趟，我还得被逼学习。

练了小半个时辰，帐篷门口就冒出来一个脑袋——胡元离。

他怎么没去狩猎？

一看到我在练字，胡元离满脸难以置信：“我说怎么没有在老五身边看到你，你这好不容易出府一趟，就这么喜欢写字吗？”

“奴婢不会骑马，所以五爷就让奴婢留下习字了。”我不由自主地在语气里加上了几分怨气。

“不想写不好说吗，小爷我来帮你。”

我疑惑之间就见胡元离大步走来，拿起桌上我刚写好的一叠纸，作势就要撕碎。吓得我手脚飞快地一手扯住他，一手扯住纸：“你这是做什么？不能撕。”

胡元离双手举得老高，一副为我着想的模样：“你慌什么？我把这些给你撕了，老五回来你不就有不练字的理由了吗？”

“那也不行……”

就在我们争夺之时，门口又出现了一个小脑袋：“你们在干什么？”这次是高承安，他一脸震惊地看着我和胡元离。

胡元离手里一松，我趁机把那叠纸夺了回来。

胡元离胳膊一伸，一只巨掌将高承安发髻揉得蓬松，说道：“你这个小不点儿瞎管什么？”

高承安是目前皇室里唯一一个皇孙，再加上他心思聪慧，会讨人喜欢，大家都很喜欢他。

高承安小脸被揉得发红，一副敢怒不敢言的模样。

在他们这一顿搅和下，我也无法再继续练字了。

帐篷外面，太阳已经西下，估计狩猎也快结束了。

刚刚胡元离被忽然出现的奴仆急匆匆地叫走，身边的高承安这才终于松了一口气。

看我幸灾乐祸的模样，他眼睛滴溜溜一转，颇为不怀好意地看着我："你是不是喜欢燕王叔？"

"啊？"我怀疑自己耳朵出了问题。

高承安像个大人一样托腮思考着："要不然就是燕王叔喜欢你，我可没见过他天天都主动找同一个奴才。"

心里好笑，我反问道："那小殿下不也是天天来寻我吗？"

高承安小脸一红，嘴硬地辩驳："那……那是因为我年纪太小，父王不肯带我去猎场，母妃只顾着和一群姑姑吃茶聊天，我身边又无人，太过无聊才只能来找你。"

细想下来似乎真的没见过高承安和同龄人在一起玩过，我不禁问道："小殿下身边没什么玩得好的小公子吗？"

"皇叔们都还没孩子，官员家的孩子一看到我就畏畏缩缩的，我和他们才玩不到一块去。"高承安一脸无所谓的表情，似乎已经习惯了。

末了高承安突然看向我："我发现就你有点儿不一样，旁的奴才见了我，都畏畏缩缩不敢多言，你在我面前话倒是不少，看你现在都敢在我面前自称'我'了，也就是我脾气好不计较。"

我一愣，才发现自己在他面前确实比在其他人面前放松了不少，可能是因为他年纪小，让我总想起我曾经的那个弟弟。

环顾了四周，我才又对高承安开口："小殿下这句话若是让旁人听见了，恐怕我这条命就不保了。"

高承安颇为自豪地拍了拍胸膛说："放心，有我在，别人可不敢动你。"

这个小模样太讨人喜欢了，我努力控制住自己想掐他脸蛋的冲动。

又见他一本正经地说："看在你一心为我查探的分上，你若是真的喜欢燕王叔，我可以找皇爷爷给你讨个侧妃的位置来。"

我差点笑了出来，一个五岁的孩子，还知道关心别人的感情生活？不过想来他倒确实挺为我着想的，毕竟一个奴婢能当上侧妃，确是一种莫大的殊荣。

我心底发软，但仍毫不犹豫地开口说："小殿下若是真心对我好，日后等我到了年纪，劳烦小殿下还奴婢一个自由之身就可以了。"

高承安一愣，看我不像是开玩笑，嘴巴动了动，却也没有再问。

黄昏里，我的手掌和高承安的小手一拍而合，一个承诺就此立下。

我们玩闹之间，忽听猎场口一阵喧哗，隐隐约约听到有人在说"高偃"。我赶紧辞别高承安，回了帐篷。只见帐篷里站了许多人，而中间坐着的高偃，一条腿满是鲜血，太医正在为他包扎。

那腿上流淌的鲜血看得我头直晕，高偃的脸色也白得异常吓人。

包扎完毕后，一直陪护着的高弘朗伸手拍了拍高偃的肩膀，语重心长地说道："我替我那不懂事的表妹谢谢你了。"

高偃只是眉目淡淡地说："不必在意。"

坐了一会儿，高弘朗才起身离开，临走之际目光还在我身上停留了片刻，不过没多说什么。

高偃也注意到了高弘朗的目光，但他一言不发，只是看我的目光有些许复杂。

后来我才从别人口中得知，高弘朗舅舅的嫡女吴云韶偷入猎场，遇野兽侵袭，幸得路过的高偃相救，才得以逃生，而高偃腿上的伤口就是野兽所致，严重到一连几日都无法站立，只能坐轮椅。

借着伤势，高偃索性直接奏请回府养伤，皇帝也只是派人象征性地问了几句就应了下来。而后几日，秦王府收到的礼品不断，都是财大气粗的吴家送来的。高偃则一身素衣待在府上，不见客也不外出，闲得每日都在考查我的习字成果。

围猎结束的第四天，我看到李茂山领着别府传信的下人匆忙进了高偃的屋里，传信的人走后，高偃突然自己换上了平日里的锦袍，又把屋外的我喊了进去："你随我去趟东宫。"

我正欲推轮椅出发，就见高偃上上下下打量了我一遍，皱着眉头开口："你去换件颜色素净些的衣服。"

我低头看了看自己鹅黄色的外衣，这还是新做的衣服。虽然心里不解，我还是老老实实下去换衣服。

身后的高偃突然说了一句话，正抬脚跨门栏的我脚下不稳，重重绊倒在地上。

耳边传来轮椅车轮擦地的声音，不等高偃靠近，我就快速爬起身，告了声罪，转头朝我自己的住所走去。

手心被擦破，渗出点点血丝，我却丝毫未察觉。

只因高偃方才说的四个字——承安殁了。

第五章 殁

腊月二十，皇长孙高承安因疫病身故，殁年五周岁。

皇帝辍朝三日，命所有在京王公大臣着素服十日，皇城内所有百姓六十日不得作乐，不得嫁娶。同时宫里有小道消息传出，太子高玠被皇帝怒斥一场，骂其“不顾小家，何以顾天下”，最后皇后都下跪求情，皇帝才只是勒令太子在东宫禁闭一月，不得入朝。

随着马车轱辘碾地声的停止，我跟随高偃一起下车，因他行动不便，所以下了车还是暂坐轮椅。

只见眼前这所宫殿，红砖绿瓦的墙面，黑底金字的牌匾，往来宫婢皆身着素衣。

这是我第一次来东宫，不知是因哀事的渲染，还是东宫本来就如此，直让人心底发寒。

我推着高偃的轮椅，路过很长一段崎岖不平的石子路，才来到了正殿。

太子如同往常一样一身银白色锦袍，衣衫整洁规整，不见丝毫潦倒之意，面上也只是有些微微憔悴。

看到我们进来，他起身迎了过来，先是开口问起了高偃腿上的伤势。

离得近了，我才看到高玠那张一如往常一样平和的脸上，眼底满是红血丝，还有那只按在高偃肩上的手掌，有着微不可察的颤抖。

高偃冲我摆了摆手，让我先带着礼品送去太子妃的院子里。临走时高玠似乎有话要对我说，只是最后还是咽了下去，一言不发，眼里有着让人心头发酸的哀伤。

等我到了太子妃的寝殿，就明白了高玠刚才的欲言又止。因为这里寝宫门口的下人见我前来，反复盘问了许多遍，确定我是高偃派来的，才给我放了行。

我将这一切都看在眼里，太子妃心里还是怨高玠的，所以下人才会如此盘问，大概是因为她此时还不愿看到太子。也怪不得她如此不给高玠留颜面，毕竟高承安病故，也算是高玠间接造成的。

几日前的那场皇家围猎，因高偃受伤，我们早早回了王府。后来也是从他人口中得知，太子猎得一只幼狐，一路提在手里带回去给了高承安，中途不曾假手于人。

高承安对那只幼狐几乎是爱不释手，不让下人触碰，只是幼狐生性难驯，高承安年纪小一时不察被它抓伤。本只是破了皮，可是围猎结束后回东宫的夜里，高承安却突然高烧不止，而后咳嗽呕吐不断。

高玠连夜招来太医院院首会诊，却得知高承安是因幼狐的抓伤而感染了疫病，虽查出了病因，可院首用尽办法仍无力回天。

疫病本就难治，更何况高承安还只是个五岁的孩子，身子骨本就比不过大人。

从发热到呕吐昏迷，再到最后的气弱吐血而死，一共用了一天两夜的时间，受尽了病痛的折磨之后，一个生龙活虎的小生命就这样离开了。

这就是皇帝大怒要惩罚高玠的原因，也是蒋雅彤不愿见高玠的缘故。

虽然众所周知太子绝对不可能是有意为之，可是人在悲痛万分之际，总得找个发泄的对象。

进了太子妃的宫殿，鼻腔顿时涌入一阵淡淡的药香，我用余光看到有丫鬟端着空药碗出去。

开口禀明来意送上礼品后，我才听到蒋雅彤的声音，完全没有上次见面时的高高在上，有气无力地说道："放着吧。"

我斗胆抬头看了一眼，只见蒋雅彤斜倚在坐榻上，仿佛换了个人一样，面目憔悴得像是老了十岁，双目红肿，一看就是哭过不知多少次了，脸上连一点儿胭脂水粉都没有涂抹。

看蒋雅彤这副虚弱模样，刚才那丫鬟端出去的，大抵是安神汤药吧。

她似是根本没有力气同我多说，也不想多客套，收了礼品后就让丫鬟送我出去。

一个是父亲，一个是母亲；一个温和如旧，一个以泪洗面……如此看来，也不知是谁的心里会更痛上一些。

高承安的灵堂设在后殿，尸身还未入殓。

我的脚步情不自禁地往那边走，即便是已经到了东宫，我也很难相信那个古灵精怪、难缠又暴躁的孩子，怎么可能说没就没了呢？

只是行至半路，我被人拦下。费了好大功夫才认出那是迷了路的胡元离。一向只穿红袍的他，今日也换上了从未穿过的墨黑色锦袍。

似是看穿了我的意图，他直接开口对我说："我刚从后殿那边离开，如今那里来来往往的都是祭拜的官员，门口还有众多侍卫看守，现在人多耳杂，你若是想去，晚些时候再说。"

也是，我只是个奴婢，估计只身前往，连侍卫都不会放行。

我如同机器一样点了点头，努力让声音听起来很平静："王爷现在要去何处，可需要奴婢带路？"

"我记不清去太子寝殿的路了。"胡元离没有丝毫犹豫地开口。

我默默地开始为他带路。一路上胡元离没有像以往那样聒噪，只是沉默地跟着我，一度让我怀疑身后的人走丢了。

快到高玠宫殿门口时，身后的胡元离忽然一把握住我的左手腕抬起。迎着我惊愕的目光，他语气不善地说："这是怎么回事？"

看着手掌还未结痂的伤口，我讷讷地回道："不小心摔的。"

我特地挑了件袖子宽大的衣裳，垂下来完全能遮住整个手掌，也不知他是如何看到的。

胡元离似乎松了口气，丢开我的手抱怨："你怎么天天笨手笨脚，动不动就把自己弄伤？"

我完全没心思跟他争辩，只淡淡地说了句："奴婢知错了。"

胡元离动了动嘴唇，似乎还想指责我，只是最终又把话咽了回去，我们就这样沉默着走到了高玠的寝殿。

他们三人在屋里商谈，隐隐约约听到是在安慰高玠，我们这些奴才都在外面守着。

我抬头看天，湛蓝无比，可是为什么会让人看得眼底发酸？

忽然有下人进来通报，说是吴氏一族前来拜访。

只见一中年男子和一年轻女子在下人的指引下进来，那男子长得五大三粗，看上去倒是敦厚老实。和他有几分相似的女子应该是他的女儿，看长相是个清丽佳人，只是才一进屋，眼睛就总往高偃身上偷瞄。估计她就是那日高偃在猎场上救下的吴云韶了，只是高偃眉目淡淡，并未多回应。

高偃似乎要在这里留住一晚，此刻便寻个借口退了出去，我顺势推着轮椅跟他一起离开。可刚走到半路，就被小跑追出来的吴云韶拦下。

只见她脸颊泛红，气息微喘，冲着高偃行了个礼后才站定开口："那日围场一别，匆忙间我也来不及言谢，多亏秦王殿下相救。"

高偃微微颔首，似乎不愿多说，只是那吴云韶一张快嘴倒是停不下来，不给人拒绝的时间，明眼人一眼就能看出她的心思来。

"这几日送去的拜帖，秦王殿下都回绝了，害我担心了许久，家父也责骂了我数次，今日看秦王殿下安然无恙，我这心里才算是落定了。"吴云韶一双明眸里是不加掩饰的担忧，语气听着也是情真意切，只是……她来这里参加的可是丧事，就如此不会看时机吗？

看着吴云韶眉目含笑，我的手指不由自主地在轮椅上收紧，高偃似乎是有所察觉，回头瞄了我一眼，说道："你先下去布置房间吧。"

我如释重负，行了个礼就转身走了。

高偃暂住在一间小客房里，收拾完他的床铺，他还没有回来，我便先回了自己住的偏殿。

外面格外安静，仿佛这偌大的宫殿里只有我一人。我仰面躺在床榻上，看着漆黑的天花板发呆。

幼狐、疫病……听起来是多么顺理成章的病症，事发突然，再加上幼狐还是出自高玠之手，更是让人觉得这只是一场世事无常的意外而已。

可为什么我心里空落落的，仿佛被谁硬生生挖走了一块，是因为高承安故去的时间点太突兀了吗？

视线里突然多了一张脸，只见胡元离勾着头，正目露诧异地看着一脸平静的我。

我赶紧翻身坐起，就听他说："我方才还以为你是躲在这里偷哭呢。"

我站直了身子，回道："王爷说笑了，奴婢岂敢失礼于人前。"

胡元离回头对守在殿外的奴才说道："你们先下去吧，等会儿有人给我带路离开。"

门外的奴才应诺了一声，我也顺着开口："王爷是来寻五爷的吧？那麻烦王爷稍等片刻，奴婢前去寻人。"说罢就要先行离开。

看到我一如往日的平静表现，胡元离颇为诧异地拦下我开口："平日你和承安走得那么近，他也对你那么好，我还以为今日见你，你定会痛哭流涕呢。”

心里堵着一股气，我不欲多说，只想迈步绕过他，可是他偏偏跟着我移步，挡在我面前。压抑许久的我脱口而出：“我哭不哭有什么关系？你就那么喜欢多管闲事吗？”

胡元离一愣，双目呆愣地看着我，可眼底并没有恼怒之意，我也顺势走了出去。

不知道为什么，这段时间我的忍耐力似乎越来越弱了，身边也总有各种各样的突发事件在挑战着我的底线。

再这样下去，那我可能要么崩溃，要么爆发。

行至一半，正好遇到回来的高偃和李茂山，我也跟着折了回来。回到宫殿时，胡元离还未离开，只是出乎意料地，他没有提半句我刚才的大不敬之词。

不多时外面天色已暗，胡元离并没有留住的准备，正打算离开，只是眼神自然地看向了我。

我低头躲过他的视线，装作忙着手里的工作，却听高偃在身后开了口：“李茂山，你去送胡爷出去吧，他记不住路。”

李茂山闻言赶紧上前，而投注到我身上的那道视线许久才转开，胡元离最终就这样沉默地走了。

高偃抬手示意我过去，我赶紧上前伸出双手，他也顺势按着我伸出来的手臂站起，大部分的重量都压在我的手臂上，他的左腿还是无法正常用力。

行走间他忽然垂首，在我耳际开口：“生死由命，你不要一直放在心里。”高偃此时离我极近，因此嘴唇几乎是贴着我的耳郭说的。

我手指紧了紧，只是点头应和了一声，就将他扶到了床上，然后转身退后，换含玉上前服侍。

深夜里，我和含玉住一间屋子。听她呼吸延绵平和，我却始终无法入睡，翻来覆去担心会吵到她，我索性披了件衣服蹑手蹑脚地走了出去。

外面寒冷刺骨，我不敢乱跑，只是围着宫殿走了几步，那设了灵堂的后殿离我们这里极近，我走着走着便不由自主地向那边挪去。

忽然看见一个人影伫立在后殿周围的一片竹林之前，细看竟然是白日里见过的高玠。我本欲悄悄转身走开，却忽闻风声里传来隐隐约约的抽泣声，一时间全身僵硬，不敢动弹。

那道背影挺得笔直，可抽泣声还是依稀可闻，这是我第一次见一个男人哭，还是当朝太子。他四周空无一人，就站在停放高承安灵柩的殿外，似是不敢进去。

不知为何，我的嗓子口有点儿发堵，脚步怎么都迈不开。高承安曾对我说，他父亲更关心国家大事，现在看来，并非如此。

大家都忙着自己难过，却忘了最痛苦的那个人应该是他才对，那招了疫病的幼狐，可是他亲手送出去的。

白日里他做得太好了，好到大家都觉得他仍旧是体面稳重的太子，而忘记了他还是一个父亲。

被寒风吹得手脚发麻，只见高玠伸手抹了一把脸，似乎已经恢复了过来。他忽然转身，没反应过来的我完全来不及闪躲，被迎面撞见，只得赶紧跪下开口："奴婢见过太子殿下。"

许久没听到声音，不能等着他来问罪，所以我握拳继续说了下去："奴婢夜里心里难受，实在难眠，就想着偷偷过来看小殿下几眼，没承想刚到这里就惊扰到太子殿下，还请太子殿下恕罪。"

言语间，高玠已经走到了我身边，我的心脏顿时"怦怦"狂跳个不停，至少先表明我什么都没看到。

却听高玠的声音里并没有怪罪之意，只是有些沙哑："起来吧。"

我哆嗦着站起身来，余光看到高玠那张脸已经恢复了往日的平和，只是眼底还有些发红。

"我记得你，之前安儿经常在我面前提起你。"似乎是察觉到了我的紧张，高玠放缓了语气。

嗓子眼儿一堵，一时之间我竟然不知道该回些什么话。

高玠并未怪罪我的沉默，只是回头看了一眼后殿，说道："这孩子自小和我就不怎么亲近，可能是我和太子妃都对他抱的期望太大，总是不由自主地会对他严厉些。说起来除了学业之外，他很少在我面前提过其他事，你算是个例外。当初你不愿来东宫，他回来自己还生了好久的闷气。"

手掌传来一阵又一阵的刺痛，我压着嗓子回道："奴婢实在有愧，得小殿下如此厚爱。"

高玠低头轻笑了一声，虽是一声笑，却平白让人听出来无数寂寥。

"安儿打小就聪明，能让他挂在嘴边的人，自然也是真心对他好的人。"他抖了抖衣袖，嘴唇白得厉害，"你若想去，就去看看他吧，就说是我的口谕，别人也不会拦你，他若见了你，说不定也会……开心些。"

我低着头应答，高玠也就此抬步准备离开，只是路过我身边时，他突然又留下一句："今日之事，不许对他人提起。"

原来他知道我刚才看到了他在哭。不过虽说是命令，言语之间却没有威胁之意。

即便已经得了准许，我还是没有进入灵堂。脑海里浮现出高承安最后的模样，还是那个一脸得意地对我说"有我在，别人可不敢动你"的孩子，我无法想象，也无法去看毫无生气地躺在棺椁里面的他是什么模样。再说我这身份，若是光明正大地走进去祭拜他，无论对于他还是对于我，都不是什么好事。

回屋后躺下不一会儿，天就亮了。

高偃今日陪高玠应酬完宾客后，就准备回府了，于是我留下来收拾行李，并没有跟去前厅。

行李收拾得差不多后，也到了晌午时分。

我刚坐下歇息片刻，就看到昨日蒋雅彤身边的宋嬷嬷迎面走来，见了我直接开口："太子妃有请，姑娘同我走一趟吧。"宋嬷嬷面无表情，看不出喜怒，我虽心里存疑，也只能先行应下。

到了太子妃的寝宫，只见蒋雅彤穿戴整齐，坐于正堂中，不同于昨日的颓废模样，今日她上了妆，看着倒是恢复了往日的威严。

我行了礼后，她却久久没有应声。只听她身边的宋嬷嬷开口："昨儿晚上，你是不是私自跑去小殿下的灵堂了？"

这语气一看就来者不善，是我大意了，这是在东宫，我既然能看到高玠，那别人自然也有可能看到我的踪迹。

我赶紧开口："奴婢昨晚上是想着去祭拜小殿下，这才去了灵堂，不过奴婢只是在殿外看了看，并未擅闯。"

"放肆，你是个什么东西，也配去祭拜小殿下？"宋嬷嬷厉声呵斥。

这架势似乎是要拿我问罪，我虽只是奴才之身，可是想要祭拜高承安一事，按理不值得如此兴师动众。

我十分有眼力见儿地继续叩头认错。

宋嬷嬷看了蒋雅彤一眼，见她不作声，就又自作主张地接着问："后殿门前，你和太子殿下都说了些什么？"

原来这才是我被叫来的缘故。

我眼珠转了转，捡了些无关紧要的话回道："是太子殿下宽厚，得知奴婢是秦王爷身边的丫鬟后，看在王爷的面子上，才给了奴婢去祭拜小殿下的恩典。只是奴婢自知身份低微，也不敢去惊扰灵堂。"

一直沉默的蒋雅彤闻言突然开了口：“你这是在拿太子和秦王压我？”

我心里一跳，赶紧回道：“奴婢不敢，刚才只是在如实回答嬷嬷问话。”

只见蒋雅彤重重地拍了一下桌面，开口道：“你还有什么不敢的？安儿在的时候，你就费尽心机地讨好他，他年纪小才会容易受人蒙骗。如今安儿才刚……你一个秦王身边的奴才，竟然在安儿的灵堂前面，不安分地往太子身边凑，真当本宫是瞎的不成？”

看来一个人若是存心想找麻烦，那无论别人如何说都无用，可我又不能不辩解。

“娘娘误会了，奴婢从未……”

话还没说完，就被蒋雅彤再次打断：“这几日本宫只不过是身子欠安，你们真是一个比一个心思活络，看来是丝毫不把本宫放在眼里了。”

你们？看来这几天因为蒋雅彤和高玠关系闹得僵硬，东宫里面的其他妃嫔并不安分，才使得蒋雅彤如今拿我开刀，只是我着实冤枉了些。

想到这里，我定下心抬头看着蒋雅彤开口：“奴婢之心天地可鉴，是万万不敢对太子殿下有任何……”

“啪——”一声脆响打断了我的话。

脸上传来火辣辣的疼痛，才让我反应过来自己被打了。动手的是宋嬷嬷，她一脸不屑地说：“不懂规矩的奴才，谁给你的胆子直视太子妃？”

我的解释，她们根本就不想听，因为她们不在乎过程，只想要这个拿我杀鸡儆猴的结果。

即便是蒋雅彤刚经历过丧子之痛，此时我也无法完全体谅她的心情，她既然不愿见高玠，为何还要对高玠见了什么人耿耿于怀？

不问是非，不辨黑白，永远都是挑软柿子去捏。

我深吸了一口气，想着绝不能就这样不明不白地受罚，毕竟我可不是东宫里的奴才。就在我拼着不惜得罪蒋雅彤，准备把高偃搬出来时，门外突然传来通报——高偃心有灵犀地赶来了。

他一进门就看到了跪着的我，目光一扫而过后转而看向蒋雅彤：“给二嫂问安，方才我一回院子就听说我这丫鬟被二嫂叫了过来。我这次来带的人本来就少，使唤起来都不方便，不知二嫂可忙完了？”

蒋雅彤并未说话，宋嬷嬷再次开口：“回秦王殿下，太子妃娘娘这里并非缺人手，实在是这丫鬟居心叵测，昨儿个晚上有下人见她鬼鬼祟祟溜去小殿下的灵堂，这才叫她前来问话。”

言语之间半句不提高玠，我气得手都在抖，又无法辩驳。因为主人不发话，我擅自开了口，那就是以下犯上。

高偃的视线在我身上投注了片刻，转而带上几分歉意的笑，对着蒋雅彤说道："若是为此事，想必二嫂是误会了。昨夜我睡不着，因为自己的腿行动不便，就遣了她前去灵堂祭拜。"

蒋雅彤和宋嬷嬷都是一愣，她们方才拿我偷去灵堂一事做文章，却不想高偃竟然把此事认了下来。

毕竟我因和太子说话而受责罚一事，总是不太好放在明面上说的，否则落下个善妒的名声可就不好了。何况高偃和高玠一向交好，高偃既然已经认下此事，也就是委婉地表明了自己的态度，蒋雅彤虽然想杀鸡儆猴，想必也不会再拿我开刀了。

果然，最终蒋雅彤也权衡出了结果，只是淡淡地回道："既是如此，那应是下人想错了吧，只是五弟下次还是莫要在深更半夜派人过去了，免得惹人怀疑。"

"二嫂所言极是，倒是我疏忽了，我在这里给嫂嫂赔个不是，那人我也就先带走了。"

高偃从头到尾都是一副笑脸迎人的模样，蒋雅彤也不好借此发作下去了。只是打了我的那一耳光，无一人提及。

回了寝宫后，高偃才开口，言语有几分责备之意："你就不能安分些吗？非要乱跑？"

脸上的红肿还没有褪去，我低头不语。

高偃抬手示意我蹲下，我刚蹲了下去，他径直伸手抬起我的下巴，微微将我脸颊侧了过去，看上几眼后说道："含玉，你去寻些冰块来。"

含玉应声出去，我开口："奴婢不用……"

不等我说完，高偃就打断了我的话："冷敷一会儿，把脸上的印记遮去，下午再随我去后殿的灵堂。"言罢，他松了手，随李茂山去前厅同高玠用膳。而我一直紧握的拳头这才慢慢松开，手心已被指尖刺出了红痕。

脸上的红肿冰敷之后消了不少，我又拿些脂粉擦了擦，掩去了那片红色。

高偃那边忙完之后，才让下人唤我过去。我刚走到太子寝宫内殿，就听到里面传出了阵阵的喧哗声。

高弘朗的声音即便是在外面也能听清楚："承安不过五岁，他贪玩些实属正常，可是你呢……你身为他父亲，又是太子，送给他的东西，你怎么就没有好好排查一遍？"

进了屋子，只见高弘朗双目赤红，往日里俊逸无比的面容也显得有些狰狞。他如同一头暴怒的狮子一样看着眼前的高玠，而高玠虽一言不发，可从他紧闭的双目也看出来是在极力忍耐着。

“就算承安平日里与你并不亲近，可你怎么能对他如此不上心？”高弘朗一句接一句的话语仿佛无数把小刀刺在心头，而高玠并未反驳。

或许是他在自责吧，所以才会面对这些指责而不为自己辩驳一句。

终是高偃开了口：“太子也不是有意的，大哥你少说几句吧。”

“不是有意的？”高弘朗冷笑一声，“一句话就能撇清他对承安的疏忽？”

“差不多行了，太子才是承安的父亲，他心里不会比你更好受。”高偃脸色也变得不太好。

只见高弘朗深吸了几口气，嘲讽地看着他面前的两人：“你们还真是兄弟情深，就我是个外人，也罢，我这就走。”袖子一甩，高弘朗如同一阵风一样掠过，消失得无影无踪。

若是不知情的外人看来，高弘朗这副暴怒的模样才更像是失去儿子的父亲，不过旁人倒也不觉得突兀，毕竟他对高承安一向都是极好的。

屋里高偃低声安慰着高玠：“大哥只是一时气急才口无遮拦，你不要同他计较，此事怎么能怨到你身上？”

高玠面色惨白，勉强挤出了一抹比哭还让人难受的笑：“他说得也无错，本就是我对安儿太过疏忽，年前他自己因贪玩落水一事才过去不久，明知他心里没有分寸，我却还送他那种东西，那幼狐……那幼狐……”

高玠闭上了眼，似乎不想回忆，不想再想起那只出于他一片爱子之心却酿成祸事的幼狐。

所有人都在怪他，他的父亲、他的妻子、他的兄弟……全都在怨他。

而我从他的那一番话说完之后，脑子就变得一片空白，立在这殿里只觉得手脚冰凉。

高偃顿了顿，似乎也不知道该说些什么。

只是片刻，高玠就缓了过来，重新恢复了镇定的模样，对着一旁的高偃开口：“这两日辛苦你帮我操办了，你也回去好生歇息一下吧，等安儿……下葬时，你再来送他好了。”高偃点了点头，走出了殿中。

出了正殿，我们都格外沉默，我也没了心思去后殿祭拜，于是含玉盘点过行李后，我们就坐上了回府的马车。

含玉坐上了装货物的马车，而李茂山则一人坐在马车外面，我本欲坐他身边，却被高偃唤了进去。顿时马车里面只有我们二人。

“你怎么自打从太子的正殿出来，就这副神情恍惚的模样？”高偃先开了口。

我勉强开口应和，却见高偃因我敷衍的态度脸色越发不好了。

“那幼狐现在何处？”

“你当真如同太子妃所说想……”

我和高偃几乎是同时开口，不等我开口认错，就见他脸色缓和了些，回我道：“承安发热昏迷当天，幼狐就被太子妃下令杖毙了。”

如此说来，那就是死无对证了。不过，高承安生病时，太医肯定会对他身边之物详细检查的，若是有人在幼狐身上动手脚，应该会被发现。

那是我多心了吗？高承安真的只是死于伤口感染的疫病吗？那为何刚才高玠自责的言语中，他并不知道高承安曾经落水是被人推下去的？

回想起高承安口里提过的“帮手”，我那时候下意识以为是太子，细想下来，高承安似乎从来都没有直言是高玠，是我自己先入为主才有了这个想法。

高承安若是没有对太子说，那他是找了谁？他口里的“帮手”又是谁？

因为我知道曾有人想害死高承安，所以他的死亡原因，我始终觉得没有那么简单。

“你在想什么？”高偃突然出声，望着我的目光似有疑虑。

我心里一惊，也知是自己心思外露了，赶紧打着掩护：“奴婢是想着那幼狐如此难驯，定是不能久留的，既然太子妃已经处理了，倒是奴婢多操心了。”

高偃的视线并没有离开过我的脸，只是他的目光虽然没有恶意，却让人本能地想躲。我正被他看得头皮发麻之时，忽听他笑了一声，莫名带上了几分无奈：“旁人都说我心思过重，如今我看着，你的小心思也不少。”

“奴婢不敢。”我赶紧否认。

高偃没有再追问下去，我这颗心才算落定。

能得高承安全心全意信任的人，细想下来屈指可数。那我现在只需静观其变，若是那“帮手”问心无愧，按常理来说不会将此事隐瞒下去。若是我始终都不曾听到风声，那高承安的死，很有可能并不是一场意外……

虽然我只是个一无所有的奴婢，可也正是因为一无所有，所以我才少了很多桎梏，此事我定要弄个清楚。毕竟如今我是除了幕后黑手之外，唯一一个知道高承安曾被人推下水的了，我若不查，此事或许会永远沦为秘密。

更何况……死的那人，是曾经答应要还我自由之身的孩子。

高偃的腿养了半个月就差不多可以正常行走了，因没有伤到骨头，所以也没有留下什么后遗症。

在高玠被圈禁在东宫的这一个月里，高偃几乎忙得焦头烂额，腿伤刚恢复了一点，就立刻入了朝。只因这段时间，朝堂之上针对高玠明里暗里的各种意见，可谓层出不穷。

说到底，高玠论文论武，在众皇子中都不算出彩，他也只是占了个嫡出的身份而已，之前因为皇长孙是他所出，再加上平日他也不曾行差踏错，所以群臣心里的异议从来都没有摆到明面上。如今高承安已殁，还是死于高玠亲手送出的东西。而皇帝曾经在宫里怒骂高玠的那句“不顾小家，何以顾天下”，更是被人传得沸沸扬扬。

高玠被禁无法入朝，所以高偃才这么着急回去，毕竟若是任群臣如此争论下去，那关于太子德不配位的异议声怕是会越来越大。

宫里的皇后也没闲着，自己无法干政，就明面上往秦王府送了大笔的赏赐来表明态度，暗里也叮嘱太子一派的官员在朝堂上协助高偃。再加上高偃本就是个不容小觑的角色，是以在皇后和高偃的联手下，朝局之中并没有掀起太大风浪。

这些时日出入秦王府的官员和礼物都不少，而皇帝对这一切仿佛一点儿都不知晓，从未偏帮过任何一派势力。

在高玠一个月禁闭期满当天，还传出了一个好消息——太子妃蒋雅彤已有三月身孕。按日期来算，是在高承安未过世前就已经有了的，一时之间，朝堂上原本时不时躁动不安的人心彻底安静了下来，而传言太子和太子妃二人也因此和好如初。

高玠恢复入朝后，高偃也就轻松了下来，不必再每日早出晚归。

对于这一个月里的种种光景，我一直都是一个旁观者。这也是我第一次接触到关于朝政之事，众人口中“无能”的太子，在我看来却并非简单人物。

上次去东宫见蒋雅彤喝药，本以为只是安神药，如今看来，恐怕那时她就已经得知了自己有身孕，却偏偏拖到太子禁闭期结束后才公布。

这恐怕也是一步棋。这一个月在朝堂之上疯狂刷存在感的官员，此时也该害怕了。毕竟高玠用这一个月看清楚了哪些官员和他不是一个阵营，然后才丢出了自己手里的底牌。

才智平庸的高玠都如此聪慧，可想而知，一直以来在皇子间拔尖的角色该是何等人物。

我一直觉得自己身为一个奴才，活着实属不易，现在看来，即便生在皇家，活着也没那么容易。

困扰我的难题是一日三餐、苟且偷生，而困扰他们的则是争权夺势、天下苍生。

高偃闲下来后，府上冷清了不少，也就只有一户官员依然锲而不舍地隔一日就送一次拜帖——那便是太尉府的吴家。

其实不用想也知道，定是那吴云韶逼着自家爹爹投递拜帖的，毕竟她一个姑娘家，也不好大大咧咧地直接上门。只是高偃从高玠恢复上朝后，对吴家的拜帖便都是直接回绝，不留一点儿余地。

而我则继续关注着这段时日的风吹草动，查探种种迹象，不想错过任何一个细节。可是我不知是该庆幸还是失落，直到高玠已经正常入朝，高承安马上就要下葬，也没有半点风声传来。

究竟是我想多了，还是高承安之死的背后真有凶手存在呢？

关于那个“帮手”的身份，这段时间日思夜想，我心里也有了大致的猜测。

高玠和蒋雅彤是高承安的父母，自然是他最信任的人，但他们不可能会对自己的孩子下手，如此一来，剩下的怀疑对象就是高弘朗、高偃和胡元离了。毕竟据我所知，也就是他们同高承安走得比较近，至于其他皇子，和高承安只是一般的关系，高承安万万不可能将如此重要之事告诉他们。

只是目前来看，高弘朗自那日在东宫大闹一场后，几乎没什么音讯传来，在朝堂之上也是沉默寡言，从不出头，更不插手任何的官员党争。

说起来，胡元离我也有一个多月没见过了，不知道是不是被我上次气到了，他罕见地隔了这么久，都没来秦王府一趟。

至于高偃……他一向都是太子一党的，这段时间他为了高玠的各种奔波辛苦，我都是看在眼里的。

这样看来，他们三人似乎都没什么异常举动。

若是看身份，胡元离只是个异姓王，高弘朗和高偃才是正统的皇子，再加上高弘朗背靠着母族太尉府。细想下来，似乎他更像是高承安曾找过的那个“帮手”，毕竟他更有动机。同为皇子，谁会没有一点儿夺嫡的心思？

可现在太过安静的高弘朗，实在让人找不到怀疑的点。

因为身份限制，我无法自由出入，也无法肆意查探，同时我也无法向任何人寻求帮助，毕竟这只是我的猜测，何况这个猜测还涉及了我曾经的欺瞒之罪。

不知是不是上天想要帮我，在我苦思如何破局时，高弘朗竟然突然登门了。

我刻意替换了含玉，上前奉茶，然后侍立一旁，企图近距离接触以看出一点儿端倪。

这次高弘朗完全没了上次暴怒的模样，语气中似乎还为自己上次大发雷霆一事感到抱歉。听他说，他与高玠这一个月来几乎都没说上几句话。

反而是高偃安慰他道："太子脾性温和，他也知你一心向着承安，自是不会因几句争执同你计较。"

"你们向来走得近，你自会向着他说话，这几日他回了朝堂，都没有正眼看过我。"高弘朗面上虽是满不在乎的表情，语气却愤愤不平。

兄弟之间的嫌隙，高偃又如何能插嘴，只能故作糊涂地说："大哥多心了。"

见高偃如此说，高弘朗也没有再抱怨下去，话锋一转，换了个态度："这几日我那表妹是不是给你带来了不少困扰？"

高偃微不可察地皱了皱眉，说道："我不懂大哥的意思，这几日我不曾见过吴家嫡女，她如何能烦扰到我？"

高弘朗反而爽朗一笑，说道："五弟你向来聪明，就不要在此事上给我装糊涂了，今日我来，其实也是为了我那不懂事的表妹。"

不等高偃继续装不懂下去，高弘朗说道："我舅母没儿子，这唯一的嫡女算是捧在手心里长大的，再加上我舅舅也十分宠爱她，所以性情难免骄纵了些，自小她看上的东西，就会一门心思地往上扑。"

越发明显的话语，我这个旁观者都能听懂，高偃也不再是那副装糊涂的表情，只是漫不经心地转着手里的空茶杯。

我见此，很有眼力见儿地上前添了些茶水。

只听高弘朗又开了口："我也时常听舅舅提起，说是除了表妹，就剩下几个不争气的庶子，日后整个太尉府恐怕就要仰仗表妹的夫家了。"

话已经说得如此明显，高偃终于绷不下去了，盯着高弘朗开口道："大哥今日是来当说客的吗？"

高弘朗倒是爽快，毫不掩饰自己的目的："我这不是被我那表妹缠得没办法了嘛，谁让五弟你英雄救美之后，她就念念不忘了呢。"

高偃久久没有言语，屋里的气氛有些沉闷。

高弘朗也有所察觉，似乎是为了转移话题，随口提起："前些时日见五弟在朝堂之上雷厉风行的手段，可真是令我大开眼界。五弟如此厉害的人物，若是一直因屈居人后而被埋没，实在是让人有些惋惜。我也是为了五弟好，今日才上门说了这一遭，毕竟我舅舅在这京城还算是有点儿话语权的，我们也都实在拗不过我那表妹。"

若说高偃的短板，那就是背景，其他皇子哪个身后都有颇有权势的豪门支持，只有他是一个没名没姓的宫婢所生。

只是太尉府可是高弘朗母族的势力，他当真愿意心无芥蒂地分享给高偃？即便是高弘朗想要借此挑拨高偃同太子的关系，付出的代价也未免太大了些吧。

看着笑得格外坦荡的高弘朗，我一时间有点儿迷惑，难道是我想错了，对于那个位置，他真的没有一点儿想法？

估计是想说的话已经说完了，高弘朗又坐了一会儿就主动离开了。

屋子里只剩我和高偃二人，我正准备去收拾茶具，却见高偃抬手一挥，桌上的茶具碎了一地。

余光看到高偃的侧脸十分僵硬，我从未见他如此情绪化过，吓得赶紧屏息跪下。却听他咬牙切齿地念出一个名字——“胡、元、离——”

我一头雾水，不过片刻他就开口说道：“派人给我把胡元离叫过来。”声音里还是压抑不住的怒气。

我唯唯诺诺地应下，见他双眼紧闭，这才小心翼翼地收拾一地的陶瓷碎片。

出去给府上的小厮传了话，让他请胡元离过来。只是直到天色已暗，胡元离的身影也没有出现，不过高偃似乎已经恢复了正常，没有再提半句找胡元离之事。

保险起见，我还是唤来小厮，让他找人去门口和后院池塘那堵院墙周围守着，万一胡元离自己翻墙进来又记不住路，岂不耽误时间？

只是问了许多次，得到的回复都是没有见到人影。最终我只得罢了念头，回了自己的屋子。

摸索着燃起油灯，却听耳边传来夹杂着些许不满的声音：“你找我？”一回头就看到胡元离的身影站在窗边，吓得我眼疾手快地吹灭了油灯。

油灯熄灭之后，我才反应过来，为什么我要吹灯呢？

第六章 疫病

手里拿着火折子，一时之间我也不知道该不该再次点燃油灯。若是点起来，万一屋外面的人看到人影就不好了。可是不点灯的话，总感觉是在密谋什么不好的事情。

犹豫了片刻，我还是丢开了火折子，窗外月光正亮，我也就借着月光开口：“王爷是不是又找不到路了？五爷的屋子在里面的位置，这是奴婢的屋……”

“我不是说过了识得来你这里的路吗？”胡元离颇为不耐烦地打断了我，自己抬脚在凳子上坐下。

皇城里一向有名的路痴竟然说自己记得路？一瞬间我怀疑他是不是在我屋里做了什么手脚。

不过看着他一脸不耐烦和纹丝不动的身影，我决定姑且不再纠结此事，开口道：“白日里五爷曾派人去请王爷，如今王爷既然来了，要不奴婢领你去五爷屋里？”

“原来不是你找我的啊，”胡元离斜睨了我一眼，拍拍衣襟就起身说道，“那我走了。”

“王爷既然来了，要不就去五爷屋子一趟？”我赶紧开口喊道。毕竟白日里第一次见高偃发那么大脾气，应该不是什么小事。

正在翻窗户的胡元离听到此言哼了一声，嘴里嘟囔道：“他找我能干什么？还不是因为那太尉府的嫡女。”

吴云韶？这怎么又牵扯到她身上了？

见我满脸诧异，胡元离动作一顿，说道：“想知道啊？那我来告诉你……”说着他就把已经踏上窗台的脚收了回来，坐到了凳子上。

其实我并没那么想知道的。

“老五他自己笨，跳进了人家的圈套里，现在反倒想来怨我，我才不去他面前受这个气呢。”胡元离拿起我桌子上的茶杯，皱着眉头使唤着我倒水。

一听此事有阴谋，我反而打起了精神，毕竟现在的我对于秘密最感兴趣了。

我手脚麻利地给他倒上了水，看我态度如此好，胡元离的脸色也好了些，转而在我殷切的目光下继续开口：“那日在皇家猎场上，我去寻你时，中途被人叫走一事你可还记得？”

心里一抽，我又不受控制地想起了记忆里的那张小脸。当时本是我们三个人在一起的，后来胡元离的确是被不知从哪里来的奴才叫走了，那也是我最后一次同高承安说话了。

胡元离似乎察觉到了我的情绪，没留给我回忆的时间，再次开口说道：“当时似乎是有人刻意将我引到猎场，半路上遇到了老五，我就顺手拉上了他，然后我们就见一女子在林中遇袭。我看人也不认识，就准备转身离开，偏偏老五不听我劝，非要自己跑去救人，结果还落了一身伤。”

原来这就是那日英雄救美的经过，看着胡元离浑然不在意的模样，我难以置信地眨了眨眼睛。只见他言语间还颇有几分得意：“有人想用圈套来套我，结果被小爷我看穿了，老五却上了钩，这下被人家赖上了吧？如今想找我撒气？想得美！小爷我才不去他面前受气呢。”

“若是王爷看错了呢？”我还是没忍住问了出来，“王爷方才不也说是‘似乎’有人刻意引诱吗？若那真的只是一场意外，吴家小姐当真是遇上意外才身处险境，王爷也会不管不顾地直接走开吗？”

胡元离上下打量了我许久，仰头一口将手里的茶水饮尽，说道：“那与我有什么关系，是她自己乱跑的。”

见他满不在乎的模样，我心里也说不清是什么滋味，在那场不知道是不是“意外”的意外中，一向性情阴森冷漠的高偃选择去救人，而一向喜欢四处留情的胡元离却选择袖手旁观。

这个世界是不是颠倒了，一个人到底有几面？

愣怔之间，胡元离突然起身向我靠近。我下意识地后退，他却手速极快地单手钳住我的肩胛，另一只手随即抬起。

这架势怎么像是要打我？吓得我脖子一缩，闭上了眼。然后只觉头皮一紧，下一刻胡元离已将我松开，后退了几步。

他逆着窗外的月光而立，语气分不清喜怒：“这次的簪子不是什么贵重东西了，下次我见你时，你头上若是没这个发簪，就等着好果子吃吧。”

说着，他身影一闪挪到了窗台上，又留下一句：“我这个人就是喜欢多管闲事，尤其是……”后面几个字我还没来得及听清楚，他的人影就消失了，可能他本就是不想说给我听的吧。

我抬手拔下头顶胡元离方才插上的东西，借着月光看到那是一支黄铜簪，像极了我曾经遗失在湖里的那支，只不过这支精致了些，看着发簪上的花样，似乎是……荼蘼花。

指尖在发簪上滑过，差点被尖锐的边缘划破。今天晚上胡元离对我似乎有些不一样，心里忐忑的我一时之间也不知道这是好是坏。

翻出之前小心保管的那支白玉簪，我躺回床上，看着手里的两支发簪发呆。

一支白玉簪，一支黄铜簪，都是胡元离给的。

听说他送给各个花楼里姑娘的东西数不胜数，我这两支簪子应该也算不了什么吧？这可能又是他一贯用的拈花惹草的手段。

不过比起这簪子，我更在意的是他今天送给我的这个消息。如胡元离所说，若那日真的是有人有意引他过去，那是想借此事拉拢他吗？

那么能用吴家嫡女当诱饵的设计者，恐怕非高弘朗莫属了。

众所周知，胡元离同高偃关系极好，高偃又是太子一派，若此事当真是一场设计，那高弘朗是想要胡元离的支持吗？

可若是如此，为何后来阴差阳错变成了高偃救人后，吴云韶却好似不知情一样，一片痴心全落在了高偃身上，而高弘朗还主动上门来当说客？

怎么想似乎都有些说不通。

高弘朗，他到底是个什么样的人物？

想得入了神，我手里没留神一松，那支黄铜簪顺着床边掉在了地上，弹跳几下滚进了床底。

我赶紧起身点燃了油灯寻找，也停止了盘算。

手在床底摸到一块布料，我拽住一拉，从床底扯出了一件衣裳。那是一件黑衣，上面硬邦邦的应该是已经干涸的血迹。

我坐在地上一动不动，全身血液几乎逆流到了头顶。

我差点忘了——这是之前胡元离受伤昏迷时我给他换下来的，当时随手丢在了床底，后来只想着如何保命，完全忘了这件衣服。

我也差点忘了——那天我无意撞到的秘密，是高偃背着昏迷的胡元离回来。

我还差点忘了——当天晚上所有皇子都被唤进了宫里。

那日皇宫里究竟发生了什么？差点丧了命的胡元离做了什么？高偃又为何帮他？

那些我之前只想活命而从未深究过的事情，此时一点一点变得不同寻常起来。

一直以来我全部的注意力都在高弘朗身上，因为他过人的才智和不凡的家世，我总觉得他会图谋不轨。可是正因如此，我才潜意识地忽略了无背景、无势力的高偃。

我曾经自以为是地认为，哪个皇子会没有一点儿夺嫡的心思？

而高承安去世后的一个月，高玠被圈禁失了大片人心，高弘朗一直保持低调并未借此发难。与此同时，高偃却靠着皇后对太子的舐犊情深，将一大批官员收入麾下。

还有在皇家猎场救下吴云韶一事，当真不是他存心所为吗？毕竟今日高弘朗也说了，吴云韶背后可是掌管皇城军事的太尉府。

一旦开始怀疑一个人，那他的所有事情都变得可疑起来。

我试图给自己一个否认的理由，可无论从哪个角度来看，高承安死后，目前最大的受益人的确是我一直忽略的……高偃。

一夜难眠，第二日我明显精神不好。

看着恍恍惚惚的我，高偃的态度却空前温和，后来我才知道，他那是以为昨日自己突然发火吓到了我，才特意待我宽厚了许多。只是我心里有了猜忌，看谁都会多上几分心思。

高偃还是一如往常，并没有同朝中官员有过多联系，和高玠的关系也一如既往，未受丝毫影响。

心里猜得几欲吐血，却还是没有一点儿进展，有几次我都想直接冲到他们面前问出心里的所有疑虑，不过最后还是都强忍了下去。

同时我也确定了，假如高承安之死不是意外，那么背后之人定在高弘朗和高偃之间。

如今也只有胡元离在这些事件中算是个没嫌疑和动机的“当事人”，也是我最方便入手的对象。

只是胡元离似乎为了不让高偃逮着他撒气，自那天晚上从我屋里消失之后，秦王府的人怎么去请他都请不来。

而我，直到高承安下葬仪式那天，才又得了跟着高偃出门的机会。

高承安棺椁入土仪式的那天，皇帝并未出席，只是下令罢朝一日，而出席的百官皆不约而同地在腰间围上了一条白绫。蒋雅彤因身孕也未参加。

出席的高玠比起一个月之前，似乎消瘦了不少，身上穿着的明黄色锦袍宽松了许多，只不过人还是一如既往地稳重，不见丝毫憔悴。

高弘朗也出现了，他似乎已经和高玠和解，所以两人并排站立，高偃反而落后一步。

耳边哀乐声不断，听得人心头越发沉闷，看着那口金丝楠木棺材一点一点下降，站在外围奴才群里的我，一度感觉到压抑得喘不上气来。

看旁人，除了面露戚色之外，并无半点儿异样。可能对于他们来说，夭折一个未成年的皇孙，是件很平常的事情吧。

我努力地转移自己的注意力，试图缓解心头的沉重。余光正好看到里面的吴云韶，她虽是老实站着，面颊却朝向高偃所在的位置。

看来真如高弘朗之前所说，她的一颗心都落在了高偃身上。也就是说，若猎场那天遇袭真是有人设计，她应该不是知情者。毕竟若那是她参与的圈套，她应该会有更厉害些的手段，而不是像现在这样，只会眼巴巴地看着高偃。

不过她不知情，不代表高弘朗就没有嫌疑，我还是需要弄清楚遇袭这件事的详细经过。

我小心翼翼地在人群中看了半天，才找到了胡元离的身影，他站在一个偏僻的角落里。按身份，他不该站在那种位置，大抵还是因为他想避开高偃吧。

我一直留意着他的动向，准备找个时机凑上去。

他好似半点儿都没有察觉到我投注过去的目光，一直目不斜视地看着前方，从未见他如此认真过。

眼看着仪式已经过了大半，我已渐渐泄气，却忽见胡元离后退几步，一个转身向别的地方走去。

我看了看身边站着的奴才，一个个都垂首低眉，也就蹑手蹑脚地后退着离开。直到退到了人群最外围，我才转身疾步向胡元离刚才离开的地方追去。

走了许久始终不见他的人影，正在我左顾右盼之际，他突然从我身后冒了出来："找我啊？"我吓得一个哆嗦，勉强压下了尖叫的冲动。

他双手在胸前交叉，目光扫过我戴着黄铜簪子的发髻，带上了几分调侃说道："方才仪式上你就一直盯着我看，我这刚离开，你就跟着过来了，是急着想同我说什么？"

刚才他明明一直都没有转头，怎么知道我在看他？

不过追究这个也没什么意义，我今日特地戴上了发簪就是一种委婉的示好，毕竟我需要从他身上获取我要的信息。

我恭恭敬敬地回道："王爷好眼力，奴婢确实有事想问王爷。"

胡元离下巴一抬，语气听起来很是轻快："看在你乖乖听话的分上，问吧。"

这说的应该是我头上的簪子了，看来今天戴它出来还真是个明智的选择。

看了看四下无人，我斟酌着话语说道："奴婢上次听王爷说起猎场被人设计一事，王爷是真的确定太尉家嫡女遇袭，不是意外吗？"

似是没想到我问的是这个问题，胡元离的脸一下子就垮了下来："你来找我就是为了这个？"

虽不知他情绪为何突然转变，我还是小心翼翼地回复："为了这件事，五爷这几日似乎心情都不好，一连摔了许多东西，我们这些服侍的人一个个都提心吊胆的，所以奴婢就想着再问问王爷此事。"

胡元离的表情越来越不好："你想知道这件事做什么？"

"奴婢想着若猎场一事当真是有人设计，那五爷若是知道了实情，或许就能有应对的办法。五爷心情好了，我们这些做奴才的也就能轻松些。"我拿出来一早就编好的理由。

胡元离听了我的一番说辞，脸色并没有半点儿好转，似乎在生什么闷气，背着手在原地踱了许多步。

在我忐忑之际，胡元离停了下来，瞄了我一眼就转开了视线，仿佛是对着空气说道："行，我告诉你，那日猎场之事确实是有人设计的。"

"为何王爷这般肯定？"我不怕死地又追问了一句。

胡元离头一转，盯着我恶狠狠地说道："怎么？你这是在怀疑我？"

我刚想开口否认，可胡元离根本就不想听我说话，自己又开了口："后来我去找过当时引路的小厮，却得知那天他从马上失足落下，摔断了脖子。这时机太过巧合，一看就是有人为了杀人灭口制造的意外，只不过死无对证，我也无法追究下去。"

如此说来，倒是确定吴云韶遇袭一事并不简单了。

“王爷后来也没查到设计之人吗？”既然开了口，我索性大着胆子问个痛快。

此时胡元离脸上的表情已经可以用扭曲来形容了，他赌气地冲我吼：“我就是没有查到，那又怎么了？”

那我岂不是等于还是一无所获？

看着胡元离几乎要头顶冒烟的表情，我觉得也不适合再问下去了，关于他和高偃在夜里的那次密谋，怕是也不能就这样轻易地问出口。

所以我准备开口告辞，不知道是不是我脸上的失望太明显，胡元离却不愿意放我走了。

他堵住我离开的路，咬牙切齿地说：“这件事和你有什么关系，还值得你特地追出来找我问？”

我默默地后退了两步，才露出谄媚的笑脸说道：“因为自从王爷上次随口提了一句，奴婢心里就一直放不下，毕竟事关五爷，奴婢才想着冒昧地多问几句。”

“那你可真是个忠心耿耿的奴才啊。”胡元离站在原地一动不动，目光像是能在我身上盯出个洞，他满脸嘲讽，“只不过你这个奴才也管得太宽了吧？主子的事你也要来插上一脚。”

我低头避开了胡元离如炬的目光，既开口问了，也就不怕胡元离闹大，毕竟我可是打着为高偃着想的招牌问的，旁人知道了也不会生疑。

只见胡元离似乎还气不过，一步步向我逼近，言语丝毫不留情面：“我们这些人，哪一个不比你聪明？哪一个不比你思虑周全？你只是老五院里的二等丫鬟，老五哪里需要你来替他着想？我原先只是觉得你有些小聪明，现在看来，你简直就是蠢到家了。你一个奴才，就算知道了又有什么用？老老实实过自己的日子不好吗？”

直到我身后是墙，已经退无可退，胡元离才停下脚步，顿时我们距离极近，我视线里全是他剧烈起伏的胸膛。

他忽然一抬手，我感觉发髻一松，随即就见他用力把我头上的那支簪子抛了出去。

随着簪子“咚”的落地声一起响起的，还有他发狠的声音：“日后不许再让我看到你戴这个簪子。”言罢，他愤然转身离开。

我靠着墙壁站了许久，直到有下人经过，我才大梦初醒一般站直身子，理了理松垮的发髻之后，默默走过去捡起被丢得很远的发簪。想了想，我还是揣进了怀里。

我本来做好了应对胡元离各种反应的思想准备，却没想到他每一句话都如同一记闷棍。

一直以来都是我自以为是地想查明真相，因为觉得自己知道别人不知道的秘密，因为觉得那个孩子死得太过突然，因为我潜意识里的那几分优越感。可是我忘了自己在这里只是一个什么都不是的奴才，却因为一点儿悲悯不忍之心，妄想插手皇家的事情。

很早之前，我想的是等到二十岁就赎身离开，可渐渐地越走越偏，现在我甚至要主动参与到这些纷争里。

刚才胡元离言语虽然过分了些，可是句句都没有错，这里的人权势熏天，哪一个不比我厉害？

眼眶忽然有些发酸，我深吸了口气往回走，一路低着脑袋，差点撞上了一个人。

一抬头我下意识地开口问道："五爷怎么来这里了？"

高偃面无表情地说道："你呢？怎么跑到了这里？"

"奴……奴婢刚才去……去茅厕了。"我结结巴巴地编了一个借口。

看着我不自在的表情，高偃眼睛一眯，开口说道："仪式马上就要结束了，别再乱跑了。"

我赶紧点头，老老实实跟在他身后准备回去。

高偃抬脚走了几步，忽然又停了下来，转头问我道："你是不是想去燕王府？"

"啊？"抬头看到高偃的表情不是在开玩笑，严肃得有些吓人。

我赶紧开口回道："奴婢没有。"

"那是东宫，还是齐王府？"高偃本着语不惊人死不休的态度又问道。

在我疯狂否认的时候，高偃嘴角紧抿："这几日我见你可是一反常态地一直往他们身边凑，谁都想一飞冲天，我也不想追究，只是在给你机会。我们这几个人中，你属意谁？"

原来我这段时间自以为隐秘的举动，其实全落在了他眼里，这才让他误会了我接近其他人的目的，果然是我太不自量力了。

我深吸一口气："奴婢自知身份低微，只想在秦王府当一个老实本分的奴才，岂敢对主子有着如此心思……"

话还未说完，就被高偃打断，一句轻飘飘的话语从我头顶落下。

"若我说……你可以有呢？"

我瞪大了眼睛，有些呆愣地看着眼前的高偃，却见他目光有些闪躲。

这是何意？若是试探我，他不该是这个模样，那他说这句话的目的是什么？

脑筋没转过来，我的心脏"怦怦"直跳，就这样和高偃彼此沉默地站着，气氛竟然诡异地有些尴尬。

过了许久，他似乎忍不下去了，开口道："你……"话未说完，就被一阵突然响起的嘈杂声打断，声音的来源正是前面不远处的入土仪式。

按时间来说，仪式应该已经结束了，怎么会突然喧哗了起来？

我和高偃对视一眼，随后很有默契地不再傻站着，一起抬步向那边走去，远远便瞧见刚才井然有序的人群现下乱成一团，还有一处被围得密不透风。

高偃抬步走了过去，而我则留在最外围奴才该待的地方，再看周围其他人的表情，竟然似乎是惊惧。

有侍卫有条不紊地上前开始疏散人群，大批官眷开始一个个离开。

从人群的缝隙里，我看到被围起来的那个地方中间倒着一个年轻小厮，他双目紧闭，嘴角似乎还有血渍，胸膛若有若无地起伏着，像是昏了过去。

看他的衣着打扮，我推测他应该是太医院里面的低级医官。为何会因他如此大动干戈？

一名太医衣着的中年男子正在为那个小医官检查，而高玠、高弘朗和胡元离则站在一旁，和地上躺着的小医官隔开了一段距离。

高偃走了过去，他们四人说了几句后，面色一个比一个凝重。

身边也有人窃窃私语，我随手拉住了一个小太监："小公公，我刚才走开了一会儿，这是发生了何事啊？那个昏迷的人和正在看诊的都是谁呀？"

那小太监一副心神不定的模样，嘴上敷衍着我："看诊的是太医院院首郑泰和，昏迷那个是副院首王卓身边的普通医官。"

"既然只是一个普通医官昏了过去，为何几位殿下都留了下来呢？他是如何昏迷的？我看着怎么像是吐了血？"我一连追问了好几个问题。

那小太监虽不耐烦，但还是回了我一句："方才郑院首说他吐血昏迷是因为……染了疫病。"

一句话只回答了我的一个问题，却也让我顿时明白了所有疑问。难怪刚才所有人离开的时候都神色匆匆。

疫病、太医院的医官……

我心里一跳，此事似乎有些诡异。

小医官始终未醒，最终高玠令人先将其抬下去安顿好，再慢慢医治。只见两个侍卫抬着担架过来，将人带了下去，而他们都以白布掩鼻。

身边的人也差不多走了个干净，高玠冲兄弟几人点了点头，自己也抬步离开了，其他人也都相随而退。

胡元离走过我身边时，脚步未顿，目不斜视，而我仍保持着行礼的姿势。

跟着高偃坐上了回去的马车，外面天色不知道什么时候变得暗沉起来，明明才只是刚过了晌午时分。

高偃挑开马车的窗帘，抬眸看了一眼天空，表情也阴沉了下来，意味不明地说了一句："看来是要变天了。"

我和李茂山均屏息凝神，不敢接话。

高偃并未再开口，随手放下了手里的车帘，掩去了外面投进来的光线。

第二日，太医院医官在皇长孙葬礼上昏迷一事扩散开来，而他染病的原因经调查，是被副院首王卓所传染的。

本来葬礼该由院首和副院首共同出席，王卓因一连几日咳嗽不停，怕影响仪式，就让一直跟随在身边的徒弟代他出席。

那小医官虽然身子也不大舒服，却因身份低微，不敢开口回绝，只能强撑着跟了去，才会在仪式结束之际如强弩之末般突然吐血昏迷。

与此同时，除去他们二人，太医院又检查出另有四人也染上了轻度的疫病。而这四个人，皆是同王卓朝夕相处的同僚。

一时之间，京城里人人自危，尤其是这段时日曾请王卓上门看病的几户人家，更是轮番请了宫里和民间的大夫来检查，果然又查出几例染了疫病的人。

太医院史无前例地放了长假，除了每日留三四人看守，其余人都回家待命，整个太医院也被上上下下清理了一遍。

顿时整个京城，就属药堂最为忙碌了。

因高玠送出的幼狐而导致高承安之死一事，再次被提到了明面上。因为高承安被幼狐抓伤当日，是王卓亲自为他医治包扎的，而后高承安半夜昏迷，也是王卓和郑泰和一起诊治的。郑泰和负责开药，而所有带肢体接触的医治工作，都是王卓做的。

此时经检查，郑泰和身体并无大碍，只有王卓一人患病。

王卓起先咳嗽不止之时，只是以为自己染了普通的风寒，毕竟这段时日天气忽冷忽热，患了风寒之人也不少，所以他才不曾在意。

医者不自医，他患病时完全没想到是疫病，才会酿成如此大祸，目前所发现的染病病例，皆是同他有过接触之人。

高承安才是病发源的说法被广泛传开，而高玠开始深居简出，很少露面，可惜如此避讳，也无法安抚下百姓和官员心中的不满。

因为之前死的只有高承安，大家便只是隐晦地提几句高玠不够稳妥，而现在威胁的是皇城里面所有的人，事关己身，大家的态度也越发尖锐。

与此同时，在府上的高偃，话也越来越少，我在他身旁抄书时，时常瞧见他盯着一页书，半天都没有翻动。

胡元离倒是恢复了每几日来一趟秦王府的惯例，他们似乎在商谈对策，只是谈了许久，只得出了此时静观其变才是最好的应对方法。毕竟民怨太重，在这风口浪尖之上，任何细微的举动都能被人挑出错来。

一时之间我所有的计划都被搁置，毕竟现在所有人的心思都放在了这次疫病上。

被查出患有疫病的人，皆是闭府不出，虽然没有再发现新增的患病之人，可是整个皇城的气氛仍旧十分沉重，毕竟这是传染病。

我没有机会再去东宫，只是觉得，此时背负无数谴责的东宫，该是最压抑的地方了。

大家似乎都在等待着，无论哪一方，都在等一个爆发的节点来打破这表面的平静。

而这个爆发的节点最终还是不负众望地出现了，那就是除高承安之外出现了第二例因疫病而死之人——那天在仪式上昏迷的小医官。

先前高承安病故，可以勉强用他年纪小身体吃不消这一说法，可是如今一成年男子也因疫病逝世，说明了此疫病的危害之烈。更糟糕的是，东宫同一时间出现了七八个咳嗽不止的奴才，经太医查看，皆是身染疫病，而他们有一个共同的特征，那就是他们皆是曾经近身服侍高承安的奴才。

如此一来，彻底坐实了高承安才是病发之源，而高玠就是一切事件的罪魁祸首。即便高玠第一时间下令东宫之人无令不得外出，也没有起到什么作用。

压抑许久的百官如同找到了一个宣泄口，纷纷请旨，请皇帝下令封闭整个东宫，以避免疫情继续扩散。

皇帝沉默了数日，在百官的轮番攻势下，最终还是下旨让禁卫军围了东宫，只许进不许出。

迫于虎视眈眈的官员和百姓，为一视同仁，除了有孕在身的蒋雅彤被送去皇家别院休养以外，连同高玠，东宫所有人再次被圈禁。与此同时，皇帝还下令所有身体无恙的太医挨家挨户地彻查，但凡有一户发现有三人以上的病例，该户人家无论身份地位，皆被下令百日内不得出门。

曾和高玠密切接触过的高偃等人，更是成了此次盘查的重点。整个秦王府上上下下几百人，均一一接受了白布掩面的太医的检查。

万幸的是，秦王府无一人患此疫病。太医例行公事地留了一些药材，嘱咐全府的人务必饮下，说是可以预防疫病。

等后厨那边熬好了汤药，就通知我们一一去领，而高偃服下的则是李茂山单独熬的。

看着去后厨的人太多，我特地等到无人的时候才过去，只见方才领汤药的桌子上还放着一碗，而厨师已经转过身开始忙碌了。

桌上那碗汤药早已经凉了，正准备一口饮下之时，我突然看到刚才碰过碗底的指尖有褐色的痕迹。再细看这个碗，我隐隐觉得有些许不对劲的地方。

于是我端着碗，并没着急喝下，而是问那厨师道："师傅，这府上还有人没喝吗？我看你都开始刷碗了，我这手里的应该是最后一碗吧？"

厨师忙碌中回头看了我一眼，嘴上利索地回道："这我就不清楚了，不过汤药熬好后，这些人都是一个比一个急着过来喝，应该没有人还没喝了。"

"那这一碗是特地留给我的吗？"我捧着碗，笑眯眯地问道。

厨师头也不回地刷着成堆的碗具："刚才过来这么多人，我哪里能记得谁没喝过？要不是你说，我都没看到这桌子上还剩了一碗，你来得太晚，刚才剩的汤药我都倒掉了。你既然还没喝，这剩的一碗刚好给你吧。"

"啊？这一碗不是特地留给我的呀？"我故作遗憾地说道。

那厨师也被我逗笑了，催促我道："你赶紧喝了把碗给我吧，我也好一起洗干净了，现在不比往日，使用过的器具，都是要洗上好几遍的。"

我笑容未变，继续好声好气地说道："那我能不能拿回去喝啊？我平日里最怕苦，刚想起来我屋里还有蜜饯，我想就着喝。"

厨师大抵认出了我是高偃院子里的人，毫不犹豫地说："没事儿，那你就拿走吧，一个碗而已。"

我道了谢后才捧着碗转身离开。回到屋里，我把碗放到桌上，还是一口未喝，看着那满满当当的一碗汤药，我手指一点一点收紧。

希望只是我多心了。

空碗在第三天时，凭空从我放置的桌子角落消失了，翻遍了整个屋子也没有它的踪迹。我找了院子里打扫的奴才，都说没看到任何人出入我的屋子。

我的屋子位于院子最偏僻的地方，平日无人注意也正常，外面的人几乎是只要翻个墙就能不引人注意地溜进来，要不然之前胡元离来我屋子那么多次，也不会没人发现。

我本只是怀疑，毕竟在疫病蔓延的当下，府上所有用具都是重复清洗好几遍才会使用，可是那日我拿起的那个碗，碗边却污浊不堪，像是被人使用后来不及刷洗就被再次拿了出来。

疫病当头，每一个举动都会被放大无数倍，后厨的师傅是绝对不可能犯这种让人明面上就能挑出来的错误的。更何况我过去得太晚，他都已经开始洗碗了，后来同他的谈话中，他也说收拾的时候并不清楚桌子上还剩一个碗没收。

种种可疑的迹象，再加上我屋里凭空消失的瓷碗，都表明了一个问题——那碗汤药有问题。

这碗汤药，极有可能是有人特地给我留的。

第一次去后厨的时候，因为人太多，我等了片刻才决定晚些时候再来。所以定是有人在那个时候就注意到我了，然后等所有人都领完汤药后，趁忙碌的厨师不注意，便替换了汤碗，只等我再次过去。

如今汤碗虽然消失了，但我已经提前拿帕子浸湿了碗里的汤药保管下来，所以一个碗倒也无关紧要了。只是现在全城四处戒严，我暂时无法出府寻大夫查看那帕子上有何怪异，只能将染了药水的帕子好生收藏。

汤碗消失的第七天，秦王府还是风平浪静，并未有一人生病。所以上次的汤碗事件，我彻底确定是针对我一个人的。那么，从现在开始，我对吃的用的都要加倍小心了。因为这个秦王府，并没有我想象中那般防守森严，有人想杀我会有太多机会。

或许说杀太过严重，毕竟我还不知道那汤药究竟有什么问题。

这个设计看似随意，却也是真的不引人注目，要不是我心思多了些，定然不会发现有疑。不过这其中的变量太多，差一分一毫就有了偏差，所以那背后之人出手时，或许并不是非要我死不可？

之前是我不自量力，主动招惹了一些事情，现在我想放弃之时，反而轮到我在明，敌在暗了。因为不知道是谁要害我，所以身边的人好像都有了嫌疑，而我只能先装不知，静等背后之人的第二步动作。

高偃这段时日除了忙碌一些，看上去十分疲惫之外，并无其他异样。大概是他思虑过重吧，毕竟如今的时局不容乐观，而他的心思又向来深沉似海，不容他人揣测。

是以我也就老老实实抄书和服侍，从不多言半句废话，经过这近一年的历练，我的字体已经越发规整了，看着和高偃的字几乎没什么差异，就是笔锋少了几分锐利。

而高偃似乎也没有心情再检查我的练习成果了，只是将所有需要誊抄的工作都交给了我，自己抱着一堆奏折看来看去。

这一日，繁重的誊抄工作让我整个肩膀都有些酸疼起来，我忍不住停下来偷瞄了高偃一眼，却看到他竟然伏在案边睡了过去。

我趁机停下手里的笔，歇息了片刻，揉了揉发酸的手指关节。只见高偃手里还捏着一份奏折，半边脸枕着手臂，剩下的半边脸被墨色头发和藏蓝衣袍衬得十分白净，看来他睡着的样子倒是和常人无异。

这屋里虽烧着炭火，但人若是睡去，怕还是会觉得冷。于是我蹑手蹑脚地准备站起身子，出去找李茂山要个披风或者衣物。

左手指尖轻轻点着桌面，我转过头用右手轻轻拉动我坐的那把木椅，屏着呼吸一点一点挪动。

听闻这几日他晚上都没有睡好，连带着服侍他的李茂山眼底都是青紫一片，所以现在他睡了过去，我更是不敢吵到他。费了好大功夫才挪开屁股下面的木椅，正准备站直身体，一回头却撞进了一双黑眸里。

他何时醒了？

吓得我一屁股又跌回木椅上，一个没坐稳还差点仰了过去。拉住桌子坐稳后，我赶紧开口："五爷，奴婢方才是想给您寻件衣物，并不是偷懒。"

高偃坐直身子，并没有理会我，见他不睡了，我只能继续坐回去开始誊抄工作。刚写了几个字，就听高偃忽然开口："你和胡元离怎么了？这几日见他对你和以往格外不同。"

手一抖，一个字毁了，看到高偃并未抬眸，我也就开口回道："许是奴婢有什么地方做得不好，得罪了小燕王，奴婢愚笨，倒是没有察觉。"

高偃这才抬眼看我："你当真不知？"

我猛点头，高偃盯着我看了片刻，忽然抿唇一笑，笑得人心底发毛，却不再言语。

正好到了午膳时刻，听到外面李茂山的传话，我也赶紧起步离开，帮忙布置。

这次对话之后，胡元离再来府上之时，高偃就会用各种理由把我支开，于是我和胡元离倒是许久不曾遇见了。

能躲开那个暴躁的"小阎王"，我心里自是十分开心。

接下来的一个月里，听外面传来消息，东宫几个染病的奴才相继死去，顿时整个皇城内人人自危。

虽然因病死去的人在增加，但是并没有再出现新增的病例，并且皇城戒严之后，周围郡县也并未出现过感染的病例，给这紧张的时局送来了一些安慰，

与此同时，高弘朗怀孕的侧妃生了一个皇子，成了新一代的皇长孙，更是给皇城里添了些喜气。

高弘朗自知时局特殊，便主动要求不再操办满月宴，以便节省人力、物力，只是皇子之间简单送了些贺礼。

皇帝感其仁德，亲自下诏赐名小皇孙为“修平”。

压抑许久的皇城终于迎来了一些光亮。

百姓心头稍松之际，不知是谁起头，大街小巷里面传遍了歌颂皇帝贤明的声音。与其形成鲜明对比的是高玠所在的东宫，虽然百官没有直接表达自己的不满，百姓之间却纷纷传开了。

捧皇帝踩太子，不知何时成了不约而同的趋势，虽未有人直接说出“废太子”之言，可高玠已经失了大半的民心。

大抵是连续一个月都无新增的染病之人，皇帝对东宫的圈禁也没那么严了，只是不允许东宫里面的人出入，外人却可以探视。于是高偃第一时间就去了东宫，我也跟着去了。

只见高玠一身素衣坐于书房之中，面上并无焦色，言语之间只是问了几句在皇家别院养胎的蒋雅彤。得知她一切安好后，便无其他言语，只是嘱咐这段时间要劳烦高偃关照一下蒋雅彤，毕竟他此时的出入都被限制了。

高偃自是毫不犹豫地应了下来，之后他们又谈起如今的皇长孙高修平。

“高修平……修、平……”高玠念了几遍这个名字，忽然笑了，只是这笑声里并未见半点儿喜意，他似乎习以为常却又难掩失落地说道，“父皇果然还是一如既往地偏心啊。”

听闻此言的我大气都不敢喘，这话真是太过大胆了些。

高玠也只是说了这一句，就又恢复如常。之后他令人去拿了些孩童用的平安锁，我跟着高玠身边的大太监下去领东西，独留他们兄弟二人。等我回来时，高偃正起身准备离开。

回去的路上，高偃突然开口让车夫调转车头，要去往高弘朗的齐王府。

若是送礼，派个下人跑一趟即可，就像之前的满月礼，高偃也只是让下人去送了礼品过去，而如今他却要亲自去一趟。那这一趟的目的，就不只是送礼了。

到了齐王府，下人将我们迎去高弘朗所在的院子。一进门就看见高弘朗双手抱着

一个婴儿，满眼满心都在怀里的婴儿身上，那笨拙模样中满是小心翼翼。

他身边还站着一个面容柔美的女子，面带微笑的眼底却有几分不自在。看她稍显僵硬的笑容，我猜测她应该就是高弘朗才过门不久的正妃了，如果我没有记错，她还是太师的嫡女。

侧妃先有了孩子，才过门的正妃脸上自然不怎么好看。

高弘朗应该也注意到了自己正妃的心思，所以此时他的院子里，除了他们夫妻二人之外，并无旁人。

见我们进来，高弘朗仍抱着孩子不撒手，只是口头上问着高偃要不要抱抱看。

高偃笑着推拒了："我这手脚没个轻重，怎么能碰得了孩子？"

高弘朗也不介意，一边轻拍着襁褓里的孩子，一边说道："那可不是嘛，我也觉得抱孩子可不比练武轻松多少，害得我大气都不敢出，就抱这一会儿，都感觉出了一大身汗。"

说完，高弘朗还是把孩子递给了齐王妃，自己似乎有些口渴，就端起茶杯一边轻吹一边说道："这些都是需要多练练的，哪有人是生来就会照顾孩子的？我看五弟你年纪也不小了，是时候该考虑下自己的事了。"

高弘朗那俊逸无比的面容上满是对自家兄弟的关切，眼角似乎还有些调侃的意味，这等好相貌，真是让人移不开眼。

高偃略显尴尬地咳嗽了一声，避开了他的目光说道："先不说这个了，今日我来是……"

"不说怎么行呢？"高弘朗毫不犹豫地打断了高偃的话，"我那表妹可是苦苦等着呢，我之前说过的话，现在都还是作数的。要我说，五弟你真需要为自己考虑考虑了，不能整天都为别人操心，平白耽误了自己，我说这些话，也都是真心为你着想。"

"如今的时局如此紧张，我哪里还有时间考虑自己的私事？"高偃长叹了口气回道。

高弘朗倒是不怎么在意，继续热心地说："那也可以先定下，等这疫病过去后再提亲事。"

高偃闻言忽然一笑，直直看向高弘朗开口："那依大哥所见，这疫病何时才能过去呢？"

第七章 山雨欲来

高弘朗端着茶杯的手一顿，随后一口将半凉的茶水饮尽，放下杯子笑道：“这种事谁能说得准呢？只不过自从父皇下令皇城戒严之后，倒是没有了新增的病人，大抵是不会继续恶化下去了吧。”

屋里安静了一会儿，婴儿似乎已经睡着了，可能怕吵到他，齐王妃轻轻拍着婴儿行了一礼，抱着孩子先行出去了。

高偃才继续说道：“说来也是，这次疫病只是病倒了二十余人，应该不会更严重了。”

“所以我刚刚才说到你同我那表妹之事，”高弘朗不着痕迹地把话题又拉了回来，“你们现在定下，先互相接触一番，等疫病过去，正好操办起来，也算是给这皇城里再添些喜气。”

若是这高弘朗转行，肯定是个不错的媒婆，我见他这副热心肠的模样，情不自禁地在心中感慨。

而高偃仍是那一副油盐不进的模样，又一次把话题扯了回来：“这疫病虽然闹得不厉害，可是在民间和朝廷的动静都不小，尤其是二哥，这期间官员、百姓对他的怨怼颇重。今日我去瞧他，他仍是行动不便，只能托我给你送来小皇孙的贺礼。”

高弘朗闻言面目也微微沉了下来，似乎有几分懊恼：“说起来我也有些惭愧，之前气得没了头脑，不是也把安儿的事怪到了他身上吗？现在这官员、百姓，怕是同我那时的心情差不多，因对疫病的恐惧才没了判断的头脑。这次疫病虽然并未大肆传开，因此受难的人却不少，我看城外戒严之后，已经出现了不少难民。”

听闻此言，我眉头一皱，忍不住瞄了高弘朗一眼，只见他面上有着格外真诚的担忧之色。

高偃沉默了片刻，并未再提高玠之事，只是看了看外面天色，起身开口：“时候不早了，如今宵禁都提前了，我也早些回去吧。”

高弘朗也并未挽留，只是起身相送时还是忍不住啰唆道：“我今日同你说的事，你再考虑考虑，你也知道我的性子，若不是见我那表妹一门心思，我也不会与你提这么多次。”

高偃这一次并未回避，而是带了些歉意开口：“如今皇城之内局势未定，二哥的处境也不容乐观，我实在没心情谈及此事，还是等过些时日再说吧。”

高弘朗闻言却笑得心无芥蒂，只是说道：“那也行，五弟自己心里有数就好。”

高偃点了点头，高弘朗目光扫过跟在他们身后的我，停顿了片刻忽然说道：“这可是从前同安儿玩得极好的那丫鬟？”

高偃并未看我，毫不迟疑地回道：“正是她。”

忽见高弘朗仰天大笑几声，随即拍了拍高偃的肩膀，意味深长地说道：“五弟你现在这正妃、侧妃都还没立，还是注意些为好，别惹出什么事情来。”

高偃面不改色地回道：“我自然知晓。”

一番对话听得我眉头紧锁，高弘朗应该是误会我和高偃的关系了，不过高偃似乎是觉得没有解释的必要。

随后，高弘朗也没再多说，亲自将我们送到门口，面带微笑送我们离开。

回去的路上，高偃一言不发，脸上再也没有同高弘朗谈话时的轻松和善。

以往只知道高偃同高玠关系更近一些，而高弘朗也算和他们相交不错，今日听他们谈话，顿时高下立见。

高偃几次试探性地问高弘朗关于太子一事该如何处理，可是高弘朗不知道是不是真的没听出来，一直避而不谈。高偃提了无数次时局紧张、太子落难、他无心私事，可是高弘朗丝毫不介意，不但抱着自己孩子笑得开怀，还一遍又一遍催高偃结亲。

一向名声极好的他，是当真没有觉察出这些细节吗？还是因为高玠断崖式的失势后，他开始不屑于伪装了呢？

回府后，高偃仍是同往常一样沉默，和高弘朗打了一圈太极之后，也丝毫不见他恼怒或郁闷。

这些主子们的心思最是难以捉摸，今日他同高弘朗的那一番会面，也不知道是谁下了套、谁中了招。

过了两日，皇家别院里传来了消息，说是经由太医确认，蒋雅彤肚子里是个小皇子。

蒋雅彤的父亲蒋大将军趁机上了封折子，称自己女儿如今已怀孕五个月，身子渐重，往后怕是更不便移动，好歹她如今肚子里的可是正宫嫡出的皇孙，怎能在别院里降生？

虽是没有明说，但已经充分暗示了要让蒋雅彤回东宫，毕竟蒋雅彤若是回去，那太子自然不能再被圈禁下去，也算是间接为高玠说情。只是蒋大将军聪明地半句不提高玠，只是从自己一片爱女之心入手，让其他心有不服的官员无法直言相驳。

终归是一国储君，之前为了安民心，已经将东宫封闭了两月有余，小惩大戒也差不多了，所以皇帝终是松口允了。虽没有明说将禁卫军从东宫撤出，但蒋雅彤回宫之际，必是东宫恢复如常之时。

太子妃回宫这一消息传到民间时，并没有受到来自百姓的抗拒，因为他们完全被另一则消息吸引了注意力——太医院的副院首王卓，在以身试药之后，已经研配出了治疗疫病的草药。

在他身体刚好转之际，他就不辞辛苦地亲自送药到各个查出病例的府上，如今只等其他府上染病之人痊愈，便可彻底恢复皇城里的管制，不再戒严。此消息传开，民间百姓就差出来游街庆贺了。家家户户不约而同地张灯结彩，过年时因高承安之死，一个月都不能燃放烟花爆竹，现在终于可以可劲儿放个痛快了。

此时更是没人去追究蒋雅彤的动向了，大家都忙着高兴，顾不上再埋怨东宫。毕竟疫病威胁若是彻底解除，那么东宫封不封，对于百姓来说也就没什么关系了。

王卓研发出解药的时机太过巧合，无意中倒是助了蒋雅彤回宫一臂之力。

大家都大肆庆祝之时，高偃却没放松警惕。因其他染病之人身体还未痊愈，皇帝一时之间还没有下令让禁卫军从东宫撤出，所以高偃就受高玠所托，特地前来护送蒋雅彤回东宫。

到了别院，来来往往许多奴仆都在收拾行李，为了避嫌，高偃问过安后就去了后院，监督往来奴才收拾搬运。

只是他临走时，不顾我满是怨念的注视，坚持把我留了下来，看我实在不情愿，他就在我耳边解释道："我不方便在这里长留，太子妃就交给你了，你是我的人，如今她不会动你。"

他当然觉得没事了，当初的巴掌又没有打到他脸上。

我看蒋雅彤生龙活虎的样子，还有她身边成群的奴仆，哪里还需要我？所以高偃走后，我索性在院子里守着，没去屋里伺候。

刚站了半盏茶的工夫，就看到蒋雅彤一行人从屋里出来，换了身便于出行的衣裳。

她们径直从我身边掠过，似乎是要出门，我没忍住开了口："太子妃娘娘这是要出去吗？要不要奴婢去通知五爷一声？"

蒋雅彤瞄了我一眼，面无表情地说："不必去惊动五弟了，本宫只是在回宫之前再去看安儿一眼。"

要去高承安的陵墓？那儿离这所别院可是有差不多一炷香的车程呢。"那奴婢这就去找五爷，再派些侍卫过来。"说罢我就准备离开。

可蒋雅彤抬手让人拦住了我，皱着眉头说道："本宫带的有侍卫，后院东西多，一时半会儿也收拾不完，回宫之际本宫也不想大肆张扬。"

高偃方才既然把我留下，那定是希望我看顾一下蒋雅彤，她此时要是走了，那我不就又落了个办事不力的名声吗？我也只好觍着脸继续苦口婆心地说："娘娘现在的身子金贵着呢，依奴婢之见，还是小心些为好。若是娘娘坚持不让五爷同去，那不如今日先回东宫，改日让太子殿下来陪娘娘。"

蒋雅彤看着我的目光越发不善："本宫都说了几次了，你听不懂话吗？你以为回了东宫出入还能如此自由吗？"

我一哑，我哪里不知道回了东宫后，诸多眼线下的她行动肯定会受限，可我这不是为了她的安全着想吗？

"在这里住了这么久，本宫去安儿的陵墓少说也有十几次，这来来回回从未有什么事发生，怎么如今到了你的嘴里，就如此多事？你就这么希望本宫出事吗？"蒋雅彤的声音越来越冷硬。

我赶紧低头："奴婢不敢。"

算了，说不动这个犟脾气，我还是等她走后，快点跑去给高偃告状好了。

"娘娘且慢。"蒋雅彤正准备再次动身，她身边的宋嬷嬷突然开口，"娘娘此次出行知道的人也不多，我看这个丫鬟一门心思地想去找人，谁知道她怀着什么心思，依老奴之见，要不此行也带上她吧，让老奴路上看着点儿也好。"

没有最气人，只有更气人！好心当成驴肝肺的感觉原来是这样。

蒋雅彤没有反驳，默认让宋嬷嬷带上了我。

被拉扯着坐上了马车，陪同的侍卫长似乎有些眼熟，他看到我不情愿的模样，嘴唇动了动，却还是没有说话。

我也才发现此次真是简易出行，蒋雅彤和一个五大三粗的丫鬟——似乎是叫香柳，一起坐在后面的马车，我被迫和宋嬷嬷坐上了前面的马车。加上车夫和侍卫，也就带了不到三十个人。

直觉告诉我，现在这简直就是遇袭前的典型场景——好心提醒的奴才、固执又骄傲自大的主子……

坐上马车后，我不顾一旁虎视眈眈的宋嬷嬷，一直想着要如何给高偃递个消息，毕竟我心里实在忐忑。

余光从车窗的缝隙里面瞄见马车外面斜前方有一骑着马的红色身影，我立刻掀开车帘，兴奋地冲那个身影挥手："王爷，王爷，小燕王……"

若是能得他的护送，那一路就安全多了。

车里的宋嬷嬷似乎是想看看我耍什么花招，倒是没有阻止我。

胡元离闻声转过头，骑在马上扫了车队一眼，然后目光才居高临下地落在了我身上。只是一瞬间，他就转开了视线，像是不认识我一样。

正好此时马车行驶到了他身边，我趁机开口："王爷是要去哪儿……"话还没说完，行驶的马车就和目不斜视的胡元离擦肩而过。

我一愣，赶紧趴在车窗上向外探出头去，看到胡元离骑在马上的背影纹丝不动，根本就不理会我。

"小燕王，小燕王……"喊了几声也不见他有动静，眼看着马车和他的距离越行越远，我当下大喊一声，"胡元离！"

顿时马上那道红色的身影就如同触电了一样地转头，瞪着我的眼睛仿佛要把我活吞了。

好歹有了反应，我正准备开口，身子却被车里的宋嬷嬷一把给拽了回去。只见她鄙夷地看了我一眼，满是嘲讽地说道："这可是在大街上呢，你好歹要点儿脸面，别急着去勾引男人。"

这嬷嬷怎么对我的恶意这么大？就因为我之前在东宫和高玠说了几句话吗？

没心思搭理她，我正准备继续探头出去，宋嬷嬷按住我的手却加了力度："你给我老实待着，你现在坐的可是太子妃的马车，你不要脸面，太子妃还要呢。"

就在我俩较劲的时候，车窗的帘子突然被人从外面掀开。胡元离那张满是愤怒的脸顿时露了出来，看到宋嬷嬷后，他一愣，大概是认了出来，收起了脸上的怒容。

“你们这是？”胡元离开口，似乎没想到我俩会在一起。

宋嬷嬷抢先开口：“回小燕王，秦王在别院搬家，我们这些奴才就和太子妃娘娘准备在临行之前再去一趟陵墓。方才是老奴没留神，让这个不懂事的丫鬟冲撞了王爷。”

胡元离似乎是弄明白了事情经过，直接开口：“既是如此，那我就不耽误你们了。”

说着他就准备放下车帘，我带着迫切的目光开口：“王爷现在可是有事要办？因为五爷还在别院忙碌，若是王爷无事，不如同我们一起前往……”

胡元离也算是个小有名气的角色，和他同行，自然能降低些风险。

宋嬷嬷暗地里掐了我一把，再次打断了我的话：“太子妃娘娘带了侍卫，就不劳烦王爷了。”

胡元离的目光在我满是期待的脸上扫过，突然展颜一笑，在我呆愣之时，他如同变脸一样收了笑脸，下一秒就毫不留情地放下车帘，不再理会我们。

他当真没有跟来。

这个胡元离也太小肚鸡肠了吧，至于生我的气这么久吗？再说我也没有怎么得罪他啊。

宋嬷嬷松开了按着我的手，越发鄙夷地说：“你抱的什么心思别以为我不知道。一个奴才心倒是高，想攀附的主子都不是一般人物，你自己不要脸面地倒贴我不管，你让一个异姓王爷和太子妃同行，让别人如何看待娘娘？”

我此时憋了一肚子的气，直接开口：“我不想跟你说话。”

宋嬷嬷被我气得嘴唇都抖了起来，哆哆嗦嗦地指着我说：“你……你……你要是东……东宫里的奴才，看我怎么收拾你。”

她终归还是忌惮之前高偃对我的相护之举。

我闭眼不再看她，马车里全是她急促的呼吸声。

见她这么生气，我反而冷静了下来。刚才我的举动确实有些不妥，只是我向来比较谨慎小心，此行未知的因素太多，只希望都是我多心过虑了。

到了陵园，我在入口处停马车的地方等着，蒋雅彤和宋嬷嬷还有她的丫鬟香柳一同前往里面。

大抵是我在路上的所作所为蒋雅彤也都看到了，所以她看我的目光越发嫌弃，我就厚着脸皮全当不知。

她们进去陵园小半个时辰才出来，其间并没有发生什么异动。

似乎怕我又惹什么事，回去的时候蒋雅彤让我和她同乘一辆马车，于是坐了四个人的车厢顿时变得拥挤起来。

“你不是东宫的丫鬟，本宫也管不了你，等会儿回去你这一路上的所作所为，本宫自会让人一五一十禀告五弟。”蒋雅彤冷着脸对我说道。

我面上唯唯诺诺，心里却翻了个白眼，只要此行没有意外，我才不管她会如何编排我。

回去的路上车里格外沉默，离城门越近，不知为何，我反而越紧张起来。看我一副如临大敌的模样，宋嬷嬷不屑地轻嗤一声。只是她的声音未落，马车突然一停，隐约听到外面的侍卫长正在派人去赶什么人。我扯住窗帘，露出一条缝，向外面看去，只见前面有百十个衣衫褴褛之人，男女老少皆有。心底一沉，我那不祥的预感越来越重。

马车怕碾到人，所以只得用很慢的速度前进。我看到那些缓慢挪开让路的人，似乎都是难民模样。忽听人群中有谁说了一句“这是太子妃的马车”，我心底一沉，赶紧探头对车夫说道：“快走。”车夫一脸为难，因怕碰到人，迟迟不敢提速。

我被车里的宋嬷嬷拉住，她不耐烦地说道：“你老实坐好，这都快到城门了，着什么急？”蒋雅彤也是一脸狐疑地看着我，我心里不好的预感随着车外的声音越来越强烈。只听外面人声渐渐鼎沸起来：

“就是那个住在疫病源头的东宫里的太子妃？”

“就是她，因为这疫病，皇城被禁，我们家本来就靠每日进城卖些蔬菜过活，现如今进不了城，我们的菜都烂在地里也无处可卖，只能出来乞讨为生……”

“我们也是，本来是逃荒来京投靠亲戚，结果戒严不让进，回不去老家，我们还带着孩子，只能在这城外……”

“我也是……”

诸如此类的声音越来越大，我忽然想起那日在齐王府，高弘朗也提起过，城外因疫病受灾的难民不少，当时没多留意，却没想到竟然有这么多人。本来还在指责我的主仆三人，脸色也渐渐不好起来。

原本在侍卫吆喝下渐渐离开的难民，此时又一个个围了过来。

“我们在这受苦，她们这些人倒是不受影响过得自在。”

“就是，更何况这疫病本就是东宫出来的，平白连累了这么多人。”

“所有的天灾人祸，到最后遭殃的还不是我们这些平民百姓呀……”

民心渐渐躁动起来，蒋雅彤本来想出去，但被我阻止，毕竟没有理智的百姓能做出什么事可不好说，再加上蒋雅彤还是双身子的人。而我的猜想没有错，积怒已久的人群，不知是谁起了头，开始往马车上丢泥巴。侍卫拔了剑也阻止不了，反而激怒了围上来的难民。

“看啊，他们这些人才不管咱们老百姓的死活……”

砸向马车的泥巴渐渐变成了石头，整个马车被砸得“咚咚”直响。

若是蒋雅彤没有身孕，我还能想想办法带大家脱身，可是现在为了稳妥，只能让她躲在里面。

马车用蚂蚁一样的速度挪动着。突然听到马的嘶吼声，接下来车厢剧烈地晃动了一下，随即马带着车狂奔起来——马被那些停不下来的乱石砸得受惊了。

宋嬷嬷和丫鬟拼死护住蒋雅彤，怕她被磕到，而我被磕了几下后，抓住了车窗坐好。

马狂奔了五六分钟才被车夫降伏，蒋雅彤面色苍白，但是看着并无大碍，一旁的宋嬷嬷和香柳的手肘都被磕得血肉模糊。

我先下了车，只见外面是一片不知名的森林，乱石杂草丛生。方才这马匹受惊后，不知道自己跑到了哪个方向，跟过来的侍卫还不到二十人。

蒋雅彤被搀扶着下了马车，看到外面的场景，眉头紧锁。

不过方才离城门已经很近了，如今大抵也不会太远，还是赶紧动身比较好。

当我们这一行人准备重新启程时，突然凭空射来一支箭，一个侍卫眼疾手快挡在蒋雅彤面前，顿时他的胸膛鲜血直迸。

“快，快离开——”侍卫长喊道。我远远瞧见森林里闪出几个灰衣人，行动间一看就身手不凡，而他们都没有……蒙面。

前有难民，后有追兵，这还能说是意外？我这该死的预感怎么这么准。

上了马车继续一路狂奔，蒋雅彤的脸色越来越苍白，身边宋嬷嬷不住地劝慰。

若是蒋雅彤和她肚子里的孩子任何一个出了问题，我们这些奴才恐怕都要落个护主不利的罪名了。

蒋雅彤的脸色虽然不好，可是她双手护住肚子，咬牙不出一声。

视线在身材臃肿的宋嬷嬷和那个五大三粗的丫鬟身上转了一圈，我深吸口气，下定了决心，撩开窗帘对外面的侍卫长说道：“你能挡住这偷袭贼人几时？”

年轻的侍卫长守在马车旁，面色凝重：“属下不能确定。”

我不再犹豫开口：“那你尽全力，能挡一时是一时，我有办法救出太子妃，需要你给我争取时间。”

侍卫长一愣，见蒋雅彤没有反驳，就听从我的，派出大部分侍卫上前迎敌。趁这个空隙，我吩咐车夫往反方向偏僻的地方去。

身后的砍杀声渐渐远去，只是袭击之人似是早有准备，个个身手不凡，那些侍卫最多只能挡住一时。

车里的蒋雅彤此时才开口：“我们不应该赶紧回京城求救吗？为何要往反方向跑？你到底安的什么心？”

“我有什么居心？太子妃娘娘，来之前我三番五次提醒你，但凡你能听我一句，我们这三十来人都不会落到现在这种境地。”紧急时刻，再加上心里恼怒，我没了半点儿恭敬的态度。

蒋雅彤紧盯着我，面色不善。

“你这是什么态度？来的路上你行踪就鬼鬼祟祟，我本就觉得你不安好心，之前我们同娘娘去陵园这么多次都没有意外，偏偏带上你就出了事，现如今你还敢怨起娘娘了？”宋嬷嬷责问道。

我懒得理她，直接越过她对蒋雅彤说道：“今日之事，太子妃不会到现在还以为是意外吧？”

蒋雅彤并未说话，我继续说道：“如果是有人设计，那回去的路上定会危险重重。娘娘若是身子便利，我们倒是可以闯上一闯。只是娘娘现在身子娇贵，在不能确定安危之前，往陌生的地方跑，生机反而会大些。时间过了这么久，五爷也该发现娘娘离了别院，自会带人前来寻找，而现在我们只能躲。”

蒋雅彤沉眸思索了片刻，宋嬷嬷也难得地安静下来，刚才我吩咐车夫时，她们没有开口阻止，就证明是信任我的，只是口头上还是不想就此放过，才会没事找事地斥责几句。

身后已经没了打杀声，可这也只是一时的。我不再犹豫，开口说道：“娘娘，时间紧迫，劳烦你同我换个衣服。”闻言，车里三个人面色一变，都是聪明人，她们自然知道我的意思。

见蒋雅彤还是没有动作，我直接脱了自己的外衣，递给她：“迎敌的侍卫们定是坚持不了太久，劳烦太子妃娘娘动作快些。”

蒋雅彤面色复杂地接过我的衣服，在丫鬟和宋嬷嬷的帮助下，快速褪去了外衣。等我们都穿好后，我才让车夫停车，下车后寻了处隐蔽草丛，我拉住蒋雅彤一把把她按到里面，说道：“娘娘，得罪了，还请你在这里待好，就算身边没有人也不要出来，除非见到五爷，或是我们这些人从皇城里搬来的救兵。”

蒋雅彤没有反抗地听了我的指挥，我顺手拔了她的发饰，插到自己头上。我们本来身量就相近，若是仅从背后看，怕是一时难以辨认。

我理了理杂乱草丛，彻底遮去了蒋雅彤的身影，不细看根本看不到这里有人。

若是平时我如此大胆地对待蒋雅彤，不管是她还是她身边的人，肯定都气炸了，而现在无一人发声。因为她们都清楚，我是在救她。

马车周围仅剩余四五个侍卫，我直接开口说：“所有人，都跟我一起走，换一条路回皇城。”

“只留娘娘一人在这里怎么行？”宋嬷嬷还是忍不住开了口，只是语气全然没有居高临下的责备之意，而是满满的忧虑。

我也毫不客气地说：“你是生怕别人不知道真正的太子妃在这里吗？还想留人下来。”

宋嬷嬷噎了噎，不再言语。

我爬上马车，准备继续出发。只是临上马车之际，我心里堵着一口气，回头冲着那个草丛喊道：“太子妃娘娘，若奴婢今日有什么不测，那我心里第一个怨的，不会是那贼人。还有这同行三十余人的死伤，全是为娘娘今日的一意孤行所累。”

主子犯了错，奴才受罚；主子受了伤，奴才之过。可是我总得让她知道，奴才的命也是命，她的大意固执，会害了无数条性命。

草丛里没有动静，车边的侍卫长听到我如此猖狂的言语，惊得大气都不敢出，看着我的目光仿佛是第一次见我。宋嬷嬷张了张嘴，最终在香柳的拉扯下没有言语。

沿着另一条路，马车一路狂奔，因车上没有了孕妇，所以速度顿时提升不少，也不怕颠簸了。

匆忙赶路的我们都沉默压抑着，若是能就此顺利逃回皇城，那是再好不过了，可此事恐不会如此容易……

朝着皇城刚行了一段路，马车就突然急刹车停下，车窗外也传来侍卫长略显焦虑的声音：“姑娘，这条路上也有埋伏。”

“能闯过去吗？”我问道。

“马车目标太大，怕是难以突出重围。”侍卫长的声音再次响起。

车里两个人的目光都紧锁在我身上，似乎在等我想办法。

加上车夫，我们这一匹马拉了四个人，再加上一辆车，确实难以突围。

我当即下定决心，掀开车帘，散了部分头发半掩面，伸手对并驾齐驱的侍卫长说道："你带我走。"

侍卫长马上理解了我的意思，只是犹豫了片刻，就坚定地握住了我伸出去的手腕，嘴里低声说了声："得罪了。"

我腿上也顺势借力，从马车头跃到了他的马上，在他身前坐稳之后，忽听车厢内有人唤我。

我一回头，就看到宋嬷嬷在马车头跪下，冲我行了一个大礼："往日老奴有得罪姑娘的地方，日后姑娘要打要罚，老奴绝无怨言，还请姑娘一定要平安赶回城里。"

我若是能平安回城，就可以通知人去接蒋雅彤，那也代表蒋雅彤的藏身之处就必定不会被发现。

这个宋嬷嬷平日里尖酸刻薄，倒是真心为主，我点了点头，然后侍卫长一勒缰绳，身边仅剩的几个侍卫配合一起上，将前面灰衣人围起来的"人墙"撕破了一个口。座下的马顿时如同一支离弦的箭一样飞奔了出去。

身后刀剑交战的声音不断，除了侍卫长，所有人都留下来抗敌。为防脸被看见，我揪住侍卫长的衣襟，将脸朝向他的胸口。

身后的人终究寡不敌众，再加上我和侍卫长是同骑，速度敌不过贼人的单骑，追兵越来越近，似乎非要置我们于死地。

那侍卫长忽然伸手，掰直了我的身子，随后把缰绳塞到了我手里。

我一偏头，就看见他坚毅的面容近在咫尺，目光还带着悲壮的鼓励："姑娘，径直向前走就可看到城门，我会给你争取最多的时间。"

"我不会骑……马……"我的话还没说完，侍卫长就翻身下马，临下马还重重拍了一下马屁股。

我反应极快地拽住了马儿的鬃毛，差点被掀翻下来。只是我似乎拽痛了马儿，它跑得越来越快，还一个劲儿地摇头晃脑，似乎想把我甩下去。我双腿用力，紧紧夹住马背，手指也丝毫不敢放松。

在一望无际的森林里跑了许久，迟迟不见城门，我的双腿和手指都已僵硬到近乎麻木。我在心里努力地安慰自己：再坚持一下，或许前面就到了。

话本里总有英雄救美的情节，更何况现在距离我们出来已经过去了这么久，应该会有人前来接应……

只是我的自我安慰并没有半点儿作用，在马儿又一次甩头尥蹶子之时，我整个身子被甩了出去。

落地前一秒，我的心里只有一个念头——我可去他的狗屁英雄救美定律！

耳朵里清晰地传来骨裂声，身体在地上打了几个滚才停了下来。疼痛如同一阵飓风一般袭击了全身，如同有人在拿刀剐我的骨头，呼吸间全是一抽一抽的痛。

我本想试着站起，可刚用力一下就疼得差点昏死过去。肋骨应该是折了，腿也动不了，手臂也被地面摩擦得血肉模糊。我还真是没有话本里的主角命啊。

贴着地的耳朵听到地面的震动，我咬牙转头看去，心底一沉——还是那群阴魂不散的灰衣人。

马匹在我身边停下，然后就听到了刀出鞘的声音，有脚步声一点一点向我靠近，最终在我面前停下。

我认命地闭上了眼，真是可惜了我钱庄里那堆省吃俭用存下来的金子。

突然有人撩了下我腰间的衣服，下一刻我的下巴就被人扼住抬起。我一睁眼，正对上一张暴怒扭曲的脸，那灰衣人说道："不好，中计了，快些回去。"他发现我是冒充的太子妃了。

临走之前，灰衣人恼怒地抬脚踹向我胸口，我一下子被踹出很远，重重地砸到了草丛中，一股腥味涌上喉间。

随后那群人翻身上马，应该是准备回去找。至于我，估计他们觉得我活不了了，踹了我一脚后也就不在我身上浪费时间了。

我也真佩服自己，这种情况下居然没有昏迷，还能清晰地感受全身上下传来的疼痛。没忍住吐了一大口血后，又缓了片刻，我才咬牙开始挪动。

现在的我在草丛里，就算有行人经过，怕是也发现不了，所以我需要爬到道路上，才能有获救的可能。

这可能是我十几年的人生里最痛苦的几分钟，爬出来半个身子已经用尽了我全部的力气。更糟糕的是，老天爷似乎想渲染气氛，突然就下起了雨，豆大的雨滴砸到我的身上和脸上，疼得我已经麻木了。泥土混合着杂草和雨滴一起黏到我脸上，或许现在就算有行人经过，怕是也不会管狼狈不堪如同乞丐一样的我。

我可能是第一个骑个马把自己给摔死的人了。

意识游离模糊的时刻，我看到一道红影从远处奔来，那身影似乎注意到了我，翻身下马，来到我身边。我下意识地抬起沾满了泥土和血液的手臂，想拉他的衣角，却见那红影快速往后退了几步。我差点忘了，胡元离可是有洁癖的。

看来是天要亡我，偏偏让我这种时候遇上了一个洁癖加路痴。于是我也不再想着去碰他，抱着一丝希望拼尽最后的力气说道："胡元离，太子妃在这条路后面的草……草丛……"

不知道是不是我的视线被大雨洗刷得太过模糊，我看到胡元离的身形似乎一震。他的声音由远及近，带着从未有过的颤抖不定：“兔……子？”

眼里最后一个画面就是他沾上了泥土的衣摆，而后彻底陷入黑暗。

我做了一个梦，梦见了曾经那个孤零零的没有家人的我。我又梦见了我投生的那个贫农家庭以及我曾经度过的那段最艰难的日子。因为贫穷，无论男女老少，都要下地耕作。

从婴儿长到了少年，然后一场旱灾就带走了我的家人，或许应该说是旱灾让我成了一个贫农家里多余的一分子，所以当面临选择时，我就轻而易举地被抛弃了。

在梦里，我看到小时候我们一家六口围坐在一起吃饭的场景。白水煮菜，糙米杂粮。

我努力想近一些，却发现哪怕走得再近，我都无法看清这群同我生活了十一年的家人的容颜。

原来我的记性这么不好，分离六年多，我已经忘了他们的样子。

我竭力地回想，刚一用力，忽然有剧烈的疼痛感传来，疼得我差点从床上跳起来。

嗯？床？

我迷迷糊糊睁开眼，只见一片大红大绿的色彩撞入眼帘。

我呆滞地转动了下眼球——大红色的被子和帷幕、色彩斑斓的各式瓷器装饰，再加上窗台上那一簇开得格外妖艳的牡丹。

等等……这冬天才刚过去，哪里来的牡丹花？

想起身却疼得我倒抽凉气，胸口以下的身体几乎失去了知觉，腹腔之间更是酸麻无比，唯一能动弹的手臂，也被包得如同木乃伊一般。

这是哪个女子的闺房吗？看惯了高偃那极简的房间装饰，我只觉被眼前这些色彩炫得头晕眼花。

蒙眬间听到外面似乎有人声传来，我赶紧继续装睡，想弄明白情况再做判断。然后就听两个声音渐渐走近。

“我不是跟你说过她现在已经没事了吗？你还信不过我？”是胡元离的声音。

下一刻门就被推开，一阵短促而速度极快的脚步声走到我的床边，然后胡元离不满的声音又响了起来：“人家还在休息呢。”

半天没人回话，忽然我感觉到床榻一震，似乎有人一屁股坐到了床边。

随后我终于听到了另一个人的声音，是高偃：“让开。”

我偷偷眯着眼看了一下，只见胡元离侧坐在床边，背对着我一只脚踩在床上，手肘撑膝，把我严严实实挡在了他身后。

“大夫说了，她现在不能移动，需要卧床休养。”胡元离说得一本正经。

高偃似乎根本没听进去，抬手将胡元离扒拉到一边：“我现在就带她回去。”

“你若是想要她刚接好的肋骨再断一次，那你现在就把她带走吧。”

屋里安静了一会儿，气氛有点儿古怪。

忽然听到高偃开了口：“需要多久？”

胡元离的声音没有片刻犹豫地回道：“一年。”

不用看我也能想到胡元离那张无赖的脸，床榻又动了动，似乎胡元离被高偃从床上揪了起来。只听他忙不迭地说：“半年也行……实在不行，在我这休养三个月总不过分了吧？”

在他们纠缠的时候，我决定眼不见心不烦，继续装睡。

忽然听到高偃半带威胁的声音响起：“既然醒了，就赶紧给我睁眼。”

全身上下唯一能动的手指一僵，但我还是没睁眼，我又不傻，现在睁眼不就证明我之前是在装睡吗？

屋里异常地安静，现在变成了我们三个人在博弈——看谁更能沉得住气。

到底还是胡元离打破了这阵尴尬，半调侃半认真地说：“你这不是为难人家？”

高偃始终没有接话，胡元离也恢复了正常的语调：“昨日你把太子妃送回去应该没少接受盘问吧？在宫里待了一天一夜，你以为事情都解决了吗？我看你现在还是赶紧回府换身衣服，等待宫里的再次传召吧。”

原来已经过去了一天一夜，我感觉只是做了个梦的工夫，却没想到过了这么久。

屋里始终没有动静，胡元离继续着话题：“你这丫鬟的命虽然被我救了回来，可宫里都盯着呢，毕竟她也是此事从头到尾的见证者，要是醒来肯定会第一时间接受盘问，所以你还是先回去吧，总得给人家留个喘口气的时间。”

意味不明的话让我的心里听得直打鼓，半晌屋里才终于有其他声音响起，是离开的脚步声，高偃只留下一句低沉的“好”。

直到屋里重新恢复了安静之后，我才睁开眼，一眼就看到床尾直勾勾看着我的胡元离，魂儿都差点给我吓没了。

他竟然没走。

我飞速地做出一副惊讶的嘴脸：“王……王爷，你怎么在这里？这……这是哪儿啊？我怎么在这里？”

不知道是不是我“一连三问”的演技骗过了胡元离，他真的认真解释起来：“这是我的府邸，你受了伤昏迷不醒，我就把你带了回来，这是我的房间。”

“哦，原来是这样啊……”我一脸恍然大悟。

只要我不尴尬，尴尬的就是别人，戏就得继续演下去。

不过这个富贵花一样的装修风格竟然是他的屋子？真是“屋如其人”啊。

仿佛是知道了我的心声，下一秒胡元离突然问道：“怎么样，我这个房间比起老五住的地方是不是好多了？”

俗，极其俗。整个屋里上上下下都透露出一种暴发户、纨绔子弟的风格。

只是这些话我自然不敢说出来，只能假装自然地转开了话题：“对了王爷，我这脑袋发昏都忘了问，太子妃娘娘可还安好？”

胡元离本来带笑的眼睛一闪，刹那间没了半点儿笑意。我心里一缩，难不成太子妃出事了？可刚才他不是说蒋雅彤被高偃送了回去吗？

看到我紧张地望着他，胡元离的面容反而柔和了下来，说：“太子妃和胎儿都无碍。”

“那就好。”我松了口气。还好这场祸事没有殃及太子妃娘娘，要是她磕着碰着的话，指不定又得连累多少人。

只不过胡元离不知道吃错了什么药，一直盯着我，眼神看得我心底发毛，他问道：“那你呢？”

“什么？”我下意识地反问。

胡元离走近了些，一屁股在床边坐了下来，屈指敲了敲我层层包裹的手臂，说道：“你这一身的伤该如何算？”

“奴婢能捡回一条命就心满意足了，这点儿小伤不算什么。”我努力让自己笑得泰然自若。

“小伤？”胡元离颇为诧异地看了我一眼，半晌才说，“你可真是个忠心的奴才啊，这一年到头身上天天都挂着彩。”

我眨了眨眼睛，这应该是在夸我吧？

“原先我以为你爱多管闲事，现在才明白，你并不是只管……一个人的事，而是只要是个主子，你就会格外上心。”

胡元离一番话说得似褒似贬，我完全没能领悟出来。不过看他似乎心情很好的样子，我试探性地问道：“王爷这是不生奴婢的气了？”

之前不是还对我爱答不理的吗？

话一出口，胡元离目光明显地一闪，许久才坚定地望着我：“不生气了，以后都不会了。”

他那喜怒无常的性子，鬼才相信。只不过现在的胡元离一脸自我感动的表情，我也不好打击他。

在他殷切的注视下，我舔了舔嘴唇回道：“那个……王爷，现在有饭吗？我……奴婢已经两天都没吃东西了。”

胡元离脸色一僵，似乎不能容忍自己如此认真的话只换来一个这样的回答，只不过他刚说过不会生气了，也不能现在就立刻打脸。最后他一脸铁青地起身走了出去，喊下人做饭。

躺在床上的我这才彻底松了口气，方才的气氛太不寻常，我只能装傻躲了过去，再说这身上的疼痛还没消下去，忍痛忍得我汗都出来了。

饭菜端上来后，我挣扎着起身。我之前是后背先着地，所以手臂只是擦伤，还能哆嗦着自己使用碗筷。

我才刚吃了几口，一旁沉默看着的胡元离突然说：“宫里来了人，该是有话要问你，等会儿你吃完饭了就回一下吧。”

这个我倒是做了心理准备，毕竟偷听了他跟高偃的谈话，蒋雅彤既然无碍，那东宫也有时间来彻查害她之人了。

疫病才刚歇下来，恐怕接下来又要不太平了。

我拿袖子擦了擦嘴：“那要不现在问吧，总不能让宫里的人等着吧。”

“没事儿，你吃你的，让他们等着。”胡元离说得毫不在意，自己仍坐着一动不动。

我顿时有点儿食不甘味。

第八章

大难不死

宫里来的是跟在皇帝身边的夏公公，看着慈眉善目，没有一点儿架子。

胡元离说我伤重不能下床，所以我是半躺着回的话。

夏公公也不曾托大，站在床边叫起我来一句一个“姑娘”，只听他问道：“姑娘这身子骨可还好？”

跟在皇帝身边几十年的人，即便他态度再和蔼，我也不敢掉以轻心，打起十二分精神应对：“劳烦公公挂念，太医说奴婢这身子好生休养，过段时间便无大碍。”

看着我紧绷的神情，夏公公笑出了声：“姑娘不必紧张，如今你可是太子妃的救命恩人呢，老奴今日也只是走个程序，来问上几句话罢了。”

我连连推辞不敢，夏公公的视线扫过桌子旁边坐着的胡元离，只是后者浑然不觉。

夏公公也就不再避讳他，直接开口道：“那日城外遇袭一事，陛下也听他人说起过缘由经过了，大家都对姑娘当时的机警勇敢赞不绝口，多亏了姑娘，才让太子妃逃过此劫。”

对上夏公公柔和却毫不掩饰的打量目光，我做出一副略显不好意思的模样：“承蒙公公谬赞，说起来这事奴婢也惭愧，因为奴婢一直都是下人，见识少又胆小，平时办事也缩手缩脚，没少被人笑话，这次多亏了东宫众侍卫舍命相护，才给了奴婢逃命的勇气，要是平时，奴婢早就被吓昏头了。”

夏公公笑容未变：“姑娘也莫要谦虚，毕竟太子妃娘娘也亲口说了多亏了你，不知姑娘那日可有看清城外围住马车那些难民的模样？”

“那日奴婢与太子妃娘娘同坐一车，自然不敢肆意地抛头露面、到处张望，只是透过车窗的缝隙向外瞧了几眼，黑压压似乎有近百人，至于他们的容貌，奴婢是真记不住了。”这话我说出来毫不愧疚，毕竟都是大实话。

“说来也是，如今这城外游荡着五六百人的难民，那日挑事的人，确实很难一一找出来。”夏公公叹了口气，颇为无奈地说道。

我不作声，这本就在我意料之中，毕竟那日的重头戏并不在难民身上。

果然夏公公继续问道：“那后来那一拨刺客，姑娘可还有印象？”

“那日虽然事发紧急，不过因那群刺客都未曾蒙面，奴婢自然是还有些印象，只是看着面生，以往不曾见过。”我谨慎地斟酌语句。

“如此甚好，这几日宫里应当还会有人过来，届时会带来根据他人口述画出来的疑犯画像，还劳烦姑娘帮忙辨认一二。”夏公公说道。

我赶紧接话：“这都是奴婢应该做的。”

既然还要给疑犯画像，那就是没抓到人了，只是我始终心里有疑，为何那日的贼人竟然都嚣张到不曾蒙面？他们似乎是……不怕被认出来。

即便他们不是这皇城里的人，日后也不打算留在皇城，也不至于如此无所顾忌吧？

话问到了这里，似乎也没有什么可说的了，夏公公又象征性地说了几句“好生歇息，日后定不会少了赏赐”这样的话。

我假笑着应和，夏公公抬步准备离开之时，忽然转头不经意地问了我一句：“今日老奴临走时陛下突然说了句玩笑话，说姑娘年纪虽小，倒像是未卜先知一般知道此行有难。”

我心底一缩，本来还带笑的嘴角有些僵硬：“公公说笑了，哪里是奴婢未卜先知，实在是奴婢胆小如鼠，太过贪生怕死，才会小心过了头，这也是误打误撞，还是多亏了上天保佑。”

“哦？”夏公公半开玩笑半认真地说，“那不如姑娘来猜猜这次的刺客是出于谁手？说不定也能误打误撞上。”

夏公公仍是笑得一脸和善，像是随口一提，而我感觉后背都沁出了冷汗。

这问话，完全是个坑，怎么回答都不恰当。

“公公这话说得就有些好笑了，她也只是个奴才，哪里来的这占卜的能力？”从头到尾都沉默着的胡元离，终于开口说了句话。

夏公公的目光从我身上转到胡元离身上，面容未变地说道：“是老奴失言了，时候也不早了，耽误了小燕王这么久的时间，老奴这就回去给陛下复命了。”

胡元离也毫不客气地开口：“公公慢走，我就不送了。”

直到夏公公踏出屋子，我的心才彻底松了下来。有时候救命之恩，也未必是种殊荣。

“胆小？”胡元离起身，边说边走到床边，半弯了腰说道，“这京城里敢直呼小爷我全名的人屈指可数，我看你可是胆大得很呢。”

我尴尬地咧了咧嘴，装作没听懂的样子，开口转移了话题：“王爷，奴婢什么时候可以回秦王府啊？”

胡元离眼睛一眯，缓缓站直了身子，居高临下地瞅着我：“怎么？我这府里是亏待你了吗？就这么着急回去？”

我赶紧继续走忠仆路线：“王爷自然不曾亏待奴婢，只是毕竟秦王府才是奴婢该待的地方，总在王爷府上打扰，心里实在是过意不去。”

“你那主子都不要你了，你着什么急啊？”胡元离没好气地说道，“什么时候等你主子来了，你再走也不迟。”

明明是高偃来过却被他赶走的，不过这话我也不敢说，毕竟那时候我在装睡。

看胡元离这副鼻孔朝天的模样，估计也不能指望他找人送我了，我还是老实休养，等能下床了自己回去吧。

躺了四五天，我就能自己扶着床勉强走两步了。

胡元离不知道这几日为什么格外清闲，好像都没有去上朝，有事没事就在我身边晃悠。而高偃竟然没有再来过，也不知道是不是真的有那么忙。

没有等到高偃，反而等来了一个意想不到的人——太子高玠。

自从蒋雅彤回东宫以后，东宫就彻底解禁了。如今高玠又入了朝，四周走动也不再受限，估计是安顿好了蒋雅彤和朝堂的事，才抽出时间来看我。

高玠此时可以说是意气风发，看着再无从前的半点儿颓废，似乎他已经彻底振作了起来。他身边还跟着一个人，正是那日同患难的侍卫长，原来他也还活着。只见那侍卫长走路时还有些跛，脸色的青紫和血痕也未消下去，像是伤势还未痊愈，却已经跟在高玠身边了。

高玠问候几句后就支开了所有人，独留我们二人在屋里。在我还一脸疑惑之时，他突然起身，拱手弯腰冲我行了一个大礼——那是除了对长辈的跪拜礼之外，最高的礼节。我吓得差点从床上滚下来，却被他按住："你曾从水里救过我儿，如今又从刀下救了我妻，这份恩情我必定不会忘记。"高玠一番话说得如同起誓一般郑重。

我捂住刚才不小心牵动的肋骨，喘了半天才有了气力："这本就是一个奴才该做的事，即便是换了他人也定会如此，奴婢何德何能，实在担不起殿下如此大礼。"

高玠却是一笑，目光仍是毫不掩饰的欣赏："奴才忠主虽是应当，可是你并非东宫的奴才，却为了东宫之人屡次犯险，我念着你的恩情也是理所应当，不过金银珠宝这些俗物怕是会亵渎了你舍命相救之恩……"

高玠话音刚落，我眼前顿时一亮：我就喜欢这些俗的，请尽管亵渎。

却见他松开了按着我的手掌，不等我坐起，就抬手从自己左手大拇指上取下一翡翠扳指。然后不容我推辞，直接塞进了我手里，说道："这是先前父皇赏我之物，我已经戴了多年，如今先将它暂时交给你。"

手心里的翡翠扳指还带着原主人的体温，有着微微的暖意。只见它通身翠绿，不含半点儿杂质，看着确实价值不菲。我的心情却不太好。虽然这个翡翠扳指看着是贵重些，可我又不能卖了换钱，他说得再贵重于我来说又有何用。

正当我准备还给他之时，高玠又突然开口："这个玉扳指可不是送给你了，而是先放你这里，日后你若是有什么想要的，可以拿它来换。"

伸到半路的手一僵，我诧异地看着高玠，怀疑是自己的耳朵出了问题。如果我刚才没有听错，他说的是我可以拿着这扳指向他讨要任何赏赐。太子的一个承诺，可是千万两黄金都换不来的。

我手臂有些发抖，握紧了手中的翡翠扳指，顿时不想还了。

高玠似乎也看出了我的心思，低声轻笑一声，把我的手按了回去："你好生收着，这可是我的……心爱之物，切记莫要弄丢了。"说罢，他就转头冲门外唤了一声，"顾阳。"

应声推门而进的正是侍卫长，我这才想起为什么会觉得他眼熟了，之前我救落水的高承安时，正是他送我回的浣衣园子。

高玠冲我示意后就起身离开了，跟在他身后的顾阳落了一步，回头问候了我一句："姑娘好生养息。"我礼貌性地点了点头，然后将那翡翠扳指严严实实揣在了怀里。

高玠走后，我就找平日送饭菜的下人讨要了红线，然后把翡翠扳指编起来戴到脖子上，藏到了衣襟里。这么贵重的东西，我还是随身带着比较妥当。

接下来一连十天，除了胡元离和下人之外，我没有再见过其他人。

据我观察，胡元离这半个月都没有去上过早朝。好歹是个王爷，却一连在自己府上待了这么久，也未免太过闲散了。

胡元离从不告诉我外面的消息，即便是我问起，也被他用“一个奴才管这些干什么”之类的话搪塞过去。若我提起要回去，也被他用“让高偃来接你”之类的话给堵了回去。于是，这半个月以来，我几乎是完全的闭目塞听，半点儿都不知道外面的消息。

探听消息倒是其次，我其实更猜不透的是高偃的态度。他竟然连着半个月都没有露面，甚至连人都没有派过来一次，倒像是把我这个人彻底给遗忘了。

不过仔细想想这也正常，如胡元离口口声声说的，我只是个奴才，哪里会有主子为了一个丫鬟亲自跑这一趟又一趟的呢？

其实并非我着急回去，实在是因为在这燕王府让我着实感觉很不自在。

燕王府分南、北两院，从下人口中得知，我一直住的地方是南院——胡元离平日办公休息的地方，而北院那边住的全是胡元离从各地带回来的莺莺燕燕。可能是胡元离之前有令，除了他之外，其他人也不会在南、北两院之间来回跑。

暂住在南院倒也没有什么特殊，但主要是我住的屋子是胡元离之前的卧房，我无数次提起要换个房间，胡元离却用我不方便挪动给拒绝了，还说自己不缺住所，让我不用介意。

他住的地方我倒是不担心，毕竟北院那边的美人们可是争着抢着请他过去的。只是我这心里始终不太舒坦，我一个奴才睡在王爷曾经住过的主卧，这传到别人耳里，怎么都觉得古怪。

这样过了半个月，我差不多可以下床正常行走了，只要不用力，一般也不会牵扯到肋骨，于是我借此机会又对胡元离开口说要离开。出乎意料的是，这一次胡元离放行得格外干脆，甚至主动派了马夫送我回秦王府。也不知道他又有什么鬼点子，我心怀忐忑地坐上了回去的马车。

下午时刻我才回到了秦王府，入眼的还是熟悉的牌匾和大门。我一路畅通无阻地走了进去，正好在院子口看到似乎要出去的高偃。看到我时，他脚下一停立在原地，在身后李茂山的催促之下，才又抬步向外走。他路过我时，我照常屈膝行礼，他只是点了点头，没有多言，就继续往外走，李茂山紧跟在他身后。那模样态度就像我从来都不曾离开，仿佛是每天都见的人一样。只是不知道是不是我的错觉，他的步伐似乎有些乱，比往日快了许多。

回到自己屋中，里面出乎意料地并不像我想象中的满是灰尘。

含玉知道我身子还在恢复阶段，就让我在自己屋里养伤，不用着急出来工作。从她口中，我才知道高偃方才是去齐王府了，而且据含玉所说，高偃这段时间往高弘朗处跑得格外勤。

我们聊了几句，含玉就让我一人休息了。躺在熟悉的床上，我蒙头就睡了过去。这一睡就睡到了晚上，睁开眼时看到院子里已经掌起了灯，暖黄色的灯火透过门缝打在地上。强烈的饥饿感使我没办法继续睡下去，只好慢腾腾地摸索着起来，准备去后厨看看有没有剩余的吃食。

收拾好刚一开门，就看到门口那道背着我站立的身影。也不知高偃在这儿站了多久。应该是听到了开门的声音，他缓缓回头，一张俊白的脸被灯火分成了两半，一半在光里，一半在光外。

“五爷怎么在这儿？有什么事吗？”我赶紧上前行礼开口。

半晌都不曾听到他的声音，我微微抬眼，却见他一双黑眸一动不动地盯着我，那目光竟然比他身后的灯火还刺眼。

站了一会儿，我又感觉腹腔隐隐作痛，这才听到高偃的声音响起，低沉喑哑：“身子恢复得怎么样了？”

“回五爷，现在正常行走作息都没有问题，太医说只要不做重活儿，就没有什么大碍了。”我如实相告。

“那就好，这几日你就继续休养吧，这院子里的活儿也暂时用不到你。”一番话说得如同在读什么枯燥的文章一般，不带半点儿情绪。

不等我应和，高偃转身就向他的屋子方向走去，留在原地的我还有些反应不过来。

正当我准备继续去后厨时，走到一半的高偃忽然停下，我瞧见他的广袖似乎在隐隐抖动。下一刻，他如同被蝎子蜇了一样快速转身，大步向我走来，气势汹汹的模样吓得我不由自主退了半步。可是他丝毫不给我闪躲的时间和空间，一连几步直接把我逼退到门扉上。

“五……五爷？”我慌乱地开口唤他，却被他带着几分压抑的声音打断：“为什么你要去换太子妃？”

我愣了半天才反应过来他说的应该是那日城外遇袭一事，只是不知道他问这话有什么意义，毕竟若是蒋雅彤死了，那我们这些同行的奴才能有什么好下场？

心里这样想，我嘴上却给自己找了个最无懈可击的理由，带着几分委屈说道：“那日不是五爷让奴婢看顾好太子妃娘娘的吗？”

高偃的呼吸声似乎一停，空气里格外安静，我偷瞄了一眼，他的眼底似乎有什么在翻涌。

又过了许久，我的肋骨处越来越疼，毕竟我还不能长时间站立，可是高偃还是如同被点了穴一样不言不语。就在我忍不住疼要说话时，他才又开了口，声音也恢复了以往的平静：“你有什么想问我的吗？”

我肋骨疼，什么都不想问。于是我毫不犹豫地摇了摇头，高偃的呼吸声变得有些粗重，只是他什么都没有说，袖子一甩径直走了。

这一次他直接回了自己屋子，再不曾回头看一眼。

这段我不在的时间里，高偃的性子似乎变得更阴晴不定了些。看来明日我要好好打探下消息了，不然心里总觉得不踏实。

接下来几日，我探听到了不少皇城里的消息。

皇城里几户染疫病的人家，在喝了王卓的药后，已经痊愈，于是如今太医院里，王卓这个副院首远比院首还风光。

皇帝也下令恢复了城门每日开放的时间，不再严加封锁。不过几天时间，皇城里就已恢复如常，仿佛那疫病从来都不曾有过，老百姓继续着往日的生活。

那日蒋雅彤城外遇劫匪一事，皇帝交给高弘朗去查，说是务必要抓住那伙行凶的灰衣人。而对城外那群难民，皇帝不仅没有问罪，还下令开放国库，下拨一部分银两，予以补偿。这些则是交给了高玠去督办，大抵是为了帮他挽回名声。

一时之间，所有难民都被安置妥当，再无半句怨言。

至于当初因为难民的暴乱才使马受惊乱跑，而后给了刺客可乘之机一事，再无一人提起，更别说去惩治那些难民了。毕竟之前城外游荡着五六百个难民，那日围住马车的人只是不到百人，出事后，所有难民混作一团，哪里能区分得清谁动手了、谁没动手？

可能他们之间混了别有用心之人，可是更多人都是普通老百姓，只是遭受了无妄之灾才心生怨气，并非大奸大恶之人。所以也就只能彻查行刺的灰衣人，算是给蒋雅彤以及她的家人一个交代。

这也是我一开始就想到了的，毕竟法不责众，不可能为了一个太子妃，去诛杀五六百个难民。

这些消息大多数都是从青黛口里听到的，我不用工作后，整日就待在屋里，因此浣衣园子里的人会时不时地来看看我。

这也是一个明目张胆的偷懒机会，就属青黛和珠翠来得最勤。尤其是青黛，一张嘴就停不下来，什么都敢往外说。

只见此时正在我屋里偷懒的青黛探头探脑地看了看屋外，确认无人之后，才鬼鬼祟祟地回头对我开口道："我给你说个小道消息。"

见我一脸好奇，青黛小声嘀咕："这几日京城里都传遍了，你是刚回来可能不知道，我告诉你哦，大家都说那小燕王……喜欢太子妃。"

"小燕王喜欢太子妃？"我下意识地提高了音量，怀疑我耳朵出了问题。

青黛抬手冲我头上拍了一下："你小点儿声，要是让别人听到了，我就没命了。"

我皱着眉头说道："你也知道不能妄议主子，这说的都是什么乱七八糟的。"

"这可都是有凭有据的。"青黛颇为不服气，"太子妃娘娘回去后的第二日，小燕王就一个人跑到城外去寻那群难民。他那阎王性子你也知道，据说当时挨打的难民百姓可不少，要不是有侍卫拦着，估计就要闹出人命了。陛下宽厚不追究百姓之过，他却和陛下对着干，后来要不是他姨母德妃娘娘求情，恐怕他就不只是被罚一个月的禁足了。"

我一愣，半天都没有反应过来，原来之前胡元离一直待在燕王府没去上朝，并不是因为游手好闲，而是被罚的，可是我从未在他脸上看到半点儿被罚的怨怼不平。

见我半天不搭腔，青黛自己也说得没意思了，眼珠子一转，转移了话题："还有一个消息，你肯定也不知道。"

"什么消息呀？"我心里有事，随口敷衍道。

却听青黛说："咱这个秦王府，可能就要有女主人了。"

"女主人？"我脑子有些转不过来，"五爷定亲了？没听说啊！"

青黛一脸得意扬扬的表情："虽然还没定亲，我看也快了。"

我皱眉问道："既然没定亲，你怎么会这么确定？"

青黛继续着她的八卦："你相信我，肯定错不了。这些日子你不在，五爷可是经常往齐王府跑。齐王爷有个表妹你知道吧，别人都说是五爷看上了齐王表妹，那吴家嫡女，才会一反常态跑得这么勤。"

我在心里默默翻了个白眼，她刚才说的这两个八卦，没一个靠谱的。

青黛还自我憧憬着："咱们府上有个女主人也好，说不定五爷会开心些，就不会天天阴沉个脸，看着就吓人。"

高偃经常去高弘朗府里，确实有些奇怪。

如今高玠刚回朝，正是用人之际，高偃此时频繁地出入高弘朗府上是何用意？他一直都是高玠阵营里的，就不怕高玠心生芥蒂？

我明明只在燕王府养了半个月，感觉像是错过了很多事情。

大概是听说我回了秦王府，没几天就有人抬着大包小包到我的屋子来了。来的还是个熟人，走路一瘸一拐，笑得满脸褶子。

看惯了宋嬷嬷那张刻薄傲慢的脸，如今她笑成这样，我还真感觉有些不适应。

眼瞅着宋嬷嬷指挥几个小太监把各式礼盒放到了桌子上，我有些不解地问："嬷嬷这是何意？"

"姑娘的救命恩情娘娘一直惦记着，先前娘娘淋了雨，身体不适，只能在东宫里养胎，所以今儿个一听闻姑娘已经养好伤回来了，特地让奴才们送来这些谢礼。"宋嬷嬷口齿清晰地回道。

我默默咽了一口口水，这礼盒里装的……如果我没有猜错，应该是银钱，还是一个能确保我下半辈子无忧的金额。

看我面容呆滞，宋嬷嬷以为是我不太满意，赶紧开口解释："姑娘千万不要以为娘娘送来些银钱是看轻的意思，这是因为之前的……小殿下说过，姑娘平日最爱银钱，所以娘娘才投其所好。"

心里仿佛被什么柔软的东西挠了一下，我赶忙行了个礼开口："奴婢哪里敢嫌弃，有劳嬷嬷帮奴婢谢过太子妃。"

见我真的无半点儿介意，宋嬷嬷眼底的紧张才消了些，脸色也认真了起来："这次真的多亏姑娘舍身相救，今日本该是别的奴才来送礼品的，是我抢着要过来的。那日我说的话全是出于真心，往日对不住姑娘的，在这儿再次给姑娘赔个不是。"

说着，她颤巍巍的身子就要冲着我跪下，吓得我赶紧扶住她的手臂开口："嬷嬷言重了，往日之事，我都记不得了。"

宋嬷嬷看我说得真诚，这才又露出了笑容。

一屋子的人走了以后，看着一桌子的银钱，还有脖颈上的翡翠扳指，我差点傻乐出声。果然大难不死必有后福，倒是不枉费我舍命拼这一把。

高偃每日还是忙着自己的事情，也不着急给我分配活计，每次我去问时，含玉就转告让我好生休养，不用着急。搞得我一度觉得又回到了刚来这院子里的时候，每日游手好闲、无所事事。

门口护院也不再戒严，我又出了趟府，把手里的银钱都存好后，顺带去了药店一趟。

打着买些调养药的名义，在大夫忙碌时，我把小心收在怀里的手帕塞给了他，请他帮忙看一下。

大抵是见多了世面，大夫一副习以为常的模样，细细钻研了一番后，把手帕还给了我：“这上面沾上的药汁就是普通祛热解毒的草药，没什么特别的。”

我一愣，看着手帕发了呆，这手帕是在曾让我生疑的那碗汤药里面浸泡过的。当时药碗凭空消失，让我确定汤药是有问题的，可现在大夫说这浸泡过汤药的手帕并未有何异样。

难道是我多心想错了？还是有问题的不是汤药，而是那药碗？

抱着一肚子疑问，我回了秦王府，一进门却见有几个宫里服侍的人守在院里。

看到我后，含玉一个劲儿地冲我使眼色，我还没看明白，就见一个圆脸公公上前问道：“这位可是荼蘼姑娘？”

见我承认，那公公又开口：“奴才是永宁宫里的大太监江全，德妃娘娘今日下旨传召，姑娘既然回来了，劳烦和奴才走一趟吧。”

永宁宫的德妃？我脑子里对这个人的印象一片空白，只知道她是除高弘朗生母淑妃之外后宫嫔妃中唯一一位皇妃。印象中德妃没有儿子，唯一一个女儿前些年也远嫁他国，所以她平日极为低调内敛，我和她按理说也没有过交集。

“姑娘？”见我许久不回话，江公公又开口了。

我赶紧回道：“公公稍等，奴婢换身衣服就同公公前去。”

江公公也不着急，点了点头，让开了路。

高偃不在府里，含玉也无法作主，只能偷偷给我递消息，说是会去找王爷。我摇了摇头，阻止了她。

德妃的召见虽突然，但既然用了如此光明正大的方式，倒也不用担心会对我不利。再者高偃这几日忙得几乎不见人影，何必事事都去麻烦他？

这是我第二次进宫，皇宫还是一如既往地空旷森严，跟着江公公走了许久才到了永宁宫。刚进去就闻到一股扑面而来的檀香味，顿时给人一种祥和平静之感，我小心翼翼地跪下问安。

头顶传来柔和却有几分疏离的女声：“起来吧，听闻你伤势刚愈，也不必久跪，江全，你去寻个凳子给她。”

我大气不敢出，老老实实地坐在了江全递过来的凳子上。

方一抬头，我就看到了德妃的面容，原来是我在上次的皇宫宴会上见过的那位端庄大气的贵人，只是当时我不知道她的身份。

德妃带着上位人特有的矜贵，轻描淡写问了我几句话，而后才慢慢点入正题：“本宫听人说，过去几日你都歇在燕王的府里？”

心底顿时一片透亮，我这才明白了自己被传召的原因——德妃可是胡元离唯一的亲姨母。

心里有了方向，我答起话来也就没有那么忐忑不安了：“回娘娘，确实如此。那日遇袭是小燕王顺手救下了奴婢，因为小燕王……不识得去秦王府的路，就只能将奴婢先带了回去。之后因为太医说奴婢伤重不易挪动，才得了五爷的许可，在燕王府打扰了些许时日。”

胡元离是路痴一事人尽皆知，所以我借此说明他将我带回去的缘由，别人也挑不出刺来。

德妃点了点头，似乎对我的回答并无异议：“元离这孩子本宫也知道，自小就记不住路，太医瞧了也没用。”

言罢德妃的目光在我脸上转了一圈，眼神也慢慢变得锐利起来：“你既然住在燕王府上，那元离去城外闹事一事你可知晓？”

我半低了头，小声回道：“奴婢一开始昏迷了两日才醒来，这种事小燕王自然不会在一个奴才面前提起，奴婢也是回了秦王府后才从他人口中听到。”

落在我头顶的视线许久才转开，只听德妃又声音淡淡地说道：“本宫的嫡姐去得早，所以本宫也只能代她看顾些这孩子。元离平时虽然顽劣，可从小锦衣玉食地养着，心气高得很，从来不碰什么低贱肮脏之物……”

这说的应该是胡元离的洁癖了，真是有钱人事多，一身的毛病。我心里吐槽着，耳朵里却传来德妃带着几分冷意的声音：“本宫也是听了个趣闻，说是那日燕王府的奴才有人瞧见元离抱着一个婢女回府。既然是你在燕王府休养，那这个婢女也不会是别人了吧？”

胡元离怎么可能抱着我？那日我昏迷前可还记得他看到我伸手时退的那一大步。

不过……那日我似乎只看到了他一人，后来我是怎么到的燕王府里，我竟然这么久都不曾想过，只是比起他抱我回去的说法，我宁可相信是他把我拴在马上拖了回去。

“回娘娘，那日奴婢体力不支昏了过去，并不知后来发生了何事，只是昏迷前，奴婢依稀还记得小燕王对躺在泥地里的奴婢可是退避三舍的。”

德妃没有回话，似乎在思量我言语的可信度。

我面不改色，不露半点儿心虚。

半晌德妃才笑了，声音也没了之前的压迫感：“元离的喜好是多变了些，今日看你倒是个机灵的丫鬟，虽然出身差了些，不过元离若是对你上心，本宫倒是不介意他府里多一名侧室。”

呼吸一滞，对上德妃满是和蔼的面容，我心脏狂跳起来。

这才是此行真正的目的，德妃身居后宫，早就看透了人心伎俩，自然不会被“小燕王和太子妃”之间的传闻糊弄过去，所以不知是听谁提起这中间还有一个我，才迫不及待找上了我。

主子亲自召见奴才，还主动提起可以恩准我一个下人进燕王府，看来她对自己这个外甥是真的上心。只是所有的主子，要一个奴才就都如同要一个物件一样随意，让我很难接受。

我不曾迟疑地开口：“小燕王大概是因为同五爷交好才会对奴婢施以援手，奴婢只是秦王府的一个奴才，不敢生出这等攀附之心。”

德妃眼睛一眯，听出来了我的抗拒之意。她打量着我，声音又带上了几分不怒而威的压迫：“你这话是在拒绝本宫吗？”

“奴婢不敢，只是如实相告。”我起身跪下，咬牙回禀。

宫殿里顿时安静了下来，德妃脸上再也没了笑意，一旁的公公、侍女如同雕塑一样，没有一点儿动静。

许久都无人再开口，直到殿外的小太监进来，才打破了这份静谧，他禀报道：“娘娘，东宫里的人在殿外求见。”

德妃似乎有些惊讶，最后还是让人去请了进来，而我则继续跪着。

跟在太监身后进来的是顾阳，他目不斜视地跪下行礼，然后才开口禀明了来意：“太子妃听闻荼蘼姑娘今日进了宫，特地让属下前来候着。说是等娘娘这边问完了话，就让属下把人带过去。太子妃还说这前前后后也有一个月了，先前顾及荼蘼姑娘的伤势，没下令传召，今天算是难得有了机会。属下在殿外等着就行，不敢打扰娘娘的问话。”

德妃的目光在我和顾阳之间扫过，片刻才露出了些许笑意说道：“既然太子妃急着见她的恩人，那本宫也就不去讨嫌久留人了，总归这日后的时间还多，你就先把人带走吧。”

顾阳又告了声罪，才抬头看向了我。

刚一出殿，我就擦了擦额头上的汗水，对着身边仍是一脸关切的顾阳开口道：“多谢顾侍卫长。”

顾阳脸上有着几分诧异：“你怎么知道我姓顾？”

我对答如流：“之前曾听太子殿下唤过你。”

顾阳一脸“原来如此”的表情，而后他似乎是有些不好意思地说道：“你不用谢我，我今日是真的奉太子妃之令过来寻你的。”

这个我也知道，他自然不可能无令只身闯过来，只不过他来的时机算是正巧给我解了围。

“你的伤已经好了吗？上次见你还病得下不了床，这才过了一个月，看着恢复得比我都快。”去东宫的路上，顾阳似乎是想缓和下太过沉默的氛围，开口问起了我。

“都是太医的功劳吧，那么多金贵的药养着，自然好得快一些。”我顿了顿，又礼貌性地回问了一句，“顾侍卫长的身体也好些了吗？上次见你和太子一起时，走路还有些跛。”

顾阳拍了拍胸膛，满不在乎地说：“我身体好着呢，这点儿伤不算什么的。”

那倒也是，这次见他除了脸上还有些血痕外，行动间完全看不出受过伤的痕迹。

大抵是因为同患难过，再加上我们的身份差距也没那么大，所以两个病友在一起交流病情时，我倒是不需要像往常一样小心翼翼。尤其是顾阳本来就比较健谈，不用我接话自己就能说上半天：“你都不知道这些时日，你的事迹在我们东宫的侍卫间都传遍了，那日幸存下来的侍卫都说，怕是男子处事都不能如你当时那般果断。”

本来还上扬着的嘴角突然一僵，我的笑容也有了几分不自然。

幸存……那也就是证明有人死了。

顾阳半点儿未察觉我的转变，仍是自顾自地说道：“不过今日见你和那天真是判若两人，要是平日里在路上见你如此缄默文静的模样，怕是我都不敢认……”

对于他们这些侍卫来说，为主子出生入死本就是常事，所以他们可能也并没有把此事放在心上。

我勉强笑着和顾阳又说了几句，正好也进了东宫里面，大老远就看到宋嬷嬷在蒋雅彤的寝殿外面张望。

看到我们时，她一瘸一拐地走了过来，对着顾阳说道：“多谢顾侍卫跑这一趟，娘娘还在屋里等着呢，姑娘这就随老奴进去吧。”

顾阳应声止步守在殿外。行走间，我看了看宋嬷嬷的腿，她不等我问就飞快地解释道：“这是那日落下的伤，上了年纪也治不好了，不过平日也就是走路会慢一些，倒是没别的影响。”

蒋雅彤半躺在里屋的软榻上，看她的脸孔，竟像是瘦了不少，全身上下也就腰身丰腴了些。

我刚一进来，蒋雅彤就上上下下瞄了我一眼，然后飞快地转移了视线开口：“德妃找你做什么？”

“问了几句小燕王的事情。”我如实回答。

蒋雅彤听到后没有丝毫意外：“三公主前年就嫁去了他国，如今她身边也就只剩这一个外甥了，平日里自然上心些，你也不必多想。”

闻言我一愣，不知道是不是我想错了，她这几句话倒像是对我的解释和……安慰？

蒋雅彤脸上无异，嘴上仍是不停：“只要你不主动招惹她那个外甥，她也懒得管你。”

“奴婢自是不敢对小燕王有什么心思。”我赶紧开口解释。

蒋雅彤看起来并不在意我的解释，只是说道：“胡元离自小就荒唐惯了，皇城里谁都知道，他平日就喜欢拈花惹草，府上带回来的美人都快住不下了。我看你长得一般，又没什么背景，聪明的话自然该知道要怎么做。”

虽然话难听了些，不过听着倒是有那么几分真心。

蒋雅彤似乎也是第一次对一个奴才说这种话，只见她表情越来越不自在，末了刻意冷了声音说：“今日就是叫你过来看看，现在看完了，我也累了要休息了，你赶紧走吧。”

我唯唯诺诺地答应，宋嬷嬷亲自送我出去，路上她还低声向我解释道：“娘娘是过来人，自然看得比姑娘多些，方才娘娘说的话，姑娘不妨回去之后好好想想。”

“屋里怎么没有看到香柳呢？”我没有正面回答，只是转了话题开口问道。

宋嬷嬷顿了顿，才说道：“那日她中了一刀，后来去医治时已经太晚了。不过娘娘已经厚赏了她的家人，至少她的家人后半辈子都衣食无忧了。”

宋嬷嬷的表情虽有几分痛惜，但更多的是习以为常。我勉强勾了勾嘴角，不再多言。

到了殿外，宋嬷嬷本欲叫个小太监去寻辆马车送我，一旁的顾阳却主动开口接过了此事，宋嬷嬷也就没再多言。

回去的路上我一言不发，顾阳大概是见气氛太过安静，就找了话题开口：“荼蘼姑娘家是皇城里的吗？”

“不是，我是之前跟家人逃荒才来的皇城。”

顾阳锲而不舍地继续追问：“那你家人现在也是在皇城里了？”

“家人在逃荒路上走散了，现在还没有找到。”

空气变得更加安静，顾阳涨红了脸：“不……不好意思，我不是故意问的。”

“没事。”我笑了笑，并未介意，顾阳的表情倒是有些愧疚，也没再找话题说下去了。

到了秦王府，高偃似乎早就回来了，像是在等我，我刚进院子就被他叫了去。这也是我回来这么多天后，他第一次主动叫我过去。

我挑着把今日的事情又复述了一遍，高偃听了以后沉默了很久，就在我以为他要对此发表什么意见时，他却只是说道：“既然现在你的身子也没什么大碍了，那日后就不必再休息了，恢复往常的工作吧。”

之前我主动提了那么多次，也不见他说话，今日才终于松口了，我赶紧应下。正准备离开时，高偃又说道：“日后我不在……府里，你不要随便跟着别人走。”

宫里的主子传召，我怎么可能让来的人等着？看着高偃格外严肃的表情，我忍了忍才没有把心里的吐槽说出来，只是乖乖回道：“奴婢记下了。”

高偃这才收了目光，冲我摆了摆手，我倒退着出去，回到自己屋里。

因为一个胡元离，个个都来提醒我注意身份，害得我这一整日都提心吊胆的，心里也一直憋着一股气。

所以当我晚上看到悄无声息出现在屋里的身影时，差点就把花瓶丢了过去。

“王爷就这么喜欢半夜三更溜到别人屋里吗？”我咬着后槽牙挤出一句话。

我干站着也不行礼，胡元离倒也没发作，只是他的眼神四处乱瞟，似乎是在躲闪我的目光。半晌，他才像是下定了决心，朝我走过来说道：“今日姨母找你一事，我是不知情的。”

他知不知情有什么重要，恐怕德妃也不过是个唱白脸的角色，只是把他的想法说了出来。

“王爷此次如果只是为了说这件事情，那真是多此一举了，德妃娘娘有些误会，解释清楚了，误会也就解开了，现在也没什么问题了。”我面无表情地说道。

“误会？”胡元离眉毛一挑，“照这样说，你就这么想留在这里永远当一个奴才？”

“对奴婢来说，在这里当一个奴才，也比去当别人的侍妾要好上许多。”我也不再避讳，直接把自己的想法说了出来。

胡元离嗤笑一声，颇为不屑：“一个是奴才，一个好歹是主子，你竟然说做主子还不如做奴才？”

与他也讲不明白，我索性不废话了，直接行了一个礼说道：“王爷日后还是不要再这样突然来了，我虽是奴才，也是要清誉的。下次王爷再这样翻窗进来，若是吓到了我，说不定我会大喊大叫起来。要是害王爷落个偷闯下人屋子的名声可就不好了。”

胡元离目瞪口呆地看着毫不客气的我，见我仍是一副冷漠的“送客”模样，他脸上的肌肉轻微跳动了几下，眼神像是下一秒就能冒出火来。

他忽然转身，背手握拳在屋里踱了几步，似乎在让自己冷静下来，我本以为他是要走了，却见他突然回头，再次冲我走了过来。

我顿时感觉头疼起来，这个人怎么这么难缠，他还想做什么?

“王爷……”我刚说了两个字，就被他的动作打断。只见他高高地抬起右手，然后狠狠地……揪住了我的左脸颊。

我疼得差点叫出来，耳边响起了他恨得咬牙切齿的声音：“你这一天天的就会惹我生气。”

胡元离下手毫不留情，对上我难以置信的目光，他反而像是心情变好了些，不等我张嘴开骂，他就飞快地撒手翻窗……跑了。

我捂着又疼又肿的脸颊，更是气不打一处来，这个人到底有什么毛病?

第九章 婚事

进宫的这场风波就这样落了幕，德妃没再传召我，我则又开始了在高偃身边服侍的日子。

第二日，秦王府上来了个稀客，正是青黛整日挂在口头的吴云韶。

她带了几本乐谱，看着谱子的纸张很有年代感，只听她说道：“昨日五爷走得太匆忙，连这些谱子都不曾带上，表哥特地托我今日送过来。”

高偃示意我接下，声音淡淡地回应：“有劳吴小姐特地跑一趟了。”

吴云韶并未因高偃疏离的态度而畏缩，反而仍是热情不减地说道：“昨日见五爷走得如此着急，不知是因为何事？倒是留我和表哥在齐王府里一头雾水。”

“一点儿小事罢了，不值一提。”高偃仍是有礼而疏离，只是面色里并没有平日里的阴郁。

吴云韶见此话题不通，便锲而不舍地又说道：“说起来昨日我看这谱子上有几处，用琴来弹奏怎么都不顺畅，大抵是因为我学艺尚浅。表哥说五爷精通乐理，所以我便主动接了送谱子的活儿，不知道五爷可有时间指点一二？”

高偃身为皇家子弟，这种乐理知识定也有所涉猎，往日他让我抄的书也大部分都是乐谱，不过我倒真不曾见他演奏过乐器。

对面的吴云韶眼里是毫不掩饰的憧憬，说实话我倒有些佩服她了，毕竟面对一个油盐不进软硬不吃的男子，怕是很多女子都会萌生退意，她身为一个高门嫡女，难得有豁得出去的勇气。

高偃沉默了片刻，才说道：“何处不通？”

吴云韶双目顿时亮如星辰，飞快地站了起来，从我手里拿过谱子指给了高偃。

我默默后退半步，瞧见高偃垂眸看着吴云韶手里的乐谱，而吴云韶一双眼睛则偷偷落在了他身上。

若是外人瞧来，只会觉得此景十分养眼。

片刻后高偃才抬眼说道：“这谱子看着无异，还是要奏出来才能听得分明。只是我平日里也不怎么用乐器，如今库房里闲置的古琴怕是都失了音准……”

“没关系的，我会调音。”吴云韶毫不犹豫地接道。

高偃眼睛眨了眨，视线扫过我后，落在李茂山的身上：“你去库房寻把琴来。”

李茂山应声离开，高偃的视线又转回到我身上，停了片刻，不等他开口我就主动说道：“奴婢这就下去备些茶水。”

高偃一言不发地收回了目光。

去茶水间重新沏了一壶茶，端着回去的路上看到吴云韶带来的一个丫鬟似乎在和府上的下人说着什么，我瞄了一眼就走开了。

既然吴云韶的丫鬟并未避讳人，那想必打听的也不是什么见不得人的事情。

刚走到正院，就看到院子口有两个探头探脑的人。本来准备假装没看到，想了想，我还是朝她们走了过去：“屋里现在可是有客人，你们这样也不怕冲撞了主人家？”

青黛和珠翠对视一笑，笑嘻嘻地小声对我说道：“我们知道屋里有客人，所以才忍不住来瞧两眼，说不定来人可是未来的……嘿嘿……”

两个小丫鬟你推我一下、我推你一下地打闹着，我有些无语，再次开口警告：“你们可别看五爷这段时间脾气好了点儿，对下人也和蔼了些，万一真的冲撞了贵客，可没人能保得住你们的脑袋。”

她们二人却没把我煞有介事的吓唬放在心上，珠翠插了一句：“荼蘼姐姐方才肯定看清楚了吧，那吴家小姐是不是生得美若天仙？”

我正欲开口，身后遥遥传来几声拨琴声。

青黛更是一脸惊讶地说：“我在这府里这么多年了，平日里可从没见五爷弹过琴啊，看来这吴家小姐还真的不一般。”

我一回头，正好看到含玉在门口，于是把手里的托盘递给了她，劳烦她帮忙拿进去。含玉也看到了青黛她们，估计是以为我贪玩，所以也就没有多言地接过托盘，转身进了屋子。

我活动了下筋骨，伸手拽住了青黛和珠翠，不由分说地把她们送回了浣衣园子。

同蔡嬷嬷闲谈了几句，快到傍晚时分，我才准备回院子。路上正好迎面看到要离开的吴云韶，李茂山在她身侧为她带路，我赶紧立在路侧低头行礼。

不知是不是我的错觉，吴云韶的目光似乎在我身上停留了片刻才继续向外走去。

我回到高偃屋里的时候，只看到散了一桌子的乐谱和古琴，便默默地开始收拾了起来。

一旁的高偃忽然开口：“你懂乐理吗？”

我诚实地摇了摇头，高偃有些诧异地问：“一点儿都不懂？”

我又点了点头。

却看到高偃眼角似乎有笑：“你识得那么多字，怎么乐谱都看不懂？”

我有些尴尬地说：“奴婢虽然识得这乐谱上的每个字，可是它们连在一起，奴婢就看不明白了。”

“若是你想学……”

“奴婢不想学。”我赶紧开口，感觉自己态度似乎有些强硬，又解释道，“奴婢是真的对乐理一窍不通，怕是也学不会，所以不想在这上面浪费脑子。”

这还真怪不了我，我这个五音不全的苗子，还是对音乐敬而远之为好。

高偃没再多说下去，只是我瞅着他的表情，总觉得是在笑话我。

接下来一连几天，高偃带我去东宫时都坐了冷板凳，估计是高玠心里有些介怀高偃和高弘朗日益亲近，每次都以自己忙碌为由打发走了高偃。

而后没过几天，高偃为什么之前频频出现在齐王府一事就明了了。同时，京城里的人也纷纷被这则消息吸引了注意力——高弘朗查出了城外行刺那伙人的背景。

高弘朗也没独占功劳，反而主动谈及是在高偃的费心协助下，才查出了结果。

据说行刺的那群人是陕北那边臭名昭著的悍匪，以往都在深山盘踞，听闻京城出现了疫病，就想来趁火打劫捞一把，恰巧撞上了出城的太子妃。

皇帝直接下令让高弘朗带兵前去围剿，势必斩草除根，免得再祸乱一方。同时秦王府极为罕见地接到了来自皇帝的赏赐，赏的都是些罕见的装饰俗物，华丽好看却无用。

所有人似乎都对这个结果很满意，没有任何人有异议，只是我心里如同明镜一般。

那日行刺的灰衣人不曾蒙面，似乎就是在等着别人查上门来，如果真的如同高弘朗所查是为了谋财谋利，为何他们追上了身着华服的我却径直走开？还有那句“不好，中计了”，摆明了蒋雅彤才是他们的目标。

这其中还有着重重疑虑，可皇帝都已下了定论，我一个奴才有再充分的理由又有何用？或许不只是我一人，东宫对这个结果也不甚满意。所以高玠对高偃的态度并未有丝毫缓和，还隐隐有恶化的趋势。不知是谁透露口风，说是太子怨恨秦王没照顾好太子妃，只因当时太子自己不能出宫，才将此事交给了深受他信任的秦王，结果害得太子妃差点一尸两命。

而蒋雅彤遇袭一事的具体缘由再无一人提及，毕竟如今的局面对大多数人来说已是最好的结果，剿匪一事可以师出有名，同时用行动告诉了所有人，皇家颜面不可侵犯。

高偃屡次被高玠拒之门外后，行踪越发隐秘，连带着秦王府都比往日静谧了许多。所有下人都一副什么都不知道的模样，做着自己手里的活儿。

今年的风波太多，灾祸一件接着一件，令所有人都措手不及，那个因疫病死去的皇长孙仿佛已经被所有人抛之脑后。大概只有我这个没用的奴才还记得他，因为没用，所以也只是记得而已。

连着好几天都没看到高偃。吃了晚饭，我刚想偷个懒回自己房间，就看到李茂山抱着一件黑色披风从高偃屋里出来。

迎面看到了我，李茂山的眼睛似乎一下子亮了起来，只见他一边捶着腰，一边用一副疲惫不堪的模样向我走来，像是在自言自语：“唉……这人上了年纪，身子骨就是不如以前了，走两步路腰都疼起来了。”

“公公这是要做什么？需要我搭把手吗？”我心知肚明地顺着他的话主动问道。

他顿时脚下生风地向我走来，一气呵成地把披风塞到了我手里，说道：“那敢情好，五爷现在在后院池塘边的水榭上。这天色也暗了，我本是回来拿个披风，既然你主动要帮忙，那我就不过去了，你的腿脚要比我利索多了。”

年纪大了就是好，这倚老卖老的架势，他可是做了个十成十。不过横竖也就是走两步路而已，正好我刚吃完晚饭也想散散步，我也就顺水推舟地应了下来。

我抱着披风，远远就看见高偃的身影立在池畔，他的影子被亭台里的灯光拉得无比修长。

我又走近了些才开口："五爷，奴婢来给您送披风了。"

听到是我的声音，高偃有些诧异地回头看着我，眼里还有来不及收起的疲惫。

我装作浑然不觉，开口解释道："李公公腿脚慢，怕五爷受冻，奴婢就先过来了。"

高偃转过头，只是"嗯"了一声。

见他一动不动，我只得靠近了些，在他身后微微踮起脚想给他披上。

我小心翼翼地给他整理好了披风，右手还没来得及松开披风的衣领，就被他抬手握住了手腕。

不同于这夜里的凉风，他的掌心有些发烫。

高偃手掌稍用了些力，我瞬间就被他拉到身前，吓得我大气都不敢出。

难道我刚才给他披上披风时不小心勒到他了吗？

"五爷……"

"你今年多大了？"高偃的声音从头顶落下。

我一愣，正对上高偃垂下的视线，里面并没有恼意，我这才心定了下来，开口道："十……十七。"

高偃的目光又在我脸上停留了许久才转开，手也随之松开，自己拢好了披风。

我赶紧后退一步老实站好，只是不知为何，心口处似乎还在"怦怦"跳个不停。

高偃反而像个没事人儿一样，沉默了片刻后像是又想起了什么，冲着我开口："之前记得你提过，你的簪子掉进这个池子里了，后来找到了吗？"

我深吸了几口气稳下心神，回道："没有。"

高偃瞥了我一眼，神色莫测地说道："你不是说那簪子对你很重要吗？后来怎么没见你再找过？"

我低头看着自己的脚尖，鞋边被洗得发白，缓了缓才开口："其实那簪子本是奴婢弟弟小时候送的，一开始是想着留个念想，可是后来才想起来，人都找不到了，何必还对一支簪子依依不舍。"

"若是你想找你的家人，也许还有可能……"

"不想。"不等高偃说完我就打断了他，看着他满是不解的眼眸，我反而没那么压抑了，"已经隔了快七年，即便是找到了人，也找不回之前的亲情了，或许当初簪子丢了就是个暗示，老天爷都提醒奴婢不要一直沉湎过去，还得要重新开始。"

时间太久，那个让自己避讳了那么多年的伤口，也终于慢慢长好了。

高偃的眼神有些飘忽，有几个瞬间我都觉得他虽然望着我，眼里的那个却不是我。

过了许久，他才仿佛回了神，低声开口说道：“也好，这样也好，算起来那簪子也算是尽了它的本分。”

天色越暗夜就越凉，站了一会儿，我就被冻得直打哆嗦，忍不住开口小声念叨：“五爷，今日要不先回去吧，河边湿气重，五爷别着凉了。”

高偃回头看着我瑟瑟发抖的模样，眼里似乎闪过一丝无奈，随后他也不再站着不动，转身向院子走去。刚走了几步，他忽然抬手解下身上的披风，一个摆手抛给了我：“我用不着这个，你给我拿回去吧。”

我手忙脚乱地接住，披风上还带着些许体温。

那晚之后，高偃不再热衷于去东宫了，在外人看来，估计会觉得他是坐够了冷板凳，有了气性。

高偃不曾上门，东宫的人却找了过来，只不过来的是蒋雅彤身边的丫鬟，说是要找我。我老老实实地先去禀告了高偃，他倒是没阻拦，任由我坐上了去东宫的马车。

刚一见面，我心里不由吃了一惊，蒋雅彤的脸色似乎又憔悴了些，她的寝宫里也弥漫着挥散不开的药香。

看到我进来，蒋雅彤的脸上才有了几分精神。东拉西扯问了几句话，大多是她们问我问题，什么年龄、家庭之类的。得知我如今孤身一人在皇城之后，蒋雅彤和宋嬷嬷对视了一眼，不知为何，我总觉得她们的目光有些奇怪。

这大老远地把我叫过来，就是为了打听我的身世？

尬聊了一会儿，蒋雅彤仿佛想起了什么，说道：“前几天顾阳似乎说有事问你，他今日休沐，正好我这里也有东西要给他，你就去送一趟吧。”

顾阳找我有事？可是我们也就只说过两次话而已，没什么别的交集啊。

一旁的宋嬷嬷很有眼力见儿地递过来一个轻飘飘的盒子，我一头雾水地接过：“可奴婢并不知道顾侍卫长住在何处。”

“无妨，我找人给你带路。”蒋雅彤不容人反驳地开口。

带着一肚子疑问，我跟着小太监来到了东宫里面的一处院子，这里似乎是侍卫们住的地方。

在门口禀告了自己的身份，顿时有个小侍卫一溜烟地跑进去喊人，看那小侍卫的年纪似乎还没我大。只听他一边跑一边大喊：“顾哥，有姑娘找你。”声音兴奋得像见了什么稀奇东西，只见院子里的其他厢房内顿时探出一颗又一颗脑袋，都好奇地冲我站的院子口张望。

最里面的主屋门应声而开，顾阳的身影走了出来，可能是因为休沐，他并没有穿平日里那黄色的侍卫服，头发也只是半束着，看着倒是比往日多了几分儒雅的书生气。

看到是我，他快步走了过来，表情似乎十分惊讶："荼蘼姑娘怎么来了？"

心里一动，我面上带着微笑将手里的盒子递了过去："太子妃娘娘说让我给你送来个东西。"

看着顾阳仍是一脸不解，我又继续解释："太子妃娘娘还说顾侍卫长似乎有事要问我，所以顺便让我跑一趟。"

可能是想起了什么，顾阳的脸一下子涨红了，像是掉进热水里的虾子，支支吾吾半天说不出一句完整话。

等了片刻，实在是无法忽视他身后院子里一颗又一颗朝我们这里张望的脑袋，我便先开了口："他们是不是有事找你？"

顾阳顺着我的目光回头，也看到了那群嬉皮笑脸的侍卫们。

他挤出了一抹僵硬的微笑，说道："姑娘先等我一下。"随后转身大步向那群人走去，顿时一堆人作鸟兽散，跑得最慢的那个正是刚才通报我来了的小侍卫，还被顾阳在屁股上踹了一脚。

驱散了看热闹的人群，顾阳才再次走回来，有些歉意地说："这群人平时和我胡闹惯了，还请不要介意，他们没有恶意的。"

我又不傻，自然能看出他们并无恶意，只是好奇而已。

顾阳见我笑容未变，似乎也松了口气，只是有些结巴地说："其……其实我……我这里也没什么事的。"

顾阳一双眼睛不停地闪烁，只是我并不想给自己找事，所以就顺着说道："既然如此，那我也就先回去了。"

刚走了两步，就听到身后那个小侍卫的声音："荼蘼姑娘，没事常来啊……啊——"声音最后变成了惨叫，我回头正看到他被顾阳追着打的画面。

回了蒋雅彤的寝宫，她略带惊讶地问道："怎么这么快就回来了？"

"顾侍卫长说并无事寻我。"我老老实实地回答。

只听蒋雅彤恨铁不成钢地说："那个榆木脑袋，除了练武什么都做不好。"

我皱了皱眉头，一言不发。

蒋雅彤倒是没再遮遮掩掩，直接挑明了说："他既然说不出口，那我就代他说了，人你也又见过了，可有什么不满意的地方？"

我一瞬间就明白了蒋雅彤的意思，手指慢慢在袖中握拳："奴婢不知娘娘的意思。”

蒋雅彤索性敞开了道：“顾阳曾说起那日你们逃难时共乘一骑，虽然当时是不得已，但他也怕有毁你的清誉，说是如果你不介意，他愿意为此负责。”

见我垂着脑袋，蒋雅彤顿了顿又缓了语气解释道：“顾阳跟着太子许多年，一路风风雨雨才到了现在的位置，人品自然不用多说。方才你也说自己如今十七了，到了定亲的年纪，我也是看顾阳上了心思，才会主动向你提及。”

屋里人似乎都在等着我的反应，我张了张嘴，只觉得胸口有些发闷，堵着一口气不上不下，半天才出了声：“娘娘，逃命时谁还能在乎什么男女授受不亲？奴婢只是秦王府的奴才，可以用性命担保对太子殿下绝无其他心思。”

我说今日怎么里里外外透着古怪，原来这么远把我叫来就是为了撮合我和顾阳。

蒋雅彤一愣，半天才反应过来我是什么意思，她脸色一黑，语气也恶劣起来：“你怎么这么多心思，我只是帮顾阳说合，又不是在威逼你，这关太子什么事？”

蒋雅彤气得不轻的模样不像作假，方才我被气蒙的脑袋也慢慢冷静下来，难道是我想错了，她此举不是出于猜忌？

大概是蒋雅彤从来不曾自降身份做这种事，所以她僵硬着脸，给宋嬷嬷摆了摆手。

宋嬷嬷上前开口道：“姑娘可能不清楚，早年间顾阳侍卫长本是定了亲的，只是他寡母突然病故，他主动为此守了五年的孝，怕耽误了人家姑娘，才主动去上门退了亲。如今他孝期刚满，再加上殿下对他的看重，现在他可是城里六七品官员间炙手可热的女婿人选。”

当着这么多人的面，她们自然不会拿这种事来诓我。顾阳应该着实是个不错的人选，可为什么会说给我？

只听蒋雅彤没好气地说：“我知道你是老五府上的奴才，要不是先前你……还有顾阳屡屡提起你，我也不会同意来说这一番话。你到了年纪，凡事自己多一条路也好，省得再被哪个主子叫进宫里随便赐人。我也不是在设计你什么，顾阳条件那么好，你不愿意，后面有的是人抢，我不过帮他问问罢了。”

这一番话说得确实有几分真心，她当真是在为我好？

我心里还在困惑，只是嘴上赶紧服软：“奴婢惶恐。”

正好此时外面有人进来通报，说是蒋家来人了，蒋雅彤便没继续追问我，只是说道：“你回去好生想想再给我答案，再过两个多月，我这肚子里的孩子估计就要出来了，你想好了快些告诉我，若是你们都愿意，我也好赶着……临产前替你们说亲。你虽是秦王府出来的，不过若是我亲自说亲，老五那边也不会说什么的。”

出去的时候看到一妇人和一个差不多十一二岁的少年郎走了进来，应该是蒋雅彤的母亲和弟弟。蒋家夫人看着满脸老态，那个嫡少爷看着文文弱弱，完全不像是将军府出来的，不知为何，二人的脸色都不是很好。

我也不再多留，低头跟着宋嬷嬷出了寝宫。门口处却站着一身便服的顾阳，宋嬷嬷也不客气，直接把我丢给了他，说是让他送我回去。

去马车停放处的一路上顾阳似乎都不敢看我，只见他脊背挺得笔直，几乎走出了军训的气势。我因为心事重重，也没有主动同他搭话。

蒋雅彤今日这一出倒像是真的为我好，完全挑不出任何问题来，尤其是她提到的被人随便赏赐出去，这确实是我现在面临的最大问题。

从那个冬天捡起那枝梅花开始，我就彻底地陷入了这些纷争，年满二十后离开似乎已经变成了痴人说梦。所以如果我不想陷入各种钩心斗角中，身边的顾阳无疑就是我抽身离开的最好选择。

只是心底里还是有着无法忽视的犹豫，我真的要不管不顾放下一切吗？同时也放下那个只有我知道死因不简单的孩子吗？

时间已经抹去了太多痕迹，如今皇帝有了新的长孙，蒋雅彤和太子也即将拥有新的孩子。那个曾经被众人捧在掌心的高承安，好像就只是一个因意外而过世的皇孙而已，即便是他曾经最亲近的人，悲痛过后也都接受了事实，各自恢复了岁月静好的样子。

都说死亡不是真正的逝去，遗忘才是，可对于活着的人来说，遗忘也是种奢侈。

我真的要去打破现在的这个平静吗？或者说我能打破吗？

直觉告诉我身边发生的这些事，背后肯定有着千丝万缕的联系，也有着一个泯灭天良的幕后黑手。可现实也告诉我，那不是能靠着我的一己之力去改变的，连说服别人相信我，都是一大难题。

心里在“放弃”和“继续”之间始终无法抉择，耳边突然响起顾阳的声音：“属下见过太子、小燕王。”

一抬眼就看到高玠和胡元离迎面走来，我赶紧收了心跟着行礼。

自从高玠和高偃关系明面上变得僵持之后，胡元离就没去过秦王府了，而是变成时常跟在高玠身后。

看到是我后，胡元离双眼一亮，似乎想说话，却被身边的高玠抢先开了口：“你们这是要去哪里？”

"回殿下，属下正要送荼蘼姑娘回秦王府。"顾阳继续俯首回道。

高玠的目光在我跟顾阳之间看来看去，像是明白了什么，顿时声音中似乎多了几分揶揄："我记得你今日不是休沐吗？怎么太子妃还把你拉出来干活儿？"

顾阳刹那间又变得面红耳赤，故作镇定地回道："属……属下闲着也是无事。"

高玠颇是无奈地摇了摇头，倒也没再追问，而一旁胡元离几句话听下来，表情极为明显地冷了。

最后高玠只是温和地叮嘱了我们一句："路上记得小心些。"随后就抬步继续向前走去，胡元离紧随在他身后而去。

路过我身前时，我看到胡元离的衣摆停顿了一下，就在我以为他会说些什么或者做些什么的时候，他却又继续抬步走了。身边的顾阳这才继续为我引路。

坐着马车回到秦王府后，我礼貌性地道了谢就准备进去，顾阳却叫住了我。他像是被长官训话一样身子挺得板正，立于马车前，目光炯炯有神地开口道："今日娘娘给你说了什么，我虽然不曾听到，但是心里大概也清楚。怕你有所误会，所以我觉得我也得亲口来说一句，娘娘所提之事确实是……出于我的本心，并非只是娘娘的旨意。"

这是告白吗？

我有些发蒙地站着，这么多年，我还是第一次遇到这种场面，下意识就问道："为什么？"

顾阳呆了呆，许久才憋出了一句："因为你是我见过最……最……"他似乎在想措辞，结巴了半天才终于说出了一句，"最勇敢的姑娘。"

是我太没见识了吗？勇敢……是用来告白的词吗？

顾阳在我的注视下脸色又一点一点变红，完全没了刚开口时的气势汹汹，声音也越来越低："要不你还是先进去吧，那什么……你多考虑考虑也是应当的，我有时间等的。"

我从未接触过这样的男子，曾经逃亡杀敌之时没有半分畏惧，可瞧着和我说这几句话，像是差点要了他的命一样。

心里一时之间也说不清是什么感受，最后我只是木讷地回了一句："谢谢啊……"

回了院子，高偃并未外出，出乎意料的是，他半句都没问蒋雅彤找我是为了什么事，似乎根本没放在心上，所以我也没主动提起。

过了几日，陕北那边传来消息，带兵的高弘朗势如破竹，不出七日，就将深山里的悍匪剿灭殆尽，据说他还在最后清剿余孽，过几日就会带兵回朝，到时候应该还能赶上亲自筹备高修平的百日宴。

一时之间，不仅龙心大悦，连百官也交口称赞。他虽未回城，势头却完全盖过了在皇城里兢兢业业协助处理政务的高玠。连带着高弘朗的母族吴太尉一家，也水涨船高起来。作为吴家唯一的嫡女，吴云韶也成了无数媒婆盯上的对象。只是吴云韶却好似半点儿不知，仍是一颗心全放在了高偃身上，这不，昨天还派人过来，说今日她要去皇庙里去为高弘朗求个平安符，问高偃可要同去，而高偃，应下了。

今日一大早，高偃就先去太尉府接上吴云韶，然后一同赶往了皇庙。

约莫坐了一个时辰的马车才到了皇庙附近，一路上高偃都一言不发，我也不敢在马车里乱扭，坐得腰酸背痛。

吴云韶在后面的马车里，还落了一段距离，所以当我四肢僵硬地准备下车时，高偃忽然回头，伸出手像是要扶我。只是我最终还是自己咬牙跳了下去，落地时震得双脚发麻，差点“扑通”一声双膝跪地，还好高偃眼疾手快地揪住了我的后领。而后高偃皱着眉头把我从头到脚看了一遍，幸好吴云韶的马车此时赶了上来，高偃才没有开口斥责我。

皇家寺院在很偏僻的山林之中，周围环境格外清幽，倒真像是个隐居避世的好地方。只不过如此清静之地规矩却也不少，除了达官显贵，其他人不得进入庙堂祭拜上香，所以我们这一堆下人只能在庙殿外面候着。

瞧着无人注意，我偷偷往后躲了几步，想在这庙殿拐角处的回廊上坐着揉揉腰腿。

屁股还没挨到回廊上的围栏，忽然身后伸出一只巨掌，一下子捂住了我的口鼻。我本能地想要尖叫喊人，然而嘴被紧紧捂住，发不出一点儿声音。我眼前一花，被挟持着到了殿后的林中。

那人仍是半拖着我往僻静的地方走，我吓得心脏“怦怦”直跳，条件反射地抬起手肘向后击去，却被那人轻而易举地握住，反扣在身后。

什么情况？我是要被绑架了？

脑子完全来不及思考，未被束缚的右手直接握住捂住我口鼻的手腕，用力往下一拉，寻了个空隙偏头狠狠咬向那人的虎口处。

耳边传来一声惨叫，声音有点儿耳熟，下一刻我就被他一掌往前推出了两三米远。

可能是那人不曾用全力，所以我并没摔倒，站定后一回头，就看到胡元离气急败坏地甩着自己的右手。

他看到自己手背虎口处的那道牙印后，十分恼怒地大步冲我走过来：“你这只兔子是属狗的吗？”

此时我才松了口气，只是腿还有点儿发软。之前没发现，原来自己这么胆小。

都说在鬼门关走一趟后，就会变得无所畏惧，可我正好相反，因为曾经濒临死亡过，现在反而更加畏惧死亡了。

我想我现在的脸色一定不太好，要不然胡元离也不会瞬间变得小心翼翼起来，他有些迟疑地问道："你……你怎么了？"

半天我才找回来自己的声音，惊魂未定地说道："王爷有什么事直接说不行吗？为什么要开这种玩笑？"

胡元离忍了忍，虽然语气不大好，但还是一字一句回道："不是你说怕影响你清誉吗？先前我避开人去你屋里，你都板着一张脸，刚才当着那么多人的面，你不是更不乐意？"

我心里还是有气，憋了半天都没说话。

胡元离也看出不对劲来，皱着眉头伸手想拉我："你到底怎么了？"

我直接侧身躲开，面无表情地说："王爷有事就直说吧，说完奴婢也要回去了。"

胡元离落空的手掌慢慢握拳，仿佛是从牙缝里挤出的声音："你知道我是费了多大功夫才忍着没去你屋里找你吗？今天好不容易找了个光明正大的机会，你这态度就不能好些吗？"

光明正大？他管我们现在这行为叫光明正大？

我懒得理他，准备转身回去时，又听他开口："你要嫁给东宫的那个侍卫？"

我诧异地回头，只见胡元离态度散漫地看着我说道："我听说他是因为和你逃难时同乘一骑才提出对你负责，那要是按这种说法……"说到这里他嘴角一勾，看着就不怀好意，"我曾经抱着你回府一事，要如何算？"

对上我匪夷所思的目光后，胡元离脸色一沉："难不成你以为那日你昏迷之后，我是把你绑在马上拖回去的吗？"

那日因我昏迷，所以胡元离所说之事，我无从得知，只是我始终是不大相信的。

等了许久也不见我说话，胡元离锲而不舍地再次开口："我问你话呢，我不嫌弃你一身脏污，抱你回去这一事该怎么算？"

我顿了顿，深吸一口气大声说道："奴婢谢过王爷屈尊降贵、大仁大义的救命之恩。"

胡元离十分不满意我这一番话，撇着嘴说道："就这？"

我点了点头就想赶紧走，他却几步越过我挡在身前："人家救你，你就以身相许，到我这里就一句'谢谢'？"

我假笑着说：“小燕王天潢贵胄，什么都有，奴婢也就只能真诚地道声谢了。”

“谁说我什么都有？”胡元离直接驳了我的话，目光肆无忌惮地在我脸上打转。

我被看得头皮发麻，赶紧开口：“五爷那边上香应该快结束了，怕是等会儿就要找奴婢，奴婢先过去了。”

刚迈出一步，就被胡元离毫不留情地拉了回去，他握住我的手臂不放，一反刚才吊儿郎当的模样，神情也认真了起来：“小爷我这几日想清楚了一件事，你之前不愿意当侍妾，也行，那我就退一步，让你当我的第一位侧妃，如此你还要说自己不愿意吗？”

林里一瞬间变得异常安静，连树叶落地的声音都能听得一清二楚。

“第一位侧妃？”我下意识地问出了口。

胡元离毫不犹豫地点了点头，我深吸了一口气再次问道：“那也就是还会有第二个、第三个了？”

胡元离一愣，似乎没想到我会如此说，下一秒我就挣开他的手掌，退了几步站定开口：“奴婢自知身份低微，万万承担不起王爷如此厚爱。”

“你……”胡元离满眼震惊，声音有些恼怒地说，“你可知一个王爷的侧妃并不是随便就能……”

“所以奴婢说了自己身微命贱，不配如此殊荣。”我打断了他的话。

顿时胡元离又濒临暴怒的边缘，像是个一点就爆的炮仗：“你这脑子怎么长的，放着王爷不要，非要去找一个侍卫？”

我也不知他这脑子怎么长的，句句都要跟一个侍卫比较。

“奴婢确实脑子不灵光，所以就不在王爷面前碍眼了。”我行了个礼，就想溜走，不出意料地又被他拦了下来。

胡元离越发气恼，直接冲我吼：“荼蘼你不要给我装糊涂，我既然都已经说了要给你侧妃之位，你……你还不明白我的意思吗？”

我虽表面仍是一副畏畏缩缩的模样，却将自己的态度明确地表达了出来。

胡元离怒极反笑，原地转了几个圈后恶狠狠地回头冲我说道：“你只是个奴才，若是我想要，哪里还由得你拒绝？还有那个侍卫，即便他是东宫的人，我一声令下，也可以让他仕途尽毁。”

胡元离虽是威胁的语气，可是他气鼓鼓的表情如同一个要不到糖果的孩子一样幼稚，大概是被一个奴才拒绝伤了自尊，才会恼羞成怒吧。

我在心里叹了口气，总不能由着他这样气下去，于是好声好气地再次开口：“王爷想要的东西，自然都能轻而易举地得到，不过无论奴婢还是顾阳，都不值得王爷如此大动干戈。”

胡元离别着头不想看我，我眼珠转了转，继续说道：“王爷可知，前不久顾阳侍卫长也对我说过类似的话，只是不同于王爷方才的理直气壮，他讲话时脸是红的，声音是抖的。”

“说这个干什么……”胡元离恼怒地回头瞪着我，对上我平静的目光后他却哑了声音。

我继续跟他讲道理：“奴婢虽不通情事，可还是觉得若真的对一人心生情愫，那说话时的模样应该和往常相比是大不同的。而王爷对奴婢从头到尾都是一副模样，大概只是一时兴起罢了，奴婢自知无什么特别之处，才选择不去攀附王爷。毕竟时间一长，对于失去了兴趣的东西，人都会抛之脑后，置之不理。”

胡元离脸上的怒意渐渐变为惊愕，我心头微松，再次带着真诚的笑开口：“奴婢说的那些‘高攀不起’的话也都是真心的，请王爷不要再难为奴婢了。”

这一次我离开的时候，胡元离没再伸手拦我。

等我回到庙堂门口时，那里已经没人了，问了一个小沙弥才知道，高偃他们已经上完香，正在后山的林里散步，我便也朝那个方向找了过去。

走了一盏茶的工夫也不见人影，这片森林太大，我正准备放弃寻找，回马车那里等着，突然看到了吴云韶和她丫鬟的身影，奇怪的是高偃并不在。

她们也看到了我，我不好走开，规规矩矩地行了个礼。

吴云韶的声音响起，完全没有在高偃面前那种天真烂漫，而是带着高高在上的倨傲：“你是五爷身边那个叫荼蘼的丫鬟吗？”

“回小姐，正是奴婢。”我老老实实地作答。

吴云韶半天没说话，正当我准备开口离去时，她突然说道：“走了半天感觉口也渴了，我去前面的亭子歇下，你去给我寻杯茶水过来。”

这林间哪里有茶水？不都是去皇庙那边的客房休憩饮水吗？

见我有些呆愣，吴云韶声音一冷：“怎么？是我使唤不动你吗？”

我赶紧回答：“吴小姐稍等片刻，奴婢这就去寻茶水。”

找了半天才到了寺庙供水的地方，等我倒好茶水走回去的时候，吴云韶已经在亭子里坐下了。

接过我递上去的茶水后，她眉头一皱，重重搁下茶杯开口：“这么凉的茶水怎么喝？你不能走快些吗？再去倒一杯来。”

我闻言只得转身离开。吴云韶为何放着自己的丫鬟不用，偏偏要来使唤我？我几乎都没和她说过话，也没什么得罪她的地方，这些官家小姐都这么不好相处吗？

虽然心里犯着嘀咕，我这脚下却不敢慢，毕竟她为尊，我为卑。余光瞄见一个身影，再看过去已经没了踪迹，脚下顿了顿又再次走了起来，大概是我眼花了。

第二杯茶我几乎是小跑着端回去的，跑得额头上都渗出了些许汗水，掀开杯盖时还冒着热气。

吴云韶仍旧是冷着脸说道："这一盏茶都被你洒了大半，让我怎么喝？再去倒一杯。"

看着茶托上微不可见的几滴水珠，我这才确定了她此举并不是因为娇生惯养的大小姐脾气，而是在对我发难。难不成是想着嫁进秦王府之前，先立威？

想起高偃这几日确实对她颇为不同，我只好忍了这口气，反正已经跑了两趟，也不差这一趟了。

这一次我直接把皇庙里的茶壶都拿了过来，托盘有些重，再加上端了三次，我的手臂都开始发酸了。

吴云韶倒是没说话，她那个丫鬟可能是觉得我是个好欺负的性子，便抢着开口斥责："动作这么慢，我们小姐早就不渴了，也不知道平日是怎么伺候人的，这点儿小事都做不好。"

见我不说话，那丫鬟更是变本加厉地上前一步，拎起一杯茶向我泼过来："这些水留给你自己喝吧。"

我下意识地抬手挡，还是被水打湿了额头和衣襟。

这就有点儿过分了吧，不是明摆着欺负人吗？去他的未来女主人吧，我可忍不下去了。

我冷了脸正准备开口反击，突然听到一阵"噼里啪啦"的瓷器落地声，同时还响起了一阵尖叫。定睛一看，一桌子的茶具都被飞来的一个石子砸翻，全洒在了坐在桌边的吴云韶的身上。她躲闪不及，几乎被打湿了半个身子。

看着真让人……心里痛快。

一回头就看到胡元离手里抛着石子从林间走出，脸上满是恶作剧得逞后的笑容。

"大胆，哪里来的狂徒……"那丫鬟刚开口就被吴云韶拉住，大概是认出了胡元离，毕竟他可是出了名的"小阎王"。

"哎呀，刚才不小心手滑了，这位小娘子不会怪我吧？"胡元离一脸的"抱歉"。

吴云韶脸色铁青地回答："小燕王既是无意，自然不必追究。"

胡元离的目光扫了扫她半湿的衣服，不怀好意地说道："这位小娘子生得可真貌美，看着也有些面熟，不知是哪家千金？我也好登门赔罪去。"

吴云韶脸色一白，急匆匆拉着丫鬟离开了，那模样像是生怕慢一步就被胡元离看上似的。

看来胡元离这花花公子的名号可不是浪得虚名啊。

人刚走，胡元离就一屁股在大理石桌上坐下，半仰头看着我说："面对我的时候还张牙舞爪，怎么现在换了个人就这么听话能忍了？合着就看我好欺负吗？"

"王爷说笑了，奴婢可一直都是恭敬有礼的。"我脸不红气不喘地回答，拍了拍被打湿的衣襟，忍不住皱了皱眉头，才又说道，"奴婢现在衣衫不整，先下去整理了。"

礼刚行了一半就被他拉起来扯到身前，由于他是坐在石桌上的，顿时比我还低了半头。

胡元离目光扫过我还在往下滴水的额头，直接抬起袖子擦了起来。我想躲，却被他拽住动不了。

第十章 大化有四

胡元离动作未停，嘴上说道：“刚才在林子里，我只顾着生气，没反应过来才被你堵得没话说。现在我想明白了，你说那侍卫脸红结巴，只是因为他见的女人太少而已，我这种万花丛中过的人，自然不会如那种毛头小子一样手足无措。”

我扯了扯嘴角，没再开口反驳。

胡元离也不等我回应，衣袖仍轻抵在我额头上，继续道：“像我这种见过无数手段伎俩的人，现在还可以对你坦诚以告，你说这份心思还不如那个侍卫吗？”

他的声音不带一丝玩笑的成分，这是我第一次见他如此不苟言笑的样子，没有半点儿平日里的玩世不恭。那双望着我的眼睛里，我看到了自己那又小又呆的倒影。

不知道是不是被他成功洗脑，我竟然觉得他说得有点儿道理。

片刻后胡元离才又有了动作，认真地擦干我被打湿的鬓角后，他挪开了袖子也松开了我说道：“原来你看着聪明，实则是个榆木脑袋，不给你全部挑明说清，你自己永远都不会开窍。不过小爷我向来大度，就再给你一点儿时间去慢慢开窍，反正只要你不傻，就知道该选什么。”

那我还是承认自己傻吧，我在心里嘀咕。

胡元离的目光在我身后一扫，又恢复了那副吊儿郎当的模样，只见他嘴角上扬说道：“喏，你家五爷也来了。”

我一回头，果然看到了高偃的身影，身边还站着一个小沙弥。

胡元离先起身朝他走了过去，熟络地打着招呼：“好久不见啊，老五。”仿佛这些时日他们之间并没有过隔阂。却见高偃直接拍开了胡元离欲碰他肩膀的手，根本就不理睬他，然后面无表情地转身走了，我赶紧跟了上去。

高偃本就身高腿长，所以走起路来步伐极大，我几乎要小跑才能跟得上，出了皇庙后，我后背都跑出了一层薄汗。

吴云韶应该是因为衣服湿了，缩在马车里并未出来，只是隔着车窗说了几句就启程了。

回去的路上，车厢里的气氛安静得近乎沉重，李茂山很有眼力见儿地起身坐到了车外面，我正准备跟着出去，却听到高偃的声音，带着些许凉意：“老实坐好。”

身子刚起到一半的我，又缩着脑袋乖乖坐了回去。

高偃的声音这才又响了起来：“在皇家寺院里你也敢乱跑，我看你现在胆子是越来越大了，为何就不能老实在庙堂门口等着？”

又不能直说我是被胡元离给挟持走的，所以我垂了眼眸，嘴上答非所问地回道：“五爷怎么不问奴婢的衣服是怎么湿的？”

高偃目光一闪，许久都没有言语，我也没有追问。车里便再无人说话。

到秦王府时天都黑了，高偃下了马车就往院子里走，李茂山急匆匆地跟在他身后，我反而慢吞吞地捶着已经坐麻的屁股一点一点往回走。

院子里含玉已经开始忙前忙后服侍起来，见此我溜回了自己屋子，忍着全身酸疼躺下。只是这个夜里，我却翻来覆去怎么都睡不着。

第二日醒来，行动间骨头肌肉全是酸疼的感觉，像极了前一天被叫去蛙跳了一整晚的后遗症。

高偃一直冷着一张脸，一整天几乎都没有正眼瞧我一眼，我心头也在纳闷，便也只是埋头做着自己的事情。

去皇庙里求完平安符的第四天，忽然有士兵快马加鞭送回一个消息——高弘朗在班师回朝的路上遭遇了不明来历的伏击，所带之人几乎尽数被灭，他自己也重伤昏迷。

这些时日高弘朗虽不在皇城，但他的声望几乎到达了顶峰，大家都等着他凯旋，如今却传来他在剿匪回来的路上遭遇伏击、全军覆没的噩耗。

皇帝勃然大怒，忙派出重兵前去接应，又过了四天，带回来的只是一个仍旧昏迷不醒的高弘朗，而偷袭的贼群身份始终未明。

整个太医院几乎被搬空，有名望的太医全部住进了齐王府，不眠不休地为他诊治。

高偃得知消息后，第一时间就要赶去齐王府，经此突变，我心里总有种不踏实的预感。

眼见高偃就要出发，却还是无视我，我史无前例地主动上前一步打破僵局：“五爷可需要带些什么？奴婢这就去准备？”

高偃看都没看我一眼，仿佛没听到，对着一旁的含玉说道：“你同我前去。”

我和含玉都是一愣，含玉偷偷瞄了我一眼后赶紧应下。我张了张嘴，却见高偃抬步向外走去，把我丢在身后。

他这人真是让人好生莫名其妙。

目前按传言来看，恐怕高玠又要再一次被推上风口浪尖了。

高弘朗此时受伤，高玠肯定是第一个被怀疑的对象。毕竟高弘朗在这段时日出的风头，远远盖过一个“犯了错”的太子，大家自然而然就会觉得是高玠心生妒嫉。

不是每个人都能把所有事看得清清楚楚的，众口铄金，积毁销骨。

这种事道听途说自然无法妄下定论，若是我能去齐王府亲自看上一眼，或许还能发现些端倪。

想到这里我忽然一愣，慢慢才反应过来，我这是在干什么？皇子间的斗争关我什么事，我这颗心怎么越来越没办法安定下来少管闲事了呢？

摆摆头甩开这些杂念，我转身回了屋里，趁着高偃不在府，我就好好偷个懒吧。然而这个懒还是没有偷成，蒋雅彤又派了人来找我，我只得跟着去了东宫。

蒋雅彤如上次一样侧卧在软榻上，似乎这几日我每次见她，她都是躺着的。今日她上了妆，让人看不出原本的脸色。

“都过去这么久了，你怎么还没个消息呢？”蒋雅彤的态度很是不耐烦，“到底怎么想的？”

如此开门见山的耿直问话，倒是让我不知道该用什么话来糊弄她了。

蒋雅彤就像是一个引诱别人吃毒苹果的巫婆，循循善诱地说：“你别看顾阳如今只是个侍卫长，但他好歹也是太子的得力干将，若是以后……那顾阳可就跟着水涨船高了，光看身份，那都是你高攀了。”

只是她如此着急的态度让我心里存疑，怎么感觉她像是急着把这件事了结呢？难不成这对她有什么好处？

一时之间猜不出蒋雅彤的意图，我更是不能轻易松口，也就顾左言右地说道：“娘娘的一片好心奴婢也知晓，只是这毕竟是终身大事，奴婢又只是个奴才，怎敢私自应下？”

“你的意思是要秦王松口了？那也行。”蒋雅彤蹙眉问道，不等我开口，她转头叫了一个小公公，“你去把秦王也请过来。”

我一愣，蒋雅彤原本就是这种风风火火、雷厉风行的性子吗？我赶紧开口回答：“五爷今日去了齐王爷的府上，现在应该还不曾回去。”

蒋雅彤闻言一愣，面上闪过些说不透的神色，片刻后才开口：“既然他们如此兄友弟恭，那我就不去打扰了，派人先去齐王府门口候着。什么时候秦王出来了，就直接请过来，至于你……”蒋雅彤瞄了我几眼，转开了视线，“什么时候秦王来了，你再走吧。”

我现在是越来越猜不透蒋雅彤的心思了，如今的她似敌似友，还不如之前打我巴掌时的立场鲜明。

我又说了几句，蒋雅彤还是不为所动，直接让人给我搬了个凳子坐到一边，然后她眉头都不皱地喝了奴才递过来的一大碗药，就拿些针线开始缝起衣服。看衣服大小，像是给三四岁的孩子穿的，这准备得未免也太早了些吧？

我像个摆饰一样坐在屋子一角，来来往往的奴才都当我不存在一样，各自工作着。

不知道待会儿高偃来了会是什么表情，毕竟他差不多一个多月没踏进过东宫了。不对……他也不一定会来，早上出门时他还对我爱答不理呢。

等了许久，蒋雅彤刚放下针线休息了片刻，屋里就来了许多管事找她汇报工作。一大堆事务，我听得头晕，渐渐走了神，却见蒋雅彤一问一答，言语间有条有理，还不见半点儿疲倦。

最后一个中年公公的话才把我拉了回来，他应该是特地等人都走了才开口：“娘娘，之前那些奴才的家人都安顿好了，他们住的院子先前大家都搬了出来，如今也空了这么久，这几日东宫又新进了些奴才，地方都不够住，您看要不要分些人去空置的院子里。”

蒋雅彤面容微沉说道：“那院子里如今可能住人？”

“都空置好几个月了，东西也都换了一遍，太医也检查过许多遍，说是可以住人的。”中年公公不紧不慢地回答，一看就是早就准备好了的。

“那也行，你下去安排吧，切记所有东西都要换新的。”蒋雅彤也没再多问，只是吩咐刚才的公公注意换东西。

那些奴才、空置的院子……

这说的应该是之前东宫里因疫病而故去的人了，记得之前我也听说过，东宫的奴才也有不少都染了病，后来还病死了几个，所以他们住过的院子才会空置了这么久吧。

说起来也只过了几个月，现在再提起来却觉得恍如隔世一般。

等等……我突然嗅到了些不同寻常的气味。

“娘娘，奴婢有一事想问。”我嘴比脑子还快地问了出来，几步走到了殿中间，声音说不清为何有些抖，“疫病中东宫死去的几个奴才，可都是曾经贴身服侍小殿下的人？有没有其他人？”

“荼蘼。”宋嬷嬷不赞同地叫了我一声，似乎想阻止我提起高承安。

可是我目不转睛地盯着蒋雅彤，心里可怕的预感越来越大，只等她开口验证。

蒋雅彤眉目皱得越来越紧，看着我似乎想开口，却见外面一个小太监急匆匆地闯进来。

“娘娘，娘娘，不好了，有人传来消息，说是蒋小公子与人起了争执，被……被打断了手臂……”

蒋雅彤面色一变，下意识地就站起身来，一旁的宋嬷嬷赶紧扶住她安慰道：“娘娘小心些身子，你先在这里休息，这事待老奴去打探清楚再说。”

“谁打的？”蒋雅彤仿佛没听到一样，开口问跪着的公公。

那公公吞吞吐吐地说：“是吴太尉府里的庶子。”

蒋雅彤深吸一口气，不顾宋嬷嬷的连声哀求，抬步就向外走。路过我身边时，忽见她身子一软，宋嬷嬷赶紧双手扶住了她，我也下意识伸手去扶，却瞥见蒋雅彤面色白得如同一张白纸。她握住我手腕的手掌都在抖，像是在忍耐着什么，用力到指甲都陷进了我的肉里。

一系列变故让我完全无暇顾及手臂的疼痛，耳边全是宋嬷嬷凄厉的喊声——“快，快去请太医，还有稳婆，也快些叫过来……”

“太医呢？怎么还没来？”

“嬷嬷，如今太医都在齐王府，临时请来的都是些名不见经传的小太医，一个个缩手缩脚，根本不敢用药。”

“那稳婆人呢？”

“稳婆前几日家里的孙子受了寒，想着娘娘过两个月才生产，就请了三天假，这才刚去了两日。”

“快点儿派人去找啊，齐王府，还有其他稳婆，都快些找啊！”

“去了去了，都派人过去了。”

蒋雅彤仰卧在床，面上没有一点儿血色，衬得眼圈红得骇人。宋嬷嬷哆嗦着守在床边，握住蒋雅彤的那只手抖个不停。

来来往往进进出出的无数奴仆，请太医的、叫稳婆的、找高玠的……个个都面色紧张，眼底惊恐。而我如同一个误入他人世界的异类，手足无措地呆立在原地，也无人有时间顾及我。

屋里的人越来越多，我渐渐被人逼退到了角落，如同身处梦境一样看着。

我一直以为怀孕生产是喜事，是新生，却忘了它本身也是一场劫难，一场新生带给母体的伤痛。

我听到蒋雅彤一声比一声令人发怵的惨叫，也听到了宋嬷嬷嗓子都哑了的声音。只是这些声音最后都被一个声音盖过——“血！是血！娘娘流了好多血！”

浅黄色的床铺上晕开了一大片血迹，晃得人头晕目眩。

宋嬷嬷转身瞪着屏风后面那群缩手缩脚的太医，那模样像是要把他们活吞了一样：“太医呢，都干站着做什么，赶紧治啊。”

“嬷……嬷嬷，往日都是院首亲自为娘娘调理身子，我们这些人都不知用过何药，如今又怎敢擅自用药啊。”

“那你们就看着吗？至少要做点儿什么啊？”宋嬷嬷的声音越发凄厉，像是个失了孩子的母亲一样没有理智，凭着本能在喊。

“嬷嬷……”床上的蒋雅彤颤巍巍地伸出了手，宋嬷嬷赶紧回头握住，自己也安静了下来。

屋里只剩蒋雅彤那气若游丝的声音：“这个孩子，我一定要生下来……”

“老奴知道，老奴知道。”宋嬷嬷抖着嘴唇回答，“娘娘福大命大，小主子肯定也会如此。”

蒋雅彤不再说话，似乎已经没了说下去的力气，要保留力气用在生孩子上。

“稳婆来了，稳婆来了——”

一个半老婆子在丫鬟的拉扯下，跌跌撞撞地进了屋。

看到一屋子手足无措的人，稳婆眉头一皱，一脸怒容地厉声呵斥：“闲杂人等都退出去，这么闹哄哄的，还嫌孕妇不够费力吗？”

几个丫鬟应声退出门外，我本也想出去，可是不知道是因为蒋雅彤的叫声，还是那被血染红的床铺，我四肢僵硬，一时之间无法动弹。

大家一个个都提心吊胆的，自然也不会有人去管角落里的我。

稳婆又对还在屋子里的宋嬷嬷吩咐道：“去把热水、盆桶、参药、红糖，还有草纸找来，越快越好。”

看着宋嬷嬷一瘸一拐地行动起来，我终于也能动弹了，只是不知为何，我并没有避出去，而是机械地跟在宋嬷嬷身后帮忙操办。

像是过了一盏茶的工夫，又像是过了一整天，蒋雅彤早就没有力气喊叫了，屋里也终于响起了婴儿的啼哭声，非常微弱，却也让人心头微微落定。

可稳婆面上不见丝毫喜色，只是拼了命地给蒋雅彤灌着参药和红糖，却也无用，整个屋子里都弥漫着令人作呕的血腥气。

最终稳婆停了下来，对着红肿着眼的宋嬷嬷摇了摇头，一瞬间宋嬷嬷的眼圈更红了。可是她不吵不闹，只是让稳婆下去照料刚出生的婴儿，自己拿着热帕子，小心翼翼地给床上的蒋雅彤擦拭着身子。

蒋雅彤躺着一动不动，声音沙哑，完全没有平日里的悦耳清脆：“是男孩女孩？”

“小皇子，是个小皇子。”宋嬷嬷虽然极力掩饰，声音却染上了哭腔。

蒋雅彤面色终于放松了些，眼神也有些恍惚：“和安儿像吗？”

宋嬷嬷垂着头，肩膀控制不住地抖动，蒋雅彤见此也不追问，只是转头看向了我，眼里是微弱而又掩饰不住的期待。

我嗓子眼有些发堵，许久才回道：“像，简直是一模一样。”

其实那个刚出生的婴儿，我根本就没看一眼。

“真好。”蒋雅彤笑了笑，看向我的眼眸前所未有的温和，“难怪以前安儿喜欢你，你真的是个特别的丫鬟。”

缓了会儿她才似乎又有了说话的力气：“可惜我撑不到给你赐婚的时候了，这里……就像是一摊泥泽，外人一踏进来就没办法抽身出去了。不过顾阳在东宫这么多年，我们都了解他秉性，所有我才急着说给你。现在我也只能给你留个话，日后你要是想，可以说是我下的口谕，顾阳他心里愿意，那就没有人敢质疑。”

迎着蒋雅彤满是善意的眼睛，我一句话都说不出来。我曾怀疑她别有算计，可现如今看来，她真的只是在为我考虑。

“娘娘别说话了，这下旨的事以后再说也不迟，娘娘还是先好好歇息吧。”宋嬷嬷抹着眼泪说道。

蒋雅彤安静了一会儿，眼里突然绽放出异样的光彩，连带着脸上都恢复了神采。她问：“太子回来了吗？”

宋嬷嬷半天都没有言语，我那颗心没由来地慌乱起来，开口说道："太子还在路上，应该就快到了，奴婢这就叫人去催。还有刚出生的小皇子，奴婢去叫稳婆抱过来。"

蒋雅彤眼里的光一点一点暗了下去，在熄灭之际，只留下了一句："不……用了……"不知道究竟是在回答我的哪句话。

"娘娘？"宋嬷嬷哆嗦着声音唤了一句，却无人应答。

静谧的屋里只有我们三人，一站一蹲一卧。

宋嬷嬷给蒋雅彤擦拭身子的手抖得越发厉害，我浑身上下如同掉进冰窟一样，只觉得寒冷刺骨。

看着宋嬷嬷笨拙却坚定的动作，我最终深吸一口气走上前，帮她换洗和递帕子，宋嬷嬷看了我一眼，并未推拒。

洗红了好几盆热水，蒋雅彤身上才收拾干净，宋嬷嬷又颤巍巍地给她换了床褥。

之后进来的稳婆见此情景，只是抱着孩子默默立在一旁，婴儿也乖，不哭不闹。

屋外渐渐喧哗起来，高玠在一堆人的簇拥下闯了进来，神色慌张地问："太子妃呢？"

我和宋嬷嬷默默地让开了路，屏风后躺在床上的蒋雅彤，除了面色青白外，看不出丝毫异样，像是个睡着了的人。

高玠眼睛蓦然瞪大，脸色煞白，身形不稳地退了半步，被胡元离扶住才又勉强站好。

只见他推开胡元离的手，视线像是被钉在床榻上一样，脚下的步伐，也沉重到像是拖着几个铁块一样艰难。

他走到蒋雅彤床前轻轻唤了一声"阿彤"，声音小到不仔细听就听不到。

无人应答。

像是知道了什么，高玠也没再开口喊，只是轻轻握住了蒋雅彤垂在床边的苍白手掌，这一个轻柔的动作却使得他手背的青筋暴起，最终他只是轻轻把自己的额头放在了蒋雅彤的手心。

屋里安静得只剩下呼吸声。

身边的宋嬷嬷身形摇摇欲坠，我赶紧扶着她，小心翼翼地退了出去。

宋嬷嬷面如死灰，不知道是在对我说，还是在自言自语："早就说了……早就说了此胎难生，可她偏偏要生，说是为了蒋家，为了太子……为什么就不想想自己？"

我心里也不知为何，传来一阵钝钝的疼，怕宋嬷嬷再说出些什么，我扶着她到了侧殿休息。

还未将门掩上，忽然有人一把扯住了我的手腕，一回头看到正是胡元离，他把我拉到屋外才开口："你怎么会在这里？"

我张了张嘴，半天都不知道要说什么，只是余光看到自己被血水打湿的衣袖。

我勉强找回了神志："我现在一身脏污，先下去冲洗了。"

胡元离没有拦我，只是默默跟在我身后。

如今的东宫乱作一团，大家都集合在蒋雅彤的寝宫门口，路过那里时，我看到无数花枝招展的侧妃和夫人，今日汇报工作的那群管事也在其中。他们脸上神色各异，根本无人管我。

我自顾自地走着，想找个能洗手洗衣的地方。不知道是不是因为胡元离跟着，一路上都无人拦我，我像只无头苍蝇一样乱窜，终于看到了一口井。

我挽起袖子打上来一桶水，将两条手臂都泡在冰凉的水里，然后拼了命地揉搓着手指和衣袖。

胡元离只是默默看着，不发一言。

在我掬起一捧水往脸上泼的时候，他终于不再无动于衷了，用力捏住我的手掌，声音却是和手上力道不相符的柔和："可以了，你已经洗干净了。"

我挣了挣，他握着一动不动，我也放弃了挣扎开口："我要回秦王府。"

胡元离这才松了手，说道："好，我送你。"

转身向外走，正好撞见行色匆匆的高偃，他的视线在我身上扫过，并没有问我发生了何事，只是低声对我说道："我找了你许久，现在回去吧。"

我跟在他身侧，身后又传来胡元离的声音："你不去看看太子吗？"

高偃头未回，脚步也未停，说道："现在的东宫，用不到我。"

坐到马车上，高偃瞥了我好几眼，而我如同个木头一样杵着，没有半点儿反应，李茂山偷偷地踢了我几下，我只是默默地缩回了腿。

此刻我不想说话，明明和蒋雅彤并没有太多交集，可是亲眼看到她逝去，我心底却有着挥之不去的悲凉。

高偃叹了口气，转身在身后扒拉了一会儿，一件披风从我头上盖下。我垂着脑袋一动不动，高偃伸手给我整理了下披风，顺便系上了领口的绳结。

李茂山见此，又默默地挪到马车外面的车头上去坐了。

给我系好绳结，高偃才松开手说了句："小心些，别着凉了。"

然而回去的第二日，我就着凉了。

脑袋像是被挂上了一个秤砣，坠得整个人都恨不得陷进地缝里去。

取了药，我就回屋歇着了，含玉忙里偷闲还给我送来了一盘饭菜，而我强打精神送走她后，又回到了床上。喝了苦涩的汤药后，我一点儿胃口也没有，连抬手都感觉累，只想躺着。

睡下后我并没感到冷，反而觉得热，热得整个人像是烧着了一样，全身的热量透过厚厚的被褥向外渗透着。可我仍把自己捂得严严实实的，害怕再着凉下去。

睡了醒，醒了又睡，窗棂外面的太阳和月亮已经换了两个轮回。

蒋雅彤生产时的叫声和血染红的床铺不断在我脑海里闪现，如同一个梦魇一样搅和得我睡不安宁。

当月亮再次夺回了窗棂的霸占权时，我昏暗的床头多了一道身影。半梦半醒间，我看到高偃那张被月亮照得透亮的脸庞，他低垂着眉眼，一言不发地看着我。

我豁然瞪大了眼睛看着他，一时之间竟然分不清这是梦境还是现实。

在我眼睛都看得酸疼起来时，高偃缓缓开了口，声音低沉醇厚："为何一直看着我？"

我揉了揉眼睛，才知道不是幻觉，这还是他第一次进我屋子。

迎着他幽深如古井的眼眸，我揪着被角讷讷地开口："五爷不也是吗？"

高偃目光一闪，片刻后转移了视线，开口说："我听含玉说，这两日你都没吃一点儿东西？"

"我喝了一些汤水的，只是没什么胃口而已。"我顺势坐起来回话。

高偃转过脑袋，眼里有些不解："你和太子妃的关系何时这样好了？怎么我觉得你现在这副魂不守舍、坐立难安的模样，倒是比她身边的奴才都尽心？"

我张了张嘴，半天只憋出了一句："我不知道。"

我也不知道为何自己会一连几天噩梦连连，明明曾经逃命时见过更血腥的场景，可偏偏蒋雅彤死去的画面在我脑海里挥之不去，如同在我心头压了一块巨石。

可能震撼到我的不是血腥的场面，而是蒋雅彤孤注一掷也要把孩子生下来的决绝。只是这些感受，即便是我说出来，怕也无人能理解。

我和高偃都没再开口，门口突然传来轻叩声，接着李茂山的声音响了起来："五爷，刚才老奴听到荼蘼的声音，就让下人热了些吃食，您看现在……"

"端进来吧。"高偃开了口。

李茂山应声进来，顺手点上了屋里的烛火。我无比庆幸这两日因为自己懒，所以都是穿着衣服睡的。

脚下还是有些发软，李茂山便直接把饭菜放在了桌子上，都是些清淡的蔬菜粥品。

在高偃的注视下，我也没办法再推辞，只能硬着头皮吃了起来，心思却全然不在手里的饭菜上。

直到一碗粥已经见底，高偃才起身准备离开，我踌躇了半天，还是叫住了他，因为我有个疑问，这几日每次清醒的时候就会冒出来。

我问道："五爷，之前皇城里因疫病死去的人，你可还有印象？"

高偃一愣，有几分诧异地问："你问此事做什么？"

吃了些饭我也有了些气力，可能是今天的高偃太过平和，我索性将心底里的话说了出来："我之前似乎听说病死的除了一个小医官之外，剩下的都是东宫里的奴才，心里总觉得有些怪异。"

高偃的目光慢慢由困惑转为深沉，最终只是冷着张脸回复："疫病之事已经过去，如今东宫里已经饱受各方面的打击了，日后你记好自己的身份，不要再乱说话，给别人惹麻烦。"

他的语气前所未有的严厉，似乎怕我言辞不当再给东宫惹上麻烦。我微微垂下了头，不发一言，心里的另一个问题也被他的斥责压了下去。

高偃见此便向外走去，到门口时脚步一顿，又听他开口，语气柔和了些，像是在提醒："以后除了在我面前，你还是注意下自己的称谓为好。"

被他一提醒，我才发现自己不知道是不是被烧坏了脑袋，今天晚上竟然都是在用"我"来自称。

不等我抬头认错，高偃已快步走了出去。

屋里的李茂山脸上堆着笑，不顾我的推辞，端走了我吃剩的饭菜，说道："你就好生休息吧，这交给我就行。"

恢复了安静的屋子，与往常无异，我再次躺回了床上。

高偃的警告还在耳边，他不让我多管闲事也是好意，可是我无法再安安分分地做一个普通奴才了，因为心里有着一个接一个的疑团，就差那么一点儿，我就可以把它们串联起来。

这段时间的种种事故，一个接一个，让人来不及细查前事，就被之后的事情打击得被迫"失忆"，可我这个局外人能窥见些许端倪。

可能是因为吃饱了，这一晚我睡得史无前例地安稳，第二日醒来头也没那么沉了。

鼻腔里传来淡淡的药香，闻起来让人感觉心旷神怡，我爬起来顺着香味找，看到床头挂着一个颇为眼生的红色香囊。

这是哪里来的？

我拿下来凑近鼻尖闻了一下，顿时感觉脑子清醒了许多，整个人也爽利起来，这里面装的应该是安神的草药。

翻着香囊来回看了一个遍，只见上面除了一个白花花的图案之外，再无其他装饰。而那个白色的图案，是一小块白布粘上去的，我看了半天，觉得似乎像是只兔子，又不敢确定。

难不成是见我睡得不好，高偃昨天晚上又过来给我挂上的吗？可转念想想，以高偃的性子也是不大现实的，若说是浣衣园子里的青黛偷偷给我的，还有些可能，只不过制作得未免也太过粗糙了……

我又凑近些闻了下，恨不得把鼻子整个都埋进去，这药香真是太上头了。

到了第四日，我的病已经好了大半，正好赶上高偃要出府去东宫。这次高偃不再无视我，反而主动问起我："你想去吗？"

我几乎是不假思索地点了点头，既然高偃不把我的问话当一回事，那我也只能另找他人了。

到了东宫，高偃径直去寻太子，而我则主动开口说要去看望宋嬷嬷，高偃也没多想，只是点头应下了。

宋嬷嬷待在灵堂里，看起来像是老了十几岁，发顶也已斑白。只见她面目呆滞，像是石化了一样一动不动，来来往往的人都不敢打扰她。

我凑近小声唤了好几次，她才回了神。随后我小心翼翼地把她扶了出来，找了处阴凉无人的回廊坐下。

她这副模样着实让人心生不忍，我劝慰道："嬷嬷还是要看顾些自己的身体，日后还有小殿下需要嬷嬷看顾呢。"

"看不动了。"宋嬷嬷挤出了一抹比哭还难看的笑，说道，"你不知道，我之前是服侍将军夫人的，后来夫人有了小主子，我就跟在小主子身边，再后来小主子又有了小小主子。可是现在……小小主子没了，小主子也没了，我也累了啊。"

宋嬷嬷眼里并没有泪，可不知道为什么，我的眼眶却湿了。我揉了揉眼，一时之间不知道该说些什么安慰她，只是紧了紧握着她手背的手。

相处的时间终归有限，我强压下心头的酸涩，深吸了口气转移话题："我今日其实是有个问题想问嬷嬷。"

宋嬷嬷看着我不言语，我便接着问道："嬷嬷可还记得，之前东宫里因疫病死去的奴才都是些什么人吗？"

宋嬷嬷一愣，半天才回了神，苦思了一番开口道：“如果我没有记错，东宫里死去的那几个奴才，都是承安小殿下身边的人，所以才染了病。”

“那除了小殿下身边的奴才之外，宫里可还有其他接触过小殿下而患病的人？还有没有其他因疫病而死的人了？”我有些急切地问了出来。

宋嬷嬷又偏头回忆了片刻，最终只是摇了摇头说道：“我只知道东宫没有别的人染病而死了，外面的事我不曾留意过。”

之前我也不曾多加关注，只是听说了这几个死亡病例，那么究竟皇城里外还有没有其他因疫病死去的人？

若是死的这些人，除那个医官和高承安的奴才之外再无他人，那么我就找到全部事情的入手点了。

我咬了咬牙，又问出了另一个从不曾对别人提过的疑问：“嬷嬷，我再大胆问一句，太子妃娘娘之前所用之物和身边的人，可有查探过？”

出乎我意料的是，宋嬷嬷并没有多诧异，反而脸上又蒙了一层沉重的哀伤：“查不查都没什么意义了，便是太医和稳婆都在，娘娘也凶多吉少，这是我们早就知道的事情。”

我一愣，下意识问道：“为什么？”

“因为娘娘的身子……”宋嬷嬷停了停，缓了很久才继续说下去，“遇袭时的颠簸，再加上淋的那一场大雨……太医说这胎本就凶险，若是想生下来恐怕就……是娘娘不顾劝阻，不惜搭上自己性命也坚持要生的。”

这个从来都没有想过的答案把我砸了个晕头转向，我以为回家的稳婆、去了齐王府的太医，还有蒋雅彤弟弟突然断了手臂的消息，都是一个接着一个的设计。可如今宋嬷嬷告诉我，即便是没有这些事，蒋雅彤原本也活不下去。

那这一切都是巧合吗？这么多的巧合有多大的概率才能凑到一起？

“为什么？”我不死心地追问，“娘娘还年轻，以后还多的是机会，为何偏偏……”

不知道是不是悲伤过度，宋嬷嬷的嘴里也没了顾忌：“太医说娘娘已经伤了身子，日后很难再有孕了。我也劝过她来日方长，可娘娘说太子殿下现在需要一个嫡子，而她那不受将军喜爱的嫡出弟弟，也需要她这个姐姐在东宫站稳位置。”

脑袋一片空白，我不由自主地问道：“太子知道此事吗？”

宋嬷嬷目光望着远方，语气飘忽：“娘娘下了死令，不让告诉任何人，不过太子殿下……现在也该知道了。”

我再没了言语，宋嬷嬷似乎也累了，并没有追问我今天为什么提了这么多问题，只是转头看着我，认真地说："你是个心善的，以后肯定会有好福气。"然后她起身一瘸一拐地走向了灵堂，我没有再跟过去。

回去找高偃的路上，我还是一阵阵的恍惚。都是巧合吗？高承安病故、疫病爆发、太子被禁、蒋雅彤怀孕遇袭……

可我偏是个不信"巧合"的人。

摸索着正往太子寝殿走，就见高偃迎面走过来，李茂山小跑跟在他身后。离得近了些，我才瞥见高偃的嘴角青紫一片，隐隐还带着些血渍。

我惊得连行礼都忘了，却见高偃只是面无表情地大步越过了我，身后的李茂山扯了我一把，我才赶紧跟上。

这是发生了何事？怎么看着高偃像跟谁动了手？这可是在东宫，高偃一个王爷，能对他动手的人……

在李茂山的眼神暗示下，我不敢多问一句。

第二日，皇城里传开了太子动手打了秦王这一小道消息。说是太子当着众人的面，指着高偃怒斥："我把你当作最信任的手足兄弟，才放心地把太子妃的安全交给你，可你呢，你连平安接送一个人都做不到吗？"

因为这一消息太过详细，所以更让人容易相信。先前高玠虽然因蒋雅彤遇袭一事开始对高偃多有疏远，万万没想到现在已经到了动手的地步。

可能是他才失去了儿子，如今又失去了结发妻子，因此才会情绪失控。这也是人之常情，毕竟不是每个人面对一系列的打击，还能保持理智和清醒。

回了府的高偃越来越沉默，连自小跟在他身边的李茂山也不敢擅自开口劝慰，反而一个劲儿地怂恿我过去。我又不傻，自然不会去做那个出头鸟。

第二天，多日不曾来过的胡元离终于又正大光明地登门拜访了，大意也是劝慰高偃不要放在心上。

他们二人谈话，敞开着门并未避讳下人，只有我被高偃打发去喂鱼了。还没等我把手里的鱼食撒完，胡元离的身影就又在水榭旁边出现了。估计他也不习惯做和事佬，所以才这么快就结束了谈话。

我往他身后张望了一下，没看到一个仆人，颇为诧异地说："王爷是自己一个人找过来的？"

胡元离点了点头，似乎对于自己记住了路一事颇为得意。

我也不废话，直接开门见山地问道："王爷有事找我？"

胡元离背着手，微抬了下巴说道："也没什么事，就是看你上次被吓得魂不守舍，特地过来瞧瞧你。不过我看你倒是已经恢复如常了，你说说你一个未出阁的小姑娘，待在要生产的妇人房里做什么？"

我脑筋转了转，并未理会他嫌弃的声音，而是开口问道："那日我离开的时候也没看到院首大人，他后来赶去东宫了吗？"

"你说的是郑泰和？"胡元离撇了撇嘴说道，"太子妃离世，他自然是第一个被叫过去问话了。你觉得为何昨天太子对老五那样气恼？还不是因为郑泰和说了，太子妃难产是因为那日遇袭时伤了身子。"

高玠既然问过话了，也不见他有什么行动，那就代表这个院首应该并无异样。

"你怎么好像对这个消息一点儿都不惊讶呢？难道你早就知道太子妃的身体情况？"见我不言语，胡元离突然问道。

我赶紧解释："我是那日随五爷去东宫时，听宋嬷嬷提起的此事。"

"看来你还挺关心太子妃的事啊……"胡元离一双眼眸如同狐狸一样转了转，"你可是发现了什么不对劲的地方，才会对此事如此热衷吗？"

我一哑，半天都没有回话。

我确实觉得很多地方都不对劲，可是能对他讲吗？

胡元离仿佛看穿了我的心思一样，径直走到我身边小声开口："怎么？是觉得我不值得信任？我之前可是去你屋里许多次，你看到现在可有一个人发现了吗？"

我在心底翻了个白眼，这根本就不是能相提并论的事吧？

不过……胡元离这话倒是提醒了我，我和他之间确实有着隐秘的交集，那么再多一件应该也没事吧？

高偃那边摆明了是不愿听我提起此事，我若还想打听，也就只有胡元离这一个途径了。毕竟以我的身份，注定会处处受限。

胡元离一直没有说话，像是在等着我自己权衡。

高承安那张跋扈的小脸和蒋雅彤垂死前苍白的容颜一直在我脑海里盘旋，心跳越来越快，最终我一咬牙下定决心问了出来："王爷可听说了那日太子妃生产之际，蒋家嫡子断了手臂，太医全在齐王府里，还有服侍的稳婆也正好告假回了家……"

说到这里我偷偷瞄了胡元离一眼，只见他一愣，眼里倒是并无丝毫责怪之意。

我攥紧手心一口气全说了出来："虽然后来得知太子妃娘娘的身体原本就不容乐

观，可毕竟此事一开始知道的人甚少，就是我再短见薄识，也总觉得那日太子妃娘娘生产之时，似乎有太多被人设计的痕迹。”

说完之后我的心脏“怦怦”直跳，毕竟这些话已经可以判我一个“妄议主子”的罪名，足以被拖出去乱棍打死了。

在我十分忐忑时，胡元离开了口，声音非常认真：“蒋家嫡子断了手臂一事，只是在学堂同人起了争执，小孩儿下手都没个轻重，太医诊治之后说日后可以痊愈。而郑泰和虽是负责太子妃调养的太医，只是齐王受伤突然，太医院有些名望的人都被皇上派去了齐王府。至于那个稳婆，她是太子妃之前亲自挑选，家世也清清白白。”

未曾想过胡元离会如此详细而又耐心地给我解答，我大脑飞快地运转，整理这些信息。

胡元离双手抱胸，仍是一副热心肠的模样：“还有什么困惑？”

已经说到这个地步，我也就不藏着掖着了，索性问到底：“对蒋家公子出手的人后来如何了？”

如果我没有记错，那日在蒋雅彤寝殿里，听奴才禀告的动手之人可是吴家的。

“那是吴太尉一个不怎么受宠的庶子，出了这事之后，他被吴太尉打得床都下不了，然后被他老爹从族谱上除名，赶去了乡下。”

竟是这么严重的处罚？这个处罚倒是让人再挑不出什么错了，不过吴太尉对自己儿子未免也太心狠了些吧。

若依胡元离所言，这些事表面上是真的看不出任何不对劲的地方。

“还有吗？”胡元离继续追问我，像是一个非常有耐心鼓励孩子开口说话的老师。

我有些错愕，怎么看着他好像恨不得我多问他一些呢？

“齐王爷身体如何了？”

胡元离一愣，半天才反应过来，皱着眉说道：“你问他做什么？”

见我闷声不语，胡元离才没好气地说：“王卓说他已经脱离了危险，过两日应该就能醒了。”

“王卓？”我下意识反问，“可是太医院的副院首？刚才不是说郑院首在齐王府诊治吗？”

胡元离闻言倒是又恢复了嬉皮笑脸，有些不屑地说道：“自从王卓研究出来疫病的解药，如今太医院可是唯他马首是瞻了。郑泰和的年纪也大了，此次去齐王府只是做个协助的副手，主要负责诊治的还是王卓。”

又是这个王卓。

“你在想什么？”胡元离一张脸突然凑近，吓了我一跳。

我后退了半步才开口继续问：“王爷可还记得之前的疫病中，死的人都有谁？”

胡元离脱口而出：“不就是那个太医院的医官，还有东宫的几个奴才吗？”

这个答案已定，我心底一阵阵地发冷，看着胡元离半天才又问出口：“王爷可知道王卓的履历底细？”

“之前太子已经调查过他了，没发现有什么特别之处，你若是想知道，我给你带来一份即可。”胡元离不等我要，就主动应了下来。

高玠也调查过他？

想来也是，当初高承安突然感染疫病，给他诊治的人，高玠自然不会轻易放过。

虽然高玠没发现什么异样，可是既然刚才胡元离应了下来，那我来看一遍说不定会发现什么别的端倪。

说起来胡元离今天是不是吃错了药，怎么我问什么他答什么，而且开口答应办事也十分爽快。

我试探性地问道：“我记得王爷先前还警告过我少管闲事，今儿个怎么这么耐心地应付我这一大堆没头没脑的问题？”

胡元离眼珠转了转，嘴硬地说：“此一时彼一时。”

见我还想追问，他火急火燎地留下了一句“三天后这个时候在这里等我”，然后就当着我的面，翻墙出去了。

我转身走向院子。今天的收获，让我心里有一个非常大胆的猜想。

东宫几个奴才死去的时间和那个几乎都要被遗忘的汤碗在我房间消失的时间，极为接近，我觉得这其中说不定有什么联系。

现在我越发觉得这一场疫病来得古怪。疫病起源说是高承安，他传染了为他包扎的王卓后，才导致之后许多人染病。

高承安的尸骨早已入土，那我就从王卓身上下手。

回了院子里，高偃似乎并不知道胡元离来找过我，我自然也不会主动提及。我可还记得他之前不喜欢我插手太多事情的。

又过了两日，临近傍晚时分，果然传来了高弘朗已经醒来的消息。

他虽然还不能下床行走，但至少已经脱离了险境。守在齐王府的众多太医也都回到了各自的岗位，只留了王卓一人看守。

高偃则第二天一大早就出发去往齐王府探望。

据说因伤势未愈，高弘朗拒绝了很多官员的拜访，不过他应该没有拒绝高偃。因为已经过了中午时分，也不见高偃回来，大概是被留下用饭了。

我用过午饭后，寻了个空隙，抱着鱼食去池塘边的水榭上守着，等胡元离送来消息。

第十一章 豫州

胡元离翻墙进来的时候，我正抱着鱼食老老实实地在水榭上坐着。

也不知他是如何做到的，接近两人高的院墙，他翻身跳进来的时候，连衣角都没有擦到。

可能是这段时间皇城里的哀事太多，他终于不再穿一身张扬的红袍，而是史无前例地穿了一身白色衣衫，害得我都没认出来，差点就要喊侍卫来捉贼了。

这一身白袍把他原本的脂粉风流气压下去了不少，竟然显得有几分谪仙一般的清新俊逸。

见我目不转睛地瞅着他，胡元离如同一只翘着尾巴的狐狸一样傲慢地说：“等了多久了？”

“小半个时辰。”我老老实实地回答。

他这才慢吞吞地从怀里取出一叠纸递给我：“也就是求我办事时，才能看见你这么听话等着的模样。”

人在屋檐下，我也就没开口与他争执，赶紧双手接了过来。

薄薄的几页宣纸，似乎已被人翻看过无数次，边缘都有些发毛。上面满是密密麻麻的小字，内容出乎意料地详细，几乎把王卓的祖上都查了个遍。

经历平平无奇，中规中矩，普通出身，一家三代皆是贫民。通过地方举荐才进了皇城，之后靠着一身医术，一步一步登上太医院副院首之位，其间也没有见过他依附于任何人。倒也是个励志人物。

胡元离今日虽然换了一身出尘脱俗的衣袍，可是性子仍是如之前一样闲不下来。见我看得认真，他又不问自答地插嘴进来："现在的王卓也算是一飞冲天了，毕竟太医院里几个领头人物，无一不是医学世家出身。就像如今的院首郑泰和，也出身于扎根皇城的医学世家。说起来王卓还算是郑泰和的半个弟子，当初也是得了郑泰和的提携，他才能在五六年的时间里到了现在的位置。"

闻言我停下阅读，抬起脑袋问道："上次听王爷说在齐王府就是由王卓负责主治，如今王卓声望早已盖过了郑泰和，他们二人就不会因此心生芥蒂吗？"

没想到我会有如此疑问，胡元离眼睛一眯，盯了我许久才说道："郑泰和向来都眼高于天，难得一个外来的太医能入了他的眼，也说明王卓确实有些才干。再加上现在的郑泰和年事已高，早晚都要致仕，王卓是他一手培养出来的，他怎么会在晚年时和自己的徒弟过不去？"

我又沉默了起来，继续盯着手里薄薄的几页纸，这上面虽然写得很详细，但真的看不出来一点儿不对劲的地方。

我的视线再次扫过密密麻麻的字，这一次在开头处停顿了下来，刚才只顾着看王卓的生平事迹，倒是忽略了他的来历。

只见宣纸最开头的地方写着"生于豫州"四个字。

豫州？这不是我的出生地吗？原来我和王卓竟然还是老乡，可是未逃荒之前，我怎么从未听闻过他的事迹？

按理说被地方举荐的人，都是出名顶尖的人才，我是七年前跟着家人逃荒离开豫州的，难道王卓仅用了一两年就达到了被举荐的水平？

耳边又响起胡元离的声音："都看了这么久，看出什么了？这几页纸还能开出花吗？"

我并未将宣纸合上，就这样任由它摊开在膝上，然后抬眼看向胡元离，想从他的表情里看出些端倪。

我问道："王爷希望我能看出什么？"

胡元离一头雾水，半天才愣愣地说："不是你让我给你找的这卷宗吗？怎么现在倒变成我希望了？"

见他表情里的诧异不像是做戏，我收敛起自己的小心思，伸手指着“豫州”二字问道：“王爷有没有觉得这个地方很熟悉？”

胡元离凑近看了半天，很是不解地说：“这不就是去年发生水患的那个小地方吗，起因好像是大坝决堤。一个穷乡僻壤的地方，也没有造成太严重的伤亡，所以没引起太大轰动。”

水患？大坝决堤？

我眼前一亮，顿时想了起来，确实有这一回事，就发生在去年冬至前后。那时候高承安还在，据说那次的水患是派了高弘朗前去，因为用了很短的时间就治理得当，还受到了不少嘉赏。

皇帝开心之下，才决定举办狩猎。

记得当初听闻水患，我还感慨了很长一段时间的世事无常，一个干旱之地竟然也会爆发水患。如今发生了这么多事，再回头看，似乎有些不对劲。

如果我没记错，豫州可是个十分干旱之地，我自小在那里长大，生活了十一年，后来也正是因为旱灾才举家逃荒。便是后来州官为防旱修了大坝，怎么会在短短几年时间里，储水量就能到达水患的地步？

高弘朗、王卓、豫州……

我深吸一口气，收起那几页纸，抬头看向胡元离：“王爷可要查一下去年的那场水患？”

胡元离眼睛一眯，看着我说道：“给我一个要查的理由。”

我把纸张还给他，起身说道：“实不相瞒，我的老家正是豫州，当初是因为旱灾逃荒才来了皇城。虽然到现在已经过去七年，可一个干旱了十几年的地方，突然爆发水患，着实让人有些生疑。”

胡元离并没有随着我站起身，仍是蹲着，半扬起了头，微眯了眼又问了一遍：“我要的理由不是这个，而是为何你想要查？”

空气似乎有几分凝固，此事看似小，背后却能牵连出一连串的人物。

我按捺下惴惴不安的心，依然保持语气平稳：“王爷查过后，说不定就会知道理由了。”

胡元离看着我的眼神越发深邃，片刻后他忽然展颜一笑，眼睛光芒愈盛：“没想到我还有个意外收获。”

“什么？”我径直问道。

却见胡元离一撩衣摆站了起来，最终只留下了一句“等我消息”，人就又消失了个无影无踪，我也松了口气。

我伸手捻了捻手里瓷器中还剩下的鱼食，又往池塘里撒了一把，看着水里的鱼儿争相涌出水面，这才慢慢转身离开。

回到院子时，发现高偃已经回来了，见他一个人待在屋里，我便守在门口不敢进去打扰。一旁的李茂山又来撺掇我："五爷在齐王府没吃饭就回来了，要不荼蘼你去给他拿点儿吃食？"

"还是公公你进去吧，我怕五爷嫌我碍眼。"我假笑着回应。

李茂山拍着胸脯说："五爷怎么会嫌弃你呢？他现在心情不怎么好，小姑娘家心细，你也正好进去开解开解。"

"谁？我？"我一脸的难以置信，抬头对上李茂山"信任"的目光。他要不是个上了年纪的公公，我一度要怀疑他是在耍心机设计我争宠了。

半天我才憋出来一句："公公跟着五爷多久了？"

李茂山顿时眺望起了远方，一副陷入回忆的模样："我可是看着五爷出生的，以前我服侍着娘娘，后来就跟着五爷出了宫。"

这个娘娘应该就是高偃的生母丽嫔了。

我立刻顺着他的话说道："所以还是公公您去开解五爷吧，您跟着五爷这么久，肯定比我这个新来的丫鬟了解他的心思。"

李茂山本来还在回忆的脸孔，顿时像卡了根鱼刺一样僵硬，他张了张嘴，正欲反驳我，忽然从我们身后传来了一道声音："你们在说什么？"

一回头，看到高偃悄无声息地出现在门口。

别看李茂山年纪大，反应可一点儿都不慢，只听他立刻接道："五爷，方才荼蘼说有话想跟您说。"

我满脸惊讶地接到了高偃同样一脸惊讶的表情。在高偃的注视下，我艰难地开口："李……李公公说让我来问问五爷，要不要吃些点心。"

高偃似乎已经明白了这来龙去脉，不着痕迹地瞄了李茂山一眼，只见李茂山深深地埋下了头，一副恨不得把脑袋缩进脖子里的模样。

最终高偃又回头冲我说："随便给我拿些进来吧。"

我赶紧应下，去了后厨。

做好端过去的时候，只见高偃一个人立在窗边，留给人捉摸不透的背影。

我小心翼翼放下托盘："五爷，这些点心我就先放下了，您记得趁热吃。"

高偃闻声转过了身，像是随口问了一句："中午你去了哪里这么久？半天都不见人影。”

我眨了眨眼，最终只是说道：“我去后院池塘喂鱼了。”

高偃还是木着一张脸，看到了一盘子的甜食后，他的眉头不着痕迹地皱了皱，问道：“怎么都是甜的？”

“后厨师傅说吃点儿甜的，心里就会觉得舒坦。”我很是认真地说着谎。

高偃一言不发地拿起一块点心，抿嘴吃了一小口，见此我本欲退出去，可高偃又开了口，我只得停下听他讲。

他问：“谁说我心里不舒坦的？”

李茂山说的。心里这样回答，可是碍于李茂山现在还在门口守着，我也不好当着他的面告状，只能低头一言不发。

高偃倒是没有追问，反而突然问了个不相干的问题：“你觉得太子为人如何？”

这又是什么求生欲测试吗？

我诧异地抬起头，看到高偃面上并无猜忌和试探，却也是不容糊弄地在等着我回答。

我踌躇了许久才挑好听的说道：“太子殿下一向温和有礼，是个仁厚的……仁厚的好人。”

听到我说的大白话，高偃面色松动了一些，似乎有些笑意：“确实，他一向都是如此。”

我悄悄吐了口气，却又听高偃问道：“那我呢？”

我结巴了半天也没说出个所以然，当着他的面，我若是一直夸会显得太过虚伪，可要说他坏话，我也没那个胆子。

高偃似乎觉得腻，也不再继续吃那些点心，抬手拿起手帕擦了擦沾上点心屑的手指，淡淡地瞄了我一眼：“怎么？你是有什么话不敢说吗？”

我几乎是等他话音刚落就猛摇头，动作太快还差点闪到脖子。

“还是觉得我太小肚鸡肠会同你斤斤计较，才这样闭口不言？”

高偃的反问一个比一个犀利，我赶紧昧着良心夸赞道：“五爷的心胸可是比湖海都开阔，我只是觉得自己贫瘠的语言不足以形容。”

“既然如此……”说到这里，高偃顿了顿，声音突然大了些，像是想让外面的李茂山也听见，“那我做了什么，才让你们天天这一副提心吊胆的模样，觉得我因为什么事心里不舒坦？”

屋里屋外都安静了许久，李茂山装聋不说话，我只得再次开口：“我们这些做奴才的肯定想着让主子天天高兴，所以有时候才会乱操心。”

高偃看了我许久都没有说话，最终只是抬手示意我把点心端下去。

我小心翼翼地收拾，余光偷看到高偃面色似乎好了些，出门时李茂山再次冲我投来“厉害”的目光。我却感觉有些心虚，为我现在越来越顺口地撒谎。

胡元离连着十几天都不曾出现，也没有一点儿音讯传来，我一度都怀疑他有没有把我的话放在心上去调查。毕竟他那吊儿郎当的性子，就算是三天打鱼两天晒网，也不足为奇。

转眼就到了蒋雅彤出殡的日子，我找了借口没有跟着高偃去参加。

不知为何，我似乎有些见不得蒋雅彤，一想起她，脑海里就开始盘旋她生产时一声又一声凄厉的喊声，直让我心头透不过气。

只是我没有想到，因为我没有去参加，不知是幸运还是不幸地错过了极为惨烈的事情。

最开始从葬礼上回来的高偃，看着我几次欲言又止，最终他什么也没有说。我却从议论的下人口中得知了这个消息——宋嬷嬷撞死在了蒋雅彤的墓碑上。

据目睹了这一场面的人所言，葬礼之上宋嬷嬷一直都面色如常，行动因为年迈和旧疾迟缓而笨拙，所以忙着哀悼的人群，没人能料到后来她撞墓碑的动作是如此迅速。

那一瞬间整个静谧的葬礼上，只留下她喊的那一句——“小主子，老奴来伺候你了。”

刚勉强忘记蒋雅彤去世的场景，现在的我又被宋嬷嬷的死讯强行唤起了回忆，以至于我白日里工作手里不稳，还差点摔了高偃最爱的一套茶具。即便是缓了好几天，我心里仍有着撇不开的压抑。

上次见宋嬷嬷时，我并不知道那是最后一次，当时的她虽然看着哀痛，却也没到癫狂的地步。

现在我才知道，原来那个时候的她不是振作了起来，而是下定了决心要殉主而去。所以我问什么，她就竭尽所能地回答，也并未对我提的疑问有半句质疑。记得那时候她说了句“小小主子没了，小主子也没了，我也累了”，现在我才明白了她这句话真正的意思。真正的求死之人，或许都是安静而迅速的吧。

宋嬷嬷一生无子，又用如此壮烈的方式殉主，高玠念其忠心，特地恩准她也入了太子妃的陵墓，其他人提起这个嬷嬷，也都是满口敬重。

这就是一个奴才用生命换回来的尊重，这就是这里一个奴才的一生。

我无法去判断她这一生的对错，因为那是她自己选择的人生。可我的心情却空前低落，誊抄古籍的时候也不受控制地走神，下笔频频出错。

高偃忍了几日，最终还是忍不住对我说道：“和你说过平日里莫管他人之事，怎么还是这副失魂落魄的样子？”

我张了张嘴，到了嘴边的认错却怎么也说不出来。

高偃看了我许久，只听他叹了口气，从我手里拿走毛笔说道：“先歇会儿吧，这些古籍也不着急誊写。”

我应下后又起身准备去打扫屋子，高偃一伸手把我拉了回去。

我被按在椅子上动弹不得，高偃的手掌也未曾放松。他看着我的眼睛，似乎有些头疼：“你这丫头怎么总是自己和自己过不去？之前你跟那嬷嬷不还有些纠葛吗？怎么如今倒又为这事儿伤神了？”

我头脑发蒙，反驳道：“太子殿下之前当众驳了五爷的面子，那五爷心里对他可会怀有芥蒂？”

高偃瞄了一眼门口，才小声而又认真地回道：“无论太子做了什么，我永远都不会对他心生怨怼。”

“为何？”我可能真的脑子出问题了，完全没发现自己的问话有多胆大妄为。

高偃并未恼怒或不耐烦，仍一字一句地解释道：“在我还住在皇宫里的时候，时常受宫人怠慢，当时只有太子一人站出来，对所有人说‘这是我弟弟’。自那以后，比起其他兄弟，我们走得是最近的，所以无论发生何事，我都不会同他置气。”

“我也是如此，虽然之前和宋嬷嬷有过矛盾，可她也是一心为主、护主心切，后来她见我同样对她主子真心，也回报我以真心。”

高偃一愣，眼神慢慢变得温和起来：“也是，我差点忘了，你向来都是不记仇又爱心软的。”

末了，高偃忽然压低了声音说道：“日后除了我告诉你的，你不要擅自招惹别的事情，如今时局难测，你记住我的话。”

我心里一跳，高偃虽是一脸严肃，却并无责备试探之意，让我稍微松了口气，说道：“我记下了。”

他还是这样一如既往地希望我少涉时政，所以我更无法把同胡元离之间的算计向他言说。

或许高偃觉得我还身在局外，明哲保身就是最妥当的应对，其实我早已入局，根本无法轻易脱离。

高偃这次转头看了眼窗外的天色，又回头对我说道：“是不是又到你喂鱼的时候了？走吧，今日我和你一起去，我也许久不曾看过它们了。”

言罢高偃才松开了一直握着我胳膊的手掌，率先起身向外走去，我也赶紧回房拿了鱼食跟过去。

高偃今日话似乎很多，一直在问我各种问题，几乎是恨不得指着每一条游过去的鱼都问我一遍。我说得口干舌燥，倒是完全没时间抑郁了。

直到午餐时分，他才住嘴回房去了，给了我歇息的机会。

晚上我又独自去池边喂鱼，却看到水榭上蹲着一个雪白的身影。暗了的天光衬得那个影子有些许恐怖意味，我揪着一颗心，全身僵硬，那道身影似乎听到我的脚步声，慢慢转过了头——是胡元离。

我拍了拍胸口，真是虚惊一场。

胡元离面上似乎有些憋屈，我一走近他就念叨着：“上次你等了我半个时辰，这次我可是等了你三个时辰。”

“王爷没说今天见面啊，再说上次不是在午时见的面吗？”我一脸莫名其妙。

“我就是午时来的……”说到这里，胡元离像是想起了什么，脸色变得更加不好，用力转过头不再看我。

中午我和高偃过来的时候也没看到他吧。

我疑惑地问：“王爷不是说识得去我屋里的路吗？既然有事过来，怎么在这里等着，不去找我呢？”

胡元离头也不回气鼓鼓地说：“你不是说不让我去你屋里吗？”

我一愣，倒是忘了这一茬。

想着他此次过来应该是有了什么线索，我也不再想跟他继续争执，缓和了口气说道：“王爷可是查出了什么？”

胡元离憋了许久，语气非常不好：“查查查，天天就知道使唤我。”

他的气生得着实有点儿莫名其妙，难不成是等了太久的缘故？

我静静地等他发泄，胡元离倒是没继续发脾气，瞥了我好几眼才说道：“什么也没有查出来，决堤的大坝淹了山脚下的一个村落，随后就被赶过去的高弘朗联合州官治理好了。”

“村落？”我不由自主地问道，“多大的村子？”

胡元离似乎已经不再斤斤计较自己等了多久，认真回答起我的问题：“不大，也就二三十户人家。”

“那些村民呢？”

胡元离顿了一下，说道："洪水来得突然，没有人反应过来。"

心口处有些发冷，我问道："死了这么多人，为何先前皇城里并未传开呢？"

"其他村落离得远，受灾村落只有几十户人家而已，齐王赶去得也快，比起其他地方的洪灾水患，这已经是最小的损失了，传开的消息自然是对比之下的功绩。"胡元离脱口而出。

见我沉默不语，胡元离又开口问："你是又有哪里想不明白了？"

"王爷可有派人再查一次王卓？"我并未正面回答。

"自是又查了一遍。"胡元离不假思索地回答，"除了卷宗里写的，又查出来不少大家津津乐道的小道消息。他的经历倒是比卷宗记载的还艰辛些，因家贫自幼学医，后来有了一身好医术却被同门师弟压制，一直籍籍无名，也是无意救了豫州的州官，才得了被举荐来京大展身手的机会。"

难怪我在豫州十几年，都没有听说过他，原来真的是我离开之后他才开始发迹的。只不过我印象里豫州的州官为人并不怎么样，要不然也不会逼得那么多人因旱灾而背井离乡，他真的会知恩图报地举荐王卓吗？

"他的师弟后来如何了？"我再次问道。

"这个倒是不清楚，毕竟现在豫州都捧着王卓，连带他父母都备受敬重。他那师弟落了个人人喊打的名头后，应该就偷偷离开豫州了吧。"胡元离模棱两可地说道。

我又听到了一处不对劲的地方："王卓为何没有把父母接到皇城来？"

"说是他父母习惯了家乡水土，不愿意离开。"

听了胡元离的解释后，我再次沉默下来。

大坝决堤，死了一个村子的人；高弘朗去治水；留在豫州的王卓父母……

心脏"怦怦"直跳，这之间的联系似乎越来越明朗了，想起死了的那么多人，我不介意自己的猜测再大胆些。

那么接下来需要的就是证据，来验证猜测了。

稳了下心绪，我再次说道："王爷其实并不算是查清楚了，那个无一活口的村子，还有王卓的师弟，都有着诸多疑点。"

胡元离的脸色越来越凝重，看着我说道："你总是让我查，这次你必须告诉我为什么要查，不然我派去的人找不到方向，查了也是白查。"

我盯着胡元离的眼眸说道："查探的理由只是我妄自的揣测，王爷确定要我说？这话说出来可是大不敬的言辞。"

只听他轻嗤一声："你在我面前做的以下犯上的事还少吗？还怕多这一件？"

我深吸一口气，慢慢说道："因为我怀疑那场疫病，皇长孙殿下并不是传染源头，或许他才是被传染的那个。"

胡元离眼里再没了往日的懒散，望着我的目光是从不曾见过的凌厉。

虽说我过去也从未因他的玩世不恭而看轻了他，可是此时他突然施加过来的压迫，还是让我头皮发紧。

"这话你可曾和别人说过？"一直紧盯着我的胡元离终于开了口。

我毫不迟疑地摇头："不曾。"

胡元离此时才显得有些惊愕："老五你也没有对他说吗？"

我再次摇头。

胡元离顿时又恢复了往日漫不经心的模样，嘴角也挂上了一抹笑："那你为何要选择告诉我？"

这个出乎意料的问话完全不在我提前准备好的答案范围之内，我哑了许久才回答道："因为只有王爷愿意回答我的问题，也不把我做的事当作是在无事生非。"

胡元离看起来对这个答案并不满意，可到底他也没有继续在这上面浪费精力。

他微眯着双目，像只假寐的狐狸，更让人无法看透他的想法："那你就来说说，为何会有如此惊世骇俗的想法？若是你能解释清楚，我才会审度要不要继续查下去。"

我心底松了口气，他只说是惊世骇俗的想法，却没说是以下犯上的污蔑，就代表他心里并非全然不信我的。

我开始一点一点组织语言，说道："我虽是个没什么见识的奴才，可也知晓能出现在皇家猎场里面的动物，按理说应当都经过了严格排查，所以出现染有疫病的动物本就让人生疑。即便有漏网之鱼，可是幼狐被捕后，经了无数人的手，最后偏偏只有小殿下被抓伤传染。再退一步来说，就算是小殿下年纪小、体质弱，那后来东宫里近身服侍他的几个奴才全都感染了疫病，就证明此疫病传染性极强，可最后的感染人数怎么会只有二三十人？毕竟在太医院的那位小医官昏迷之前，并无人知道这是疫病，皇城也未曾戒严，无人防备却没有让这危险的疫病大面积爆发，这就分外古怪了。"

胡元离的眼睛越来越亮，嘴上却仍说道："你虽然是心细了些，但就凭这些，你就敢大胆猜测当初承安染病一事？"

"当然不只这些。"我顿了顿，心思百转后还是选择将高承安曾落水一事隐瞒下来，便是胡元离不再对我摆架子，我也不敢拿此事去赌。过去为图一时安稳说了谎，我还不能确定现在自己能不能承担这个谎言的代价。

于是我接着补充：“从表面来看，这次疫病的源头是小殿下，他传染给了王卓，才导致后来一系列的人被染。那为何除却小殿下，最先病死的却是王卓身边的小医官？便是后来东宫里病死了十几个奴才，王卓却仍旧只是‘重病缠身’，还拖着病体不辞辛苦地在一个月内研制出了解药。除非王卓的医术高明到世间绝无仅有的地步，否则我就只能揣测是他一早就有解药。还有，因疫病而死的人，除了王卓身边的小医官之外，就只有东宫里小殿下的贴身奴才，这看起来也不对劲，像是有人在借此清理……可能会看出端倪的人。”

其实除去那个出头鸟小医官的死，其他东宫奴才的死，更像是有人在借着除掉高承安的时机，清理高承安身边的亲近之人。

这一切发生的时间点，恰好是高承安刚找了查落水之事的“帮手”，所以东宫死的全是高承安亲近之人，我的房间在同一时刻也消失了一个不明来历的汤碗。

可能是后来看我一直无异动，又格外小心，暗处的人才没有对我下死手。

只是这牵扯到高承安落水一事，反倒成了我的桎梏，无法对人提及。

“这理由听起来也太过牵强，我怎么觉得像是你在刻意引导我往这方面想？”胡元离自然也不傻，一下子就听出来了我刻意模糊的重点。

被揭穿，我也不慌张，我本就做了十二分的准备：“我只是在说自己的想法供王爷参考，我本不曾多想，只是偶然看到王卓出生于豫州才有些怀疑。毕竟豫州可是个干旱了数十年的地方，大冬天却突然发生水患，还淹死了一村子的人，这让了解豫州的人听起来多少有些匪夷所思。水患止住之后皇城里就发生了疫病，两件事本没有什么联系，可是疫病最后是止于出生于豫州的王卓之手，这世上不可能有一而再、再而三的巧合。”

胡元离的表情越来越凝重，见他仍是一言不发，我便定了心继续说：“王爷刚说王卓因为之前豫州州官的举荐之恩，再加上老家的父母也多得州官照料，所以他们之间一直关系甚好，时常互送礼品。若是这来往的礼品中，无意夹杂着什么不干净的东西，可就说不好了。毕竟疫病小范围爆发时，每个人潜意识里都认为是小殿下受伤引起的，可是最初那些被感染的奴才接触过的人，除了小殿下，还有王卓太医。”

胡元离终于不再针对我回答的合理性了，反而问道：“王卓一个太医院的副院首，还备受院首的看重，如你所说，前途一片光明，为何要去加害皇长孙？”

我低头垂眉：“这就需要王爷去查了，我也只是说了自己想不明白的地方，并未说是有人加害。”

“你让我如何查？”胡元离微凝了眉，看着确实有些困惑，“先前派去的探子都是经验丰富的，还是什么都没查到，你也说这都是你的猜测，我要如何验证？”

我沉思了片刻，才又说道：“王爷或许可以换种方式去查探，不要一味在市井里的成年人间探查，有时候用几颗糖果从孩子口中套出来的话，可比大人说的靠谱多了，因为孩子对一些想不明白的事情向来都是口无遮拦的。”

“你的意思，是让我查那一个村落被淹的真正缘由？”胡元离很快消化了我的话。

我并未否认，又提醒道：“还有王卓那个不引人注意的师弟，王爷也可以着重查一查，毕竟他跟王卓朝夕相处了那么多年，想必最了解他。”

半晌过后，胡元离脚步一动，瞬间移到我的面前，看着我很认真地说道：“原先我还觉得自己已经够了解你了，现在看来，我根本就没看透你。你一个小丫头，心思却如此通透灵敏，还真是让我都有些佩服了。”

此话似褒似贬，我只能小心翼翼地糊弄道：“王爷谬赞了。”

却听胡元离话音一转，意味不明地说道：“可是，你还有事情没有告诉我。”

我心里一跳，嘴上还是说道：“我不懂王爷的意思。”

胡元离不慌不忙地说道：“你怀疑的人根本就不是王卓，因为他仅仅是个无背景的太医，你安在他身上的所有依据还是过于牵强。而你反复提起的豫州，怕也不全是在说王卓。”

我沉默不语，这人未免也太聪明了，我已经努力避开高承安落水一事了，还是被他听出了其中端倪。

豫州水患和王卓治病当然不曾引起我的怀疑，真正让我产生怀疑的是曾被派去豫州治水的高弘朗。

毕竟在我心里，一直以来他都是曾暗地设计高承安落水的嫌疑人之一，所有他参与之事，我总会多想几分。虽然他的态度总是前后有些矛盾，可是每件事里似乎都有他的影子。

好在胡元离并没有逼问我，他仿佛已经知道了答案，只是自顾自地说道：“不过那王卓如今看来也确实有可疑之处，我且再去细探，此事你记好，万不可对他人提及。”

我赶紧应下，顺便开口说道：“我也知今日这番言论有多荒诞，还望王爷不要同他人言说。”

胡元离并未拒绝，深深地看了我几眼后便翻墙离开了，而我此时心底是前所未有的轻松。

胡元离自然不可能因为我之前简简单单的几句话就尽心尽力地去查，加上他本就不是容易听之信之的人，今日我决定说出这些话时，就知道危险重重，还好最后我赌对了。

从高承安落水，到后来的疫病，再到蒋雅彤遇袭、难产……似乎都和高弘朗有着千丝万缕的联系，那么揭开其中一件事的真相，后面事情的真相自然而然就能浮出水面了。

事到如今，胡元离不可能不重视，现在只等他查出结果证实。看究竟是我猜错了高弘朗，还是他藏得太深。

外面传来消息，高弘朗的身子在慢慢调养之下已经逐渐恢复，所以他不顾皇帝的特旨，拖着刚好转的病体就入朝复命。而刺杀他的那伙人，大理寺查了许久，也只得出一个“山匪余部肆意报复”的结果。

这一说法并不能得到所有人的信服，毕竟整座山里的悍匪都被高弘朗带兵清剿击杀了，而剩下流窜的悍匪，怎么还有余力伤害返回途中的高弘朗呢？

大家虽然心有疑窦，表面上看还是默认了大理寺的说法。与此同时，大街小巷里突然都传遍了一个说法——太子无德，导致上天降罪，先是滋生疫病害民，后累及手足血亲或伤或故。

这一说法听起来荒谬，却得到了无数人的默认，毕竟人们最喜欢把有的没的都归结于天理，觉得是老天爷在示警。

如我所料，高玠的处境越来越难。皇帝虽未发话，可是上到朝臣，下到百姓，对他无一不是声讨连连。

胡元离因是太子一派，再加上他平日浪荡的行迹，同样受到了不少弹劾。可他没有丝毫收敛，表面上仍是花天酒地，无所顾忌，似乎完全没有把这些放在心上。皇帝因此还把他叫到皇宫里耳提面命了几番，不过终归也没对他实施任何惩戒。

虽然胡元离那边并没有任何消息通知我，但我也不急，因为我知道，现在更着急探查王卓、豫州和疫病之间有何联系的，应该是他才对。这可是他帮助高玠扭转如今窘迫局面的一大契机。

高弘朗身子刚恢复，就着手举办长子高修平的百日宴，先前因他的伤势，百日宴也推迟了小半个月。

皇帝亲赐了无数赏赐，使得此次的百日宴吸引了无数的宾客参加。

高玠最先送去了价值不菲的贺礼，高弘朗推辞了几句就顺势接下，两兄弟之间看起来仍如往常一般和睦，不见半点儿隔阂。

这一次高偃去齐王府时，也带上了我。

入府同高弘朗会过面后，因他还要接待其他宾客，便派人领了高偃先去入席。

整个齐王府面积很大，从前厅走到后面宴席要半盏茶的工夫。走过一个拐角，就见迎面站着几道倩丽的身影。其中一个正是吴云韶，除了她的几个丫鬟之外，只剩一个穿戴稍显华丽的夫人背对着我们站立。

走得近了些，就听吴云韶满是关切地在说：“看你如今这吃穿用度，表哥应当不曾亏待了你，也算是全了我们主仆这么多年的情分，我也放心了。”

“多谢小姐关怀，王爷也是看在小姐的面子上，才对奴婢多有关照。”那夫人不带半点儿架子地回复。

话音刚落，吴云韶应当是看到了高偃，顿时兴高采烈地撇下那夫人朝我们走来。

那夫人听到身边之人行礼的声音，也赶紧转身，头也不敢抬地行了一个礼，然后恭敬地垂头守在路边等我们经过。

高偃并未过多留意那夫人，只是彬彬有礼地边走边向吴云韶点头示意。

吴云韶非常热情地迎了过来，不着痕迹地将一旁的我挤到身后，自己和高偃并肩同行。

我默默退到另一侧的李茂山身侧。察觉到我的动作，李茂山抬起眼皮看了我一眼，随即冲我一笑。

那个一直被忽视的夫人依旧不言不语，只留给经过的人一个恭敬的额头。待我们这一行人经过以后，她才缓缓站直，转身朝另一个方向走去。

刚才听她和吴云韶的对话，她似乎是曾跟着吴云韶的丫鬟。出于好奇，我忍不住回头看了一眼，正好看到那夫人走到我们来时的拐角处。只见她身形一动，露出了半张年轻而普通的面容。

我脚步一顿，僵立在原地，一时忘记了继续走。直到被人大力揪了一把，我才如同回魂了一样地转身。

李茂山拼命挤眉弄眼的脸映入眼帘，而他身后几米远的地方，站着高偃和吴云韶，都是一脸困惑地看着我们，像是在等我。

李茂山一边揪着我走，一边嘴上呵斥着：“你这丫头怎么走着走着就不动了？方才王爷一回头，还以为丢了个人呢。”一句话给我说明了此时的情形。

到了高偃身边，就听他开口询问：“发生何事了？”

“奴婢见方才那位夫人气度不凡，一时看走了神落后几步，还望王爷恕罪。”我勉强稳了心神开口。

高偃虽沉默不语，可他的眼神分明是不信的。

耳边响起了吴云韶的笑声，只听她半带倨傲地说："那是自然，良秀可是太尉府里出来的丫鬟，她过去是跟在我身边的，举止谈吐自是一般奴才比不了的，所以才能得了表哥的青睐。"

良秀……那是她的名字吗？

我半点儿没留意吴云韶明嘲暗讽的话语，一门心思全在方才的良秀身上。

高偃如同针芒一样的目光看了我许久，最终只是淡淡地说："走吧，别耽误了入席。"

这一次我规规矩矩地跟着，不敢再落后半步，看着表面镇定，心里却如同刚刚经历了一场惊涛骇浪。

我的记忆力一向都是不错的，尤其是我用心去记的人和事情，绝对不会错。

刚才那个良秀的半张侧脸，像极了我曾经见过两次的一个人——第一次见是在秦王府后院，第二次是在皇宫。

百日宴在露天的花园里，正式开始后高弘朗坐于上席，看着似乎因伤消瘦了些，只是整个人的精气神还是不见丝毫虚弱。

席上的官员争先举酒祝贺，高弘朗在他们间游刃有余地应对，倒显得同为上座的高玠身旁冷清了些。

今天不知为何，胡元离没有出现，所以高玠身边总觉得空落落的。

虽说高偃也试着主动同他搭话，可高玠始终面色冷漠疏离，再加上高偃本也不是擅长找话题拉关系的性子，所以两人之间不多久又沉默下来。

在官员之间周旋的高弘朗，似乎半点儿都没察觉到高玠和高偃二人之间尴尬的氛围，也没过来说和。

而高弘朗身侧还坐着齐王妃和生了长子的侧妃，她们相处倒是挺融洽，时不时交头接耳一番。

除她们二人之外，高弘朗身侧再无其他女眷，毕竟这种场合，一般妾室也上不了台面。

虽是明白这个道理，但我还是忍不住向四周扫视，若是能再看一眼那个良秀就好了，方才只看到了半张侧脸，实在是太像了。

"酒。"耳边传来高偃略显不悦的声音。

我回了神，才看到高偃手捏白玉杯，皱眉看着我。我赶紧上前弯腰拿起酒壶，给他斟满了酒水。还未来得及起身，衣袖就被高偃在桌下扯住。

他面上无异，眼睛也没有看我，只是嘴唇轻动，小声在我耳边说了一句："不要乱动。”下一刻他就松了手，我也顺势站了回去。

不知是不是刚才我探头探脑的举动被他看了去，所以他才会如此提醒我。

只是方才听吴云韶说，那个良秀应该是高弘朗的侍妾，那她平日自是不会出门走动的，我又不可能经常来齐王府，若是错过这次机会，怕是我又要把这个疑问一直揣在心里了。思及此，我最终还是冲李茂山做了个去如厕的手势，然后悄悄退出了花园。

此时的齐王府，来来往往都是各府送礼的下人，倒也无人管我走动。于是我便朝着来时遇到良秀的方向走去，可眼见着越走越偏，仍旧没见到那个身影。

难不成良秀已经回自己的院子了？那我若是再想找她，可就有些难了。

正当我始终寻不见踪迹，准备先回席再做打算时，身后突然传来一道不善的声音：“你是何人？怎么跑到了这里？”

我一转身，眼睛不由得一亮，真是踏破铁鞋无觅处，得来全不费工夫，眼前这说话之人，正是良秀。

此时正面撞见她，和我脑子里记着的那张脸完全重合——果然就是她。

我轻吐了口气，按捺住疯狂跳动的心脏，开口回道：“我是秦王府的奴才，方才因要如厕离了席，正在找回去的路。”

当我说出“秦王府”三个字时，明显感觉良秀的双目微张了一下，下一刻她就继续斥责道：“既然是别的府里的奴才，是谁给你的胆子在齐王府乱跑？”

我故作战战兢兢地小声说道：“是我不记得回花园的路了，刚才一路上也没有看到别人，所以才只能自己一个人找，若是冲撞了主子，还望主子恕罪。”

良秀的目光从上到下把我看了个遍，她没有言语，只是从她的表情里，我却看出了些许疑虑的意味。

她的那双眼睛，在一张平平无奇的脸上格外显眼，竟然会让人不敢直视，心口发寒。

就在我们僵持之际，一个熟人打破了这个僵局。只见顾阳一身黄色侍卫服，腰间挂着佩刀，昂首挺胸大步向我们走过来，边走边冲我喊道：“荼蘼姑娘，你怎么在这里？”声音是毫不掩饰的惊喜。

那良秀应该识得顾阳的身份，见他主动同我打招呼，才收起对我审视的目光。

我便也做出一副开心的模样，对顾阳说道：“我方才迷路转到了这里，正在找回花园宴席的路。”

顾阳闻言爽朗一笑，当即开口说道：“那正好，我刚把太子殿下送来的贺礼交接清楚，不如你同我一起回席？”

“那就有劳顾侍卫长带路了。”我顺势应了下来。

顾阳礼貌性地冲良秀拱手行了个半礼，良秀也回了一礼，顾阳便侧身示意我和他离开。

走出数十步，我始终觉得身后有一道视线不曾离开，挺直脊背不敢回头。

这个良秀，或许不是个简单人物。

直到走远了些，我才主动开口问起顾阳：“顾侍卫长，方才那位夫人，是什么人啊？”

顾阳毫不迟疑地回答：“那是齐王的良夫人，年前才过的门。”

良夫人，年前过的门？

我一愣，这就代表她是不久前才过的门吗？这么说去年我见她的时候，她应当还是吴云韶身边的丫鬟。那么当时她对高承安下手，是谁的意思？

心里盘算着自己的事，我没有再开口说话，耳边却响起了顾阳的声音：“今日见荼蘼姑娘，怎么看着像是瘦了许多？”

我一抬头，正对他那张明亮阳光的面容，他看着有些局促，右手不停地拉扯着自己的腰带。

下意识摸上了自己的脸，我讷讷地说：“没有吧……”

却见顾阳眼里像是带着光，十分认真地说：“那可能是太久没见，我才会有这种错觉吧。”

我淡笑回应，并没言语。

顾阳的右手仍在自己腰带的位置徘徊，嘴上又问道：“再过几日就是乞巧节了，到时晚上的皇城将十分热闹，那日我正好休沐，荼蘼姑娘可要一起在皇城里游乐？”

我心里装着事，只能礼貌性地回道：“平日里我都比较忙碌，怕是没时间去逛街了。”

顾阳的面容略显黯淡，踌躇间我们已经到了花园入口处，里面喧闹的人声传来。顾阳这才缓缓放下自己的右手，同我一起走了进去。

和顾阳分开后，我小心翼翼地从后面绕到高偃的位置，无意中和上座的高弘朗打了个照面。下一刻他就转开了视线，继续和身边的官员推杯换盏，似乎方才只是无意瞄了我一眼。

高偃倒是对于我回来无动于衷，只是我俯下身子给他倒酒时，他瞥向我的目光冰冷彻骨。我提心吊胆地侍奉着他，他却不再看我一眼。

宴席结束后回去的路上，高偃仍是一言不发，我和李茂山也都屏息不敢多言。

到了王府下马车的时候，李茂山悄悄俯在我耳边说了句：“你警醒些。”便紧跟着高偃进了府。

高偃并没有回院子，而是转身走向了府里的那处梅林。此时不是梅花开的季节，梅林中绿意盎然，与我现在不断下坠的心情对比鲜明。

走到梅林前，高偃忽然站定了脚，头也不回地叫了一声我的名字。我赶紧上前走到他身侧，高偃这才转头看我问道：“今日在齐王府，我对你说了什么？”

我小心回答：“五爷让我注意举止，不可妄动。”

高偃身子一侧，顿时挡住了我身前的日光，在我身上落下一大片阴影。

他沉声说道：“你既知道，为何不听？”

我正要反驳，却对上高偃的目光，他的眼底蕴藏着些许愠怒，瞬间我编好的所有借口一个字都说不出来了。

第十二章 同门

偶尔有仆人路过，看到我们这三个人，都是小心翼翼行了个礼后快步离开，连一旁的李茂山也屏息凝神，如同一个完全石化的雕塑一样，没有一点儿动静。

我垂下脑袋，避开了高偃的视线才开口说道：“我不知道五爷在说什么，今日我什么都没做，只是席间如厕出来迷了路，在齐王府转了一圈才耽误了些时间……”

“到现在你还想拿这些话来诓骗我，你心里的算计，自己清楚。”高偃毫不留情地打断了我的话，声调已经不复往日的平稳。

我抿了抿唇，没有言语。

高偃史无前例地情绪有些外露，声音里是无法压抑的怒气：“我知道你喜欢多管闲事，所以才一而再、再而三地告诫你，小心惹祸上身，可你从来都不放在心上。”

“五爷说过的话我都记着，今日我真的只是在齐王府走了一圈，其他什么都没有做。”我咬牙复述了一遍。

高偃并没有再问我为何在齐王府里乱转，只是冷言问道：“你和太子身边的侍卫长是什么关系？”

“先前太子妃遇袭，我们曾一起逃难才结识，今日我迷了路，正好碰见他送贺礼出来，就顺路带我回了宴席。”我言语不曾有半点儿迟疑。

高偃的一张脸还是如同冰封了一样：“齐王府上来来往往那么多奴才，为何你偏偏找上他送你回来？”

我有几分憋屈地说：“那是因为我正好遇见了他。”

“那你为何会迷路遇上他？”

“我……”心里纠结着要不要告诉他良秀的事情。

这一迟疑，高偃的脸上渐渐升起了一抹讽意，说道：“还在想着怎么编吗？”

我心头憋着一股气，一个没忍住问了出来：“五爷既然不信我的话，为何又来问我？今日我到底做了什么，惹得五爷这样生气？”

高偃眼底似乎升起了一抹红：“你知道自己的举动会带来什么后果，还是不愿意听我的话老实待着，是不是真以为我不会责罚你？”

“五爷向来公私分明，我从未存过侥幸心理。”此时我的声音，自己听了都不怎么舒服。毕竟我因他而受的责罚，还少吗？

高偃看向我的眼睛如同浸了墨一样浓黑，半晌他才又开了口：“你是不是已经忘了这个地方发生过什么？”

我环视了一下四周，没有反应过来。

高偃便继续说道：“前年冬天，浣衣园子有个丫鬟冻死在这里，事发当天你不还明知故犯地折梅送她吗？”

脑子里涌进了一些记忆，夏蝉的那张脸已经模糊了。原来他一直都知道那是我，我还自以为瞒了过去。那他是后来才发现的，还是一直都知道呢？

心口处有些发寒，我突然开始怀疑最初被调到他院子里的缘由了，他到底还知道多少我自以为瞒下来的事情？

高偃的声音陡然提高，我们本就离得很近，瞬间被震得耳朵都有些疼。

他说：“不要想不该想的人，不要管不该管的事，我看你如今连自己的主子是谁都分不清了。既然如此，从现在开始你就跪在这里，什么时候能记住我的话，什么时候再回去。”

“五爷……”听闻此言，李茂山终于小声唤了高偃一声，却见高偃一甩袖子就要离开。

我虽并未反驳，依他所言跪了下来，心里却如同困了一只野兽，在胸腔里乱撞。

他总是这样没有由来地生气，然后罚我，便是罚得不重，却也让人感觉心头仿佛被硬生生塞了许多棉花，堵得发闷。

一忍再忍的我还是开了口："五爷罚我，我自是不敢有任何怨怼。可是王爷能不能告诉我究竟是因为我今日冲撞了贵人，还是做错了什么事才受的罚？到底何为不该想的人，何为不该管的事？"

一旁的李茂山眼睛瞪得像铜铃，在高偃身后拼命给我打手势，让我赶紧服软道歉，可我还是梗着脖子不开口。

至少让我知道，他已经知道了多少。

高偃身子一顿，看着我的目光有几分闪动，最终只是嘴唇动了动，声音有些低哑："我记得你说过的话，原先你说你把秦王府当成家，绝不会有异心，你也说你贪图安稳。现在看来，这些话你全都忘了。"

听到这话，我一愣，抬头时却看到高偃离开的背影，他似乎不想再听我继续说话了。

李茂山犹豫了许久，还是跟着高偃离开了，只留我一人跪在那里。

日头下了山，这条小径上来来往往的人，都不敢看我一眼。只有含玉偷偷过来给我塞了几块糕点，应该是李茂山授意她来的，只是我一点儿也吃不下去。

膝下虽是松软的土地，可是跪得久了，膝盖还是会痛。

去年冬天夏蝉因邀宠触犯了禁忌，也是被罚在这里不能离开，她独自一人对着这空旷梅林的心情，我现下倒是能理解了些许。

虽说她因为折了梅花被罚有些不近人情，可我想破脑袋也想不出，我又是做了什么才被罚的。

是我见良秀后失了态，是我中途离了席，还是因为我后来和顾阳一起回来？

只是这桩桩件件都不至于让高偃如此大动肝火，而我越想心里越难受。明明已经在这里安稳待了快七年，如今我却仿佛越来越没办法忍受这种被身份压制和责罚的奴才生活了。

抬手捏了捏衣服里面的扳指项链，我从没有一刻比现在更想离开这里。

月亮爬上墙头后，府里变得更加冷清，我所在的这个角落几乎没有人再路过，只留下面前这漆黑一片的梅林。还好月光够亮，我独自一人才不至于太过害怕。

四处无人，我索性一屁股坐了下来，也不继续跪着了。挽起裤脚，双膝已是青紫一片，看着很是骇人。我低头轻轻地吹着，想缓解上面的疼痛。

"喂，兔子……"耳边突然传来哈气声，我一回头，胡元离的那张脸顿时在眼前放大。

逆着月光，他似乎没有看到我的异样，只是嘴里抱怨着："你怎么在这里啊？害得我在这府里转悠了几个时辰才找到你，你现在……是不是被罚了，那个老五怎么回事，非得让我去打他一顿才长记性吗？”

眼看着胡元离怒气冲冲地起身就要走，我偷偷抹了把脸，赶紧伸手拉住了他：“你这个时候找我做什么啊？”

胡元离这才又蹲了回来，视线扫过我手忙脚乱放下来的裤腿，继续说道：“豫州那边又传来了消息。”

“什么消息？”来不及继续难过，我顿时打起了精神。

胡元离的表情并不轻松，不过看着我的目光却有些许赞许的意味：“探子打听到在那个村落被淹之前，豫州城里的几个孩子，连着半个月都不曾见过他们在那个村落里的玩伴。还有几个贪吃的孩子，也是在水患发生之前的半个多月里，都没有见过那个村子经常出来买卖果子的商贩出摊。”

我眼前一亮：“那也就是说水患发生前半个月，就没有人见过那个村落里的人了？”

“对。”

果然有问题，正常一个村子，怎么可能连着半个月都无人进出？恐怕要么就是这个村落被人控制了，无法出入；要么就是村落里的人自己不能出来。

这件事豫州的州官肯定是知情的，毕竟是在他管辖范围内发生的事，他不可能毫无察觉。怕就怕是他知情不报，胡元离即便有权有势，也不可能平白无故去审问一州之官。

看着我苦思冥想，胡元离再次开口：“其实除了这个消息，今日我过来主要是带你去见一个人。”

“什么人？”

只听胡元离一字一顿地说：“王卓的师弟，苏子淳。”

“你找到人了？”我的心情顿时紧张地揪起。

看着我诧异而又满怀期待的表情，胡元离颇为得意地说道：“我可是费了好大功夫去查探，最后才得知他竟然跑到了眼皮子底下的。前几个月他就隐姓埋名来到了皇城，在不起眼的地方开了家破医馆。只是查到他的踪迹后我上门找他，他却软硬不吃，嘴巴紧得很。毕竟人是你要找的，所以我就来看看你有没有什么想问的。”

今年才来的皇城？

我皱了皱眉问道：“那他之前都在哪里？”

“从他家里打听到的消息是说他到处漂泊，没有定点，总是突然回来，又突然离开，家里人都习惯了。今年也是在年初时才回了豫州，之后过完年没几天他就来了皇城。要不是他主动送上了门，我怕是很难找到他。”

胡元离顿了顿又说道：“你还有什么疑问，可以当面问他，人我已经看住了。”

年初回了豫州，待了没几天就来了皇城……

心里暗暗地盘算着时间点，虽然我有一肚子疑问，迫不及待想见那个苏子淳，但最后我还是说道：“要不你明天再来找我吧，高偃还罚着我，我走不了。”

胡元离表情很是惊讶，半晌才说道：“你还怕他吗？”

我哑了哑，没有说话。

胡元离眉梢一挑，露出一抹熟悉的坏笑，说：“我可不怕他。”

没待我反应，他忽然凑近拦腰把我抱起。

“我……真的……去不了……”一句话刚说完，我的人已经被他带着按到了院墙外的马上，轻功果然是个好东西。

胡元离在我身后坐定，根本不理会我的挣扎，对着另一匹马上的人说道：“带路。”

那人很是听话地走在前面，事已至此，我不可能说动胡元离送我回去了。

我视线从前面那个看起来平平无奇的黑衣人身上收回，有些惊讶地回头问道：“你不记得路吗？之前不是说你的路痴症好了吗？”

胡元离倒是不见半点儿迟疑，很是坦然地回答：“我一直都记不住路啊，你说的那个什么症是什么东西？”

可能他的路痴症是间歇性的吧。

月亮被不知从何处飘来的云层遮去，宁静的小巷里只有阵阵的马蹄声在回响。

胡元离带着我，敏捷而快速地在小巷里穿梭，最终在一个看着很普通的民宅门口停下。门外同样立着一黑衣人，见到胡元离后就默默退到了阴影处。

胡元离推开门后，我也跟在他身后走了进去，只见屋里正中央的桌子旁坐着一个人。出乎意料的是，那人并没有我想象中的年迈，最多三十出头的样子，一张英气的脸上眉目凌厉，看着就是脾气大、娇生惯养、不太好相处的那一类人。

直到我们进了屋，苏子淳也只是瞥了我们一眼，没发一言。

到底还是胡元离先开了口：“都过去了三日，你可想好了有什么要说的吗？”

苏子淳眼里满是嘲讽：“我每日都在说话，不知道你到底想听什么？”

胡元离微微偏头冲我努了努嘴，自己退后半步示意我上。

我有些无语，但还是一瘸一拐主动凑近了些，规规矩矩行了一礼才面带笑容地问道：“先前久闻苏先生大名，今日终于能得一见。我也是在豫州出生的，算起来和苏先生还算是同乡呢。”

苏子淳这才正眼看了我一眼，只是颇为警惕地说：“我不认识你。”

“我只是个普通的豫州小百姓，苏先生不识得我也是应当的。”目光扫过简陋的屋子，我继续说道，“只是苏先生先前在豫州也是位人人颂扬的大夫，而且家境在豫州也算得上是数一数二的，虽说后来……”说到这里我顿了顿，见苏子淳完全不为所动，我才转了话题，“这皇城里好地段的铺子比比皆是，苏先生若是想来这里发展，怎么把铺子开在了这么偏僻简陋的地方？”

“开得偏僻怎么了？犯法吗？”苏子淳句句带刺，态度十分恶劣。

一旁的胡元离一副习以为常的表情，估计苏子淳一直都是这副油盐不进的模样。

我索性不再试探，开门见山地说：“苏大夫既然不想说这个，那我们就换个话题。听闻苏大夫是今年才来的京城，不知苏大夫为何而来？”

“想来就来了，皇城里的人都管得这么宽吗？”苏子淳的脸色越发不好。

“那为何苏先生要隐姓埋名呢？”我继续发问。

苏子淳没好气地说：“因为这里有人和我……有仇，所以我才隐姓埋名，可以了吧？”

苏子淳嘴上说着有仇，可是我瞧见他眼里无半点儿嫉恨，于是我继续一副不解的模样：“既是有仇家，苏先生为何还要来皇城呢？”

苏子淳抿了抿唇并不作声，我又慢慢说道：“苏先生不愿意说，那我来猜猜，可是为了去年豫州那个被水淹没的村落？或是今年皇城里突然爆发的疫病？”

苏子淳面色无异，可我瞧见他放在桌上的指尖变得苍白起来：“不知道你说这些是什么意思。”

我盯着苏子淳的眼睛，缓缓说道：“苏先生这模样可不像是不知道我在说什么，我也是豫州人，深知豫州那种干旱地儿，不可能爆发如此严重的水患。若苏先生是因为疫病才来的皇城，那不巧了，疫病的解药在苏先生刚进城没多久，就被你的师兄王卓研制出来了，怕是你已经没有大展身手的机会了。”

见我轻描淡写地说出了“王卓”这个名字，苏子淳突然爆发，一拍桌子站了起来，毫不客气地冲我们发火：“你们这大晚上就是来找我说这些？自己睡不着就来打扰别人吗？天子脚下还有没有王法？”

胡元离那个暴脾气一撸袖子就想动手，我赶紧把他挡在身后，暗示他别轻举妄动。然后对冷眼旁观我们的苏子淳说道："既然苏先生是个直性子，那我也不拐弯抹角了，豫州那个被水患淹没的村落，上上下下近百条人命，真的是死于水患吗？"

这一次苏子淳并没有发火，他嘴唇嗫动了半天，只吐出了一句："我不知道。"

见此，我反而放缓了语气，循循善诱道："苏先生平生第一次来皇城，定不知道这皇城里关系的错综复杂，一个外来人即便有些钱财，也没那么容易站稳脚跟。我们既然主动找上门，就代表我们手里是有些筹码的，现在也只是需要时间去证实。若苏先生可以帮我们节约时间解惑，那我们自然也可以帮苏先生达成你的心愿。换作别人或是再过几日，怕是不会有我们现在这么好的态度了。"

"我想要的……"苏子淳的眼神变得有些恍惚，只是片刻，他就恢复如初说道，"我想要你们赶紧走，别来烦我。"

"你这个……"

身后的胡元离忍了又忍，又想动手，我费了好大功夫才按住他，回头对苏子淳说道："苏先生可以再想想，若是想明白了，可以随时去燕王府找小燕王——也就是我身边的这位。"

听到了自己名讳，胡元离才终于忍耐下来，不再张牙舞爪。

苏子淳愣了半天，看着我问："那你是谁？"

我看着他，目光毫不闪躲："我只是个普通人，和皇城里因疫病死去的那十几个奴才是一样的身份，和豫州被淹没的那个村落里的人是一样的平民。"

苏子淳面色越发不好，眼神一直在挣扎，我并不着急逼迫他，拉扯着胡元离离开。只是临出门我又回头补了一句："天下没有不透风的墙，人都要为自己的选择承担相应的结果，还望苏先生好好想想我说的话，有些机会错过了，可就没有了。"

苏子淳瘫坐回了桌子旁边，垂着头看不清神色。

而我们刚一出门，胡元离就恼火地说："我长这么大还没有见过脾气这么冲的人，他有什么好嚣张的？"

我默默地说："我见过。"

胡元离皱着眉头问道："谁？你什么时候见过这种人？"

见我直勾勾地盯着他，胡元离脸上渐渐变得难以置信，他哆嗦着声音，似乎气得不轻："你、你竟然把我和那个不知好歹的人比较？"

看来他还是有自知之明的。

胡元离伸手揪着我的后襟，还想要理论，我赶紧拉住他的衣袖开口："王爷接下来不需要再监禁苏子淳了，只需要派人在暗处看着他别走丢了即可。”

见我说正事，胡元离也不再胡闹，有些疑惑地对我说：“这有用吗？我都差点用刑了，他还是什么都不说，你这样放着他不管行得通吗？”

“试试看吧。”我轻轻回答，转头看了一眼紧闭的木头门，“用刑可对这位苏先生没什么用，我总觉得他对王卓的态度，并不像传闻中说的那般处处压制欺负。”

对上胡元离若有所思的眼眸，我也不再多言，街上有敲更的人经过，此时已经快到四更天了。

我再次说道：“能不能劳烦王爷送我回秦王府，我还得继续去跪着。”

“跪？”胡元离眉目一挑说道，“我见你的时候你分明坐着。”

“跪累了就歇息下。”我面不改色地说道。

胡元离眼神晦暗不明，他说道：“你就这么乐意回去受罚吗？若是你同我回燕王府，我保证不会有人找你麻烦。就算是老五找上门，也未必打得过我。”

我勉强挤出一抹微笑，不能直接说我不去，那就是不识抬举，只能说：“就算我要离开秦王府，也不能像这样不明不白地走，现在走就代表我是个受不了责罚的逃奴，走到哪里都会被人指着脊梁骨嘲笑。”

胡元离垂了眼眸，似乎在思索我话的可信度，片刻后才又看向我，一本正经地说：“我不记得路。”

那他是怎么去找的我？

看他一脸无赖，我一言不发地转身就走，反正我记得路，大不了我走回去。人刚走了两步，就被胡元离从身后扯住，只听他半是恼怒地低吼：“你膝盖不疼吗？”

“疼，但是还能走路。”我老实地回答。

胡元离瞪了我半天，最终一伸手把我丢到马背上，自己也翻身坐了上去。

胡元离并没有直接把我送回去，而是先拐到了一家大医馆，砸门把里面的人叫醒，最后出来的时候丢给我一瓶药水。

然后我发现胡元离真的是不认路，因为回秦王府的一路上都是我说往哪儿拐，他就往哪儿走。不知道之前他是怎么摸到秦王府的。

一路上耽搁太久，到了秦王府天色已经微微透光，打发走胡元离，我又一屁股坐到草地上。上面一层雾水全浸到了我的衣裙上，湿答答的确实不怎么好受。

不过这种情况并没有持续太久，因为我刚坐下不到一盏茶的工夫，高偃的身影就在路的尽头出现了。

我不由得暗暗庆幸，还好回来得及时，同时我小幅度地将原本坐的姿势改成了

“跪”。

高偃是一个人，径直朝我走了过来。离得近了，我才发现高偃的眼底竟然通红一片，声音也有些沙哑：“你跪了一夜？”

“没有，”我诚实地回答，又补充道，“也坐了一会儿。”

高偃突然俯身蹲了下来，我看到他藏蓝色的衣摆落在草地上，被打湿后颜色显得愈加暗沉。

“那你可记住我的话了？”此时只有我们两个人，高偃的声音里再没有责备，反而十分温和。

我深吸了口气开口：“五爷，不管你信不信，我从来都没有想要去主动招惹是非，可有时候我根本就无法躲避。”

高偃看我的目光越发深沉，最终叹了口气说道：“你说的我都信，你不想说的我也没有逼迫过你，日后你至少能做到明面上不落人话柄吧？至少让我不至于在明面上罚你。”

我一愣，他这意思是只要我明面上老老实实，他就可以容忍我暗地里做小动作吗？

等等……什么叫明面上罚我？

高偃似乎自己想通了，对我说：“以后想做什么、想知道什么，先来找我，我不会再避着你或者拦着你，你也不要再自己做小动作。”

我面色有些窘，这个人是有读心术吗？

“我没办法和你说太多，现在还不到时候，但你是秦王府的人，我自会护着你，只是秦王府可不全是我的人。”高偃声音低沉暗哑，竟让我听出来了一种无奈悲凉的感觉，而他话里的含义更让人心惊。

心里踌躇了许久，想起昨天和胡元离出去调查苏子淳的事情，我有些迟疑地开口：“那个……小燕王……”

高偃本来还温和的面色一暗，然后就听到他十分生硬地说：“你以后少和他来往，还有那个太子侍卫也是。”

末了，他似乎又想起什么，补充道：“明里暗里都不行。”

于是，昨天的事再次被我咽回了肚子里。

高偃伸手扶起我，站稳后我本欲缩回手肘，却被他握紧，无法抽回。他单手握住我的手臂，抬步向院子里走去，这架势竟然像是在扶我走路。只是这个姿势很别扭，既像在扶着我，又像在和我保持距离，我忍不住开口：“五爷，我可以自己走。”

高偃恍若未闻，手掌也未放松。

这一年的京城格外热闹，先是疫病，后是太子妃离世，再后是齐王剿匪受袭。

百姓们之间的八卦消息换得格外频繁，一个不注意就会被身边的人嫌弃——“那都是多久前的事了，我的天，不会到现在还有人不知道吧……”

而这两日百姓口中的闲谈再次被一个新的消息占据——关于皇宫里去世多年的丽嫔——秦王生母的事。

谣言也不知是从哪里传出来的，说是丽嫔其实并非因病身故，而是被当朝皇后用手段害死的。传闻多年前皇后看到渐渐长大的高偃天资聪慧，为替太子培养人手，便设计丽嫔病故，才彻底夺到了高偃的抚养权，借抚养他长大来达到拉拢人心的目的。

连偷懒在床好几天的我都听说了，证明此消息已经传遍了王府……哦不，京城。

初闻的时候我差点从床上蹦了起来，丽嫔向来都是高偃的禁忌，府上从来没人敢主动提及，怎么现在都到了人口相传的地步了？

我不顾腿上淤青一片，赶紧起来去寻高偃，却得知他一大早就出去了。一直惴惴不安等到了黄昏时刻，高偃才一脸阴郁地回来。

进了屋子，他脸色才变好了些，而我则小心翼翼地在屋里各种收拾和擦拭东西，还时不时地偷瞄他。

高偃揉着眉心问道：“不是让你休息吗？腿没事了？”

看着高偃语气和平日里无异，我揣着小心回答：“没事了。”

大概是从未见我如此勤快热爱劳动的模样，高偃颇是诧异地盯着我看了许久，忽然他双目一闪，似乎明白了什么。于是接下来他便开始指使我干各种活儿，端茶、送水、捶肩、捏腿，就差让我给他唱个歌、跳个舞助兴了。

我怕他心里不舒坦，赔着小心侍奉，不敢有丝毫怨言。直到天色晚了，给高偃铺好床后，我才拖着疲惫的身子一瘸一拐地准备回去。

屋里的高偃却突然叫住了我，我走近也不见他抬头。许久才听他语气淡淡地说：“其实我已经有八九年都没见过我娘了，隔了太久，我都要忘记她的模样了。”

屋里此时只有我们两人，我心里一跳，看着高偃的侧脸平静无痕，仿佛只是在说“我饿了”这样的话。

见我缩着脑袋没有回话，高偃反而像自言自语一样继续说道：“小时候我跟在她身边，她对我向来都很疏远，从来没有像母后对太子那样，把我搂在怀里夸奖，或者因我做错了事而打手心。有时候，我都怀疑自己不是她的儿子，因为她对我总是客气有礼，仿佛我是别人的儿子。”

这些话高偃肯定没对别人说过，我心里一酸，不知道是哪里来的勇气，竟然开口说道：“天下没有不爱自己孩子的母亲，只是每个人的表达方式不同而已。”

高偃偏头看了我一眼，似乎没有想到我会这样说。

既然开了口，我索性拿自己举例子继续说：“我之前也觉得自己的母亲……不像其他人的母亲那般，因为哪里会有生而不养、抛弃自己孩子的母亲。可是后来当我目睹太子妃为了生孩子历经的苦难，突然就不再记恨她了。在这个医术如此……匮乏的地方，怀着可能丢掉一条命的心情也要生下我，便是后来她迫于现实无法继续养育我，我也不想去记恨她了。因为我觉得，她对我不好的时候，怕是自己心里也难过。这样一想，我自己也会好上许多。”

高偃看着我的眼眸仿佛浸了水一样地闪烁着，半晌后他才说：“你比我豁达多了。”

我张了张嘴还未回话，忽听高偃又说道：“那你觉得……她是被人害死的吗？”

我心里一惊，看着高偃的眼里并无试探之意，心里才微微踏实，开口说道：“我未曾亲历，自然无法站在任何人的角度去判断这件事。只是我听闻太子自小在皇后娘娘身边长大，能养出像太子这样性格的孩子，皇后娘娘的性情也可见一斑。”

高偃收回了视线，半天才说了句：“你下去吧。”

第二日，皇宫里一向贤良淑德的皇后突然重罚了宫里几个嘴碎的奴才，至于那些奴才都说了什么，不言而喻。

我微微有些诧异，因为对这种没有根据、捕风捉影的事件，不理会才是最好的处理办法，可如今皇后这一出倒是让此事更多地暴露于人前。传闻彻底被发酵起来，很多人都说皇后是做贼心虚才有此举。

对此，高玠和高偃并没有出面说过什么，似乎并没把这件事放在心上，只是有心人都能看出来，本来还偶尔去东宫的高偃，再也没有主动上过门。反而一向独来独往的齐王高弘朗，与高偃走得极近。

我也跟着频频出入齐王府，而良秀的身影却一反常态地时常见到。她如同一个普通奴才，在高弘朗和齐王妃身后侍奉，垂眉低眼从不插嘴，完全不像是个夫人的样子。只是能在外客面前时时出现，怕是她在齐王府的地位并不一般。

我也彻底肯定，良秀不是一个简单的角色，而高弘朗……更加不会简单。

高承安的事情，绝对有他参与的痕迹，而我只差证据。

与此同时，我终于也见到了给高弘朗复诊的王卓。他看起来最多三十岁的样子，不同于苏子淳那嚣张的眉眼，他有着五六十岁太医的那种从容镇定，面目温和俊秀，看着就是个脾气好、易相处的人物。

若只看相貌，怕是十个人中有九个都会对他生出些亲近之意。可是人，往往不可貌相。

待了数日，胡元离终于递来消息，说是苏子淳主动找上了门，指名要见我。

我不想瞒着高偃，直接开口说我要出府去医馆，高偃倒是不曾多问。于是我便准备先弄清楚这一环套一环的事情，再拿着最终结果和高偃坦白，现在说了，我怕他又会阻拦我，事到如今，我不想再退了。

到了那个熟悉的小破住宅，苏子淳像是已经等候了许久。而胡元离在我的示意下，并未现身，不知道藏到了哪里。

我进了屋坐下后才开口："苏先生是想明白了什么事，才主动开口要找我？"

苏子淳并未直接回答，他的眼神飘忽不定，面色也比几日前更加憔悴。

他突然没头没脑地问道："你见过豫州满山遍野的荼蘼花吗？"

我一愣，缓了许久才说道："见过，荼蘼花喜旱，也算是豫州独特的风景。正是因为此花太过常见，我父母才给我起了相同的名字。"

苏子淳一愣，大抵是也知道荼蘼花的含义，所以不知道怎么接我的话，不过我也不在意。

片刻后他又自顾自地说起来："我的师父爱饮酒，可他并不喜欢名贵稀有的酒，偏偏就爱这荼蘼花酿成的花酒，所以每年六月至七月，为讨师父欢心，我们这些徒弟都会争相去采摘最新鲜的花瓣，然后晒干储存起来，以便花期结束后的日子也能让花酒不断。"

这些话听起来没头没脑的，可我不曾开口打断，有些话还得待他说了，才能引出下文。

苏子淳回忆着，突然笑了，一张跋扈的脸都显得柔和了一些："我自小娇生惯养，自是做不来这种顶着烈日受苦的事，每次都是躲在阴凉里偷懒，等别人采摘完了再去厚着脸皮讨要些，所以他们可不待见我了，也就是……"说到这里，苏子淳面目一僵停了下来。

屋里格外安静，外面烈日如旧，屋里却阴冷一片。

苏子淳如同大梦初醒，不再念念叨叨，看着我说道："我若是说了，你们当真什么都能答应我？"

胡元离不在，我便擅作主张替他应下：“只要在小燕王的能力范围内，绝无虚言。”

苏子淳面色仍是不太好，声音低如蚊蝇：“谋害皇储的罪名，会是什么下场？”

手指骤然收紧，我的一颗心跳得越发厉害，声音却没有一点儿波澜：“杀人自当偿命，和死者身份无关。”

“没有一点儿余地？”苏子淳紧盯着我问道。

我毫不闪躲地看了回去：“这话你应该去问那些死去的人，看他们能否给你回答。”

苏子淳面色忽明忽暗，憋了半天说了一句：“那你方才答应我的事呢？若是我不说，你们拿什么问罪？”

我一愣，万万没想到他竟然要把这个要求用在这上面，只是我仍不松口：“我们既然能找上你，就代表已经知道了你想隐瞒的事，你说与不说并无太大作用，大不了我们再多冒些险，多花点儿时间。毕竟苏先生现在的态度，就是给我们最好的答案。”

苏子淳的脸色不停变换，我也不催促或威逼，仍不慌不忙地等他权衡。最后，苏子淳长舒了一口气，说道：“那让他走得体面点儿，这个至少能做到吧？”

我点了点头，苏子淳的眼里顿时像是被揉进了一团雾气。

我知道，他定是做了很久的思想斗争。

“师父一共收过六个徒弟，我是最后一个拜的师，所以按辈分便是最小的。王卓是大师兄，不是因为他年纪最大，只是因为他家穷，所以拜师最早。不知为何，虽然几个师兄弟里属他脾气最好，从来任劳任怨、骂不还口，可师父还是很不待见他，连带着几个师兄弟也渐渐没那么尊重他，我最初也是跟着别人学，把自己的活儿丢给他，他却从来没为此抱怨过一句。”

说起往事，苏子淳显得格外平和。

“其他几个师兄弟都是学了两三年，受不了枯燥清贫的生活，半途走了，毕竟外面的世界广阔繁华。所以到最后师父身边只剩我和王卓二人，他是因为家穷回不去，而我是因为和家里闹了矛盾赌气不愿意回去。”

听到这里，我不由得有些疑惑，怎么听着这苏子淳像是在给王卓洗白？若王卓的性情真的与世无争，又怎会牵扯到此次的事件里？

苏子淳对我满脸的疑惑，恍若未见，继续说着：“平日里我最爱惹祸，可能因为打骂得多了，师父反而待我最为亲近。他本就无子，到后来差不多就是把我当成亲儿子在管教。”

没头没脑的话听得我眉头直皱，却还是忍下来耐心地继续听。

终于见苏子淳涣散的目光渐渐凝聚起来，他说：“后来师父因试药病故，医馆本该由身为大师兄的王卓继承，你可知为何后来落到了我手里？”

我略一思索，问道：“可是和令师故去的原因有关？”

闻言苏子淳嘴唇微张，似乎有些难以置信，只听他说道：“你是如何得知的？”

“猜的。”我十分诚实地回答。

看着面无表情的我，苏子淳深吸一口气才继续说了下去：“没错，师父向来喜欢以身试药，半点儿不听我们的劝阻。而他临终那日所试过的药，是……王卓亲手端过去的。这本是我的活儿，可因我年少贪玩，按师父要求配好药材后就习以为常地丢给了王卓，才给了他可乘之机。”

苏子淳搁在桌上的手掌已经握拳，手背青筋暴起，似乎提起此事他就恼怒不已：“师父突然暴毙身亡，我要查看剩下的药渣，王卓却说已经都倒掉了，苦于没有证据，我便设计从他手里夺走了医馆，毕竟这对有家庭背景的我来说，轻而易举。

“我日日针对他，想找些蛛丝马迹，可是一连数十年，他仍是始终戴着张温和的假面，不曾露出半点儿马脚，我本来都相信了他，相信师傅的死是意外。我本来都准备把医馆还给他，甚至重新开始叫他‘师兄’……他却一声不吭地搭上了州官，一飞冲天。”

这应该就是传言中“王卓之前被师弟压榨”的真相了。

苏子淳半天才又冷静下来说道：“或许他本就善于伪装，所以这么多年我都没发现他一直都渴望权势的真面目，或许师父去世的时候我就该把他扭送官府，也就不至于让他逍遥法外了。”

“我听闻自王卓被举荐进皇城以来，你就关了医馆开始云游四海，那今年你突然来皇城，可是因为王卓？”我不着痕迹地引出了这个话题。

苏子淳犹豫了一下，说出来的话有些磕巴：“不，不是的，我是因为……因为一开始听闻皇城里爆发了疫病，就想着若是能借此契机施展自己的医术，说不定能得了皇家青眼，也好再次追究那些……陈年旧事。”

看着苏子淳明显闪烁的眼眸，我心里动了动，却也没再追问，毕竟重点不在这上面：“那苏先生有什么意外收获吗？”

听闻此言，苏子淳明显松了口气，然后才又摆正身子说道：“一开始我作为赤脚大夫，混进了那群张贴告示病急乱投医的官宦人家，却发现他们身染之病……”

苏子淳顿了顿，我的心跳也随之停了片刻，只见他嘴唇嚅动着说道："和去年豫州城内出现的几个病人症状一模一样。"

"你是说豫州城里也有人得了疫病？为何从未听人说过？"我的声音不受控制地急促起来。

苏子淳摇了摇头，说道："我也曾被请去诊断，那并非疫病，只是有一户五口人因食了腐肉而引起的上吐下泻的罕见发热症，虽然会传染，但那会儿染病的人少，没有引起太多人的注意。因为去年州官说收成不好，再加上朝廷下发的赈灾银两不够，人人都节衣缩食，穷到没办法，只能吃些早就腐烂的食物，才导致有人病倒。"

我强压下胸腔处的酸胀问道："既会传染，你为何说不是疫病？"

苏子淳目光微微闪烁："此病当时虽然也传染了诊治的另一个大夫，却不会像疫病那样无药可救。过了半个月，那一户人家在我研制出治疗的药物之前，其中一位年长的人就自己痊愈了，所以豫州城内知道此事的人都没有放在心上。我也是机缘巧合之下同时接触了皇城和豫州的人，才发现了端倪。"

我死死盯着他问道："皇城里人人衣食不愁，你确定是相同的病症？"

在我的直视下，苏子淳的目光却十分坚定："我到皇城之后去诊断过这里的患病之人，以我从医数十年的经验来说，绝对是同一病症。"

我嘴唇有些发干："你说这病会自己痊愈……为何皇城里死了十几人？"

苏子淳避开了我的目光说道："我不知。"

他不是不知道，只是不敢说罢了。"疫病"害不死人，那这次皇城里病故的人都因何而死，就不言而喻了。

见我仍不动摇地看着他，苏子淳仿佛破釜沉舟一般地说道："豫州州官门下有一个同我交好的衙役，去年吃酒时我曾听他喝多了说漏了嘴，哭着忏悔说那个被水淹没的村子，是最先出现这种病例的地方，只是因为当时州官没有让大夫去诊治，所以他们还不知道那……不是疫。"

空气里仿佛有什么说不清的情绪在翻涌着，我被他的几句话带到了冰窟里，整个人都忍不住哆嗦着。

还不知道那不是疫……

所以说豫州州官最初误以为是会传染的疫病，害怕传开无法控制，在没证实的情况下就草草结束了一整村人的性命。直到后来豫州城内也出现了相同病症的人，不等他再做手脚，就有大夫发现这病无药就可自愈，只是需要休养的时间罢了。

对那个已经被隐秘处理的村落里的人，自私自利的州官既没有给他们请过大夫，也没有留给他们自己痊愈的时间和机会。

偏远地带的人，平日里很少也不可能随随便便进入皇城。所以即便豫州有一户人家得病，他们痊愈后，也自然无人把这病和后来皇城里突发的疫病联想起来，毕竟“那些人”可是给皇城里的疫病找了个由头——幼狐抓伤感染。

可是对于两件事都经历过的人，半点儿都不曾察觉吗？

“好，”我舔了舔嘴唇，“我再最后问你一句，此事去治水患的齐王可知晓？”

这个问题应该很难回答，苏子淳半天才出了声：“齐王到了豫州，每日和州官同吃同住，自是对豫州城里的事情了如指掌。”

等我走出宅子的时候，已经是一个时辰之后。

不等我开口喊，胡元离就不知道从哪里走了出来，刚才我们的对话他肯定也听了去，所以脸色才如此差。

“你准备怎么做？”我终究还是先开了口。

胡元离眼里发着狠，嘲讽地说道：“这种招人恨的事情，肯定要我亲自出马。”

我扯了扯自己满是褶皱的衣袖，心情慢慢平复了下来，提醒道：“苏子淳虽然说了会帮我们作证，可你也不可全然信他，还是多做一手准备为好。我瞧着苏子淳，对王卓可并非都是恨意。”

“为何？”胡元离满是不解地问，“我刚听着他言语中对王卓满是愤愤不平啊。”

我轻笑一声，看着胡元离的面孔说道：“他刚才说自己是为了想套些功名利禄才来的京城，你信吗？一个云游四海数十年的人，怎么会突然想要受功名束缚了？别忘了之前我们找上他时，他的犹豫迟疑，那可不像是个报仇心切的人。”

胡元离的表情渐渐变得严肃，我反而放松了些：“不过你也不需太过防备他，除了这个理由，他说的其他话，应该不会有假。”

“那你觉得他为什么今年突然来皇城？”胡元离反问道。

我用余光扫了一眼身后大门紧闭的民宅，说道：“你没有注意到吗？他来皇城的时间，可是和‘王卓身染疫病’这一消息传出去的时间差不多。”

“你是说他……”胡元离一脸难以置信。

我微微点了点头，一言不发地往秦王府走。胡元离犹豫了一下，落后一步跟在我身侧。

快到秦王府时，他才伸手拉住了我，声音里带着疑惑：“我还不曾问你，你为何对此事这么费心费力？”

我并未抬头，而是回道：“因为被他们害死的那个孩子，是第一个不全把我当成奴才来看待的人。”

察觉到握住我手臂的那只手掌骤然收紧，我刻意忽略，抬头望着胡元离说道：“你会抓住害了小殿下的人吗？”

胡元离的眼睛像是月色中湖心的水光，片刻后他郑重其事地说：“我会让幕后黑手付出他应付的代价。”

心里仿佛一瞬间放了晴，我感到前所未有的轻松。平生第一次，我毫不闪躲地直视胡元离，然后发自内心地扬起一个笑脸：“好，我信王爷你。”

出乎意料的是，胡元离并没有同样对我笑，一双眼仿佛锁在了我的脸上，看着我的目光深沉而悠长。

还好他愿意听我的所有疑惑，也还好我查出了自己那些疑惑的答案。

借此契机，我也索性将心底的话全说了出来：“若是王爷顺利给……凶手定了罪，不妨再查查当初刺杀太子妃的那一伙人，我总觉得怕是和凶手也脱不了干系。既然要治罪，那就把所有的罪名都摆到明面上。”

胡元离的目光闪过几分震惊。可能我说的话太过出格，所以等了许久，他才有些艰难地说道：“好。”

接下来的几日，我的心情都极好，在这里这么多年，从来都没有像现在这么高兴过。在我这压抑而卑贱的人生里，我真的做到了一件对自己的身份而言难于上青天的事情。

见我一副神采飞扬的模样，高偃都忍不住主动问我是怎么了。我心情极好地回复：“过几日王爷就知道了。”高偃也不再追问，不过仿佛是被我影响到了，他的嘴角也总是挂着淡淡的笑。

第十三章

水壅而溃

如我所料，胡元离的动作迅速而直接。

第二日，燕王府里忽然有下人被查出染了和年初疫病相似的发热症，因皇城曾经染病的人都已痊愈，所以突然又出现一名新的染病之人，使得整个燕王府上下都戒严了起来。

皇城里的百姓也开始留意燕王府的风吹草动。如今虽是有了医治疫病的药方，但就怕有个万一。

在得到各方足够的关注后，胡元离才查出了府里下人患病的由来。那染病的侍卫前几日曾受令驱赶过城外徘徊的难民，只因胡元离看着衣衫褴褛的一群人觉得碍眼。而驱赶中，侍卫和其中一位难民发生了摩擦，不小心被抓伤了。

燕王府的人竟然被难民殴打，再加上此人还可能身染疫病，所以胡元离一怒之下开始全力追捕。不出一日就抓到了动手的难民。太医一查，那人果然也身染疫病，只是他求饶之时说自己刚从外地来，因为没有进过城，不识得燕王府的侍卫，这才不知死活地同侍卫动了手。

从未入过皇城的人，自然也没有机会接触皇城里曾经染病的几家达官显贵，这样一来，他身带的疫病就有些怪异了。

可那难民死活都不说自己染病的由来，所以在他痊愈后，胡元离将他送至殿前，到了天子面前，那人终于松了口。

金銮殿上，难民哭得鼻涕一把泪一把，说出来的话也让在场的几名官员惊惧不已。

他自称是豫州水患中被淹没的那个村落里的人，村里其他人全都死了，只有他背井离乡、苟延残喘地活着。

他身上所染之病，更是牵扯出一个秘密——所谓的疫病，最初发生在豫州的那个村落。当初豫州州官察觉后，为了防止泄露消息，不经检查就第一时间暗自下令封锁了村子，使得本来未曾感染的人也无一幸免。

金銮殿上也有人质疑此难民身份的真伪，毕竟豫州水患中被淹没的村子里的村民，早就被洪水冲得连尸身都找不到了，而且他一个染了疫病的人，怎么会拖了这么久还未病故！

只是难民毫不犹豫地背出自己家里三代族谱，以及左邻右舍的名讳，都和官府登记的户籍无异。

在皇帝还未来得及发表意见时，难民又吐出了一个惊天秘密——豫州水患并非自然灾害，而是人为。

村子被州官下令封锁以后，疫病来得凶猛，到最后严重到根本无法控制，他们本以为会等来州官派来的大夫，没想到只等来了一场洪水。

那难民死里逃生后才听说那时州官正面临官员考核，水患之后，他不仅未被降职，还得了朝廷拨下去的赈灾银两。

豫州州官听闻此病是会传染的疫病，为不影响自己考核，只想快些解决，所以连大夫都未曾给他们请过。

如此草菅人命。

一直沉默的皇帝彻底暴怒，第一次在人前摔了无数奏折玉案，并当场派人赶往豫州查探。

至于此难民为何染病如此之久都没有病故，除却他本就体格强健、一路服用解毒缓解的药物之外，全都推给了神明庇护，说是上天都不愿见如此丑事被遮掩下去。

毕竟一个难民不可能平白无故编造出这么多骇人的传闻，因此相比于追究他的来历，他所说之事才更为紧要。

与此同时，出生于豫州的王卓，涉嫌与州官勾结，也被皇帝下令关押起来。

京城里慢慢传出了王卓才是那疫病源头的风声，毕竟他与豫州有着千丝万缕的联系，而且当初的解药也是他研制出来的。

以上全是官面上流传的消息，知道真相的我虽心里暗叹胡元离这手段着实高明，闹得人尽皆知，任凭谁都无法再遮掩下去，但也隐隐感觉有些不妥。

如今这局面怎么看着似乎是把所有的事都推到了州官身上？而且为何不提这次苏子淳所言，传染病不是无解之疫呢？

不过想来胡元离到底是世家出身，考虑的自是比较多，州官若被查办，他身后之人应该也躲不了，所以我如今只能静观其变。

消息传开后，高偃又恢复了阴气沉沉，整日一言不发，我有心去找他探口风，却被他拒之门外。

直到消息被吵得沸沸扬扬的第五天晚上，我屋里才来了一人，正是许久不见的胡元离。

我一边小心翼翼而又熟练地扑灭烛火，一边兴奋地回头问他："怎么样？事情可还顺利？"

胡元离背靠着窗户，整个人像被月光镀上了一层光晕，光线太暗，我只能听到他的声音："明天皇上派去豫州查探的人就会传回来消息，到时候皇上就会颁发谕旨。"

"那皇上会如何处罚，你可有听到风声？"我迫不及待地问。

胡元离身子动了动，离我近了些，我这才瞧见他脸上无半点儿喜意，一颗心陡然下沉。

胡元离面无表情地说道："豫州州官贪赃枉法，瞒上欺下，直系三代就地赐死，不必押解回城，其他族人全都抄家流放。"

我一时不知该作何反应。又等了许久，却见胡元离也不再说话，终于忍不住问道："那……齐王呢？"

胡元离嘴唇掀了掀，吐出几个字："齐王因个人失察，治水时未能发现豫州州官之罪，被罚俸禄一年。"

我眨了眨眼睛，下意识地问："没了？"

"没了。"胡元离回答，声音不大，用的却是万分肯定的语气。

我脑子里像是炸开了一朵烟花，晃得里面只剩一片刺眼的白色。许久，我才找回了自己的声音："那皇城里的疫病起源呢？没人查吗？"

胡元离像是在读什么稿子，语言不曾有半分停顿："豫州州官在给王卓送礼行贿时，因个人疏忽不小心夹带了那个村落染病之人使用过的物品，才导致皇城意外爆发了疫病，州官得知后心里有鬼，便给王卓送了信，希望他可以帮忙遮掩。王卓知情不报，视为帮凶，即便有后来研制出解药之功，也被判三日后处死。”

我心底一片冰冷，继续问道：“那皇城里爆发疫病时，曾在豫州住过一段时间的齐王一言不发，这事就没人提起吗？豫州和皇城隔了几千里，那个村落早就被淹，哪里来的染病之人使用的物品？

“退一万步说，仅仅是夹带的东西，就足以传染这么多人，这事说得过去吗？还有，豫州那村落的传染病并非全然是致死的疫病，为何也无人提及？”

“州官在自己地盘上有心隐瞒，齐王并不知情。”胡元离沉了眼眸，回答得极为简单。

听闻此言，我难以置信地问：“不知情？天天铺天盖地地吹捧齐王才智在众皇子中遥遥领先，出了这种事他不知情竟然有人信？死了那么多人，就算奴才的性命不值钱，可是还有一个皇室长孙也因此事而死，怎么会这样简单地查过后，就下了定论？”

面对我的咄咄逼问，胡元离一言不发，只是面色看着也十分不好。于是我深吸一口气抬步就要向外走，却被他伸手拉住：“你要做什么？”

我挣了挣，却没有挣脱掉他的束缚，就这样开口说道：“我要去见王卓，州官被就地处死，那此事就只有王卓知情了。他医术还那么厉害，肯定不会不知道这次的疫病并不致死，在他被处死之前，说不定能让他开口说些什么。”

胡元离握住我的手越来越紧，捏得我手掌发白。他说：“没用的，王卓已经认罪。”

“所以就这样了吗？你不是说过，会让背后之人付出代价吗？”我越发控制不住自己的情绪，语调也越发尖锐，“还有太子呢？死的可是他的嫡长子，他也接受这个结局吗？苦心孤诣查出来的事，就这样被一笔带过？”

胡元离并未因此恼怒，目光有些压抑：“荼蘼，皇上要颁发的圣旨已经拟好，最迟后天就会昭告天下。”

所以此事就这样轻描淡写地盖棺定论了吗？杀了一个太医和州官，然后用一场“意外”和“疏忽”就把此事遮了过去？

“我要见王卓。”我一字一顿地说。

胡元离有些头疼地看了我许久，见我仍旧不为所动，带着几分泄气说道：“王卓现在已经入狱，我不可能带着你堂而皇之地去提审，别忘了你可还是秦王府的人。”

心头上如同燃起了一把火，烧得我一个字都吐不出来。

胡元离走之前见我神情恍惚，有些不放心地往我手里塞了个香囊，说是有安神作用，像是早就知道我会如此一样。

香囊是红色绸面，上面绣着看不懂的白色图案，里面装着味道熟悉的香料，和曾出现在我床榻上的那个一样。可是这一次的香囊没了安神的作用，我一夜都不曾睡着。

第二日事情的发展和胡元离说的差不多，疫病起源自豫州村落一事彻底定论。所有人都知道了疫病源于那个被豫州州官下令毁掉的村落，却无一人得知豫州城内也有一家人感染过相同的病，只因为那户人家被治愈，所以便无人联想到疫病身上。

此事只有我、胡元离、苏子淳和背后黑手知道。

人们都在感慨还是老天有眼，给惨死的村落平了冤。本来被百姓和官员供奉为神的王卓，沦落为人人喊打的过街老鼠。

已经有新的官员前去豫州接任，豫州原州官一家直系三代都被赐毒酒自尽，其他人流放，而王卓则是三日后绞刑处死。

因王卓并没娶妻，双亲又在豫州，所以皇帝只是下令抄了他在皇城里的府邸，并未累及他的双亲。只是奉命前去王卓家里抄家的官员一无所获，王卓破罐子破摔地称，是自己将豫州州官所送的贿赂全用完了，顿时受到了更多百姓的唾弃。

当然，曾前去豫州治理水患的高弘朗也因未提前察觉而备受谴责，却也仅此而已。在他主动请求责罚以及以高偃为首的官员的求情下，皇帝只是罚了他一年俸禄，官降半品。

我的话越来越少，连一向缄默少言的含玉，都问我为什么变得如此安静。

不知为何，我和高偃之间仿佛多了一层隔阂，他像是已经知道了什么，对着我几天也没什么好脸色，而我也没什么心思应对。

王卓被处死的前一天，我正在后院喂鱼，胡元离又一次出现在我面前，光天化日之下，他丝毫不顾及。

就在我装作没看到转身离开时，他突然说道："你想去见王卓吗？"

我脚步一顿，回头看他，只见胡元离一脸无奈地说："我确实没办法带你去牢狱，可是有人能。苏子淳提起要见他师兄最后一面，你要是想，可以扮作他的药童一起前去。"

我眼前一亮，忙不迭地点头，胡元离的表情也放松了下来。

我提前换好了胡元离带过来的男装，跟在一身素衣的苏子淳身后，进了皇城监牢。苏子淳大概是心情不太好，表情很沉重。

胡元离并没有陪我们同去，但是监牢那里肯定没少了他的打点，所以我们才能顺利地进去。

一身囚衣的王卓被关在最里面的牢房，我们看见他的时候，他正坐在潮湿的地上，手足都挂着沉重的枷锁，可是那张沾了泥污的脸上仍是一片祥和。

看到苏子淳后，王卓愣了许久，那是我从来都没有见过的神色，像是阔别多年的老友重逢，又像是看到了什么失而复得的东西。

许久他才问了一句："这种时候你怎么来了？"言语中似是早就得知了苏子淳在皇城里的消息。

苏子淳面上看着无异，在他身后的我却瞧见他背起来的手已经紧紧握拳，可见他的内心和他嘴里说出来的那平静而冷漠的语调相去甚远："听说你快死了，我来看看。"

王卓并未气恼，仍然从容地说："既是看过了，还有什么疑问吗？"

苏子淳双目充血地盯着他，完全不忌讳身后还有一个我，直接说道："是有一个问题，这个问题我问了你十几年，你一直都说没有。现在你就要死了，我再来问一次。"

王卓眼眸半垂，似乎心里清楚苏子淳接下来要问什么。

"师父之死究竟是不是你所为？"

话音落，牢房里顿时陷入了死一般的沉寂。

我如同一个隐形人一样垂着头一言不发，半天空旷的牢房里才响起一道声音，轻飘飘的两个字仿佛在人的心头上砸下了两个深坑——"是我。"

"为什么？"苏子淳的声音终归是带上了几分颤抖。

王卓面上却无半点儿愧色，像是在讨论现在的天气一般说道："做都做了，再说又有何用？"

苏子淳一张脸青了又白，额头上似乎有青筋跳动，我总觉得下一刻他嘴里就要蹦出什么难听的话来，可是最终他只是急促地转身离开，似乎怕多停一秒自己就会忍不住动起手来。

顿时牢房里只剩我和王卓二人。

不等我开口打破沉默，王卓反而主动看向了我，语气十分温和地问道："姑娘可是小师弟的心上人？"

在我否认后，王卓的面色瞬时冷了下来："既然如此，还请姑娘从何处来，就回何处去吧，不必在我这里浪费时间。"

我们曾有一面之缘，大概他是认出了我。所以我干脆也不再藏着掖着，直截了当地开口："王大人既然一心求死，为何还怕同我多说几句？"

王卓丝毫不见心虚地和我对视，说道："不是怕，而是不想姑娘在我身上浪费时间了。"

"这么说王大人是知道我要问什么了？"我抓住了他话里的把柄。

王卓一愣，片刻后又恢复如常，说："是我同州官勾结行贿，才带给了皇城一场不该有的灾难，你问一次，两次……一百次，都是这个结果。"

这副从容淡定的模样，完全不像明天就要被处以绞刑的人。

我拿出了一般人惯用的亲情套路牌，说道："王大人就真的半点儿都不想活下去吗？听闻你老家双亲皆在，王大人如今口风这样严，你身后之人就真的如此值得你效忠？"

便是我如此挑拨，王卓也无半点儿色变，仍是说道："我背后无人，此次疫病皆是我受贿疏漏所致。"

"疫病？"我不由得笑出了声，"这种官面上的说法，大人就不要再拿出来糊弄我了。我和苏先生一起过来，他可见过豫州和皇城内都染病的人，大人还觉得我也认为那是疫吗？"

王卓并未接话，我继续说道："大人当然可以如此从容就死，可是那些在这次事故中无辜死去的数十人，大人就真的要看着害他们之人永远安宁度日吗？疫病不会致死，那他们是因何而死，大人心里不清楚吗？"

话已至此，王卓终于有了动静，他看着我，如同一个跳梁小丑："小姑娘，我不是一二十岁的少年郎，我行医这数十年里，见过无数生死，你的这套说辞对我不起作用的。"

我心里堵着一口气，没忍住说道："那大人可知晓死去的人里，最大的不过二十岁出头，也就是大人口中的少年郎，他们本可以像大人一样去见识无数生死，如今却一个个被害含冤九泉。大人在被关的这些时日里，心里当真无一丝愧意？"

王卓本来浅棕色的眼眸颜色渐深，可语气还是丝毫不在意："自我行医开始，曾救过无数人的性命，不然你以为我为何能这么快在太医院升迁？那是我用一条条从地府里抢回来的人命换来的。这救回来的成千上万人，难道抵不了死去的几十条人命吗？便是去了地府论起功过，怕是阎罗王也说不清楚。"

我眨了眨眼睛，有些难以置信，如此轻贱人命的话，竟然是从王卓这么温和的人嘴里说出的。想起方才他承认杀了自己的师父，我的一颗心陡然下沉。若不是王卓一心求死，那就是他本性如此，以往的温和善良都只是他的伪装而已。

如若果真如此，那么我即便再巧言善辩，也无法说动这样一个铁石心肠的人，因为石头是没有弱点的。

我深吸一口气，又问出了一句话："所以你一生行善救人，就是为了日后能安心害人吗？"

王卓的眼神如同一个老僧一般，表情似笑非笑："何为救人？何为害人？救了一心求死的人算是救人吗？杀了想活但恶贯满盈的人算是害人吗？姑娘你能确保自己可以公正无私地给这世间里的所有事都判个对错吗？"

被他说得头脑都有些发蒙，我勉强维持了一点儿清醒，开口道："我和你说的是此次疫病中无辜死去的人，他们都是从未行过大恶的普通人，既然无辜被害，那真正的行凶之人就该受到应有的惩罚。"

看我一脸坚持，王卓笑着摇了摇头，眼神扫过牢房入口，说道："其实我挺羡慕你这个年纪的，只是现在的我只能说，我对我所行之事，全都问心无愧。"

不等我再次开口，王卓封死了所有的谈话道路："姑娘此次扮男装前来，定是不能被人知晓的。我一个将死之人，什么都不会说，但姑娘停留得越久，引起别人注意的可能性就会越大，还是快些离开为好。"

说罢，王卓转过身，面对墙壁而坐，只留给了我一个瘦削而笔直的背影。

最终，我带着一片失望离开牢房。到了约好的地点，外面早已经没了苏子淳的踪迹，只剩胡元离一人。

看着胡元离不带半点儿期待的表情，我突然明白了，他早就知道了是这个结果，所以才会在一开始就劝我不要来。只是见我始终不死心，才会冒着危险把我塞进来，让我亲眼看到，事实其实并不重要，因为大家只在乎最后结局。而这个结局只有皇帝能给，可是他却用一个"疫"压过了所有的事实，压过了这次事件里所有对不上的疑虑。

独自一人回到秦王府，刚踏进我的屋里就看到了高偃的身影。我虽换回了女装，仍能看出换过装的痕迹。

高偃鲜少进我的屋子，如今他的脸色显出火山爆发的前兆，不知是不是因为和王卓的谈话，我一时之间除了疲惫，完全没力气去害怕了。

"你去了哪里？"高偃不带感情地质问。

沉默了许久，我还是老实地回答："牢房。"

"是胡元离带你去的。"这句话是肯定句。

我一惊，原来他知道。

见我不曾否认，高偃的声音仍十分平静："问出了什么？"

"什么都没有。"我不自觉地垂下了脑袋。

下一刻下颚便被高偃狠狠地伸手抬起，声音仿佛从他喉间挤出来："那你为何不来问我？"

我有心想躲，可他并未松手，手指直捏得我下巴生疼，我只能口齿不清地糊弄道："奴婢知错了。"

本来还十分平静的高偃听到这句话，顿时怒了，双眼黑得发亮，声音也愈加冰凉："你是承认自己明知故犯了？看来现在你是连编谎话都懒得编了。"

这话听起来太严重了，我挣扎着想回答，高偃却面色阴沉地打断："不如明日我就把你送到燕王府，成全你们好了。"

"我不去。"我下意识地开口反驳，对上高偃余怒未消的眼睛，一咬牙开口："五爷，并非我存心欺瞒，原本我是第一个就想和五爷说的，是五爷不愿听我说。"

高偃还在我下巴上的手指一松，下一刻眼里嘲讽愈浓："后来我说过你可以来找我，为何你还是只字未提？你是觉得我知道的没有胡元离多，还是信不过我？"

问题一个比一个犀利，让人无法回答。

可是高偃直视着我的眼睛，不给我丝毫回避的空间，于是我再一咬牙说道："我本就准备这两日和五爷说此事，真的。只是五爷这段时日同齐王交好，所以未查清前我不敢妄言，毕竟事关齐王，怕五爷觉得是我在挑拨离……咳咳……"

几乎是瞬间，高偃的手掌就从我的下颚移到了脖颈，喉间一紧，后半截话就被高偃掐回了肚子里。

高偃的脸孔渐渐贴近，靠近我耳边轻声说道："日后记好，此事和齐王无关。"

心底一片寒凉，果然他什么都知道，可是朝堂之上，他还是主动为高弘朗求了情，那他是如何知道的？是从胡元离那里知道的，还是……高弘朗亲口说的？

高偃握着我的脖颈并未用多大力气，仿佛刚才他突然收力只是为了不让我说出下面的话。见我点头后，他松开了钳制住我脖颈的手。可是手掌并未离开，稍微有些粗糙的指腹擦过我的脖颈，略一停顿后轻轻在我喉间上下摩擦起来，硬生生让我全身上下起了一层鸡皮疙瘩。

在我颇为不自在的时候，高偃却又很平静地说道："荼蘼，我知道你是个聪明人，可有时候你聪明得过了头，早晚会为自己所做的种种事后悔。"

高偃的那双眼仿佛什么都知道，我被看得心里越发不安，也忽略了他的小动作，忍不住问道："五爷此言何意？"

高偃并没有为自己方才说的话解释，只是在松开我的脖颈之前，又轻声细语地补充了一句："这次我不同你计较，但日后你若是再私自去见胡元离，我就费点儿心，找个让你再见不到任何人的法子。"

声音里的冷意让我忍不住打了个哆嗦，因为我知道他不是在吓唬人。

言罢，高偃就转身走了出去。惊吓过后，我忍不住诧异起来，我如此离经叛道地背着他查案，他却只是气恼几句就轻轻揭过此事，让人心里有些想不明白。

只是我也并未多想此事，毕竟随着王卓被处绞刑，皇城疫病一页彻底翻过。与此同时，高玠和高弘朗算是正式撕破了脸。

胡元离是太子一党人尽皆知，此事是他挑的头，这一番风波让如今这局势完全颠倒了过来。

高玠最初因"疫病"受到的种种责备和质疑，如今全变成了众人冤枉他后的愧意。而高弘朗的名声却一路下滑，虽然皇帝只是治了他一个失察之罪，可是明眼人还是多着的。

原先太子一党里的高偃，自朝堂上为高弘朗求情以后，就正式站到了高弘朗的阵营里。

于是朝堂之上，两党分立，阵营前所未有地鲜明。

"荼蘼姐姐，浣衣园子里的蔡嬷嬷来了，说是要找李公公。"一身材瘦小、长相机灵的小厮小心翼翼地在门外唤我。

我搁下手里的毛笔，收拾好桌面就起身走出去说道："李公公一大早就随五爷去了齐王府，你让蔡嬷嬷晚些时候再来吧。"

小厮应声准备转身，思前想后我又叫住了他："算了，还是我去说吧。"好歹蔡嬷嬷曾是我的上司。

蔡嬷嬷正站在院子口，见我出来笑开了眼，听闻李茂山不在院子里也未见半点儿气恼，开口道："其实我也没什么大事，就是过了今年，园子里有好几个姑娘已经年满要赎身离府了，我就想着来找李公公看看能不能再安排些人手。"

"等李公公回来，我和他提下此事。"我爽快地应了下来。

"那我就先谢过你了。"蔡嬷嬷笑得越发和善，目光在我身上瞄了一圈，又说道，"荼蘼你是不是也快到年纪了？"

我笑容一顿，复开口说道："嬷嬷记性真好，过了年我就十九了。"

蔡嬷嬷眼珠子转了转，又笑着说道："你是个有福气的人，我自是不担心你的去留，只是青黛那丫头过了年就出府了，现在天天念叨你，说不定日后就难见到了。”

我一愣，这才想起之前同我朝夕相处的那群姑娘都比我大上一两岁，虽然我也不曾和她们有过多深的感情，可一想到这些身边熟悉的人就要离开，还是有些难以言说的失落。

“珠翠她也要走了吗？”我开口问道，往日里也就她们二人和我走得近些。

蔡嬷嬷摇了摇头说道：“她家人不在皇城里，所以她倒是不急着赎身离开。”

我的心微微落定，还好不是一口气全走完。

又说了几句闲话，蔡嬷嬷就主动离开了，我则继续去誊写高偃丢给我的书籍。直到天色都黑透了，高偃才一身酒气地回来。

瞧见扶着他的李茂山喘气号叫个不停，我赶紧上前去搭了把手。手才刚碰到高偃的衣袖，李茂山就非常迅速地撒开手，在一旁扶腰偷懒。

高偃双目紧闭，脚下也十分不稳，我熟练而又吃力地把他扶到屋里躺好，然后就去打热水准备给他洗面。

之前李茂山说自己年纪大了手抖，就把照顾人的这项工作交给了我，含玉也不知道为何，每次在这种需要人手的时候就不见人影，所以历经磨炼后的我，已经完全熟悉了这一流程。

这一个多月以来，高偃几乎隔上几天就会一身酒气地回来，差不多每次都是从齐王府里回来。外面盛传高偃和高弘朗总是相携出入各个酒局，除他们二人外，时常还有吴云韶作陪。

只是往日里高偃虽然也时常喝醉，好歹还是有些意识的，从未像今天这样，似乎完全昏睡过去，刚才几乎把所有重量都压在了我身上。

这些时日他每次出门都把我留在府里，也从未在我面前提起任何事，我也不知道他又遇到了什么事。

大概是因为沾染了酒气，往日里高偃苍白的面颊如今显得有些红润，我略一犹豫，就熟络地给他擦拭了脸颊和脖颈，过程中他一直未曾睁眼。

睡着的高偃显得异常乖巧，往日里压抑的眼眸闭起来后，显得一张脸都顺眼起来，不再让人不敢直视。

若是不用钩心斗角算计着过日子，我现在的生活算是很不错的，每日都是些清闲的工作，高偃也并没有太过苛责。只是当一个奴才，哪里会永远这么平静，这些我是再清楚不过的。

因为怕麻烦，所以现在的我还是希望自己能到了年龄就顺利出府，这是再好不过的了。像今日蔡嬷嬷提起的青黛那样，出了府的日子可能会清贫些，但至少不需要成天提心吊胆了。

给高偃折好被角后，我收了帕子，小心翼翼地退了出去，顺便叫了个小太监去温上醒酒汤，以备高偃半夜醒来所需。

吩咐了所有事后，我一回头就看到李茂山笑眯眯的脸孔。我便正好把白日里蔡嬷嬷所提之事同他说了一遍。

李茂山毫不迟疑地点头应下，随后我在他“慈祥”的注视下，回到了自己的屋子。

他总是喜欢用这种目光看我，可能是因为他年纪大了，而我也早就由之前的不自在变成现在的坦然面对了。

屋子里有些闷，因为之前我用“半夜窗子总响，吵得人睡不着觉”为由，找人封了房间里唯一的一扇窗。再加上喂鱼的工作高偃又交给了含玉，所以自那以后，不管明里暗里，我都没有再见过胡元离一眼。

自王卓死后，我便失去了所有追查的心思，对我来说什么真相都不重要了，因为我所呕心沥血追求的真相，总会被位高者用他们想要的真相盖过。

明白了这个道理，我不再执着查案和结果。

细想下来我也挺不留情面的，利用胡元离查完案后，就毫不犹豫地斩断了我们之间的联系。不知是察觉了我的态度，还是因为我整日闭门不出闷头做事，他也不曾再出现。

虽然我又恢复了刚进府时的低调缄默，不再刻意关注外面的事情，不过还是能从嘴碎的奴才口中听到一言半句。

太子和齐王如今的争斗已经到了白热化的地步，毕竟两人如今差不多是势均力敌。今日我否决了你举荐的才子，明日你就弹劾我麾下的一名官员。所有站了队的官员都开始约束己身，唯恐被对方抓住把柄。

连平民百姓都看得一清二楚，不知整日面对这些的皇帝究竟做何感想。

第二日醒来，高偃迟迟未起，我收拾好院子转身去了浣衣园子。正好看到蔡嬷嬷和陈嬷嬷在闹腾腾地点人，李茂山果然动作迅速，昨天晚上才和他提了一下，今天就有新的丫鬟送上了门。

我悄悄溜进园子，果然一园子的丫鬟都在偷懒。看到我进来，青黛率先跑了过来，珠翠落后几步也走了过来。寻了处不引人注意的地方，我们三个才说上了话。

青黛要等到来年春天才离府，她说父母已经在乡下找了间老房子，等她回去住，到时候顺带去见见她父母嘴上提了好几次的那个木匠。

说到这里，青黛脸颊泛红，双目闪光，一旁的珠翠听得也是满目憧憬。

我忍不住开口笑道："你这人还没离开，日后的生活都安排好了？"

青黛嘟囔着："我也老大不小了，该给自己做打算了。"

"是是是，我正羡慕你呢，毕竟我还不知道离了府能干什么。"顺着她的好心情，我也恭维了几句。

只是话音刚落，面前的青黛和珠翠都一愣，面上满是诧异，她们对视一眼后，珠翠没忍住说道："你也要离府？你不是都……"一句话还未说完，青黛就默默给了珠翠一肘子，后者把话硬生生地咽了回去。

"我怎么了？"我不明所以地问。

"没什么，你这么聪明，日后离了府，肯定生活也不会差到哪里去。"青黛忙不迭地补充。

珠翠也赶紧迎合说道："对对，像我这种笨的，父母又离得远，才会一直留在府里。"

我也没多心再问下去，啰唆了几句，怕高偃醒来身边没人，就先走了。想着离过年还有三四个月，日后再接着叙旧也来得及。

离开的时候正好碰到牙婆带着挑剩的人离开，我一看，真是巧了，这个牙婆正是当初把我卖进来的那位。她原本乌黑的头发如今也已经花白，没想到这么多年过去了，她还在做这行。

因为和青黛她们闹得心情不错，我主动开口打了声招呼，牙婆看了我许久，才一拍大腿说道："哎哟喂，我这个记性，要不是你这双眼睛，我差点都记不住了。"

说到这里，牙婆眼珠子在我身上打了个转，说道："也不亏当初我塞钱把你送了进来，如今姑娘这通身的气派，可真是和往日天差地别了。"

没想到她还记得我，我也客气了几句："牙婆真是好记性。"

牙婆得意一笑，说道："那可不嘛，要不是当初你父母倒贴钱让我把你带走，我也不会记得这么清楚，毕竟卖个丫头都是为了拿钱的，鲜少有父母会倒贴钱给我，说是让我把你送个大户人家。"

听闻此言，我彻底愣在原地，耳边牙婆的声音还是响个不停："老婆子我也是个有良心的，收了银钱就自然不会不办事，所以姑娘你看看你现在真是……"

心里突然像是被拨开了一个小洞，有一股细流灌了进去，轻轻地洗刷着我的整个胸腔，让人感觉心里空落落的，又让人感觉整个心都被填满了。

原来我不曾被抛弃，那些我曾不愿回忆的过去，一瞬间变得没有那么冰冷。

面前这个一直在给自己邀功的牙婆，自然不会拿陈年旧事说谎。我不知道我的父母为何要用这种让人记恨的方式送走我，但是他们既是倒贴了银钱，或许并不是因为觉得我是个累赘而选择抛弃我。

回了院子，脑子还是有些发木。看到了已经苏醒的高偃，我才勉强回了神。

高偃穿着一身便衣，手里拿着我昨日誊抄的两本书翻看着，看到我进来，他合上了书本说道："昨儿个一日，你就誊写了这么多？"

我木讷地点了点头，却见高偃眼神越发柔和，手指指向书桌旁边厚厚的一摞纸本说道："往日里拿戒尺罚你，也不见你老实誊写，怎么这些时日却转了性子，这么下功夫了？"

还沉浸在牙婆话里的我，只是机械性地回答："闲着无事，便坐下来誊写，倒是也不曾费力。"

不知道是不是察觉到了我的心不在焉，高偃眼神暗了暗，只是他也没有追问，反而好脾气地说道："昨个儿听人说川西那里的格桑花开了，这几日我也无事，你且收拾了行李随我一同前去吧。"

川西？皇城到那里一来一回至少要一天一夜，高偃怎么突然想起赏花了，还带上了很久都没有出过门的我？

这一番话终于把我从恍惚的神思里拉回到现实，只是高偃说完话后就低头一言不发了。

含玉留在府里看家，我在天还没亮的时候就先出发了，高偃和李茂山则是迟了一个时辰才跟了上来。此行并未大张旗鼓，加上车夫和侍卫，一共也就八人。

连着五六个时辰的马车，直到傍晚时分我们才到了川西。

坐了一整天的马车，下车的时候我感觉骨头都松了，双腿酸麻使不上力，一个没站稳，还把本就颤颤巍巍的李茂山撞了个趔趄。唯有高偃，步伐矫健、目光有神，不见半点儿疲色。

看到我和李茂山都一副丢了半条命的样子，高偃虽没多说什么，可是我瞧见他眼里都是赤裸裸的嘲笑。

马车前是一座看着很普通的宅子，门口有一素衣中年男子，身材伟岸，五官轮廓也格外硬朗。

高偃和他相互行了个礼，那中年男子与李茂山也说了好几句，然后才一同走进院子里。看他对高偃的态度，格外客气却不显得疏离，而高偃对他似乎也很敬重。

“那是川西的州官付文成。”大概是看我一脸疑惑，落后几步的李茂山突然低声对我说道。

我诧异地又看了一眼那个中年男子的背影，若是李茂山不提起，我还当真不知道他竟是州官，因为此次见面，他的穿着实在是太普通了。

高偃来了川西，州官如此低调地接待，看来二人的关系不同寻常，而且这个付文成似乎还认识李茂山。

身边的李茂山似乎有读心术，我没有问半句话，他就又开口说道：“付大人年轻时是御前侍卫，后来表现不错才调任到川西为官。”

前面的付文成似乎听到了些声音，略一偏头，朝我一笑，目光祥和而平静。倒是看得我不好意思起来，赶紧缩回脑袋，不敢再乱看。

把我们这些人安顿下来后，高偃就和付文成离开了，直到深夜才回来。

看到我站着都忍不住打盹，高偃十分善解人意地说道：“坐了一天马车，你先下去休息吧，不必在这里服侍了。”

我也不客气，当即就在李茂山哀怨的眼神下毫不犹豫地转身离开。

往日在王府，我都是听到院子里的府兵换班的声音，才会醒来，如今住的院子里空无一人，再加上不知道是因为坐车太累，还是因为换了个地方，这一觉我竟睡到太阳高挂才醒来。

我火急火燎地爬起来洗漱，到高偃屋子里时，他果然已经醒了，一身浅色衣服坐在桌前，自顾自地看些杂书。

看到我心虚地溜进来，他也并未多说什么，反而问道：“睡好了？”

我猛点头。

高偃这才起了身，抬步向外走去，边走边说道：“走吧，再晚些到地方该耽误用午膳了。”

我本以为他是要赴什么宴会，或是去见什么人物，然而下了车只看到一片空旷的花田。不，不是一片，是铺天盖地的、望不到边的野生花田。浅黄、白粉、赤红……无数花瓣像一堆数不清的蝴蝶随风摇曳，这种艳丽似乎能把人的眼睛都染上颜色。

从未见过如此花景的我，一瞬间被迷了眼，半天反应不过来。等我回神的时候，才发现高偃也一言不发，而且在默默地看着我。

见我回头看向他，他反而飞快地转开视线，闷头往一个方向走。路的尽头是一座竹子做的房屋，进去了才发现是吃饭的地方。

饭菜端上来后，我正准备给高偃布菜，他却伸手按下了我拿着筷子的手说道：“你也坐下来吧。”

我瞄了一眼李茂山后，开口推辞说不合规矩。高偃也瞄了李茂山一眼，下一刻李茂山就一脸悲壮地坐了下来，见此我也就坐了下来。

一顿饭吃得鸦雀无声。

我越发疑惑，高偃突然来川西，究竟是为了什么？

接下来一整个下午，高偃都独自坐在草亭里，让我和李茂山不必守在他身边。想着他可能有什么计划不想被人看到，我也就不强留下来，顺其自然地走开了。李茂山走了几步就说累了，于是我自己一个人在花田里自由自在地乱转起来。

身边没有人盯着，又置身这么大的花海中，我觉得异常轻松。这样看来，若是以后赎了身，就在这里定居也是个不错的选择。

我走着手里也未停，挑着身边最好看的花朵折下，一只手都握不住了，我就揪了条藤蔓，把手里的花扎成了一个花束。难得见到如此美景，带回些花养起来也挺好。

休闲的时间总是过得特别快，太阳已经渐渐落山，我看向远处的草亭，却没看到高偃的身影。再一看，连李茂山也不在原地了。

难不成他们丢下我先走了？

抛开这个可笑的想法，我正准备摸索着往回走，一转身却看到高偃就站在我身后。吓了一跳的我径直开口问道：“五爷怎么在这里？”

高偃同样站在花田的小路上，一身浅色衣服已经染上许多黄色和红色的花粉。说起来以往在皇城里，从未见他穿过浅色衣服，不知道今天他怎么转性了。

“看你越走越远，就过来叫你。”高偃回答道，同时冲我伸出了手。

我犹豫了片刻，才把手里的花束递了过去。他接下来在手里认真端详了片刻，然后说道：“好看。”

突然的夸奖让我一愣。下一刻他抬步往回走，也不说把花束还我，我当然也没胆子讨要。

刚走了几步，高偃似乎想起了什么，突然一个刹车停下来，回头看向差点撞到他身上的我。不等我开口说话，他就先说道：“明天我要回皇城了。”

这么快？不是昨天才到的吗？他到底是有什么事情，这么快就解决了？

心里虽然有点儿不舍，我还是开口：“那我晚上就回去收拾行李。”

“不，你不用回去。”高偃开口。

我一愣，这是什么意思？

不等我胡思乱想，高偃就解释道："你先留在这里，等我日后回来……找你。"

"我可以一起……"话未说完，我就看到高偃那双眼睛，里面像是笼罩了一层浓雾，让人感觉雾的后面藏着许多无法言说的隐秘。

"你等着我。"高偃再一次重复，语气带着些许郑重而又紧张的意味。

想起现在皇城里局势的确紧张，我这心里顿时豁然开朗。原来高偃这次没头没脑地要来川西，是为了把我带过来，可能是因为之前我总是多管闲事让他不安，所以他才决定先把我送出去，免得我坏事。

高玠和高弘朗之间的斗争，已经到了关键地步吗？那高偃现在究竟站在谁的阵营里呢？

以前我坚信不疑他会选择高玠，可是现在我不确定了，因为他心思本就重，容不得人揣测。

虽然这种不被人信任的感觉不大好，可是远离皇城，对我来说也不是坏事，本来我就不想再招惹是非了。

心里一瞬间闪过了无数个念头，最终我只是稳妥地说了句："好。"

高偃脸上一松，然后我就看到他嘴角一点点扬起，升到了我从来都没有看过的弧度——他在笑。

回去的夜里，我脑子里一直胡思乱想着，翻来覆去许久才睡了过去。第二天醒来的时候，又是艳阳高照。

我出了门，却发现高偃他们已经离开，不知道是不是因为我睡得太熟，他们走的时候竟然都不曾吵醒我。

高偃就这么放心？不怕我偷跑了吗？

出了门，我立马打消了这个念头，因为总有一个侍卫跟在我身后，美其名曰——保护我。

接下来的日子简直能把人养成一条咸鱼，天天有人做饭，有人洗衣，我想去哪里就去哪里——只要不离开川西。

除了高偃要求的每日必须写信给他汇报生活起居，其他时候我都无所事事。付文成还偶尔会来看我，问我缺不缺什么东西，亲切得像个邻家大叔，不摆半点儿架子。

我也由一开始的小心翼翼变得随心所欲了，因为这个付文成，是我在这里见过的所有人中，最容易相处的了。

聊得熟了，我才知道原来他年轻时就和高偃的母亲丽嫔认识，那时候他是一个小侍卫，李茂山和丽嫔还都是皇后宫里的奴才。三个人性情相投，彼此扶持，在宫里是难得的伙伴。如今付文成已经有了三子一女，算起来是他们中归宿最好的一个了。

虽是过了这么多年，他们三人早就有了各自的归处，不过往日的情分是不曾断的。也难怪高偃会对他态度那样好。

这样过去了差不多一个月，高偃都不曾来接我，我倒是不着急，甚至恨不得他一辈子都不来，因为我现在的生活实在是太舒心了。

可是我似乎有招惹麻烦的体质，不管躲到哪里，总会惹上各种事。

本是普通的一天，我也是如平常一般去街上买些纸墨。路过一家餐馆时，里面扑出来一个人影，准确地说，他是被人踹出来的，正好摔在我脚下。

然后就听餐馆的人骂骂咧咧地说："没有钱还敢来喝酒，真当我们是好欺负的吗？"说着几个跑堂的就围上来拳打脚踢，像是要给这个喝"霸王酒"的人一个教训。

这种事情很常见，酒馆里的人也有分寸，不会打死人，我本来准备走开，却从缝隙里看到一张熟悉的脸。

"别打了，别打了。"我挤进人群说道，"他欠你们多少钱，我替他付。"

见了钱，酒馆里的人才收起了拳脚，但嘴上仍恶狠狠地警告了几句才罢休。

我也转身蹲了下来，看着趴在地上那个十分潦倒落魄的人说道："苏先生，你怎么落到这个境地了？"

听到我的声音，地上的人动了动，掀起眼皮看向我。那张胡子拉碴的脸正是苏子淳。几个月不见，他看着像是瘦了许多，整个人憔悴狼狈到和之前那个桀骜不驯的苏子淳判若两人。

看到我的脸后，苏子淳用力地眨了眨眼，我礼貌性地对他一笑，却见他眼睛蓦然瞪大，身子也猛地往旁边一缩，喊道："你是人是鬼？"

第十四章 冬至

我看了看自己整洁的衣服，又看了看地上脏乱不堪的苏子淳，困惑地问道：“我哪里像鬼了？”分明是他更像鬼一点儿吧。

苏子淳似乎酒还没醒，他用力地甩了甩头，然后一伸手握住了我的手腕。我阻止了身边欲上前的侍卫，任由他握着。

应该是感受到了我的体温和脉搏，苏子淳渐渐冷静下来，眼眶也逐渐充血。下一刻他眼睛一翻，人就昏了过去。

我只能麻烦同行的侍卫将他送到医馆。碰到他身子时，我才发现他不是瘦了一点儿，而是几乎到了瘦骨嶙峋的地步。

他到底经历了什么？怎么看着像是变了个人一样？

苏子淳似乎很久都不曾安睡过，迟迟未醒。而我准备先行回去，不管他经历了什么磨难，按我们的交情，我送他到医馆已经是仁至义尽了。

第二日天还没亮，守门人就说有人找我。出门一看，正是蓬头垢面的苏子淳，他应该是洗了把脸，至少脸上看着干净了许多。

我心里疑惑，却还是把他请到了正厅。苏子淳似乎有些坐立不安，刚到正厅就忍不住开口问我：“你为什么会在这里？”

倒是比我还早地问出这个问题，我也不在意，模棱两可地回道：“我家主人有事，就让我先待在这里。”

“可是那个小燕王说你死了。”苏子淳语不惊人誓不休。

这个胡元离，因为我不告而别就咒我死吗？

我勉强挤出一抹笑：“大概是小燕王有什么误会吧。”

此话一出口，我看到苏子淳眼里满是凄凉，他嘴唇嚅动了许久，才吐出了一句话：“他不是误会，只是不想帮我罢了。”

“帮你什么？”我听得一头雾水。

苏子淳的眼圈瞬间红了，嘴巴张了又张，半天都没有说出一句话来，似乎他想说的是一件十分难以启齿的事情。

“我师兄是冤枉的。”

空荡的厅堂中飘荡着这一句话，我一时间不知道是该诧异苏子淳口中的“师兄”，还是他说的“冤枉”。

诡异的安静后，我才开口说道：“王卓已经服罪，此事是皇上亲自下的旨，多说无益。”

可是我的话并没有打消苏子淳的念头，他仍然坚持说道：“师兄是真的什么都没有做过。”

我有些头疼，不想再去管那些根本就管不了的事情，再次开口：“那日的牢房里，你走了之后我问过王卓，他自己亲口说是他的错，他也不后悔。”

苏子淳安静了片刻，垂下脑袋，像是被折断了脖子的公鸡一样没有生气。

因为他的到来，再次让我想起了那些不愉快的回忆，那些自己拼尽全力最后却无能为力的回忆，所以我不再客气，准备赶人。

苏子淳像是半点儿都没看出我的送客之意，低着头自言自语道：“师兄没有受贿，豫州州官给他送的东西，全是些不值钱的家乡特产，只是打掩护而已，反而是他将自己手里的大把银钱送回豫州。因为他的父母在州官手里，因为他是州官一力捧上去的。”

我一愣，起来赶人的身子僵在原地。

苏子淳并没有看我，继续喃喃道：“豫州州官从不为民着想，师兄被推上来之后，每次都是将手里的银钱一部分给州官，剩下的瞒着州官匿名让人在家乡布施。所以抄家时他府里才一贫如洗，并不是因为他所说的自己挥霍了，而是因为他从未往自己手里敛财。”

心里越发烦闷，我突然不想听下去了，口气强硬地说道：“便是他做了善事又如何，疫病一事终归是因他而起。”

“不。”苏子淳忽然抬头，眼睛亮得吓人，“你还是没有听懂我说的话，我是说师兄他……什么都没有做过。”

心跳突然加速，我听到自己的声音不受控制地紧张起来：“什么意思？”

“我听闻疫病期间，师兄身边有个小医官因此病死去。太医身边的小医官几乎等同于他的左膀右臂，所有杂事都由小医官上手处理。可前段时间我去查探，却发现那个小医官家里的人突然全部搬走，没有一点儿踪迹。”苏子淳目光如炬地说道。

我的手背有些发抖，沉默了很久我还是说道：“这也不能说明王卓无罪。”

苏子淳面上没有半点儿犹疑：“师兄行医几十年，我们这些人中属他医术最好，若是州官真的不小心在送给他的礼品中有夹带，他不可能看不出来。只不过师兄向来都没有防备心，手下跟了他多年的小医官，若是瞒着他做些什么，也不是难事。”

我盯着苏子淳的眼睛问道：“这些话怎么之前没听你说过？”

这句话好像戳到了苏子淳的伤口，他的脸顿时变得雪白，眼眶红得骇人，声音也在发抖：“我也希望能早点知道，我也想问为什么不能早点知道，偏偏要到都过去了才知道……”

这是我第一次见一个七尺男儿如此崩溃的模样，偏偏苏子淳还努力睁大着眼，似乎怕一眨眼，眼里就会有什么东西不受控制地流出来。

“师兄甘心顶罪除了他受制于人的父母，还有……我。”

“你怎么了？”我反问道。

苏子淳的双手在膝上收紧，然后十分艰难地说：“我杀了自己的师父。”

脑袋里如同炸开了一道惊雷，震得我双眼发昏：“你这话是什么意思？”

“意思就是我年轻时贪玩，着急出去用错了药量，师父也一时疏忽没有检查，才酿成大祸。而师兄知我和师父情同父子，那时候我又年轻气盛，他怕我太过自责、一蹶不振，才一直瞒着不说。这一瞒就是十几年，最后甚至为了不让我为他难过，不让我为他沾惹是非，还口是心非地担下了这个罪名。”这几句话仿佛用尽了苏子淳的生命力，说完后他一脸灰白。

我感觉双耳有些耳鸣，半天才让自己勉强镇定了下来，咬牙说道：“便是因此事你对师兄心有愧疚，也不可把他从疫病之事中剥离干净。”

苏子淳看着我，眼睛都不眨地说道：“前不久我从另一个阔别多年的师兄嘴里得知了这件陈年旧事，他曾想讨好豫州州官，在州官面前不小心说漏嘴过。我原以为是师兄贪图荣华，才搭上了州官，现在看来分明是州官知道了师父死去的真相，才借此要挟让师兄为他效命敛财。

“师兄就是脾气太好，对我们这些无理取闹的人处处忍让包容，对我们有时候偷懒栽赃到他头上的事情也只字不提。他知道我和师父情同父子，他知道我向来心高气傲，定然承受不住误害师父的罪名，所以他自以为两全其美，认了疫病之罪换自己父母无忧，认了杀师之罪让我不必背负愧疚自责，独自一人咬牙咽下了所有的秘密。”

暗里仿佛有什么不知名的东西再次生根发芽，我恍惚想起王卓一脸坦然地说自己问心无愧的样子，心像是被人狠狠地揪了一把。

我本以为疫病事件中，最后只是不痛不痒地死了几个帮凶，没想到现在苏子淳却告诉我，事件中死去的不是一个帮凶，而是个无辜之人。

“我曾找过小燕王，可是他没说几句就把我赶走了，我问起你时，他脸色非常难看地说你走了，我这才误会了。我实在无颜面对清醒的自己，才一直颓废消沉地自我放纵。”苏子淳稳定了情绪，目光灼灼地看着我，“再次遇到姑娘，我才有了希望。你曾说过人要为自己的选择而承担后果，我师兄一心向善，是不是不该落一个这样的结果？”

我下意识避开苏子淳的目光，声音僵硬地说道：“你所说之事全是你的猜测，王卓已经认罪伏诛，仅凭你一面之词，哪能那么容易翻供？”

“没错，我是什么都没有，可是我就是最大的人证。我是唯一一个知道豫州城内有感染相同发热症的大夫，我也是唯一一个众人口中和师兄敌对的对头。过去这数十年，原先我被仇恨遮了眼，不辨是非，现在我才真正地看清楚了。师兄有冤屈，即便没有确切的证据，难道这些疑点，都不值得去查探吗？”

苏子淳带着乞求的目光，幼稚又热切，他肯定也是没有办法了，不然也不会郁闷潦倒到四处流浪，喝得烂醉被人追打。

一时间我什么话都说不出来，无法说没人在乎这些疑点，没人相信一个籍籍无名的草根大夫之言。

我知道苏子淳心里肯定也很明白，可是他没有办法，只能抓住我这根救不了命的稻草。

最终我只是让他暂时在川西找处地方住下，说我来想想办法，其实我们心里都清楚，这希望渺茫到几乎没有。

先前的事件也有着重重疑点，却还是被忽略掩盖，现在就凭一个平民的一面之词，谁会愿意倾力彻查？即便是太子高玠，恐怕也不会放过多的注意力在这上面，毕竟如今他的主战场是朝堂上的攻城略地。

我们曾经绞尽脑汁查出来的真相，最后只让一个无辜之人顶了罪，这个事实让我彻夜难眠。

我翻出纸墨，半天没落下一个字。高偃曾经说过，疫病一事，和高弘朗无关。那我要如何告诉他呢？或者说我可以告诉他吗？

迟疑了数天，我还是提笔给高偃去了一封信，简单叙述了苏子淳提及的事。

苏子淳无数次上门问及事情的进展，每次我都只能说在努力中。我可以清晰地看到苏子淳眼里的希望一点一点寂灭下去，或许他心里也清楚，可还是坚持每日上门询问，仿佛他如今活着的全部希望，就是等待我每日的答复。

格桑花的花期就要结束了，我始终没有等到高偃的回信，因为无法一直心安理得地对这个冤屈视而不见，我干脆躲到了格桑花田里。

这些天几经辗转，我甚至有想过——要不，我回皇城去看看？

心里一旦有了这个念头，就会愈演愈烈，连带着极为艳丽的花田也失了几分颜色。

在花田待到了太阳下山，我才起身准备回府。一转身，却看到了五彩斑斓的花丛里那一道极为显目的红色身影。

胡元离也瘦了，往日里总是吊儿郎当上挑的眼角，如今也下垂着。

不管我想不想承认，看到他时，这些天一直阴郁的心情突然轻松了些，大抵是因为我们曾经共同为一件事努力过。

胡元离一动不动地看着我，看得我心底直发毛，远处一直跟着我的侍卫也没了踪迹，不知道是不是被胡元离使了手段支开了。

受不住这诡异的气氛，我努力挤出一抹笑容，不由自主带着几分讨好地问道："王爷怎么也来这里了？"

听到我说话，胡元离才有了动静，抬步一声不吭地向我走来。来势汹汹，吓得我退了半步。下一刻，我被他扯入怀里，他的动作很快、力气很大，完全没给我反应的时间。放置在我后颈的手掌在微微颤抖，给了我一种他想掐死我的错觉。

我本想推开他，可我一动，他就抱得更紧，勒得我身上的骨头都疼了起来。

"你真是让我好找！"半晌，头顶才响起胡元离咬牙切齿的声音。

“王爷，咱有话好好说……”我僵硬着身子小声说道。

胡元离闻言，终于慢慢松开了我，可是握住我的手臂并未松开，似乎怕我转身跑掉：“老五真是好算计，你也是，在这里躲得倒是轻松，说都不跟我说一句，害得我差点把皇城翻了个底朝天。”

我讷讷地解释道：“五爷怕我再去多管闲事，就把我先送远点儿。”

胡元离并未说话，像是不信我的言辞，我也从初见他的震惊中反应过来，顿时想起了前几天出现的苏子淳，于是问道：“王爷来这里是为了苏子淳吗？”

握住我胳膊的那只手掌一紧，胡元离几乎是磨着牙说道：“你再给我装，我分明是为了你。”

如此直白的话语让一向镇定的我脸上也有些发热，对上胡元离喷火的目光，我小心翼翼地问了一句：“那王爷是什么时候来的？”

话一出口，胡元离看着我的目光瞬间变得很奇怪，有点儿像误闯到夏日里的雪花一样不知所措，又像在冬日里悄悄盛开的寒梅一样隐秘芬芳。

他的声音也前所未有地消沉：“我早就来了这花田，本来想看看你什么时候能看见我，却发现你总是只知道向前走，从来都不会回头。”

我突然有些说不出话来，胡元离也似乎看透了我，他叹了口气，松开一直握着我的手掌，说道：“我原以为因为我们曾经一起查疫病，你待我是有些不同的，现在看来，你之所以选择对我说那些事情，无非你想查，而我恰好能查罢了。”

不知道是不是被他说中，我心口处平白有些发闷，既然他主动提起，我也就顺着说道：“我又见到了苏子淳，他说王卓一事另有隐情，我们所查的并非全是实情，王爷可知晓此事？”

“你就只有这些话想说吗？”胡元离一点儿都不在乎我的询问。

气氛太过古怪，竟让我生出几分逃走的冲动。

可没等我走开，胡元离又一次开了口，声音像是个被丢弃的孩子：“荼蘼，你的心到底是什么做的？”

花田刮过一阵风，无情地卷起了无数花瓣在半空中飞舞，这幅景象真是有种绮丽的美。

回到住处时，我见苏子淳还守在门口，明明才三十多岁，他的身形却佝偻得不像样子。没有从我口中得到任何消息，他再一次满眼失望地离开。

有时候我也好奇，像这样次次希望落空，究竟是什么在支撑着他一次又一次来到这里？

胡元离的出现让我明白，有些事是躲不掉的，就像我即使来到川西，也还是遇上了苏子淳。所以晚上我给高偃写的“生活总结”中，大意只有五个字——“我想回皇城”。信的末尾处我还提起了胡元离，这一次的高偃，应该不能再对我的信视而不见了。

第二日，胡元离再次出现，只不过这一次他完全没了昨日的消沉落寞，而是像打了鸡血一样，不由分说地住进了我所在的这座宅子里，谁都赶不走。连付文成听闻消息后都上门问起，可胡元离仍我行我素，不把他放在眼里。

如今皇城里局势紧张，高玠那里正急需人手，可胡元离不管不顾地赖在这里，难道不怕高玠日后对他心生芥蒂吗？

我拿这个话头暗示了胡元离许多次，胡元离却如同一个市井地痞一样说道，我在哪里他就在哪里。

如此孩子气的举动让人十分头疼，却也让我以往平静而枯燥的生活多了一些鸡飞狗跳的闹腾。

这一次高偃的回信特别快，和他的信一起到的还有几个侍卫，说是接我回去。

我的“休假”生活，随着苏子淳和胡元离的接连出现，彻底结束了。

离开前我去找了苏子淳，告诉他我要回城，日后无法同他日日见面了，不过我会再给他写信来说消息，也希望他不要轻举妄动。

看到苏子淳如今形销骨立的模样，我离开时还是忍不住开口：“真相揭开之前，还请苏先生保重身体。”

“师兄之事未大白于天下，我必不会死，否则九泉之下，我……无颜见他。”

苏子淳眼里奇异的光彩让人不忍多看，我心里莫名有些害怕，害怕若是王卓一事昭告天下后，他还怎么活下去。

胡元离待在府里，消息倒是比谁都灵通，得知我要回去，马车还没出发，他就已经挤了上去。几个秦王府的府兵，终究不是众人口中“小阎王”的对手。

回去的路上，胡元离嘴巴一直停不下来，各种没话找话说个不停，让本来坐车就晕的我更加难受了。最终忍无可忍的我开口截了他的话：“王爷是不是准备不再管王卓一事了？”

胡元离一愣，安静了片刻。

在川西的这几日，他从未找过苏子淳，而且在苏子淳每次上门找我时，他也不见踪迹。

“你要管吗？”胡元离反问我道。

我也没有遮掩，说道："不然王爷觉得我在川西待得好好的，为什么还要回皇城？"

见我如此爽快，胡元离反而迟疑起来，半天才语气不明地说道："一直以来我都很好奇，为什么你明明只是一个丫鬟，却总是一副什么都不怕的样子，看起来比我们这些人都有勇气？"

"大概是因为无知者无畏吧。"我诚实地回答。

胡元离眼神慢慢放柔和，问道："你是已经有了证据？"

"没有。"我回答得理直气壮，"苏子淳除了自己的一堆猜测，什么都提供不了，此事的证据肯定大多数都已被清理干净，所以让我去找，也很难。"

胡元离似乎有些无语，半天才说出一句话："既然如此，你为何还一副胜券在握的模样？"

"因为这几天我想到了一个有些风险的法子。苏子淳手里确实是什么都没有，可是……"我顿了顿，对着胡元离循循善诱，"苏子淳只找过你我二人，也就是只有我们知道他手里什么都没有，换作旁人可是不知道的。"

"你的意思是……"胡元离的眼睛蓦然瞪大，在他的注视下，我面不改色地点了点头。马车里顿时变得十分安静，胡元离的眼神几经变幻。

"荼蘼，还好你是女子。"半天，胡元离才憋出这一句。

我装作没听到，看着胡元离变得熠熠生辉的面孔说道："那王爷如今可是要管此事了？"

胡元离极为郑重地点了点头。我再次试探性地问："这一次王爷不会再让背后之人只损失些银钱了吧？"

胡元离眼里闪过一丝狠厉，冷笑道："这一次我可不会轻易把手里的牌放出来了，就算要不了他……的命，也要他脱层皮，再无翻身之日。"

这几句话说得有些骇人，我却因此心里松了口气。

接下来的路程，我便不再多言，可胡元离不知道怎么回事，一直盯着我看。马车里并不宽敞，不管我怎么躲都避不开他如火炬般的视线。

我实在无法忽视，最后开口说道："你能不能不要一直盯着我看？"

"不能。"胡元离毫不犹豫地回答。

被他噎了一下，最后我直接拿出块手帕，盖到了自己脸上——毕竟我也不敢盖他头上。

到皇城时，已经快三更天了，大街上几乎空无一人。

我一直防备着胡元离，怕他阻挠我回去，可出乎意料的是，他并未多说什么，而是任由马车驶向秦王府。

马车刚一停下，脸上的手帕就被胡元离扯走，我问他要，他也不还。正当我放松警惕，起身不理会他准备下车的时候，手臂突然一紧，人被他拉了回去。

瞬间我的后背贴上了他的胸膛，他一只手钳制住我的腰际，在我耳边开口说道："我知道皇城里的是非多，可我还是没办法过你不在这里的日子，你……不要怨我把你找回来。"

我并未回头，一点一点掰开了他的手，说道："我是自己主动回来的，和王爷无关。"

这一次，胡元离没有再拦我下车。后来，我才知道为什么明明他有无数个法子，却没有阻拦我回秦王府。因为，他想让我自己离开，也知道我会……离开。

回到了熟悉的院子，高偃还未入睡，见我进来后并未有半句责怪，既没有问我苏子淳之事，也没有问胡元离，只是让我先下去休息。

第二日待我也是如此，他似乎很疲惫，话变得很少，不再带我出去，也不让我出院子。让我生出了自己被软禁了的感觉。

可是他对我的态度并未有半点儿不好，他大概是怕我回来再去查王卓之事吧，我这样安慰自己，所以也就先听话老实地待在院子里。

刚回来不过五日，院子里就来了个熟人，算起来我也许久不曾见过吴云韶了。

看到我时，她虽是一副傲慢的模样，却没了以往的颐指气使，只是语气还是不怎么好："一个多月没见你，我还以为你被赶出去了呢，怎么还在这里？"

我恭恭敬敬地行了个礼："前些日子，奴婢被五爷派到了其他地方，才刚回来。"

高偃不在府上，吴云韶如同主人一样径直走向高偃那屋。我犹豫了一下，还是上前提醒道："五爷还未回来，吴小姐不妨先去正厅里稍等片刻，奴婢这就派人去找王爷。"

吴云韶斜睨了我一眼，并未说话。她身边那个向来嚣张的丫鬟再次开口："我家小姐来了许多次，都无人说过什么，你算什么东西，也敢来指手画脚。"

我面上笑容未减，仍是一副掏心掏肺的模样："五爷现在不在屋里，奴婢也是为吴小姐的名声着想。"

此话一出，吴云韶突然笑了起来，我一头雾水之际，正好看到高偃匆忙走进来的身影。他似乎有些着急，走得额头都有些冒汗，脸色也格外红润。

我眼前一亮，还未对他行礼，耳边再次响起那丫鬟的声音："我家小姐是皇上亲自下旨封的秦王妃，年后就要成婚，哪里有人敢说什么胡言乱语。”

行到一半的礼停了下来，与此同时，视线里高偃方才还十分红润的脸，变得没有一点儿血色。

不知道从什么时候开始，时间像是按了快进键一样飞快地流淌着。

“今年的雪来得格外早啊。”屋檐下，李茂山揣着手，看着渐渐泛白的地面自言自语道。

我闻言看向他，这才发现今年这第一场雪，似乎把他的鬓角也染白了。我默默转身去拿了打扫的工具，李茂山目光从我身上扫过，一言不发地走向了里屋。

握住扫帚的手掌被冻得通红，可是扫地的速度始终赶不上下雪的速度，外面的含玉也忍不住出声提醒我不用扫了。我便收了扫把，随她一起站在门外，看着这漫天的雪景。

身后的里屋格外安静，仿佛里面空无一人。因为下雪，除了必要的工作，大家几乎都闭门不出，连带着府上也十分安静。

从一个月前高偃送走吴云韶后，秦王府便再没有任何客人上门，安静到整个王府像是与世隔绝了一般。

冬天的夜晚本就黑得特别早，再加上这淅淅沥沥的小雪，越发显得天气阴沉。

还没到用晚膳的时候，院子口就出现了珠翠探头探脑的身影，我跟含玉说了一声后，就跟着珠翠一起走了。

刚走到浣衣园子，就听到里面传来阵阵的欢声笑语，和高偃那个冷清的院子截然不同。

我一踏进去，青黛就把我从珠翠身边拽了过去，快言快语地抱怨着：“你可算是来了，这群丫头一个个都只顾着玩乐，闹了半天也没几个人干活儿，再这样下去，这个冬至可就吃不上饺子了。”

“青黛姐姐过了年可就要为人妻了，自然会嫌弃我们这些姑娘家手脚慢了。”一个脸生的丫鬟打趣道，青黛红着脸作势要掐她，顿时一屋子的人笑成了一团。

天彻底黑了的时候，几个手脚麻利的丫鬟开始张罗着去煮饺子，刚一开门，蔡嬷嬷就带着李茂山走了进来。

屋里仍是笑闹声不断，李茂山顺势在我身旁坐下：“今儿个五爷胃口不大好，这晚上呀，可是什么东西都没吃呢。”李茂山不时地偷瞄我，我低头和青黛说着话，浑然不觉。

蔡嬷嬷只能接了话说道："我说怎么瞧着五爷这几日像是瘦了些。"

李茂山叹了口气，又提高了声音说道："可不是嘛，这个把月他都不好好吃饭，往日里他还能听我几句劝，现在我的话他是半点儿都听不进去。"

屋里稍微安静了一些，我仍拉着青黛说话，青黛有些为难地在我和李茂山之间看来看去。

李茂山见我始终装傻，终于忍不下去了，直接点名说道："荼蘼，要不你去跑一趟问问五爷要不要过来？去年不是还多亏了你开口，五爷才来了吗？"

我看向李茂山，在他满怀期待的目光下缓缓说道："公公可是五爷身边的老人儿了，您说的话五爷都不听，他哪里还能听进去我这个小丫鬟的？我还是不去打扰五爷了。"

李茂山脸色肉眼可见地一僵，蔡嬷嬷在一旁拼命地给我使眼色，我只是转了视线装作看不见。

屋里变得鸦雀无声，李茂山也沉默下来。直到几个丫头端着热腾腾的饺子进来，才打破了这氛围。

吃过晚饭，我本想多和青黛待一会儿，毕竟她马上就要离开了，这一走，怕是以后我们就没有机会再见面了。

李茂山却一手扯着我，说外面下着雪，自己腿脚不便，要我一起离开。

他走得格外慢，我只能撑着伞，小心陪着放缓了脚步。刚走出浣衣园子，李茂山就轻声说道："这段时间城里的风太大，刮得人都不敢说话了。"

对上李茂山满是深意的眼眸，最终我只是应和道："是呀，可能是临近过年，要变天了吧。"

李茂山闻言眉毛一挑，缓缓说道："看来你也不是个愚笨的，都从川西回来几个月了，怎么我瞧着你心里还有怨气？"

我面上并没有什么变化："公公言重了。"

见我避而不谈，李茂山过了很久才说道："别看我是个奴才，可我是看着五爷长大的，他从小就话少，可我能瞧出他什么时候是开心的、什么时候是不高兴的，方才我让你去他跟前叫他，自然不会坑害你。"

不想再讨论下去，我干脆扯开了话题："这样说起来，公公之前也是皇后宫里的吗？"

说起往事，李茂山的表情变得柔和了起来，声音也多了几分暖意："是啊，我打小进宫就是在皇后宫里当值，是和……丽嫔在一起服侍主子的，那时候的她很爱笑，就算是总被人欺负，也是整日笑呵呵的。”

我没有接话，静静地听着李茂山回忆。

他抹了把脸，声音渐渐低落了下来：“可是后来她变成了丽嫔，我变成了她身边的奴才，就很少看到她笑了。生了小王爷后，因为小王爷养在皇后娘娘身边，为了避嫌，她很少亲近小主子，可是我知道，每次看到自己儿子，她虽然没有什么表情，眼里却才有了几分往日的笑意。”

见李茂山丝毫不忌讳地对我说着这宫里的旧事，我不禁带上几分真心地安慰道：“怪不得五爷离宫时唯独带走了公公，定是对公公十分信赖。”

李茂山闻言一笑，笑容里颇有几分心酸意味：“她不在了，我肯定要帮她照看好孩子啊。”

心里一动，对上李茂山满是心酸的笑容，我突然什么话都说不出来了。

李茂山突然脚步一停，撑着伞的我也跟着停了下来：“五爷打小就是个不爱说话的性子，凡事都憋在心里，和他母妃一样，便是受了欺负也不说。可是我能瞧出来，他待你是不同的。”

李茂山真诚的脸让人有些不敢直视，我深吸了口气正准备说话，却见李茂山的视线越过我，落到了我身后的远处：“你若是心里念他过去还有几分好，就稍微让着他些吧。一个人习惯把所有的事都憋在心里，时间一长，便是他想说，也不知道该怎么说了。”

我慢慢回头，看到后院池边的水榭上，有一道孤零零的身影站在雪里一动不动。

李茂山说完，转身慢吞吞地离开了。

站在原地迟疑了很久的我，还是向池边走去。认真算起来，我和高偃确实是许久都不曾说话了。吴云韶走后，他没有再叫过我去跟前服侍，我也待在自己院里转悠，不主动上前。过了这么久，有些事，终究还是说明白为好。

将手里的伞举到高偃头顶，我主动开口说道：“五爷，这雪下得大，改日再来看这些鱼吧。”

听到我的声音，高偃像是被冻僵了一样，转过来的脖子显得格外僵硬。慢慢地，他的眼里才有了温度，像是有些不知所措，笨拙地问我：“你吃过饭了？”

他一说话，我就闻到了淡淡的酒味，今日他并未出门，怎么会在府上喝起了酒？

我点了点头，说道：“在浣衣园子里吃过了。”

高偃呆愣愣地看着我，我只好解释道：“青黛过了年就要年满出府了，所以我多留了会儿同她叙旧，这才回来得晚了些，倒是让五爷身边没了侍奉的人。”

“青黛？”高偃机械地问。

知道他一般不会去记下等奴才，我继续说道：“就是我还在浣衣园子时认识的小姐妹，比我大一岁，所以比我早一年离府。”

下一刻就见高偃瞳孔微缩，如同回了神一样，声音格外僵硬地问道：“你要离府？”

“对呀。”我努力自然地笑道，“王爷不会忘了明年我就十九了吧？过了明年，我和青黛一样就要满二十出府了。”

话音落，空气死一般的沉寂。

我静静地撑着伞，举得手臂都有些酸疼。

高偃上前一步，我下意识地往后一缩，不知道我的举动是不是惹怒了他，下一刻他的眼神像中了箭的孤兽，似乎在这静谧的雪地里无声哀号。

最终，高偃慢慢转身，我赶紧跟上一步，给他撑起了伞。只见他头也不回地抬手一挥，我手里的油纸伞被他打落，在结了冰的湖面上翻了几个跟头，搅得一片雪地凌乱不堪。

“我不需要。”此时高偃的声音，似乎比天上飘的雪花还冷。

他走了以后，我一个人忙活了小半个时辰，一开始尝试着踩了一下冰面，只听一阵“咔咔嚓嚓”的声音。然后我又在湖边转了许久，还是一无所获。最终我回到原地，看着湖面上的油纸伞被风吹得越来越远，环顾四周都找不到一个能挽回它的工具。

怪只怪这冰面太脆弱，风又太大，所以才让人无法靠近它。

抬头看了下天空，雪下得确实不大，也对，并不是非要这把伞不可。

等我回园子的时候，身上已被淋得半湿。雪花虽不大，可是碰到人的体温，几乎是瞬间就化成了水。

高偃的屋子隐隐传来瓷器破碎的声音，我脚步一顿，仍不改方向地向我自己的屋子走去。

刚把门推了一条缝，身后就传来李茂山气喘吁吁的声音：“荼蘼，你快去五爷屋里看看，他刚才回来又喝上了酒，还把我赶了出去。他这一天都没怎么吃饭，晚上又喝了好几坛的酒，再好的身子也吃不消啊。”

看到李茂山急得通红的眼眶，我最终还是合上了门，对他说道：“王爷也不听我的，我最多也就是帮着劝上几句。”

“好好好……”李茂山不在意，忙不迭地答应。

到了高偃门口，里面无人应答，在李茂山哀求的目光中，我只能壮着胆子推门进去。刺鼻的酒味扑面而来，屋里漆黑一片，还不如外面的雪地明亮。

我摸索着往里走，小声喊着："五爷？"

眼睛还没适应黑暗，忽然被一股力猛地拉了进去，来不及惊呼，我就落入了一个满是酒气的怀抱。

逆着门口的光，我模模糊糊看到了高偃的轮廓，门外的李茂山并没有跟着进来。

还未来得及开口说话，一股温热的气流扑面而来，我下意识地偏头，脖颈处落下了一片柔软而冰凉的触觉。我条件反射就要推开他，刚一抬手，脖颈处传来一阵刺痛——他竟然咬我，吓得我不敢再动。

"你说过的话，不要不作数。"耳边传来高偃梦呓一般的声音。

脖颈处冰冷的触感渐渐向我脸上挪动，夹杂着高偃低不可闻的声音："我……心里……有……"

在那触感贴近我嘴角的前一刻，我握拳说道："五爷，你看好，我是荼蘼，不是……吴家小姐。"

紧贴着我的身子猛地变得僵硬无比，时间一分一秒地流逝，高偃的呼吸突然急促起来。

下一刻他就松开了我，声音仿佛压抑着滔天的怒意，又像是个被戳破心事的小丑一样恼羞成怒："滚出去！"

声音不小，外面的李茂山肯定也听到了这一句话，所以我出去的时候他才没有再拦我。

进了自己屋子，我背靠着门下意识地拉了拉衣领，手指还僵硬地无法正常舒展。

站了许久，我才回了神，没等我有动作，我才后知后觉地发现屋里有些不太对劲——原本被我封死了的窗户，如今大大地敞开着，显得整个屋子格外敞亮。再一看，我床上似乎半躺了个跷着二郎腿的人影，一动不动地在盯着我看。

"你把我的窗户怎么了？"视线落在透亮的窗户上，我终于憋出了一句话。

床上的胡元离闻言慢慢坐起，也不着急站起来，仍是坐着说道："你也好意思叫那是窗户，又不是在养鬼怪，谁会把自家窗户钉死？"

我抬步走向窗户，看到上面原本钉的钉子和木板都消失得无影无踪，要不是还留着些小洞，我都以为自己不曾找人封过窗户。

我没好气地说道："鬼怪有没有我不清楚，这晚上秦王府里的侍卫不够谨慎，我不过是防着溜进来的飞贼罢了。"

我抬手想将窗户关上，按了半天窗扇还是纹丝不动。这一瞧，我才发现，原本的钉子还在，只不过是变了个位置，钉到了窗栏的交界处。也就是说，我的窗户现在还是被钉死的，只不过之前是钉死了打不开，现在是钉死了关不上。

心头原本的压抑，倒是被渐渐涌上来的怒气给驱散了些。我转身又问了一遍："你把我的窗户怎么了？"

胡元离坐在床上挪都不挪一下，懒洋洋地说："没事儿，不用谢我。"

被他噎了一下，半天我才咬牙切齿地问："你什么时候干的？"

也不怕被人发现？

胡元离仍是一副颇为得意的模样："这院子里今天晚上都没什么人，倒是方便我下手，小爷我可从来都没干过这种脏累活儿，如今又为你破例了。"

我的牙齿几乎都要磨出声了，看来明天我还得再请木工来一趟了。

我怒气冲冲走到床边，就差指着他的鼻子吼道："你又来做什么？先前不是说不会擅闯我的屋子吗，怎么现在又说话不算数了？"

借着窗户透进来的月光，我看到胡元离虽然面上仍是一副玩世不恭的模样，眼里却没有一点儿开玩笑的意味："我若是不擅闯，怕是永远也等不到你主动找我的那天。"

不知为何，被他这样看着，我竟然生出了几分不自在，声音也不由自主小了起来："屋里这么多凳子，你干吗要坐我床上啊？"

"我还没嫌弃你，你倒是嫌弃上小爷我了？"胡元离眼里满是惊愕，一双单眼皮的眼睛瞪得圆溜溜的，整张脸像是只充了气的青蛙一样。

我没有回答，伸手就去拉住他的衣袖。也不知道胡元离身下是不是挂了秤砣，我铆足了劲儿，他却坐着纹丝不动。

我专心致志想拉起他的时候，忽然听他说道："皇上的身体这段时间越来越不好了。"

"怎么会啊，都没有听人……"我停下动作，开口就想反驳，说了一半便停了下来。也对，皇帝的身体状况，怎么可能会让每个人都知道？也就只有到掩饰不住的程度，才会不得不昭告天下。

那胡元离现在告诉我，是不是就代表……

不等我心里乱猜，胡元离就给了我答案："过几天消息应该就会慢慢传开。"

我的心情一点一点下落，低声问道："什么时候开始的？"

"年初就有征兆了。"胡元离的声音也越发低沉，"毕竟皇长孙刚去，京城里又因疫病而恐慌，这么多事攒到一起，一般人都承受不住。多事之秋，他的消息更不能对外泄露，也就给他诊治的太医院院首郑泰和知道。”

“齐王知道吗？”我直接问出了这个问题。

胡元离突然一笑，说道：“我刚才说了，再过几天消息就会传开。”

所以皇帝的身体已经到了无法隐瞒的地步了吗？怕是这个年……又不太平了。

见我一直不说话，胡元离反而松了口气：“这也不全是坏事，王朝更迭、江山易主也是早晚的事，虽然可能避免不了混乱，可是越乱反而越好，正好借此时机把所有隐患都抬到明面上，也方便连根拔起。”

这种事也对我说？我诧异地看着胡元离，见他仍是一脸坦然，似乎没注意到自己说的消息有多机密和僭越。

“苏子淳也歇息好几个月了，如今怕是已经彻底恢复过来了。”胡元离又补充道。

心口处不受控制地“怦怦”直跳，这种政权更迭的大事，其实……我没那么想知道的。

察觉到胡元离的视线一直在往下瞄，我低头看去，这才发现刚刚谈话间，我被他转移了注意力，竟然一直拉着他的衣袖。

努力收回心思，我面不改色地继续用力拽他：“一码归一码，你先起——”

话还没说完，突然见胡元离眼睛微眯，我顿时有种不好的预感，还没来得及松手，我的手腕就被他反手握住。

下一刻胡元离嘴角勾起了一抹不怀好意的微笑，随之他整个人往后一仰，一下子把我也扯到了床上。失去平衡倒下的时候，胡元离空着的手掌不知何时垫到了我的后脑处，才没有让我的头磕在床上。

没等我爬起来，他忽然把手一抽，整条手臂横在我的脖颈处。我顿时像是只被人压住脖子的青蛙，挣扎了半天也没能坐起来。

“你把手给我挪开。”我推搡着他的手臂说道。

方才屋里还严肃的气氛，此时也消失了个干净。

胡元离整个人呈一个“大”字仰面惬意地躺着，手臂还牢牢地压着并排躺着的我。

“你再这样我就要喊人了，到时候丢脸的可不是我。”我忍无可忍地发出警告。

胡元离终于有了动静，掀起眼帘看了我一眼，说道：“喊吧。”

嘴巴张了又张，最终我还是闭了嘴，按他的性子，指不定到时候吃亏的是谁。

挣扎了半天也没有一点儿用，我终于泄了气，只能放缓了语气说道：“王爷还有什么事吗？咱们能不能先站起来好好说话？”

胡元离这才偏过头来看我，眼里满是得意，像是在说——我还治不了你？

我肚里有气也只能忍着，毕竟我们的武力值悬殊。

“我想吃饺子。”

他刚一开口，我还是没能控制住脾气，抱怨道：“燕王府就没有会做饺子的厨子吗？”

胡元离并未恼怒，一脸认真地对我说：“我想吃你做的，就像去年那样。”

感觉他手臂的力道松了些，我趁机用力推开他，嘴上说道：“那你来晚了，我们包的饺子都吃完……”

身子刚坐到一半，又被他握住手臂狠狠地扯了回去。这一次他没有再伸手接我，使得我的后背重重撞到了床板上。

“你……”我再次气急败坏地想要开口骂，刚吐出一个字，后面的话就被咽回了肚子。因为我看到胡元离的那双眼睛里，不知何时布满了层层翻涌的乌云，便是刚才谈起皇帝的事，也没见他这个表情，莫名让人不敢再说话。

他半起了身，手肘撑在我的身侧，另一只手伸向了我，指尖在我脖颈处落下，我还没来得及反应，那里突然传来一阵刺痛。我这才想起来，方才高偃喝醉在我脖子上咬了一口。

几乎是在想起来的同时，我抬手握住了胡元离的手指。他一愣，便任由我拉着，只是眼里没有一点儿笑意。

我往旁边挪了挪，勉强挤出一抹笑说道：“我……我突然想起来，后厨那里还有些剩的饺子，王爷你要吃吗？”

时间一分一秒地流逝，胡元离始终都没有说话。不知过了多久，我感觉自己的脸都笑僵了，才听到胡元离闷闷的一声“好”。

心底松了口气，我翻身坐起来，这一次，他终于没有再阻止我。

多亏了下雪，一路上并没有遇到其他人，到了后厨那里，我塞给守夜的厨子一块银子，说是自己饿了，他便乐呵呵地转身挪了个地。我这才把暗处的胡元离叫了出来。

厨房里只有一个小灶台还生着火，我也就自力更生地找来锅和水开始忙活。胡元离则像大爷一样，双手抱胸站在我身后，盯着我一动不动。

还好厨房剩了些饺子，都是些品相不怎么好的。我也不管不顾，统统丢进锅里，想着把身后那个大爷给送走就行。

出乎意料的是，看着一碗“歪瓜裂枣”的饺子，胡元离竟然没有一声抱怨，反而坐在小桌子上埋头吃了起来。我也坐在一旁，耐心等他吃完。

不一会儿，一大碗饺子就被他消灭了个干净，我瞠目结舌，他的饭量也太大了些吧。

胡元离搁下干干净净的碗，才开始说话：“你和我回燕王府吧。”

怎么又提起这一茬了？

看着胡元离严肃的表情，我颇为无奈地糊弄道：“我在这里也挺好的。”

“这里到底有什么让你舍不得走的？”这一次胡元离没有那么容易被糊弄了，大概是因为方才在屋里的事情。

想来我的年纪也不小了，不能躲他一辈子，冒着顶撞他的风险说清楚了也好。

我收起了敷衍的态度说道：“王爷清楚我的身份吗？”

胡元离眉头一皱，不假思索地说：“我说了，只要我愿意，没有人敢多说什么。”

“对呀，这一切都是以‘王爷愿意’为基础的，如果有一天，王爷不愿意，后悔了呢？”

“我不会……”

“王爷不必着急承诺什么。”我打断了他的话，格外认真地说，“毕竟一辈子那么长，便是你现在说的，未来也没人能确保一直不变。而我无论在燕王府还是在秦王府，其实都是一样的，只是个讨喜的玩意儿罢了。”

胡元离眼里满是疑惑，却没有开口打断我。

我继续说道：“王爷日后若是对我失了兴趣，无人会说也无人会指责，而王爷身后自然还有成千上万‘新鲜’的人，还有家财万贯富贵加身。可是我就不一样了，既无亲人依仗，也无钱财傍身，被‘新人’看不惯扫地出门，也不是不可能的。只依仗恩宠而活，最后也会因为恩宠而死。我不懂什么大道理，也没什么贪图富贵的心思，就是比较惜命罢了。”

胡元离的眼神渐渐冷静下来，似乎明白了我的意思，他像是赌咒一样说道：“你若是愿意信我，我可以拿自己的性命作保。”

我看了他许久，他没有丝毫闪躲的眼神，只是我最终还是笑着摇摇头，说道：“我不信。”

在胡元离发怒之前，我又说道：“我只信自己，我想要过的生活，只有我自己才能给。”

胡元离仍不死心，刨根问底道：“你究竟想要什么样的生活？”

我知道若是不说清楚，胡元离必定不会罢休，所以哪怕会惹怒他，我也平生第一次把心里的话全说了出来：“想要祭拜别人，我可以正大光明地走进灵堂里；别人打我耳光，我可以毫不犹豫地打回去；有人问我有什么想问的话时，我可以不必压抑，畅所欲言地问回去；不必见人就跪、逢人就叩；生气就骂，高兴就笑，想哭就哭，想闹就闹。这仅有一次的人生，不需要任何人教我，就按自己的想法去活。”

随着我的话，胡元离像是石化了一样没有一点儿反应。我的这些思想，对他们而言，的确是太过出格，怕是他也很难接受。

最终，我缓缓说道：“像我这种人一抓一大把，王爷若是心里不讨厌我的话，还请王爷见谅，我不是不想，而是不敢依附别人而活。”

胡元离垂着头，半晌才又抬起头来。可他的眼神却像装了两轮月亮一样越来越亮，十分诚恳地说道：“我明白了。”

看着胡元离那不见半点儿怒气和失落的眼眸，我有些怀疑地问：“真的吗？”

“嗯。”胡元离重重地点了下头。

第十五章 嫡出

第二日清晨，高偃并未按时起床，很是罕见的，李茂山也没有进屋叫他，只是托人去跑一趟，称高偃身体不适，今日无法上朝。

回想起昨天那一屋子的酒气，怕是现在他还没有醒来，所以连带着整个院子都静悄悄的。

午时已过，屋里仍没有一点儿动静，屋外的李茂山脸上也多了几分忧色，可还是没有擅自进去。

当李茂山在我眼前来来回回走到第二十一趟的时候，院子里进来了个守门的府兵，说是高弘朗来访，还带了两辆马车，如今人和车正在后院里。

李茂山这才松了口气，又看了一眼站在旁边的我，就把我支去给人领路，自己则急匆匆地进了里屋去叫人。

许久才听到里屋有了动静，然后含玉便端着洗漱的东西进去了，而我则去了后院。只见高弘朗坐了一辆马车，剩下的两辆马车里面是满满当当的礼盒，或大或小，都是些珍贵的东西。

他也没有遣人去搬放，只吩咐先放着。与此同时，我看到了高弘朗身边一道熟悉的身影——是良秀。

听那跟随高弘朗前来的奴才口里的称呼，我才知道如今的良秀已经升到了侧妃的位置。

如果我没记错，她进齐王府还不到一年，现在不仅身份大变，竟还能让高弘朗去自己兄弟府上也带着她，看来确实颇得高弘朗宠爱。

我主动上前禀明来意，高弘朗并未在我身上多投注目光，就随着我一起走了，良秀也低眉顺眼地跟着，没半点儿侧妃的气场，反而还像是个逆来顺受的丫鬟。

我们刚进高偃的院子，正好看到高偃屋里的门也开了。穿戴整齐的高偃迎面出来，笑着迎接了高弘朗，脸上看不出来半点儿异样，完全不像刚醒来的人，只是眼睛还有些红罢了。

“本来今日想着下了朝找你，结果听人说你病了，我就自己过来了。怎么了，身子还好吧？”一进屋高弘朗先开了口。

高偃等他落座后才缓缓说道：“没事，只是昨夜受了些凉，今儿早上就私心偷了个懒。”

“那我就放心了。”高弘朗见高偃确实没什么异样，才正式表明了来意，“后院马车里的东西，你等下派人去清点下，什么时候全部安置好了再让马车回我那里就行。”

高偃一愣，应是并不知情：“什么东西？”

高弘朗瞧了眼屋里，目光在我和李茂山身上停了片刻后才又转头说道：“没什么，都是些用来下聘的贺礼罢了，再过五日你不就要去我舅舅府上送聘礼了嘛，我这几日整理了一下，想着给你再添上些。”

高偃看着很是惊讶，半天才委婉地推拒：“其实聘礼我府上都准备得差不多了。”

高弘朗仍是毫不介意的模样，颇为豪迈地说道：“你不用和我客气，这是我做兄长的给你的添礼，我母妃也暗地里准备了不少，让我一起送来，毕竟五弟你的母……去得早，所以我母妃才特意叮嘱我来的。”

高偃似乎还想推辞，高弘朗又开口打断了他：“再说这出嫁的可是我唯一的嫡亲表妹，你可别心里不舒坦，这是我给她添的。刚才我还特地背着人过来，现在马车都拉来了，你总不能再让我这样原封不动地拉回去吧？”

高偃头颅半垂，我看不清他的表情，高弘朗则是一副掏心掏肺的模样。

若是想给吴云韶添礼，直接送到太尉府即可，高弘朗却偷偷摸摸送到这里，明显就是怕高偃手里拮据，才来帮忙罢了，只是顾及高偃的面子，才说是给自己表妹的。

毕竟高偃既无宫里的母妃，也无母族扶持，便是宫里会出一部分，最多也只是一个普普通通的份额而已，一个没有背景的皇子，哪里能得多少丰厚的聘礼?

我想聪慧如高弘朗自然也知晓这个道理，所以才赶来给高偃暗地里送些，这样迎亲时高偃的颜面也会好看些，不至于让太尉府心里有疙瘩。

我都能想明白的事，高偃肯定也清楚，最终他也不再推拒："那我就先谢过了。"

原来这段时间里，他们的关系已经亲近到了这种地步。毕竟这种添礼的事，若是两人关系差些，便有了看轻或施舍之嫌。

看着面前这个看起来善解人意的高弘朗，我感到一阵迷茫。

"对了，你刚才说聘礼准备好了，不如给我看看你准备的单子，正好把我今日带来的东西加上。再说你是第一次迎亲，我这个过来人也可以帮你看看有没有哪里不妥。"高弘朗又极为热心地说道。

高偃没有推拒，站起身来往书桌那边走去，高弘朗也跟了过去。

二人在书桌前合计了许久，一张薄薄的聘礼单渐渐被画满，最终高弘朗才满意地说道："就这样吧，这聘礼没人能挑得出错了。"

高偃道了谢后，就收起了单子。

忽然见高弘朗弯腰往书桌下方一处隐秘的地方一探，说道："这是个什么东西？"直起身时，他手里已经多了一个东西。

屋里人的视线都下意识地看了过去，即便是一直沉默到没有存在感的良秀，也终于像是回了神一样地看去。

高弘朗手里拿着的那个东西，正是我曾经为了偷懒不练字而做的简陋"铅笔"。

高偃脸上淡笑不变，随口说道："没什么，只是下人玩闹时拿来写字用的笔，看着新奇，上不了什么台面。"

高弘朗端详了片刻，听到高偃说"下人"时，几乎是瞬间眼神就从我身上扫过，连带着角落里的良秀也随着高弘朗的目光，看了我好几下。

高偃面色无异，转身去放聘礼单子，而高弘朗则是眼睛闪了闪，才把"铅笔"放回了原处，笑着说道："确实是个新奇的玩意儿。"

不知为何，明明高偃什么都没说，我却觉得这整个屋子里的人似乎都知道那"铅笔"出自我手，站在一旁的我，莫名觉得不自在起来。还好高弘朗把笔放了回去后，无人再提。

送走了高弘朗之后，高偃一个人在院子口站了许久，像是灵魂出窍了一般。李茂山小声唤了一声，他才缓缓回了头，目光先落到了李茂山身后的我身上。

这是今日他第一次正眼看我，只是看了几秒就又目无波澜地收回了目光，转头让李茂山去清点礼品，自己也回了屋。

接下来的五天，除了含玉，这个院子都无人和我说过一句话，高偃虽然没有再同我说话，却让含玉转告我，日后没有他的允许，不能再私自跑到浣衣园子里去。

无人打扰，竟让我莫名生出了被孤立的感觉。我原本喜欢的安静生活，真正经历了，却又觉得并不如人意，不过这对我也不算是坏事。

下聘的那天，高偃仍是一身墨色衣袍，骑在马上，整个人空前丰神俊秀。

定聘这天有宴请亲朋好友的习俗，所以当太尉府主动开口在他们那边举办时，高偃便顺势答应了。毕竟高偃这边的亲友并不多，无非就是高弘朗和许久不见的高玠几人，而胡元离递了消息，说是晚些时候再来。所以一个席上，大部分都是吴家的亲友，还有几个吴云韶的闺中密友。

往日里只敢偷偷看高偃的吴云韶，这次不再双目含羞，而是大大方方却又双颊绯红地看着。

其实认真算起来，吴云韶算是低嫁了，毕竟她既有才名，又有家世，而高偃只是一个普通的、不怎么受宠的皇子，除了一个皇室身份外，一无所有。

不过吴云韶望着高偃的目光，却像是在看一个高高在上的天神一般充满了钦慕。哪怕是好姐妹时不时地扯她衣袖提醒，她眼里仍满是干净而炽热的感情，看得我一阵恍惚。

即便是我不曾经历情爱，也知那该是深切地爱着才会有的目光，也是或许我这辈子可能都不会有的目光。

许是我看得太过出神，李茂山怕我做出什么有损颜面的事，暗地里拿手肘碰我，示意我去太尉府的后院帮忙清点聘礼，不必在前厅服侍。

高偃带来的聘礼几乎装了半个院子，和吴府的人一一对着清单核对完，已经过去了大半个时辰。

估摸着宴席差不多要进入尾声了，这边也跟太尉府的仆人交接完了，我便往回走。才走到半路，却碰见了良秀。她看着我的目光没有丝毫惊讶，像是在等我，所以我行完礼后，她就开了口：“这算是我们第三次见面了吧，你是叫荼蘼？”

我心里有疑，嘴上仍是说道：“娘娘好记性，正是奴婢。”

良秀并没有应下我的这句奉承，反而柔声解释道：“其实不是我记性好，而是我一看到你就觉得十分亲近，总觉得我们似乎很像。”

亲近？像？

我心里警铃大作，赶紧做出一副惶恐的模样说道：“奴婢一个奴才，岂敢和娘娘相比较。”

“这有什么不能比较的？”此时的良秀完全没了在高弘朗身边的沉静模样，也不见半点我们初次见面时的锋芒，“我也是奴才出身，哪里比你尊贵了？”

不知为何，我总觉得良秀的话语在暗示些什么，可她眼里没有半分算计，让人捉摸不透。在不清楚她的意图之前，我只能继续保持一副唯唯诺诺的模样。良秀倒也没再说下去，仿佛今天就是来和我打个招呼而已。

按捺下心里的疑惑，我快步离开，良秀则站在原地，面带微笑目送我离开。若是旁人看了去，定会以为我们的关系十分要好。可明面上我们只是见过几次的普通人，为何她突然对我另眼相看？难不成她有所察觉，我曾在秦王府里见过她吗？

我满腹心事地赶回去，在离前厅隔了一堵墙的位置，差点撞上一位身材魁梧的锦衣公子。我低头道歉之时，就听那人带了几分轻佻地开口：“这不是妹妹念叨了好几次的那个丫鬟吗？走得这么急要去干什么呀？”

妹妹？

我微微抬眼，眼前这人我之前在前厅里见过，正是吴家的一个公子，不知他的名讳，只是听别人喊他，似乎排行第十一。这个吴十一虽仪表堂堂，一副风流模样，可他那双眼睛让人心里有着说不出的难受，像极了调戏良家妇女的游手好闲之辈。

这皇城里的风流纨绔子弟多的是，胡元离算是这些人中的翘楚，可他不会像这人，打量人的目光让人格外不适。

果然，风流也是分人的。简单来说，胡元离是风流，而他就是好色。

不过……我为什么下意识地把他们拿来对比？

甩头摆脱脑海里的杂念，我道了歉就想赶紧离开。

吴十一却脚下一拐，挡住了我进前厅的路，大概是喝多了酒，他的目光越发肆意妄为：“看你这模样也就是个普通丫鬟罢了，到底哪里能同我妹妹相较？”

我什么时候和吴云韶对比了？

刚避开吴十一硬凑过来的脸，耳边又响起他的声音：“我妹妹呀，从小娇惯到大，那可是个不好相处的人物，这过了年就进了秦王府，怕是到时候你的日子就不好过了，不如……你今日就留下来可好？”

心里的厌恶越来越深，我嘴上说道：“吴公子还是不要同奴婢说笑了，奴婢是秦王府的人，去留自然是由五爷做主。”

便是我搬出高偃，吴十一也丝毫不见收敛，反而变本加厉地说：“秦王又怎样？

我妹妹可马上就是秦王妃了，这赐婚的圣旨还是秦王亲自去讨来的，便是我要了你，他还能同我翻脸不成？”

在我愣怔之间，吴十一就开始动手动脚，伸手朝我脸上探来。我回了神，强按捺住心里的怒气，躲开了他的手，然后目不斜视地看着他说道：“五爷会不会同吴公子翻脸，奴婢不清楚，只不过若是吴小姐知道了自家兄长在自己过门之前，就先打了五爷的颜面，怕是心里不会太舒坦。”

吴家庶子众多，眼前这个吴十一可不是出众的那几个，一个不受重视的庶子，若是惹恼了嫡出的吴云韶，日后的日子自然不会好过。毕竟这太尉府的当家主母是吴云韶的母亲，而吴太尉也不像是爱子之人，之前他的一个庶子不还因为打断蒋家嫡子的手臂，直接被除名了？像这种小角色，只要有点儿脑子，就知道应该怎么做。

果然吴十一面色变了变，却又不怀好意地笑着说：“那可不一定，若是我要了你，说不定我妹妹还要谢我呢。”

眼见他离我越来越近，我退了好几步再次警告：“不知吴小姐若是知道自己的庶出兄长，对她即将要嫁进去的府里下人说她性情不好、不好相处，她又会怎样想呢？”

吴十一的笑容僵在脸上，半晌他脸色发黑，几乎是咬牙切齿地说：“小丫鬟可真是牙尖嘴利，我还真是不曾见过你这种奴才，不过我今日倒是想看看，要了你能有什么后果。”

难怪他不受宠，这个脑子也不知道是怎么长的，就算在酒醉的冲动下，也不能这么没脑子吧？

吴十一伸手就握住了我的手腕，拉扯着我就要走，我挣扎了半天也没能甩开。

果然应了那句话，头脑简单，四肢发达。

被拉着走了数步，我终于按捺不住了。就在我打量接下来是打他的头，还是踢他的要害时，他倒是先惨叫着松开了手。

我格外嫌弃地拍了拍刚才他握住的地方，余光却瞥见吴十一的手腕上多了一道血淋淋的痕迹。接着我就看到了蓦然出现的胡元离，一身红袍再加上他扭曲的怒容，整个人像是着了火一样。

他怀里揣着一个香炉大小的木匣，脚下狠狠地把吴十一踹出老远，边踹还边追着他打。即便是吴十一抱头求饶，胡元离也没手下留情，嘴上还骂骂咧咧地说着：“哪里来的不长眼的奴才，主意竟然打到了……我的头上来了。”

我目瞪口呆地看着暴怒的胡元离，一时间竟不知道该不该开口阻止。看胡元离现在暴怒的模样，我怕我上去劝架，他连我一起打。

吴十一的惨叫很快吸引来了一群人，这本就离前厅不远。直到高玠走过来开口制止，胡元离才停了下来。

“这又是怎么了？”高玠看着地上奄奄一息的吴十一，目瞪口呆地问。

胡元离毫不客气地说道：“我刚迷了路，这个不长眼的东西冲撞了我。”

高玠看了看一旁面色铁青的吴太尉，颇是头疼地说道：“那你也不能下这么重的手啊。”

胡元离仍是一副愤愤不平的模样，丝毫没给高玠面子。可怜地上的吴十一，迷迷糊糊完全没办法给自己辩解。

旁人见太子的话胡元离都不怎么理会，自然也不敢去惹这“小阎王”，一时间竟没人去问是怎么冲撞的。

大家的注意力都在被打的吴十一身上，倒是没有人注意到同样在角落里站着的我。

高弘朗抬手让人把吴十一抬了下去，估计接下来这个吴十一要卧床好几天了，不过应该没有性命之忧。

吴太尉和高弘朗对视了一眼后，马上上前打圆场：“小燕王可是前来祝贺的？不如先去前厅的宴席吧，这带来的贺礼给我就行。”说着吴太尉就伸出双手，有些讨好地想接过胡元离怀里的木匣。

胡元离身子一侧躲开了，只听他恶声恶气地说道：“你想得美，我没心情，不吃了。”

说罢他又环顾了四周，视线在角落里的我身上停留了片刻，似乎欲言又止。就在我十分忐忑不安，怕他又当众做出什么事或者说出什么话时，他却视线一拐，随手扯了一个奴才给他带路，然后就在众目睽睽之下大摇大摆地甩手离开了。

我这才松了口气，难得他也知道此时人多，不宜平白无故把我扯出来。

高玠最后代胡元离开口给吴太尉赔罪，却也只是简单意思了几句，毕竟现在他们面上看着和气，其实早已是对立派，只要面子上过得去就可以了。吴太尉也只好僵硬着脸色说“没关系”。

我突然发现，恶名在外也是个不错的事，至少没人敢惹自己了，就算是犯了错，别人也只能说一声——没办法，他就是这个性子。

众人纷纷又回到了前厅宴席，不知何时出现在高弘朗身边的良秀，面带微笑地看了看我。

就在我心生警惕时，无意间撞见了人群中一直沉默着的高偃的目光。我可能是眼花了，竟然从他眼里看出了些难过和悲凉，仿佛他刚才是在看一场悲剧。只是一瞬间，高偃就收了目光转身，留给我一个背影。

吴十一被打，并没有给宴席带来多大影响，本就已经到了尾声，所以太尉府也开始安排人陆陆续续送客。

高偃是最后走的，临走前吴云韶还默默塞给他一个荷包，旁人都知趣地装作没看见，高偃微笑着点头收下了。

上了马车后，高偃面上便再无一点儿笑意，他又开始闭目养神，若不是坐得挺直，怕是旁人都会误会他睡着了。

刚才还温和含笑的他，一瞬间变了副旁人勿近的模样，让我忍不住一直看他，想看出些什么来。

“你看着我做什么？”高偃眼睛都未睁，忽然开了口，声音很是冷漠。吓得我赶紧收回视线，他也没再追问。

到了深夜里歇息的时候，我还没睡下，只听窗户一响，屋里就多了个抱着木匣的身影。

我坐起来一头雾水地看着胡元离：“你……”刚说了一个字，胡元离就大步过来闷声往我怀里塞了个东西，正是他一直都抱着的木匣。

“这又是什么？”我有些头疼地看着怀里沉甸甸的木匣。

怎么大半夜跑来给我送东西……不对，白天见他也抱着这个，大概是那时候没机会，才又在这个时候过来。

在胡元离的执着要求下，我打开了木匣，里面是厚厚的一叠纸，还有一个像是钥匙模样的东西。

我疑惑地看了胡元离一眼，见他还是一言不发，我往窗户旁边凑了凑，借着月光翻起了那叠纸。刚看清纸上的字，我手一抖，眼睛瞪得前所未有地大。手里这一叠纸，并不是普通的纸张，而是几十家铺子的房契，还有地契，我难以置信地又翻了翻，燕王府的地契竟然也在里面。

心里有个不敢想象的想法，我双手哆嗦着捧着盒子问道：“这……这是什么……什么意思？”

“你不是不信我吗？那我把这些都给你，日后若是我敢负你，到时候被扫地出门的人就是我了。”胡元离空前认真。

我艰难地吞了口口水，死死地盯着胡元离看了起来。因为我实在无法相信这种无脑不计后果的行为，是他会做出来的。

大概是被我看得发毛，胡元离不自在地别过了头：“你不要这样看我，之前不是你说我家财万贯富贵加身，而你却无半点儿钱财傍身吗？现在房子铺子，还有王府库房的钥匙都是你的了，你还有什么话可说？”

我愣了很久才反应过来，心里有些酸酸麻麻的，原来那日我说的话，他是这样理解的。

这盒子里的东西，已经不只是千万两金银的事了，这是几代人积累的财富，至少能养活接下来的好几代人。便是我再镇静自若，在如此多的金钱面前，也有些腿软。

最终我深深吸了口气，颤抖着把木匣合上，强迫自己不再去看，把盒子递到胡元离的面前：“王爷还是拿回去吧，这……东西给我也无用，我只是个普通女子，王爷现在能给，日后也能轻易收回。”

胡元离并未接下，只是有些恼怒地说：“你还是这样想我的？”

我双手都举得酸疼了起来，胡元离仍是梗着脖子一动不动，见此我也只能再次开口：“王爷此举我自然很是……感动，只是那日我所说的，还有一事。”

迎着胡元离又望过来的目光，我缓缓说道：“我说自己已经受够了见人就跪的卑微，所以日后我宁可去贫苦的乡下，也不想留在这等级森严的皇城。”

燕王世代都是国之栋梁，不管历任皇帝对其是出于恩赐还是防备，仔细观察就能发现其子孙总有一人留在皇城。就像胡元离已经故去的父母，当时也不得不将年纪还小的胡元离单独留在皇城，夫妻俩去了塞外，所以燕王府的人是不可能全部搬迁至边城的。

对着我明显的刁难，胡元离却并未气恼，看着我的眼神莫名让人心头发虚：“若是我能做到，你就能喜欢我？”

“什么？”我有些错愕地问道。

燕王这一代只有胡元离这一个血脉，他不可能离京。

看着我强作镇定的表情，胡元离却慢慢有了一丝笑意，他向我凑近了些说道：“荼蘼，为何你总是先立下条条框框，然后才去看自己会不会喜欢一个人呢？你心里有没有那个人，真的只能靠这些事情，自己却半点儿都不清楚吗？”

从来没有听到的问话让我脑子空白了片刻，迎着胡元离有些挑衅的眼眸，我几乎是脱口而出：“我是真的不清楚如何去喜欢一个人。”

“为何？”胡元离眼里的笑意逐渐消失。

我嘴巴张了又张，在胡元离毫不动摇的凝视下，有些不自在地说：“大概……是因为从来都没有人爱过我吧。”

无论过去，还是现在，不管哪种爱，都是如此。所以从来都没有收到过的“东西”，我如何能送出去?

胡元离的目光一瞬间又变得让人看不懂了，察觉到气氛有些沉闷，我正准备开口打圆场，却见胡元离忽然伸手，熟练地捏住了我的脸颊。

这次他并没有用太大的力气，我甩了甩头，却也没能躲开他的手，正准备抱着盒子腾出只手扯他时，胡元离忽然凑近了些。他的眼里溢出了我从未见过的暖意。

他说："我不是人吗？"

我愣愣地看着胡元离，一时之间都忘了他还掐着我脸的手。

忽然见他又笑了起来，笑得眉眼弯弯："荼蘼，你喜欢我。"

"什么？"我再次怀疑起自己的耳朵。

胡元离这才缓缓松开了手站直，眼里满是笃定："今日吴家那个纨绔碰了你手腕，我见你可是很厌恶地拍打着他碰过的地方，可是不管以前还是现在，我碰你的时候，你都从未如此过。"

这个思维有点儿……

我的表情有些僵硬，不知该怎么开口告诉他——就他那暴脾气，谁敢立刻当着他的面做这种自找死路的举动?

不知道胡元离是不是猜到了我的想法，立刻得意扬扬地说道："你看刚才我捏了你的脸这么久，你也没有一点儿反应。"

闻言，我下意识地抬手去擦脸颊，却见胡元离笑得更加开心，仿佛早就猜到了我的举动。

我被他笑得脸红一阵白一阵的，最终努力无视他满是诡计得逞的笑容，再次将木匣双手奉上说道："时候不早了，若是王爷说完了，还是赶紧带着这些东西回去吧。"

胡元离仍是不接木匣："我说了，这些已经是你的了。"

"王爷此举固然痛快不计后果，可如果未来的燕王府主母知道了此事，她会做何感想？"我苦口婆心地劝导着。

却见胡元离眼神很是奇怪，像是在看一个……傻子，半晌他很气馁地说："我把这些都给你了，你还不明白我的意思吗？"

"什么意……"话还没说完，我脑子里又闯进一个惊骇的想法。

"这下终于明白了吧？"胡元离立刻抓住了我眼里的震惊，不给我多想的时间就一字一顿地说了出来，"我属意的……燕、王、妃。"

就算明知此话大不敬，我还是没忍住说道："你疯了？"

"还没有。"胡元离竟然认真地回答了我。

我憋了又憋：“古往今来，哪有奴才变成王妃的道理？”

“那你就来做第一个。”胡元离掷地有声的言语，仿佛能把我眼前的地面砸出几个坑来。

如此惊世骇俗的话语，他竟然能这样轻描淡写地说出来。

半天我才找回自己的声音：“我说了我不会留在皇城的。”

胡元离却像没听见一样，冲我一挤眼说道：“记得把东西收好，若是你弄丢了，我就得流落街头了。”

“我不……要。”一句话说完，屋里已经没了胡元离的身影，我不死心地追到窗边，还是没有任何踪迹。

手里的木匣顿时变成了一个烫手山芋，这里面的东西应该是假的吧？肯定是假的！我这样安慰着自己。

可它若是真的，那这里面就算只少了一页纸，也是卖了我都赔不起的。

在屋里转了好几圈才勉强平复住情绪，最终我在屋里隐蔽之处找了块松动的地砖作为木匣的藏身之所，于是半夜三更我开始在自己屋里挖坑。

躺倒在床上后，我翻来覆去，怎么都睡不着，这个胡元离为什么总是能把困难重重的事情说得那么容易？他的身份、我的身份，再加上宫里那位曾请我去过的德妃，根本就是无法逾越的几重山。思来想去闹得头疼，我索性把脑袋蒙进被子里，不管不顾了。

第二天，看我顶着两只“熊猫眼”，连向来不在乎这些细节的李茂山都忍不住开口提醒我注意仪容。不过倒是他多心了，因为一连几天高偃都不曾看我，有时候我在身边服侍，他都能做到从头到尾不看我一眼。只有我主动开口汇报时，他才会像过去一样，认真听我说，听过之后又恢复了仿佛不认识我的模样。

他本就如此，从来都是什么都不说地把人隔离在外，自己开心了，就对别人和悦一些，不开心了就谁都不理。

大家都习惯了，我亦是如此。

平静的日子只过了两三日，胡元离曾隐约透露的风波已经现了端倪。

我是从他人口中听闻皇城里逐渐流传了些风言风语，都是从川西那边传来的消息，有个自称是已故王卓师弟的人物，四处逢人便说自己师兄是被冤枉的，言辞之间有凭有据，引了不少人注意。

川西的州官付文成也极为高调地有了行动，直接派人缉拿四处流窜造谣的苏子淳。

可前日还在街头同人喝酒吵架的苏子淳，突然像是人间蒸发了一般，消失得无影无踪，任他们翻遍了川西的每一寸土地，也找不到他的踪迹。

倒是付文成如此大张旗鼓地搜查，引起了更多人的注意。如今这谣言能从川西传到皇城，就证明了这已不再是普普通通的杜撰而已。

消息传开后的第三日，苏子淳的身影突然在豫州出现，只是这一次他不再是只身一人，无数个衣不蔽体整日靠救济的难民也都聚集在一起，在新任豫州州官的府邸前不愿散去。逼得新任州官只得亲自出来接见。

众人口称过去两三年里，豫州的难民从未减少过，却再无人饿死，也无人因饥荒而迁移，这一切都是因为赈灾布施的粮食从未断过。

原本以为是上任州官心善，他却因为贪功贿赂被查办。心里有疑的他们最近才从布施中间人那里得了口风——原来之前连续几年买粮食的银钱，全是王卓私下里背着人送来的。可王卓临死前都没有说出此事，若他真是宵小之辈，怎会不提此事为自己赎罪？这样一想，不难推测他被指贪污一罪，定是另有隐情。

王卓生前，从未有人对他道过一声谢，此时豫州众百姓齐声请愿希望州官彻查，言称不能让行善之人背着如此骂名死去。王卓年迈的双亲也拖着颤巍巍的身子，在州官门前久跪不起。

鼎沸的民意似要将整个州官府邸吞噬，豫州州官被逼无奈，只能派人快马加鞭往皇城里递奏折说明此事。

只是过去了四五日，我还是没听到皇宫里有任何消息传出，皇帝不可能没看到豫州州官的折子，可是他始终没有一点儿表示。

而豫州那里的难民百姓也并未就此闲着，天高皇帝远，苏子淳先打头阵，放话若是朝廷不管，他们便自己查，总能查出个蛛丝马迹。毕竟前任州官的事情才过去没多久，而当时抄家时他府上的钱财养活两个豫州都绰绰有余，让豫州百姓很难对官府毫无抵触。

如今豫州新任州官也是倒霉，摊上这么个烂摊子，上面不管，下面不听，也不敢暴力镇压，只能任由百姓的怨声越来越大。

终于，皇城里有耿直的言官坐不下去了，在朝堂之上当众提起此事，甚至无视皇帝的再三缄默，死咬不放地谏言不能再坐视不理。最后逼得皇帝勃然大怒，还没开口下令把那言官拉出去，自己就直直地从龙椅上跌落下去，失去了意识。

皇帝陷入昏迷，整个朝堂乱成一片。太医郑泰和见实在隐瞒不下去了，这才称皇帝身子本就在调养中，如今突然恶火攻心，血气涌进头部，虽无性命之忧，却不知何时能醒。

高弘朗本要拿那言官问罪，却被高玠挡了下来，称言官只是在尽自己为官的本分，并不知皇帝身体有恙，不知者无罪。

随着他们这一次的对立，朝堂上的气氛越来越诡异。

在皇帝昏迷的第三天，暗流涌动的朝堂再次爆发了新的矛盾。

一部分官员称国事为重，推太子高玠监国，剩下的一部分则称孝道大于天，皇帝身子欠安，应当先全力医治，而不是急于换人上位。

而国不可久日无主，皇帝迟迟没有醒来的迹象，最终国事还是压过了孝道，高玠顺利地坐上了代理监国的位置。

嫡出、太子——这两个称谓便可压下一切异议。

监国的第一天，高玠便派人赶往豫州，称要辅助豫州州官调查，无论故去的王卓是否冤枉，必须把此事查个水落石出，让无人再有疑。同时，前几日几个疯狂叫嚣着“孝道”的官员，都被高玠用光明正大的罪名降了官职。

翻天覆地的几天里，除去第一天问罪言官，之后高弘朗都一直沉默着。大概是为避高玠的锋芒，他反而一副孝顺模样守在皇帝榻前，还不惜千金去寻求世间名药和名医。

我想他是真的想要皇帝快些醒来的，毕竟如今高玠上位名正言顺，除非高弘朗破釜沉舟地不惜背负骂名谋反，否则他就只能低调行事。

与此同时，高偃回来得一天比一天晚，整日自己独来独往，也不带任何人。唯独吴云韶上门的那一天，他老老实实待在了府里。

我没有去跟前侍奉，不知他们都说了些什么，不过临走时吴云韶看到了我，史无前例地冲我笑了一下，不带任何敌意。她走后，高偃没有半点儿异样，还是一如既往地早出晚归。

明明婚期将近，却不见他为此操劳，所有的事情几乎都是李茂山在张罗。府里的翻新，宴请宾客的筹备，把李茂山也忙得没了人影。只是李茂山不管如何忙碌，都没有叫我去帮忙处理有关婚宴的任何事，只是把院子里大小的活计交给了我，自己和含玉整日在府里穿梭布置。所以白日里大多时候，除了外院打扫的奴才，便只剩我一人留在院里。

一个人待得无聊了，时不时就会拉住来送干净衣物的珠翠说上半天。可来了几次的珠翠总是一副欲言又止的模样，我每次追问下去，她又闭口不提。

几番折腾下来，我终于忍不住了，拉着她“威胁”不讲明白就不放她走。

珠翠这才有些尴尬地笑着说道：“没什么，就是想祝贺你一下，不知道要怎么开口。”

“祝贺我什么？”我问道。

珠翠看着我贼溜溜地笑了：“我都知道了……虽然是庶子，但好歹是去做正室夫人的。那可是太尉府的公子。果然嬷嬷说得没错，荼蘼你是我们这些人中最有福气的。”

我心里一跳，抓住珠翠就问道：“你这是什么意思？什么太尉府的庶子？”

珠翠诧异地看着我说：“难道你还不知道吗？可我都听说了，五爷把你许给了太尉府家的公子。”

我猛地站起身来，把珠翠吓了一跳，她怯生生地问：“你，你怎么了？”

嗓子里仿佛被灌了滚烫的铁水，半天我才艰难地发出声音：“不可能。”

珠翠这才明白是怎么回事，看着我的目光很是不解：“你的脸色怎么这么白啊？太尉府里的公子还不好吗？”

我无心多说，硬是推走了一脸困惑的珠翠。于是偌大的院子，便又只剩我一人，呆立了片刻，我握紧了拳头转身进屋。

晚上高偃回来的时候又是披星戴月，看到还在门口守着的我，他脚步一顿，便继续进了屋子。

“五爷回来了。”我主动开了口。

高偃这才又看了我一眼，下一秒就平淡无波地收回了目光道：“嗯。”

他脚下未停，径直进了屋子，我一言不发跟了进去。听到我的脚步声，高偃立刻回了头，看到我大不敬地不经通报就进来，他面上满是错愕。

“我有话想问五爷。”我仍留在屋里动都不动。

高偃的脸色顿时变得难看无比，半晌才说：“明日再说吧，我累了。”说罢，转身向卧房走去，没有理会身后站着的我。

“五爷是把我许给吴家人了吗？”我这不算大的声音却一直在这寂静的房间里盘旋，仿佛带着某种回响，久久不愿降落。

高偃身子一顿，缓缓转过来看向我，被我留下的烛火照亮了侧脸，光影不停在那里闪烁。

他的目光由惊愕渐渐变得凝重起来：“谁告诉你的？”

我抿了抿唇，嘴唇都有些发干：“所以这是真的了？”

高偃没有否认，脸色还是一如既往地冷漠，让人抓狂到恨不得去找些东西，把他这个冰冷的面具给划碎。

明明之前高玠和高弘朗也曾各怀目的地开口问他讨要过我，那时候不管他的态度如何，至少还会回来问我一句，可是这次他根本都不曾告诉我就做决定了。

原来我贴身伺候了他一年多，竟然混得还不如刚进院子的时候。

深吸了一口气，才让自己的声音不至于太过颤抖："五爷是不是忘了，我签的是活契，年满就可自行选择离府，而不是随意任人买卖的死契丫鬟。"

"那又如何？"高偃的声音比刚才问话时又冷了几分，"你既是秦王府的奴才，生死去留都要由主子做主。"

我看着高偃，眼眶有些发酸："若是五爷坚持这么说，那我现在就去找李公公交了银钱离府。便是提前离府的赎身钱再多，我就算去借也会补齐。"

不知是谁的拳头在一点一点地握紧，力气大到骨节声都能听到。

"你果然是这么急着走？"高偃仍站在原地一动不动。

隔得远，我看不清，也无暇去看他的表情，因为我心头堵得难受，难受到我想动手捶打，可还是忍下了："不走难道等着五爷把我送进火坑吗？"

"谁告诉你，我要把你送进火坑了？"高偃的声音又恢复如常。

吴家那庶子的为人，怎么不是火坑？

我做不到像他那样镇定，不再废话，直接从脖颈里掏出那个被我暖得温热的翡翠扳指，说道："我虽是奴才，可首先还是个人，便是吴家公子身份再高，对我来说他就是个火坑。之前我拿命换回了一个恩情，如今我就拿它来换回自己的命。五爷虽是这王府的主子，可是也得听从他人之令，只要五爷恩准我提前离府，我便将此物双手奉上不再使用。"

我本不想用这个的，毕竟现在高偃和高玠关系不明，风险太大，可是再不用，就真的没机会了。从川西回来，在这王府我过得一天比一天压抑，这本就让我动摇过无数次了，若是真的要嫁给吴家庶子，还不如死了来得痛快。

高偃眉头一蹙，待看清我手掌里的东西后，他瞬间如同风一样地到了我身边，伸手捏住了那翡翠扳指。他曾经和高玠日日相处，自然能认出这个高玠的贴身之物。

我们离得很近，近到我可以看清他眼里瞬间涌起的怒火，只是那火又渐渐熄灭，只留下一片燃烧后的灰烬。

他看向我，终于不复刚才的平静："原来从这么早起，你就想着要离开了，却偏偏还说……"

不知道为何，明明即将要被送人的是我，明明该生气的也是我，可为什么我觉得此时他眼里的愤怒和哀伤比我还大?

高偃手掌一点点地收紧，我一愣，赶紧去拉他的手掌。只听到“咔嚓”一声，翡翠扳指在高偃手心碎成了三瓣。

他毫不留情地抽回了手，裂开的翡翠扳指随着他的动作，掉落在地。

从没想到的结果让我脑子一片空白，我条件反射地蹲下去捡，三块小小的碎片却怎么都拼不回一个完整的扳指，永远都留着缝隙拼不完整，因为那些填补缝隙的残渣，散落在地上再无法找到。

头顶传来高偃的声音，格外幽冷：“太子的东西又能如何？”

我缓缓起身，将扳指碎片握在手心，第一次平视着高偃开口：“那五爷现在已经彻底站在齐王的阵营了？”

高偃眉头一皱，我咄咄逼人地问道：“哪怕他是害皇长孙的幕后黑手，哪怕他为了皇位无所不用其极，五爷也要视而不见，迎娶他的族亲以示忠心吗？”

高偃身子一动，我也随之快速后退了一步，不等他开口又说道：“五爷不用再想警告或者威胁我了，是非对错自在人心，不是凭借恐吓就能压下去的，做过的事就是做了。”

屋里越加静谧，许久才听到高偃十分喑哑的声音：“权势不讲人情，别逼我亲手处置你。”

我突然有些想笑：“五爷不是都要把我送人了吗，还想要怎么处置我？”

我瞧见高偃的额头上有青筋在跳动，这对向来情绪不愿外露的他来说已经很是例外了。出乎意料地，我的心情空前平静。

我能看出他的压抑，能看出他的有话不能说、有心不能提，也能看出他过去罚我时的无力、现在要成婚时的抑郁。我什么都知道，可是，这一切都是他自己选的。明明过去一直都是如此，现在的我却无法容忍再这样同他糊涂下去，大概是因为我已经失去探究的心思了。

我终究还是留了一句话：“五爷，你什么时候才能学会用真心去说话，要知道，不是每个人都能像李公公一样读懂你的心思。”

高偃面色一僵，双目如同利刃一样落到我身上。

我心底叹了口气，转身向外走去，

“荼蘼……”身后响起高偃略显急促的声音，我头也未回地说道：“如今我人还在王府，住的地方离五爷不过是五十丈的距离，五爷想怎么处置随时都可以。”

屋外星光正盛，李茂山不知在忙什么，这个时候还没有回来，而我身后的屋子，一片死寂。

正因为李茂山不在，他并不知道我和高偃之间不怎么融洽的对话。所以第二日他便指使我去东宫送帖子，是关于还有不到一个月的婚宴一事。

这还是李茂山第一次让我接触有关婚宴的事情，大概是他真的忙不过来了，也可能是看我往日去过几次东宫，便派了我过去。

我并未拒绝，出发前还把碎了的翡翠扳指用手帕包住揣在怀里。或许让高玠因我毁坏他心爱之物而降罪，也比嫁给吴家那个庶子好得多。

到了东宫，刚托人通报还未进门，就见顾阳急匆匆地跑出来。看到我时他眼里满是藏不住的惊喜："荼蘼姑娘，真的是你来了？方才我听下人通报，还以为是传错话了。"

这样直白的言语和情绪，让我心头一松。对呀，这才是人和人之间正常的相处方式。而这皇城里的高位之人，都不是什么正常人。

顾阳的话像是开了闸的水流，止都止不住："这些时日殿下日日操劳，连带着我们这些人也忙得脚不沾地，我好几次都想抽出时间去秦王府拜见，可太子正在紧要关头，也离不开人，我只能歇了心思。我可不是把姑娘忘了，之前我也曾抽出半天时间去了秦王府，可不巧的是侍卫说姑娘也在忙，没时间见我。当然我说这些不是在怨姑娘，我想现在秦王爷肯定也是比较忙碌，所以连带着姑娘你也是如此，也像我一样。"

他的语速很快，我几乎是伸长了脖子去听，习惯了秦王府中人的寡言，他突然这么多话，让我脑子都有些转不过来。怎么以前没发现顾阳的话这么多呢？太子身边的侍卫，不该是沉默寡言的？怎么觉得高玠给自己培养了一个话痨。

"荼蘼姑娘，等下你要是办完了事，能不能稍微停留一下，我有一个……东西想给你，先前就想给你，只是一直没有机会。"顾阳根本就不在乎我有没有说话，仍是嘴不停地说道。

被他一连串的话说得头昏脑胀的我连忙点头，就怕他再说下去。

顾阳脸色笑容愈盛，突然像是想起了什么，一拍脑袋有些不好意思地开口说道："对了，荼蘼姑娘你这次来所为何事啊？"

我也松了口气，终于有说话的机会了，刚才差点被他带偏："五爷婚宴将近，我是来送帖子的。"

顾阳爽朗一笑，伸手就想接我手里的东西："给我就行了，我等下转交给殿下。"

我身子一侧，躲开他的手，仍是微笑着说道："我还有些关于婚宴的事，需要当面给殿下说明。”

顾阳不曾怀疑我，略一沉思就说道：“那你先随我去偏殿等吧，现在殿下和小燕王还在书房里，我找人去通报一声。”

胡元离也在这里？

看着顾阳真诚的目光，我赶紧回道：“我多等一下也可以的，有劳顾侍卫长了。”

顾阳将我领到偏殿，就叫了个小侍卫前去书房通报，我则继续接受他的言语攻势。我面上虽带着礼貌的笑，心里却在哀号——怎么一个大男人能这么多话？

大概是老天听到了我的呼唤，刚过去没多久，就有小公公过来，说是高玠有事吩咐顾阳，把他叫走了。

临走前，顾阳还不放心地叮嘱我不要着急回去，我则是再三点头称自己不会忘。

顾阳走后，偏殿里便只剩我一人。我坐了小半个时辰，始终不见人来，外面也听不到一点儿动静。忍不住出门看，没一个人影，只是我也不敢乱跑，只能老实待在殿里。

实木凳子坐得久了，屁股都有些疼，我索性站起身来，小范围地在屋里走动走动。刚走到屋里的窗户后面，就听到外面高玠的声音由远及近：“豫州那边他们可有动作？”

“怎么会没有呢？这几天我的人已经为苏子淳挡下第四波暗杀了。”回答的声音是胡元离。

听到他们过来了，我便抬步向门口走去，想着出去迎接行礼。刚走出两步，又听高玠说道：“那你可要确保他的安全了。”

胡元离的语气一如既往地倨傲：“那当然，也不看看是谁的人。”

正好我也走到了门口，还没来得及抬脚迈出去，就又听高玠的声音传来：“还有他身边的那个新侧妃，你也派些人手盯好了。”

扶着门框的手一顿，这是什么意思？他是怎么注意上良秀的？

屋外随着胡元离的应和，高玠的声音染了几分戾气：“你记得小心些，他府里因为那个长子，身边布置得十分严密，果真是做贼心虚。区区一个庶子罢了，以为没了嫡长孙就能轮到他了？也就是父皇，如今老天早就不帮他，就算他那边费尽心机害得太子妃毁了身子，东宫照样还是有了嫡子。”

这又是什么意思？

仓促之间我不敢相信自己的耳朵，屋外说话的那个人，果真是以往那个温润的太子吗？

事实证明我的猜测不无道理，门口出现了两道身影，正是高玠和胡元离，而刚才说话的人确是高玠无异。

他们也看到了我，胡元离错愕地开口：“你怎么在这里？”眸光一闪，有些错愕地转头看向身边的高玠，而高玠仿佛没有注意到他目光灼灼的注视一样，只是目光无波地盯着我。

“先进去吧。”高玠最先开了口，然后抬步绕过我，只身进了偏殿。

直到胡元离扯了我一把，在我耳边说了一句：“等下别乱说话。”我才僵硬着四肢转身跟了过去，殿里已经坐下的高玠并未介意我们的窃窃私语。

我仍是站着一言不发，他的目光扫过我手里的帖子，开口问道：“这是老五婚宴的请柬吧？给我。”

他冲我伸出手，我看着眼前摊开的洁白如玉的掌心，白皙修长、骨节分明的手指，这一双手，真是养尊处优的人才会有的。

我一直都没有动作，任由高玠手伸着，终是胡元离出手打断了僵持的氛围。

他从我手里拽走帖子，放到了高玠手里，然后故作轻松地说道：“这几日不见，这丫鬟怎么看着像是又笨了一些？”

高玠并未介意，接过帖子时仿佛只是随口一说：“方才听到了那么多话，现在她还能安稳站在这里已是不易。”

空气顿时凝固起来，胡元离也不复刚才强做出的笑意，微微侧身，悄悄挡在我的斜前方。

高玠看着像半点儿都没察觉，把帖子放到桌子上后，用温和却又让人心头发冷的声音开口道：“看你这么安静，怎么了？就没有什么想问我的吗？”

这一如既往温和的态度和语气，让我整个人都僵住了，唯有大脑还有一丝清醒。

胡元离拼命地给我使眼色，可是我看到了高玠的目光，那是……满是笃定的游刃有余。

原来如此。

他的这句话，就是我今天被派来送东西的缘由吗？所以刚才那些话……就是故意说给我听的了。

我深吸一口气，索性顺了他的心意问道：“太子妃娘娘遇袭后染病一事，殿下早就知道吗？”

高玠脸色有片刻愣怔，似是对这个问题很意外，只是很快又恢复如常，回答道：“是。”

“那太子妃娘娘和她肚子里的孩子只能活一个，殿下也是一开始就知道的吗？”我生平第一次感觉开口说话是这么艰难的一件事。

高玠并无半点儿闪躲之意：“是。”

我心里越发冰凉：“可是宋嬷嬷说，殿下在皇子出生前不知道此事……”

“荼蘼，你知不知道自己在说些什么？”胡元离终于忍不下去了，开口打断了我。

“让她说。”高玠的语调平静，却也让胡元离闭了嘴。

屋里的空气像是要凝结成冰，其实胡元离今天在这里，我若是花些心思，是可以全身而退的，可是我……似乎没那么想全身而退了。

糊涂地活着和明白地死，好像并不是一个对等的选择题。只是看到胡元离着急到恨不得抓耳挠腮的模样，我还是沉默了下来。

高玠却没有给我停止话题的机会，他的眼里似乎有水光闪过，可语气还是不急不慌，像个耐心开导孩子的父亲一样给我解释：“我们都需要那个皇子。”

我衣袖下的手开始有些发抖，蒋雅彤死之前我在场，我亲眼看到她在生死边缘如何受尽折磨，所以喉间的疑问还是没能被我压下去：“殿下在之前但凡说一句……只要说一句……太子妃娘娘还会是后来的结局吗？”

高玠眼眸一缩，似乎被刺痛了，只是最后他还是冷着声说道：“你以为只有我想要这个孩子吗？不，我从来不插手她的抉择，是……太子妃自己拼了命也要生的。因为这个皇子不只是我想要，她更需要。她知道自己这胎若是保不住，日后很难再有孩子，而将军府庶子日益出彩，她那个亲弟弟又是个文文弱弱不受他父亲喜爱的性子，所以她要是想坐稳位置，想稳固自己母亲和弟弟在将军府的位置，就必须有自己的孩子。而如果我从太子的位置上掉下去，死的可就不是她一人，我背后的家族，还有那些扶持我那么多年的官员，都会被连根拔起，这可不是简单几条人命的事情。”

这里的男子，好像总喜欢以己度人，我只是觉得更加悲凉，大概是因为同是女子才会有的共情。

若蒋雅彤真的只是为了自家弟弟做打算，那她活着不是更有利吗？

我没有戳穿这个大家心里都清楚的事实，只是脑子里又想起蒋雅彤死去时，高玠伏在床头的身影，往日看起来情深意切的离别场面，如今回想起来，却不知那里面掺了几分假意。

或许是我面色太过恍惚，胡元离半暗示半安慰地说道：“荼蘼，这些和你有什么关系？”

是啊，这些和我有什么关系？我和蒋雅彤从来都不算亲近，更何况她曾经还不由分说地责罚过我，我为什么要多管闲事地在心里为她鸣不平呢？我也不知道为什么。

恍惚间，我又想起那个曾经困扰了我许多日的梦魇，那个血淋淋的床铺，满是凄厉叫声的屋子。

可能是那个一身血污，明明已经奄奄一息，却还拼了命地抓住身边的人说着“我必须生下这个孩子”的女人，解开了我对自己被亲生父母遗弃的心结。

可能是那个面色灰白，最后还在问“太子回来了吗”的女子，眼里残留的光让人无法忘记。

也可能是我不只是在为她难过，蒋雅彤曾说这泥潭踏进来就出不去了，便是她出身高贵也是如此，那么……

我是抱着何种贪心而又愚蠢的想法，才会觉得，感情能胜过权势？

最终我只是低下了头，说不清是带着什么心情收起了自己所有的情绪：“奴婢只是个来送婚帖的下等奴才，太子殿下今日实在没必要给奴婢讲这些听不懂的道理。”

忽听高玠一笑，却莫名觉得他此时的笑有些心酸。他说：“你可不是个普通奴才，若不是你，恐怕我现在还背着疫病罪魁祸首的罪名呢。”

我仓促抬头，正好对上胡元离有些不自在的表情，只是我此时并没有心情去追究他没有替我保密。

我深吸一口气，努力维持着脑子里残留的一丝清醒：“承安……小殿下去世和落水一事，殿下也早就知道背后的隐情？”

久久都等不来高玠的答复，等得我眼眶都有些发疼。

过往的种种回忆，此时铺天盖地地向我砸来，我的声音也终于控制不住有些发抖：“那疫病一事，殿下可知道王卓是无辜的？”

“知道。”这一次高玠回答了我。

“殿下是什么时候知道的？”

“一开始就知道。”

全身血液一瞬间冷冻成冰，我仿佛从来都不认识眼前这些人，嘴唇也有些哆嗦：“所以殿下知道，可还是任由他被安了罪名处死？”

高玠看着我的目光似乎有些怜悯，我懂他为何怜悯，因为那些把王卓送上刑场的证据，全是在我的指引和参与下，一路罗织出来的。

我突然有些想笑，昨天刚得知自己像一个被抛弃的玩具一样送给他人，今天又被送来听这一系列无法言说的隐秘。

这老天爷，真是半点儿都不给人喘息的机会。

我以为自己是唯一一个怀疑高承安因疫而故一事的人，因为心里实在难安，才不自量力又十分执着地想要去查探蛛丝马迹。到头来，原来高玠他一早就知道。

我以为我尽心竭力地查出了王卓，便是给高承安之死一个交代，可原来他们一早就知道王卓不是凶手，可还是视而不见地用我查出来的“证据”把他送上了法场。

苏子淳得知自己误会了王卓时的崩溃，便是我现在得知自己变成帮凶这一事实时的崩溃。

我以为每个人都是错信了证据和供词，再加上宫里面那位的刻意偏袒，才导致了这个悲剧。原来，都是我以为而已。

我忽然想起一开始查出来时，胡元离并没有我那么欢欣雀跃，我问他如何处置幕后之人时，他只说了让他付出代价，却没有说让此事真相大白于天下。还有苏子淳在川西找上我时，说曾找过胡元离，却被他避而不见。

他们从来都是冷静自若的布局者，而我只是一颗愚蠢又自以为是的棋子罢了。

胡元离的目光似乎有些不安，紧张地一直盯着我看。

身前的高玠再次开了口：“我只是做了我这个位置该做的事，父皇教导我要礼让恭顺，兄弟休戚与共，他却没有教会其他儿子这个道理。我坐在这个位置，就注定了要走这条路，没得选。你不懂所以才不理解，我也不怪你，只是今日你既然已经问了这么多话，我自是不可能再放你出去了。”

“殿下……”胡元离焦急地喊了一声。

我吐了一口浊气，从怀里掏出那枚让我曾经视如珍宝的扳指，把手帕层层揭开，露出了三爿惨不忍睹的碎片。

来的路上我还绞尽脑汁地想着要如何用这个破碎的扳指，现在才知道，原来扳指早就给了我预示。

绕过胡元离，我轻轻地把它们放到桌子上，察觉到屋里两人的视线全在我身上，才直起身子开口：“往日殿下所赠，我不慎损毁，今日多谢殿下……为我解惑，就请殿下同此罪一并处罚吧。”

看到这个扳指，高玠的面色恍惚了许久，大概是想起了过去：“这……扳指，你当真不要了？”

若是想放人，有没有扳指都一样；若是不想放人，有没有扳指亦都……一样。

我恢复了些理智，满腹悲凉：“我只是个奴才，本就没资格谈论这些，逾越了自己的本分，自当承担相应的结局，只希望太子殿下日后能够得偿所愿，不负众望。”

我不会再自作聪明地去插手任何事情，他们争权夺利，谁死谁亡，都与我再不相干。

高玠眼里逐渐恢复正常，他转过头不再看我，冲外面唤了一声，两个面生的奴才应声而入。只是他们还未能近我身，就被胡元离格开：“都给我滚出去，这里还没有你们站的地儿。”

胡元离还是一如既往地暴躁，刚才也只是安静了片刻没有插嘴，如今见我们的对话结束，他再次蹦了起来。

站在我身前，他看着高玠十分坚决而又厚脸皮地说：“殿下，方才你们的谈话我并未打断，如今既然结束了，那她，我要带走。”

高玠诧异地看了他许久，似乎是想明白了，才慢慢舒展开了眉头，放缓了口气说道：“我只是说不让她出东宫，并不是要就地处置了她。”

“那也不行，我就要她和我一起走。”胡元离仍寸步不让。

高玠顿时变得有些头疼：“我已经和……把她留在东宫才是最妥帖的。”

胡元离语气并未有半分软化：“我可不懂什么让她置身事外才是为她着想的大道理，我只知道她在我身边才是最好的，旁的人我都信不过，你若是坚持不让我带走她，那也行，在东宫里也给我打扫出一间房即可。”

已立府的异姓王，哪有在东宫住的道理？

高玠半天都没能说出话来，而胡元离等了片刻，就直接伸手拉住我向外走。

身后传来高玠喘着粗气的声音：“疯了，都疯了……”

一路上并没有人再拦我们，胡元离拉着我径直到了马棚，牵出马匹就想带我上马，而我站在原地一动不动。

“怎么了？”此时胡元离的语气，完全没了方才在侧殿对峙时的强硬。

第十六章 人心

“王爷要带我去哪里？”我看着胡元离牵出来的马问道。

“燕王府。”胡元离毫不犹豫地回答。

“王爷觉得能带走我吗？”

胡元离眉毛一挑，带上了几分痞意：“怎么？难不成你还想留在东宫里？”

我无视胡元离刻意的调侃，直接问道：“王爷此举可是毁了太子殿下的精心布局，真的不怕他心生芥蒂？”

胡元离眼里终于露出些许惊愕的神色，见我并不是在试探，他嘴巴张了数次，最后只说出一句：“你是怎么知道的？”

“太子殿下和王爷已经表现得如此明显，我怎么可能还不知道？”我缓缓说着，只是语调没有一丝起伏，像是在说别人的事。

“从我今天迈进东宫以后，怕是太子殿下就已经准备将我扣下来了，要不然我所等待的侧殿周围怎会空无一人？带我进来的顾侍卫长也中途被人支开，还有涉及如此隐秘的事情，太子殿下又怎么会如此随意地边走边提？这分明就是说给我听，然后借此有个理由让我无法离开罢了。”

“你是真的聪明。”胡元离轻笑一声，眼里闪闪发亮，是毫不掩饰的欣赏。

我忽视他的赞誉，继续说道：“所以王爷现在还执意要带我离开东宫吗？”

胡元离语气未变，却带着令人心安的坚决：“放心，别人不行，我可不一样，他不会对我撒气的。”

东宫和燕王府，这肯定不用比较就知道选哪个。所以当胡元离伸手拉我上马时，我并未抗拒，只是身子才坐定，就又问了一句：“今日一事，王爷是真的毫不知情吗？”

身后翻身上马的胡元离动作一顿，声音变得空前认真：“对，我并不知太子的打算。”

见我一直沉默着，胡元离似是怕我不信，又解释道：“我本也是对太子忽然在走的路上提起……苏子淳和太子妃一事觉得有些奇怪，后来看到站在偏殿里的你才反应过来，所以我才提醒你不要多说话，结果你还是不听我的。”

说到最后，胡元离的语气里也带上了几分失落。我没有回头，就这样坐在马背上继续说道：“太子殿下既然亲自设局，哪里还有我逃避的分？既然注定得入局，索性就借此时机问个痛快，反正我也没可能从第二个人嘴里听到这些消息了。”

身后的胡元离突然安静了下来，他并没有策马离开，我也没有再说别的言语。

半晌才响起了胡元离情绪不明的声音：“荼蘼，你是不是在怨我？”

“我能怨王爷什么？”我仍是语调平静地说道，“是怨王爷明知王卓一事却不提醒我和苏子淳，还是怨王爷明知小殿下之死有疑却半句不提，然后利用我来查探？我本就是个奴才，王爷的举止作为再正常不过了。”

“我从来都没有想过要利用你。”身后传来胡元离略显焦急的声音，他又顿了顿才说道，“我本是见你天天满腹心事，才想着顺着你去胡闹一通，让你心情能好一些，结果没想到你竟然真的能探出那么多事情，这也是我的意外收获。”

我抿紧了嘴唇不发一言，胡元离又有些心虚地说道：“王卓无论是否有罪，都逃不出被处死这一结局，毕竟他身后之人为了让他顶罪，早就开始了布局，偏偏他自己也是个榆木脑袋，死咬了是自己所为，不给人留半点儿余地，所以我就没有……”

“王爷不必跟我解释，我本就不该参与，现在知不知道也没有什么关系了。”我打断胡元离想要辩解的话语。

话音刚落，脸就被胡元离一只手扳了过去，他看着我的眼睛黝黑发亮，声音也越发和缓，还带着些笑意：“你都这个样子了，还说自己不生气？”

我有些难堪地去掰他的手掌，刚碰到他的手背，就听他叹了口气，说道：“你生我的气也好，至少说明你心里并非对我全然不在意。”

“王爷此话未免也太牵……”话还没说完，胡元离就松开手扬起了马鞭，还停留在恼怒阶段的我差点被掀翻下去，还好我紧紧扯住了胡元离的手臂才坐稳。身后传来胡元离的低笑声，我更加恼怒，转手拉住马鞍，不再理会他。

只是临近出东宫之际，胡元离再次贴近了我小声说道：“我知你向来嘴硬心软，可是这皇室里大多都是嘴软心硬之人，你无须为他们的选择而为谁难过。”

握住马鞍的手指微微有些收紧，胡元离似乎察觉到我身子的异样，再次解释道：“你以为太子妃真觉得太子对她生产一事毫不知情吗？他们做了六七年夫妻，还有什么能瞒得了对方？只不过是一个不提，另一个也不提，都做个糊涂人罢了，所以这夫妻间的事，旁人哪里能掺和进去？”

我知道胡元离是在开解我，也难得他会来开解我，可我心里还是有些压抑，大概是因为我和他们不是在同一位置，才无法理解他们的选择与感情。

毕竟蒋雅彤也曾对我施过善意——从德妃手里救下我，为我日后生活着想，还给我指了一门不错的亲事。所以今日猛然得知这一消息，我才差点失了理智。

如今看来，她们谁都没有错，错的只是我自作聪明入局太深罢了，当然了，还有那个导致蒋雅彤伤了身子的……罪魁祸首。

“太子妃曾经遇袭一事，你们可查过？”我还是没忍住开口问了一句。

胡元离毫不犹豫地回道：“自是查了，如今只是等待时机一并揭晓罢了，毕竟落井下石才是最稳妥的回击方式。”

见我说了一句后就一声不吭，胡元离反而主动说起：“你不想知道此事背后的缘由吗？”

“不想。”我非常迅速地回答，“我只是随口一问，王爷千万什么都不要告诉我。”

身后再次响起胡元离的笑声，笑过之后他也没再提及。

又一次来到燕王府，还是那个熟悉的、花里胡哨的房间，我忍不住开口：“我能不能换个房间住？”

胡元离自夸道：“整个王府再找不出比这间更好的房间了，没事儿，你不用感到有压力，安心住着就好。”

我忍了又忍，最终只是说道：“那我要在这里住多久？”

“你要是想，一辈子都行。”胡元离非常认真地回答。

此话一出，我差点没绷住自己的表情。

胡元离虽是在插科打诨，可我心里清楚，高玠今天之所以会放我离开，是因为胡元离说了我会留在他的府里。所以如今我是难回秦王府了，而离开京城更是不可能的事情，怕是我离开京城不出百米，高玠那边就会再次找上门来。

虽不知高玠为何突然要扣下我，不过想来应该也没有什么恶意，毕竟他不是任由胡元离带走我了吗？而胡元离自然不会对我不利。

只是不知高偃得知这一消息会有什么反应，其实暂时留在这里也好，除了忍受胡元离时不时的“骚扰”，至少不用担心自己会被送给别人。

现在也就只能走一步看一步了。这些上位者的心思个个难懂，再加上如今局势紧张，现在的我只想置身事外，好好活着。

这一次胡元离没有再封锁任何消息，也没有拘着我，平时出府闲逛什么的也都无人拦我。他还派了个看起来只有十四五岁的小丫鬟在我身边。那小丫鬟名叫梧桐，看着人机灵，消息也灵通，不管我问什么都能答得上来，所以我越发宅了起来。

我从梧桐嘴里得知，外面盛传高偃派去东宫送婚帖的下人，被高玠拿了下狱问罪，起因是那下人大意摔坏了太子的东西，虽然之后高偃又派其他人去说和了几次，可是高玠的态度仍是半点儿不让。

由此两人关系越发疏远，高玠对此几乎毫不遮掩，虽然高偃此后对此事不再追究，可是出了如此剥他面子的事，他对高玠的明面态度也越发冷了。

只不过我人还好好待在燕王府，不知蹲监狱的是哪个可怜的冤大头。自此我也不敢乱跑了，虽只是个奴才，就怕遇到记性好的贵人认出我来。

至于他们这些明面暗地里的弯弯绕绕，我也没了半分猜度的心思。

胡元离也不是每天都出现在我面前，大部分时间他都没有半点儿踪迹。我留在燕王府里，不用干活儿反而闲得浑身难受。

这个南院非常安静，平日里也没什么人走动，我竟然生出了自己在隐居的错觉。而每次胡元离一出现，就会打破这种感觉。

“今日皇上醒了，所以太子的监国之权也要还回去了。”

胡元离总是喜欢和我说这些事情，丝毫不管我是否想听，当然了，他也只是同我说，从未再询问过我的意见，我也只当他是在自言自语。

“哦。”我十分敷衍地应答，手里拿着梧桐给我打发时间的刺绣，非常费劲儿地绣着。

胡元离看我如此不在意，安静了片刻又说道：“你现在是不是还对太子有怨气？”

我手里没停，直接说道："怎么可能？我一个下人，哪里敢对太子有别的心思？"

胡元离坐在躺椅上，身子往后一躺，伸了个懒腰后才又缓缓说道："太子也是身不由己，他又何尝不想为自己的妻儿讨个公道？怪只怪上面那位太过偏心，证据摆在他面前他都不看，也就只有犯到了他自己身上，估计他才不会再视而不见，所以现在的太子只能隐忍。"

我仍是头也不抬地做着手里的刺绣。话说这刺绣真是不容易，比练字可难多了，感觉自己的眼睛都快要看瞎了。

手里的针线突然被夺走，我瞪着胡元离，只见他匪夷所思地看着手里的绣品，半天才找出了比较委婉的言辞："你为何选了这么丑陋的花样？"

那是选得丑吗？明明就是我自己绣得丑。

我想夺回来，胡元离却伸手藏到身后，看着我的一双眼睛可怜巴巴地道："我这好不容易和你说一会儿话，你就不能等会儿再绣吗？"

我虽未同他争抢，只是嘴上仍说道："王爷莫不是忘了，我说过现在已经不想再听这些事了。"

胡元离见我言语间很是冷静，并不是在赌气，才眼珠子一转，缓缓说道："那我同你讲讲我小时候的事情吧，毕竟我看你的模样，也不可能会主动打听我的事情，所以我就主动点儿。"

这是他的屋子，我也不可能躲出去，只能老实坐了回去，准备当个"笑话"听来解闷。

胡元离毫不尴尬，开始"推销"起自己："小时候爹娘总把我放在皇城里，也只有逢年过节才会回来看我，先前祖父还在的时候，他就会把我爹娘撇下，独自把我带到他行军的路上，带着我去看山河江海、草原广漠，所以后来我爹还抱怨说我性子蛮横不服管教，多是祖父的责任。"

胡元离回忆起过往没有半点儿难过，让我都忍不住有些羡慕，因为他的记忆里，好像都只留着美好的回忆。

又听胡元离话音一转："后来我长留在皇城，同太子他们几个一同上课。一开始我和齐王走得最近，毕竟他自小就最拔尖儿，可是后来我就慢慢地不喜欢同他一起了，因为太过突出的人总会有几分傲慢，和我的性子不怎么搭。也就是太子脾性好，不管我怎么胡闹，都不见他翻脸，一开始我还觉得他假，后来发现他本就如此，包容心比谁都强。"

听到胡元离又把话题扯到了这上面，我忍不住翻了个白眼，原来这才是他的本意。

“还有当时天天跟在他身后的老五，一开始我也不待见，一个大男人天天像个闷葫芦一样，简直能把人活活憋死，被人欺负了也一声不吭，都不知道反击。那时候为了让他学会还手，我没少找他麻烦，都是太子在我们中间说和，也多亏了太子，我虽胡闹，最终才没跟老五反目成仇。”

越听越不对劲，我没忍住打断了他的话：“王爷不是说要讲自己的事情吗？”

胡元离丝毫不心虚地说：“对呀，这就是我的事情啊，来，我接着说……”

接下来，胡元离顶着我了然的目光，面不改色地把他之前在皇宫里的种种事迹都说了出来，小到上树掏鸟蛋，大到打赌去皇帝寝殿里偷折子，这些故事的最后，都有一个“善良宽厚、勇敢无私”的高玠来给他收拾残局。

我都听困了，于是这一次，我换上很是虔诚的态度说道：“王爷，我是真的不敢，也没有怨太子殿下，所以你也真的、真的不用再讲太子殿下有多好了。”

胡元离这才松了口气，慢慢收起说笑的态度：“这样一个人，偏偏被逼成了对妻儿之死忍气吞声的模样，便是我不细说，你也该猜到他经历过什么折磨。”

我心里一落，彻底说不出话来。

耳边胡元离缥缈的声音继续响着：“谁不想当个手里干净、无愧于心的良善之人？可是在这里，善良是最廉价的东西，偏偏想要守着它又太难。”

我长吁了一口气，心里也沉甸甸的，嘴上还是问道：“我只是个奴才，你为什么要这么费劲儿地在我面前为太子殿下辩解呢？”

“废话，我整日和太子在一起，你要是对他有怨气，还不得牵扯到我身上？”胡元离说得格外坦荡，倒是把我说得一噎。

屋里安静了片刻，胡元离忽然抬眼向我望过来，眼底的神色很是熟悉，我好像在吴云韶的眼里见过。

他的声音似乎也变得悦耳起来：“一个廉价又很费功夫的东西，很少有人想要，这也使得这种东西格外稀少。可是你和我们都不一样，不只是我看出来了，还有承安和老……太子也知道。”

脸颊有些发热，还好胡元离没再说什么，只是临走时把刺绣还给了我，嘴上也不客气地说道：“你动作快些，过几天我来验收。”

刚才不知道是谁说这个花式难看来着，我撇了撇嘴，还是拿起刺绣认真钻研起来。

住在燕王府的这小半个月，我无所事事，所以守门侍卫过来说府外有人找我时，我很是诧异地跟着走了出去。发现是青黛和珠翠后，我顿时又惊又喜：“你们怎么来了？”

青黛说起高偃再过十天就要迎亲，怕到时候事情太多，所以她这一批人就得了赏赐，可以提前出府。她明日准备回老家了，临走前特地拉着珠翠一起来和我告个别。

欣喜过后我的脑子清醒了些，笑容也淡了些，看青黛仍是兴致勃勃地说着自己的事，不禁开口打断了她：“你怎么知道我在燕王府呀？”

“珠翠告诉我的呀。”青黛指着一旁的珠翠说道，脸上也多了些埋怨，“你说说你，也不和我们说上一句，平日里我见五爷待你也不错，本来我是不想说的，可我还是觉得留在秦王府也挺好的呀，我可听说小燕王是个不好相与的，你怎么一声不吭地就来了燕王府？”

看着青黛满是好奇的表情，我目光微凝，看向一旁的珠翠，她当即明白了我的意思，凑到我耳边轻声说道：“我可是听五爷说的你在这里，不然你以为青黛她为什么能得特赦提前出府？五爷嘴上不说，但我们心里清楚，他是想给我们机会来找你。”

我一愣，半天没反应过来，青黛一脸不满地拉扯着珠翠说道：“你们当着我的面说什么悄悄话呢？天天就排挤我一个人。”

听着青黛抱怨，才让我又找回了些往日里的感觉，嘴角也不由得带上了笑，心里却没想明白高偃此举何意。

只是一直同她们说着话，倒让我没有多余心思去胡思乱想了，因为一直站在王府门口也不好看，我便想叫她们先进来。只是青黛和珠翠对视了一眼，看起来似乎很是为难。

我这才想起胡元离那花名在外的小阎王脾气，赶紧开口安慰：“没事，胡元离今天不在府里。”

青黛和珠翠均是一愣，半晌青黛才讷讷地说：“原先我还想不通你为什么突然跑来燕王府，现在我可明白了。”

见我似乎不明白，青黛眼珠子一直不怀好意地转着：“这京城里能直呼小燕王名讳的人，可是不多啊。”

我一愣，就看到青黛用一副“不用解释，我懂”的表情看着我。果然女人的想象力，永远超乎你的想象。

只不过青黛和珠翠似乎还顾忌着胡元离，死活不肯进来。眼看已经到了午时，我只能顺着她们，一起在王府外面找了个酒楼践行。

虽然只出走了几步路，我还是谨慎地围上了面纱，被她们二人笑话了许久，不过我也没有开口解释。

我们找的是一家普通酒楼，一楼有些零零星星的散客。大概是看我戴着面纱，珠翠虽然没有直说，却主动开口要去二楼包间。

青黛大概是得了不少遣散费，到了包间便说她做东，颇为豪迈地任我们点菜。珠翠毫不客气地点了许多，于是我就又见她们斗了半天嘴。这场面倒是久违的吵闹而温馨，怕是以后再也不会有了。想到这里，我有些失落。

我活了十几年，有一半的时光都是和她们一起度过的，说起来感情不浅，现在马上就要各奔东西，也不知道未来会如何，天下果然没有不散的筵席。

可能是看我沉默下来，青黛凑过来挽住我的手臂说道："往日咱们院子里的人都走得差不多了，那群新来的，我也没什么劲头和她们一块儿玩，也就珠翠是个和谁都交好的性子。"

"谁让我人缘好呢？"珠翠毫不客气地应承下来。惹得青黛又凑过去和她掐架，我再次忍不住看着她们笑了起来。

酒菜上来后，刚吃上几口，青黛就似乎肠胃不舒服，一连去了几趟厕所也没有缓解，脸色越来越难看。

"要不我们陪你去医馆看看吧？"珠翠率先开口，然后一脸担忧地寻求我的意见。

我微微迟疑，看着青黛苍白的脸色，终究还是开口："珠翠，还是你陪她去吧，我现在不方便走动，这里有些银钱先给你。"

不等我将腰里的碎银子掏出来，青黛就匆忙摆着手说"不用"，人又一溜烟地直奔楼下茅房。

奇怪，这酒楼里的饭菜我们都吃了，为何只有青黛坏了肠胃呢？

我皱着眉头看着眼前的饭菜，耳边传来珠翠的声音："荼蘼，说起来你这次给青黛准备了什么送别礼呢？"

我一愣，倒是忘了这回事，珠翠一眼就从我愣怔的表情中看了出来，立刻热情地说道："一看你就没准备，要不我们等下去商街那边的首饰铺子看看吧，我知道有一家很不错的。"

迎着珠翠期待的目光，我仍笑着，可是若仔细瞧，就能看出我眼里的笑意并不由衷："瞧我这记性，你们来得突然，我刚想起来之前备下的送别礼还在燕王府。要不我现在回去拿吧，反正这离得近，来去一趟也就一盏茶的工夫。"

我刚起身，就看着珠翠随即跟着起来，挽着我的胳膊硬生生地和我坐了回去："这个不着急，等会儿吃完饭，我们陪你一起回去，不要丢我一个人在这里等嘛。"

"那也行。"我笑容未变，看着一直在找话题挽住我不松手的珠翠，装作随口一提，“对了，珠翠你是真的不准备离府吗？这可是难得的赎身机会啊。”

珠翠面上带着几分失落说道：“我父母不在京城，所以我在哪儿都一样。”

“是吗？”我垂了眉眼，没有说话。

这一次，等了一盏茶的工夫也不见青黛回来。

终于珠翠先开了口，一脸担心地说：“青黛怎么还没回来啊？要不我们去后院看看她吧。”

说着，珠翠就拉开包间的门，我听着包间外面格外地安静，缓缓笑着说：“刚才不是不让我走吗？怎么现在又拉我出去了？”

珠翠笑容未变，眼神却逐渐变得危险，再没有之前的懵懂，像是换了一个人。

她身影一动，门外突然闪进几条人影，连面都未蒙，我瞧着似乎都是我们上楼时一楼坐的散客。

“我就说荼蘼你一直都是我们中间最聪明的人，在你面前还真是不敢放松分毫啊。”珠翠仍是笑盈盈地说道，看着很是单纯无辜。

“这里离燕王府不过三十丈，你还真是胆大，敢在这里动手。”我坐着一动不动。

珠翠脸上仍挂着灿烂无辜的笑颜，只是说的话已经不再掩饰：“把你引出王府已经不易，谁让你坚持不肯陪我们去街里呢？也就只能冒点儿险在这里动手了。”

“所以不是五爷告诉你我在燕王府的了？”看着珠翠身边的人还未动手，我一边在心里盘算，一边还是先问道。

珠翠微微皱眉，像是很不解地问：“为什么不能是他呢？”

我心里一动，缓缓站起身来，面无表情地说道：“因为一个我，还不值得他如此设计。”

珠翠警惕地看着我，嘴上还是调侃着：“我说荼蘼呀，你可不要小看了自己。”

心里虽然没有盘算好退路，可我嘴上还是拖延着时间，盯着眼前的珠翠问道：“今日你利用给青黛践行一事把我引出来是想做什么？难不成想杀了我？”

“我怎么会杀你呢？”珠翠脸上是故作的诧异。

我轻嗤一声说道：“怎么不可能？之前疫病期间，你不是还想过杀我吗？只是没得手罢了。”

疫病期间凭空消失的那个碗，现在我终于找到了它的主人。

珠翠眼里终于有了几分真心的惊讶，语气听起来也透露着赞赏：“原来你还真是一直都这么聪明啊，我还以为你那时候只是运气好，用了疫病之人使用过的碗也没能感染，如今才知道你竟是一直防备着呢。”

“再聪明也没有你会算计，在浣衣园子潜藏了这么多年，身边的每个人都能被你拿来算计，刚才青黛身子不舒服也是你动的手脚吧？”我毫不留情地讽刺了回去。

珠翠面色有些不自在，却仍是轻描淡写地解释道：“都是主子下的令罢了，之前要杀你，后来又不杀了，我也只是听令行事。”

“你的主子是吴家的人吗？”我盯着珠翠，缓缓问了出来。

珠翠飞快地眨了眨眼睛，然后才问道：“为什么这么说？”

我观察着我和她的距离，嘴上说道：“过去是我太蠢，蠢到相信什么姐妹情深，之前五爷要把我送人一事，细想应该是只有五爷和吴家的人知道，你既能得知这一消息，也就暴露身份了。”

我质问高偃的那天晚上，他虽未否认此事，却一直追问是谁告诉我的，只是当时的我悲愤交加没有多想。现在珠翠已经暴露，过去的种种都有了问题，怕是此事只是吴家和高偃之间通的消息罢了。

既然如此，那我被许给吴家庶子一事，无半点儿可能有外人得知。

珠翠垂了眼眸，不知道在想什么。

“这一次你主子又让你做什么？”我上前一步，故作恼怒地盯着珠翠，眼都不眨。

“带你回去。”

话音刚落，珠翠身边的人影有了动作，抬步向我走来。

珠翠似乎又恢复了正常，目光嘲讽地说道：“本来是想吃完饭悄悄带你走的，偏偏你不听话，连我们三个姐妹的最后一顿饭都没能好好吃完，害得我们只能冒着风险在这里劫人，你可真……你做什么？”

珠翠话音未落，我已经眼疾手快地拔下头顶的簪子，抵在了她的喉间——方才说话时，我一直不露痕迹地刻意缩近我们的距离，方便我突然袭击。

珠翠以往经常往返于高偃的院子送衣物，自然不可能会功夫，不然岂不露了马脚？

被尖锐的簪子抵住喉咙，珠翠面色也没有变化，她有些自嘲地说：“你觉得自己这个做法有用？”

“总要试试才知道。”说话间，我手里下了几分力，珠翠喉间已经沁出了些血珠。

“你也是奴才出身，怎会不知主人何时会把奴才的命放在眼里？”珠翠言语里也多了几分怅惘，“你看我这些‘同伴’脚下的步子，可都没有丝毫迟疑。”

几个人果然不曾有半点儿犹豫，仍向我逼近，我深吸一口气，在他们临近之前松开了珠翠。

看着她错愕的表情，我嘲讽地说道：“既然你没什么用，我又何苦拉个垫背的来脏了自己的手。”

珠翠嘴唇抿了抿，没有言语。

不等那些人动手，我就自己丢开了簪子，反正打不过，自己投降总比他们扭断我的手好，看来拖延时间也没什么用了。

是我自以为置身事外后就放松了警惕，原来一个人什么事都不管并不是什么好事，这样也就失去了对身边人和事判断的依据。

我刚被抓住，珠翠突然又问了一句：“刚才你是怎么知道的？”

这问的应该是我看穿她的意图。我看都没看她说道：“因为你不懂人情，若是你对青黛有一丁点儿的姐妹情谊，就不该前脚说要去医馆，后脚就说去首饰店。”

珠翠再次愣住，似是没想到会是这个原因。

看着一直一动不动的珠翠，我深吸一口气说道：“我看青黛对此事毫不知情，你既然已经利用过她了，就不要把她也拉到你主子面前。反正你那么聪明，随口编个理由就能把青黛蒙混过去，总归她也是要离开的人。”

珠翠的目光变得有些复杂，看着我也有些闪烁。

不甘心的我最后对珠翠放了句狠话：“我最是记仇，如果之后我还活着，你最好给我躲远点儿。”

那几人也是卡着时间点，我话音刚落，紧接着后颈一疼，眼前一片漆黑。

再次醒来似乎在一个屋子里，不等我有动作，就听到耳里传来一个男声：“真不知道你为何非要费尽心思把这个丫鬟绑回来，我看她也没什么特殊之处，如今我正缺人手，为了她还废了我的一枚暗棋。”

眼皮一跳，这是高弘朗的声音，珠翠是他的人。

屏息等了片刻，就听到一道熟悉的女声：“王爷放心，此人可有大用。”

我微微咬牙，好啊，这个良秀到底和我有什么仇怨？

片刻后响起了离开的脚步声，高弘朗的声音再次响起：“罢了罢了，你要的人已经给你带回来了，有什么事你就再来找我好了。”

“多谢王爷。”随着良秀的话音落，屋里响起一阵脚步声。

等到安静以后，我才慢慢睁开眼睛，环顾四周，是一个昏暗的小房间，只有一扇人根本爬不出去的小窗户。屋里只有一张床、一个桌子和一个凳子，像极了审讯的地方，只是少了些刑具。

而我躺的地方，正是那张硬邦邦的床。我动了动，才发现自己手脚都被麻绳绑住，动弹不得。

随着推门声响，良秀的身影出现在门口，和我对视上后，只见她一愣，面带了几分愧疚，快步走过来给我松绑："哎呀，你看这群粗人，我都说了'请'你过来，他们下手还没个轻重。"

良秀解开了麻绳后，我活动了一下酸麻的四肢，才面无表情地问："不知侧妃娘娘'请'我来做什么？"

良秀并未介意我的冷漠，依然笑得心无芥蒂："先前我就说觉得你和我格外相似，一直也没什么时间，如今才算是得了机会能同你亲近亲近。"

我冷笑一声，略带嘲讽地回道："娘娘这'亲近'人的方式可真独特。"

良秀抿唇笑着，大概是屋里只有我们两人，她看着倒是比过去见面时活泼了不少："听着这个'娘娘'的称呼可真是生疏，我查过了，我们是同岁，不如你叫我秀儿，我叫你小蘼？"

若是换个地方、换个场景，我还真会觉得她是想同我结交，可现在的我只是冷眼看着她要耍什么把戏。

终于，在我的注视下，良秀似乎也觉得没意思了，颇为不在意地撇了撇嘴："你这样看着我，可真是让我伤心了。"

我忍不住蹙起眉头，这人怎么一会儿一个脸色？

无视她的表情，我继续问道："你抓我来到底是要做什么？"

闻言良秀露出一抹让人琢磨不透的笑容，眼睛转了几圈才说道："当然是为了换一个好东西。"

"我区区一个奴才，能换什么东西？"我心里生疑，嘴上仍是毫不客气地问道。

良秀嘴巴张了张，忽然她又一笑，说道："既然你有这么多问题想问我，不如我们来玩一个游戏，你问一个问题，我回答之后就换我来问。"

我并未拒绝，毕竟这是她的地盘，自是她说了算，不管她打什么主意，我先得弄清她的意图。

良秀并没有看透我的心思，只是兴致勃勃地开口："刚才你问过了，所以现在换我了，我听说，你识字极多，却不会写字，这是为何？"

没想到她问的会是这种问题，我略一思索，就把过去的那套说辞拿了出来："小时候偷偷跟着村里的教习先生认了不少字，家里穷买不起纸墨就不会写。现在换我问，你刚才说要换的东西是什么？"

"兵符。"良秀回答得毫不迟疑，丝毫没有注意到我刹那间震惊无比的脸色。她接着说，“你什么时候学的游泳和救落水之人的手法？”

“小时候在豫州。”下意识地回答之后，半天我才有了些清醒，努力遏制住“怦怦”直跳的心脏说道，“谁手里的兵符？”

“胡元离。”良秀的回答一个比一个惊人，问出来的问题却一个比一个随意，“上次在秦王府看到的那个用碎布包裹着的炭渣，我听闻是你做的，那个东西到底是什么？”

“铅笔。”我十分敷衍地回答了她，强压下了心里的不安问道，“胡元离手里哪里来的兵符？”

皇城里的守卫兵，尽数握在皇室手里，边城的士兵，老燕王也早已把兵权还给了皇帝，如今的胡元离手里哪里还有兵力？

我问了半天，良秀却不再说话了，只是呆坐了片刻，忽然仰头冲我一笑说道：“今天就先到这里吧，我玩够了，下次再玩这个游戏。”

言罢，她就起身离去，我也并未阻拦，毕竟如今人为刀俎我为鱼肉，她不想说，我多费口舌也无意义。

只是良秀走出门的时候，忽然又回头对我笑道：“对了，小蘼，我刚找人把你被袭的消息放了出去，不如我们明天就一起来看看，你究竟有多大的价值。”

良秀笑得不带半分心机，连带着那张普通的脸孔都秀丽了起来。而我的心，却随着她的笑声，一点一点地坠入深渊。

虽然被关在这个小房间里，良秀倒是不曾苛待过我，每逢饭点还会派人送来不少精美的吃食。

我虽然没有一点儿胃口，还是强迫自己吃了下去，毕竟我需要保持体力，以备不时之需。

直到第二天黄昏时分，良秀才再次露面，看着她脸上不加掩饰的喜意，我的一颗心下沉得越发厉害。

她刚一坐下，就自来熟地开口：“小蘼，你还真是没让我失望。”

我一言不发地盯着她，良秀再次说道：“听说从昨天起，燕王府就被小燕王闹得鸡飞狗跳，别人不知道是为了什么，只当是那‘小阎王’又在乱发脾气，小蘼你这么聪明，肯定知道原因吧？”

我手指微微握紧，面无表情地看着良秀说道：“你到底想从胡元离手里得到什么？”

良秀很是诧异地看着我：“昨天不是告诉你了吗？我要的是兵符呀。”

“胡元离如今只是一个在城的异姓王，哪里来的兵符？”我故作揶揄地反问。

这一次良秀是真的诧异了，她看了我半晌，忽然眼里又泛起了不怀好意的光芒：“原来你是真的不知道啊？我还以为小燕王对你那么特别，曾经为了你甚至打了吴府的公子，他会什么都告诉你呢！”

我微微皱了皱眉头：“这种挑拨离间的把戏，你使出来不觉得太可笑了吗？”

良秀无所谓地耸了耸肩说道：“没事，他不跟你说，那我来告诉你，你应该也知道燕王府直系亲眷不能全部离城吧？”

迎着我无半点波澜的目光，良秀缓缓地讲了起来：“这个默认的规定可不是先皇防备燕王府，要留人下来做人质……当然了，可能也有这一层含义，不过更重要的是，历任燕王手里都有一股隐秘的兵力潜藏在皇城外，一直都是历代燕王传给下一代，这也是先帝留给同自己一起打江山的初代燕王的一个恩赐。”

我目光微缩，这事我确实是第一次听说。

良秀也清楚我不知情，再次说道：“这个消息一般都是皇帝和历任储君才知道的，因为燕王手里的这股兵力，平日里无论再紧急都不能动用，他们只有一个职责，就是守护皇室。而这个皇室，只包括皇帝和储君。”

我心里默默盘算，怪不得胡元离一直站在太子阵营，除却他自己说的高玠性情好，怕是还有这一层含义，也难怪高弘朗当初不惜用自己的亲表妹去设计胡元离……

等等，既然只是守卫皇帝和储君，那高弘朗怎么知道此事？

“若是你所说都是真的，你又是如何得知此事的？”我换了种方式问了出来。

“自然是齐王告诉我的。”良秀随口说道，似乎觉得这并不是什么见不得人的事情，表情很是倨傲，只是眼神有些复杂，“世人皆知皇帝甚是偏爱自己的长子，王爷知道这些，也算不上什么稀奇事。”

没想到皇帝已经偏心至此，连这种隐秘之事都会告知高弘朗，也难怪高玠虽为太子，背景优渥却仍处境艰难。

消化完这些信息后，我再次开口：“你觉得四处留情的小燕王，会为了一个丫鬟拱手送出自己手里历代传下来的兵符吗？”

“总要试试才知道。”良秀的这句话似乎有些耳熟，下一刻她又说道，“若是他不来，就再想别的法子呗。”

我这才明白为何觉得她的话耳熟，因为这个话我也说过，我们对待事情的态度，竟然诡异地有些一致。

良秀似乎有读心术，看着我的脸色，下一刻就开口问道：“怎么了？我说对了吧，是不是觉得我们很像？”

我心里拐了几个弯，最终只是冷言道：“像？我可不觉得有哪里像，毕竟我不会为了私利亲手杀一个孩子。”

良秀脸上的笑慢慢凝固，她终于没了一成不变的笑脸，可眼里并无半点儿闪躲或是愧意，只是有些失落地说：“我以为我们同为低贱奴才出身，你会理解我的。那些高高在上的主子，总是一点儿不顺心就随意打骂折磨手下的人，那高承安，小小年纪便养得张扬跋扈。”

我有些难以置信，却还是按捺下来接着套话：“他张扬跋扈又关你何事？你们之间根本无任何交集吧？”

“因为我想往上走。”说这话时，良秀没有一点儿表情，像是朗读课本一样机械，若不是屋里只有我们二人，我都怀疑是别人说的这句话。

半晌后，良秀才又恢复了笑意，重新看着我说道：“其实我本是吴府一个下等奴才，后来用尽了手段才能到吴家嫡女的身边侍奉。虽然生活是好了些，可是你应该也知道吴云韶那个娇纵的性子，哪里是那么好相与的？我不得不把目光转到了时常来吴府的齐王身上，至少跟着他，我不会再任人……欺辱了。为了跟着他，我才必须证明自己的能力。”

我的声音控制不住地有些发抖：“这就是你对高承安下手的原因？”

良秀看着半点儿不曾放在心上：“高承安一直都是太子手里最有利的武器，每每都会插到齐王和皇上中间，齐王他总是因为叔侄之情心软下不了手，我才主动去帮了他一把，反正我又不认识高承安，自然下得了手。”

我蓦地站起身来，指尖都要陷进手心里，拼了命地告诉自己不能冲动，我要想自救，就必须冷静下来。

这两日虽然没被放出门，我也大概得知了自己的位置不是在皇城里，因为昨晚入了夜，我隐约听到了山里才有的虫鸣鸟叫。可是这院子周围肯定不会少人看守，我只能设计让良秀主动带我出去，才有机会逃脱。

“其实本来……”良秀刚起了个头，视线扫过我还紧握着的拳头，忽然勾唇一笑，“算了，这个还是改日和你说吧，你还有什么想问我的吗？过了今日，怕是以后你都没有心情问了。”

我心里越发揪起，看来留给我的时间确实不多了，这些跟皇室扯上关系的人真是奇怪，要不然就一个字都不说，要不然就拉着人恨不得把自己的老底都告诉你。

我暗自思量应对手段时，良秀再一次不问自答："不过我也清楚你都想知道什么，豫州疫病一事是我曾和齐王私会时听他提了一句，然后我就想出了'疫病'这个主意，而他完成得比我想象中的更加完美。

"还有太子妃城外遇袭，也是我帮齐王谋划的，正好能栽赃给陕北的悍匪，借此机会拿了皇城里的军权。后来也是为了除去太子妃肚子里那个太医称是皇子的孩子，齐王才听我所言'负伤昏迷'，然后我设计了一系列事情，逼得太子妃早产，没想到那孩子倒是个命大的，娘亲都难产死了，他还活着……"

往日我呕心沥血想要追查的真相，如今竟然被良秀以这种随意而可笑的方式展现在我的面前，如同是在看着一个满手鲜血的犯人口口声声地声称"人就是我杀的"，我却拿她没有任何办法。

我再也听不下去，带着滔天的怒意抬步向她逼近，双手不受控制地揪住了她的衣襟，牙齿都要被自己咬碎："你是不是有病……"

话音未落，我的手就被良秀握住折了过去，整个人也被她按到了破旧的木桌上。良秀一只手掐着我的脖颈，我双手用力拉扯，却发现在她手下，我竟然没有一点儿反抗之力。

她会武功。

这个想法还未消失，忽然感觉良秀空着的那只手在我嘴边拂过，我只觉得口腔一凉，一股苦涩的味道顺着我的喉咙滑到了腹腔，她卡着我的咽喉，让我动弹不得，无法将其吐出来。

"你……"

话还未出口，就被良秀居高临下地打断："跟了齐王之后，他就教了我些拳脚功夫防身，别人不敢说，对付你还是绰绰有余的，所以你也不要想着再做什么无谓的挣扎。"

她的手掌虽未使劲儿，却压得我无法坐起来，我索性就着这个姿势说道："你踩着一条条人命走到了这个位置，到现在也不过是个侧妃而已，便是高弘朗篡了位，你最多也只是个妃子。"

良秀俯视着我开口："我用一年的时间就从侍妾到了侧妃，自是不担心以后的位置，如今的齐王妃和她那个太师父亲一样，都是个只知道忠君的榆木脑袋，枉费齐王费尽心思娶她过门，却没有半点儿用处，这个位置她自然坐不长久。"

她没有否认高弘朗要谋权篡位，我眼眸愈深，被她压制也没有丝毫畏缩："你知道了这么多隐秘，高弘朗最后会放过你吗？”

良秀“扑哧”一笑：“你方才不是还说这种挑拨离间的伎俩太可笑了吗？怎么现在自己也用上了？”

我咬了咬牙，仍是回道：“你这么聪明，自然知道我说的是真是假。”

良秀俯视着我，十分惋惜地说：“你看看你，我说想与你结交，才把这种从没有外人知道的事情轻而易举地全告诉了你，怎么你还不领情呢？现在知道这些隐秘的，可不只是我，你也被我拖下水了。”

嘴唇几乎都要被我咬出了血，我从未见过像她这样的人，像是完全猜到了我的每一步意图，软硬不吃……不，我之前也见过一次这样油盐不进的人，那就是一心赴死的王卓。只是王卓没有她聪颖，这个良秀，看着是真的不怕死。

“你会有报应的。”

此时此刻，我才知道那些说出这句诅咒的人，心里有多无力，所以才只能用这轻飘飘的一句话来表达自己的怒气。

“那最好。”良秀很是认真地回答我，更是让人气得直咬牙。

言罢，良秀忽然看了一眼窗外黑透了的天色，说道：“今天已经过去了，估计最迟后天小燕王就会来了，毕竟我只给了他三天时间。”

“就算是大后天他也不会来的，你可别忘了，燕王府里还有一院子莺莺燕燕，他身边可不缺女人，少一个我有什么关系！”像是找到了一个反驳的端口，我咬牙切齿地挤出了这句话。

良秀眼睛一眯，张嘴还未出声，门突然被踹开来，一道熟悉又带着愤怒的声音响了起来：“小爷我在你心里就是这种嘴脸的人吗？”

良秀顺势松开了我的脖颈后退几步，我还没来得及从桌子上坐起来，就被人拉了起来。

胡元离那张脸顷刻间映入眼帘，他拽住我上上下下看了好几圈，才又继续瞪着我。

我还沉浸在他突然出现的惊愕中没有反应过来，一旁的良秀倒是先开了口：“听闻小燕王不识路，我还特地留了人在外面领路，如今看来小燕王倒是自己闯进来了，还真是关怀心切啊。”

胡元离瞟了良秀一眼，这才不耐烦地说：“废话少说，趁我没有动手，赶紧给我滚。”

“那就得小燕王拿东西来换了。”良秀毫不气恼地回答。

“你以为这个破院子我闯不出去？”胡元离言语间满是威胁。

却见良秀轻描淡写地一笑，说道：“小燕王身手了得，想走自是留不住，只不过为了怕小燕王乱来，我已经给小蘼喂下了毒药，若是小燕王乱来，那她就活不过一个月了。”

我突然想起她刚才喂给我的药丸，心里越发恼怒。

胡元离的拳头也握得“咯咯”作响，对峙了许久，他忽然抬手，冲良秀抛去一个黑绿色的物件。良秀伸手接下，我瞄到那东西上满是复杂的花纹，只是还没细瞧，头就被胡元离扭了过去。

他语气还有些愤愤不平：“你怎么这么安静？难道这种时候你不该说一句‘不要管我，你先走’吗？”

第十七章 危境

“呃……”没有料想到的问话，让我半天都不知道该怎么作答。

胡元离伸出一只巨掌按在我头顶，恨铁不成钢地说道：“你不是成天把‘想好好活着’挂在嘴边的吗？怎么还出去乱跑？”

“你也没告诉我外面这么危险啊……我哪知道出个门就能被人绑了去，青黛和珠翠都是和我同吃同住了七八年的姐妹，我怎么想得到……”我心虚又小声地嘟囔着，“再说，你怎么也没和燕王府的侍卫交代一声，就这样把我放了出来？”

“你还反过来怨我？”胡元离手掌加大了力度，压得我脑袋都抬不起来，却也不敢挣扎，“我也没有想到，你一个普普通通的小丫鬟，除了我和……竟然还有其他人会如此费尽心机地盯着你。”

闻言我也一愣，下意识看向一旁的良秀，我被绑来的那天确实是听到高弘朗抱怨不该为了我浪费一枚暗棋，毕竟我和胡元离的交集都在暗里，高偃在人前对我也没有什么特殊待遇。

那也就是说，高弘朗之前完全没想到拿我做靶子，是良秀固执地坚持要绑架我。可我和她接触并不多，我究竟有何特殊之处引起了她的注意？

不等我细想，就见良秀收起那物件，十分友善地笑了笑：“兵符我就先收下了，只是我一个奴才也辨不了真假，所以还请小燕王多等上片刻，我这就送去给王爷一看。”

这个“王爷”自然是指高弘朗，胡元离看都没看良秀一眼，良秀便慢慢退了出去，屋里顿时只剩下我们两个人。

“对不起啊……”我第一次发现自己的嘴这么笨。

胡元离看了我一眼，下一刻就转开了头，留给我一个后脑勺。

想着那兵符如此重要，他生气也是应该的，所以我又小心翼翼地说道：“其实你不用来的，我真的会自己想办法逃跑，我听良秀说那兵符很重要，那现在……”

“你怎么逃出去？”胡元离终于扭过脸来，斜睨了我一眼说道，“这屋子就那一扇人都爬不出去的窗子，你怎么逃？难道要挖地道出去吗？那你准备挖几年？”

我缩着脖子不敢开口，虽然良秀绑了我来，但我总觉得这两日她对我并没有什么敌意，不过这话我自然也不敢在胡元离面前说出来。

“还有，什么叫我那一院子莺莺燕燕，也不差你一个？我什么时候对别人的态度像对你这样了？”胡元离仍是粗声粗气地说着。

毕竟这次确实理亏，因此即便被他说得脸上发窘，我也没有反驳半句，而是赶紧转移话题说起了正事：“齐王手里本来就有之前剿匪收的兵权，如今再加上你手里的这股兵力，我觉得他好像要图谋不轨了。”

“好像？哼，他本来就是要图谋不轨。”胡元离毫不避讳地说，末了他停顿了一下，才又说道，“再过三日就是老五的婚宴了，看他如此着急，怕是就会选在那个时候动手。”

我一愣，离开秦王府后，时间竟然过得这么快。

对上胡元离黑黝黝的视线，我开口问道：“那怎么办？太子殿下知道吗？”

却见胡元离眉毛一挑，终于不再绷着脸了，看上去似乎还有些高兴，相对于我的焦虑，他反而显得漫不经心：“应该不知道。”

“那我们赶紧想想办法，如今兵符应该还没到高弘朗手里，要不你现在撞了门追出去，我给你断后？”我越发坐立不安起来，若是因为我的疏忽而影响了他们的布局，那我不就变成毁了无数人心血的千古罪人了吗？

胡元离却懒洋洋地坐了下来，不紧不慢地说道：“谁说兵符就能调兵了？”

我一愣，心里一喜：“兵符是假的？”

却见胡元离摇了摇头，说道：“是真的。”

这下我是彻底想不明白了，不过胡元离只是对着我比了一个噤声的手势，轻轻摇了摇头，怕是如今这屋子外面围满了看守我们的人。

只听胡元离笑着说道："你放心，我是不会让你有任何事的。"他的笑容一如既往地玩世不恭，却让我心里稍稍踏实了一点。

到了深夜，良秀也没有回来。胡元离说这地方确实是在城外的山里，等她回来差不多也要到明天了，所以今晚只能先将就着。只是胡元离嫌弃唯一一个床铺破旧，怕玷污了他娇贵的身子，所以我只能独自躺了上去。

我本以为在这境况不明之地，再加上良秀说的喂了我毒药，我会睡不着，没想到才挨着床铺，我就沉沉地睡了过去。比昨天我独自一人待着时还睡得更熟了些，胡元离也一反常态地安静。

直到院子里又响起了脚步声，我才从梦里惊醒，外面天色已经大亮，一旁的胡元离在桌边坐着，看上去像是一夜没睡。

我刚起身坐起，门就被人开了锁推开，进来的还是只有良秀一人。

她瞄了我们一眼，脸上仍带着完美的笑颜："这地方粗鄙简陋，昨儿个委屈小燕王了。"

胡元离对着她并没有什么好脸色："别说这些没用的，兵符高弘朗那个家伙应该已经看过了吧？怎么今天就你一个人来了？还有什么问题？"

"如今皇城里诸事繁多，齐王自是抽不开身，毕竟太子殿下因为小燕王突然没了踪迹，可是史无前例地大发雷霆，可不是谁都能像小燕王如此……情深义重。"一番话被良秀说得似褒似贬。

"那赶紧把解药交出来吧。"胡元离还是冷着脸回道。

良秀面色一愣，目光闪了闪，片刻才慢慢说道："小燕王既然如此爽快，我自然也说话算数，只是这解药，还需要小燕王同我一起去取。"

"那我也要去。"不等胡元离开口，我就先出了声。

良秀没有作答，似笑非笑地看着我，屋里安静了许久，最终胡元离转过头来对我说道："没事，你在这里等我就好。"

"既是我要服下的解药，为何我不能去？"不理会胡元离的话，我仍是盯着良秀开口道。

良秀却不再看我，只是转头看着胡元离，一言不发，眼神中不知道在交流什么信息，最终胡元离再次开口："你留在这里。"

我心里的不安越来越强。良秀的表情太古怪，我总觉得她对胡元离不怀好意，可偏偏胡元离像是没有察觉一样，丝毫不理会我的眼色。

“那就走吧。”良秀先行一步走了出去。

我一把扯住准备离开的胡元离，迎着他略显诧异的眼眸，小声说道：“我知道你身手好，等一下如果有什么事，你先顾好自己赶紧跑，不要管我。良秀现在是不会对我出手的，我也有法子护住自己，你千万不要逞强。比起我，还有更多的人和事，都需要你。”

其实我并不知道良秀会不会对我出手，我也没想出什么好法子自保，可还是不由自主地对他说着。

只见胡元离的眼眸像是照耀在春天初融江面上的日光一样明亮，他说：“我终于能从你嘴里听到这句话了。”

我心里正难受，忽然听到他这一句话，一下子没反应过来。却见胡元离突然靠近，在我还呆愣之时，在我额头落下一吻。只是轻轻一碰，不过这个吻却如同他的目光一样温热，惹得我的心也疯狂地跳动起来。

“不要担心。”胡元离只留下了这一句话，就从我手里慢慢抽走衣袖，转身离开。

时间仿佛被放慢了，他转身离开的身影，渐渐消失在合上的门扉缝隙里。视线最后看到的画面，是他回了头，还带着一如既往桀骜不驯的笑，可这一次我无法安心下来。下意识追到门口，门已被锁上。我不知为何空前地慌乱起来，连带着手都有些发凉，拼命想让自己冷静下来，可仍无济于事。

他们这一走，许久都没有再回来。

中间门打开过，是给我送饭菜的人，我想趁机偷偷冲出去，却立刻被人捉住丢了回来。

我只能等。

等待的时间格外漫长，阳光透过小窗户一点一点在地面上挪动，空气里折射出的无数灰尘也随之飘动，整个房间安静到仿佛没人存在。这份安静直到日光消失，也没有人再来打破。桌子上的饭菜我丝毫没有动过，它们渐渐从冒着热气到变得冰凉。

屋里完全暗下来时，良秀才提着一盏灯笼出现，我瞬时从床铺上弹跳起来，伸长脖子看了又看，但她身后却始终空无一人。

“胡元离呢？”我几乎是从喉咙里挤出了这句话。

良秀笑得双眼如弯月，嫣红的嘴唇毫不留情地吐出两个字：“死了。”

“不可能。”我的声音和表情都和往常无异，只有衣袖下握得生疼的手知道我此刻有多慌张。

“为何不可能？”良秀像个善解人意的老师一样缓缓说道，“他能如此轻而易举地把兵符交出来，谁知道他手里还有没有别的底牌？毕竟他向来都是个让人不敢轻视的角色，时间不多，直接处理了才最省心。”

“你胡说八道。”我咬牙说道。

胡元离怎么可能会死？他那么聪明，那么蛮横不讲道理，怎么可能如此轻易地就被人拿捏住？

他的全部家当都还在我手里，若是他死了，就不怕我卷款逃跑吗？他的燕王府数百口人还要不要活？还有高玠，他们自小一起长大，关系那么好，胡元离怎么可能就这样弃他于不顾？

“你怎么看起来好像很伤心呢？”良秀的声音听起来有些幸灾乐祸，“也对，毕竟是因你而死，你说你接下来的日子，还怎能睡得安稳呢？”

口腔里有些腥甜的味道传来，舌尖一阵阵地刺痛，我抿紧了嘴一言不发。

一旁的良秀仿佛上了瘾一样，继续说道：“对了，上次我还有件事没有告诉你，现在看来是时候说了，你以为胡元离是你害死的第一个人吗？”

迎着我骇人的目光，良秀恍若未觉：“那个太医的死你应该也知道了吧，不过你和他关系不怎么好，我也就不提了。还有一个曾经同你关系十分要好的人，也是被你害死的，你肯定还不知道吧？”

她说的话我半个字都听不进去，满脑子都是胡元离怎么可能会死，直到听到高承安的名字，我才有几分清醒过来。

良秀笑得恶意满满：“本来失手一次之后，高弘朗是不准我再下手的，毕竟他总是心软，再加上事情都过去了小半年也不见有任何风声，每个人都以为高承安是自己落的水。可偏偏这时候高承安自己跑过来说皇室里有人要害他，求高弘朗帮他查。若是真的要查，那高弘朗可就危险了，他迫于无奈，才不得不听我的，再次通过疫病下手。你说说，那个提醒高承安找帮手的多事之人，会是谁呢？”

脑子如同挨了一闷棍，整个人都有些发昏。高承安曾经提到的帮手……果然是他。

眼前良秀的身影变得有些模糊，隐约中我似乎看到她眼里闪过水光。下一刻她一边走近，一边嘲笑道：“昨天你不是还说我滥杀无辜吗？你这些怀着善意的举动，都有什么好下场呢？你不也在滥杀无辜吗？还有你自以为是的姐妹情深和善良，又给你带来了什么？”

胸腔里有气血翻涌，良秀几乎句句都能戳中我的要害，唯有手掌心的剧痛才能让我保持些许理智。

良秀走到我面前，靠近我缓缓说道："怎么办呢？这世上仅有两个不嫌弃你是丫鬟身份还喜欢你的人，都被我杀了，日后再没有人会爱你了。"

话音刚落，我抬手露出一只藏在手里的茶碗碎片，向她的脖颈划去，意料之中的，她不费吹灰之力躲了过去。

只是她的人也让开了门口的位置，我拔腿就向外跑，身后的良秀不但没有阻拦，还"好心"地喊着："要是不知道胡元离葬身之地在哪里，记得回来问我。"

屋外无人拦我，我拼了命地跑，几乎把这一生中的全部力气都用在了这次奔跑上，仿佛下一秒我就会倒地死去。

院子口离我越来越近，我又加快了速度，却狠狠撞上了正好要进来的人。那人被我撞得后退了一大步，却还是下意识地抓住了我的手臂。

我被撞得头昏目眩，好不容易清醒过来时，正好看到高偃锁着眉头，盯着我被茶碗碎片割得鲜血淋漓的手掌。

"五爷！"我几乎是喊出了这个称谓。

高偃的目光黑沉沉的，见到熟人的惊诧早就压过了我心里残存的理智，没有受伤的手下意识抓住了他的衣襟，脱口而出："五爷，你见过胡元离吗？"

刹那间就感觉高偃握着我的手掌明显加了些力，可我完全没心思顾及，只是一心想解决掉那个让我慌乱无比的疑问。

因为急切，我受伤的那只手也不由自主地扯着他再次问道："胡元离是昨天来的这里，今儿个清晨他就被带了出去，到现在还没回来，五爷，你有没有听到过他的消息？"

高偃迟迟未言语，我喘了口气，终于也稍微冷静了些许，只是这一冷静，我就想起了不怎么对劲的地方："五爷，你怎么来了这里？"

胡元离是为了救我，才受了胁迫带着兵符来到这里，那么高偃呢？

我看了看高偃身后，空无一人，心下一慌说道："五爷，我们快些走，你不要信那个良秀的任何威胁，我已经没事了，我们赶紧去找胡元离。"说完，我拉着高偃就想往外跑，可他如同一块巨石一般，我用尽全力的拉扯都没让他动上分毫。

"他死了。"

还没等我问他为什么不走，高偃就先开了口，没有感情的三个字如同一桶冰水，浇得我整个人从头到脚都要被冻僵。

我看着高偃的那双眼眸，里面不悲不喜，像是在陈述一件寻常小事。

"我不信，为什么你们都这么说？"我勉强挤出一抹笑，"他那种祸害人的人精，怎么可能这么容易就死了？”

见高偃一直不回话，我便松手撒开了他：“既然五爷不愿意去，那我就自己去找胡元离，除非亲眼看到他的尸体，否则我绝不会就这样丢下他不管不顾。”

人还未能走出去，就又被高偃狠狠地扯了回去，这一次无论我如何挣扎，都没能挣脱他的掌控。

心里本就有些昏沉，再加上恼怒，我差点就要失控地喊叫，却突然发现高偃冷静得太过反常。一片混沌的脑海里一瞬间被劈开一道线，半天我才发出声音：“五爷此行不是来找我的吧？”

高偃未说话，却转开视线看向了我身后的院子，对着那个方向声音冰冷地说道：“大哥让我前来接你，怎么还能遇到这种事？如今的局势，你也太不小心了吧？”

我一转头，正好看到良秀优哉游哉走过来的身影，下意识准备跑，可因为高偃的掌控，我一步也离不开。

眼看着良秀离我越来越近，我努力保持着最后一丝冷静：“放开我。”

高偃看都不看我一眼，仿佛拼命挣扎的我不存在一般。

脑子一热，我狠狠地冲那只拉着我的手臂咬去。可即便我口腔里都有了腥甜的味道，高偃却连眉毛都没有动一下，依旧望着走过来的良秀。

良秀这才慢悠悠地开了口：“真是多谢秦王帮我将人抓住，方才我一时大意，竟然给了她逃走的空子。”

听到良秀的声音已经到了身边，我心里残存的希望彻底破灭了，无可奈何地松开了口，余光瞧见高偃的手腕果然被我咬得见了血。然后他就狠狠把我扯到了他和良秀中间，我正好看到良秀一脸恶作剧成功的得意。

“你这里里外外少说也有几十号精心挑选的人，便是一个会功夫的人也差不多要丢了半条命才能逃走，怎么现在连个普普通通的丫鬟都看不住了，是不是需要我找大哥再给你增派些人手过来？”高偃的声音在我身后响起。

良秀面上故作惭愧：“就是说呀，抽个时间我真得好好去问问，他们到底都是怎么办事的。”

原来如此，我根本就不可能逃走，她只是像猫逗老鼠一样地戏弄失了理智的我。

想通了这一点，我胸口一阵气血翻涌，只听高偃再次说道：“我也听大哥说是你没有缘由地格外看中这丫鬟，那就应该多想一想大哥说过的话。上心些，下次可不一定再有人帮你抓回来了。”

说着，高偃把我往前一推，良秀笑着应下，伸手想要拉我。我身子一偏躲了过去，很是恼怒地准备开口："你……"然而刚说了一个字，后颈处突然传来一阵酸麻，下一刻我眼前一黑，整个人向后倒去。

又是高偃，我身后只有他一人。昏迷的前一刻，我察觉到扶住我腰际的那条手臂，僵硬到仿佛是条曲形的铁棒。

再一次昏昏沉沉睡去，耳边似乎还有人在说话，我却无法听清楚。这一次睡得很是不安稳，我仿佛飘在高空中，全身失重落不下去，心情反而莫名地没那么压抑了。

人终于落了地之后，眼前竟然是熟悉的皇宫，盲目地走了几步，就听到前面传来些许嘈杂的争吵声，随即三道小小的身影进入了视线。那三个人似乎还只是十岁出头的少年郎，身量还没有我高。

其中个子最高的白衣少年站在两人中间，冲着身高才到他眼睛处的红衣少年说道："你平时在老五的课业上乱涂乱画，还偷藏他的书卷笔墨，各种欺负他，我都在帮你说和，怎么你却没有一点儿悔改之心？如今还变本加厉，自己和人打赌偷了父皇殿里的折子，却诬陷到老五身上？"

一旁最矮的、身着藏蓝色衣服的少年苍白着脸，一声不吭，反而红衣少年眉眼里满是不服："我后来不是承认了是我做的吗？"

一旁的我这才发现，眼前的这三个小人儿不就是高玠、胡元离、高偃三人的缩小版吗？

我自己瞎想着，眼前的三个人倒是还没有休战。缩小版的高玠绷着张小脸，像极了高承安的长大版，他一本正经地说道："你那是瞒不下去了才不得不承认的，先前还害得父皇去丽嫔娘娘的殿里闹了一场，老五也被丽嫔娘娘罚跪了好几个时辰。"

"你要是这样说的话，那还得来感谢我，要不是我这一出，皇上后来也不会因为愧疚而给老五他母妃送去一屋子的赏赐。"胡元离的眼里明明看着很心虚，可还是嘴硬地说道。

一番话听得我都有些牙痒痒，可是不知道为什么，看着那个少年胡元离，我的眼眶却有些发热。

"你……你就会胡搅蛮缠，这一次我绝不会再包容你了，你马上给老五道歉。"高玠一张少年老成的脸，便是发起火来，语气仍是不温不火。

"我为什么要道歉，人家一句都没提，你为什么要来出头？"胡元离还真是从小蛮横到大。

终于，高玠的声音也有些发抖，似乎很是生气，却还是按捺住说道："他是我弟弟，我做兄长的自然该为他出头。”

胡元离轻嗤一声，抬步绕过高玠，微微偏了头看着一直低着头的高偃说：“你自己来说，小哑巴，这一次我是不是帮了你？听说你母妃殿里穷酸得冬天都用不起炭火，这还不是多亏了小爷我，让你们母子得了赏赐过上了好生活，你说你是不是要谢……”

话还没有说完，就见从头到尾一个字都没说过的高偃突然出拳，狠狠地打在了正在耍无赖的胡元离脸上。胡元离不曾防备，被打了个趔趄，他难以置信地看着还在喘着粗气的高偃，下一刻也扑了上去。

“好哇，你竟然偷袭我，我们打一架，看看谁更厉害。”

虽然胡元离嘴上叫嚣着，可是眼里闪闪发亮。

一旁看到这一变故后呆若木鸡的高玠半天才反应过来，赶紧上去拉架，只是那两个人都打红了眼，没有一个听他的停下，反而混乱中高玠脸上也挨了几拳。

终于，高玠再也绷不住温和稳重的架子了，自己也扑了上去，于是双方对掐变成了三方混战。

我下意识地想过去伸手拉，手却穿过他们的身子扑了个空。我这才慢慢反应过来，怪不得他们一直都没有注意到一旁站着的我，原来这是我的梦啊，可是……眼前打得火热的三个人，怎么看起来如此真实？

不知道他们打了多久，我看得都有些累了，这里偏僻，也无人来劝架。到最后他们脸上都挂了些彩，大概是没了力气，三个人都蹲在地上，围了个圈喘着粗气怒瞪着彼此。

瞪着瞪着，胡元离先没忍住笑了，接着高玠和高偃也都笑了起来，连带着目睹了这一切的我，也控制不住地跟着笑了起来。大概是笑得太狠，眼前一阵模糊，可是他们三个鼻青脸肿的模样深深留在了我的脑海里。

等我再想看下去时，身子突然一坠，整个人仿佛掉入了深坑一样猛然惊醒，入目还是那个昏暗的小房间。

后来过去了很久之后，我还在想，我做的这场梦，到底是现实中发生过的，还是我通过自己的想象编造出来的？毕竟我所梦见的事情，都是他们告诉我的。

比如胡元离说过的他捅鸟窝、偷折子、欺负高偃时总有高玠劝架。

比如高偃说过的，高玠曾经毫不避讳地对别人说，高偃是他弟弟，没有带称号，也没有带皇子排名，只是说“弟弟”。

在床上躺了许久，心里一点一点恢复了意识，察觉到腰上有些异样，还没伸手去摸，就注意到了床边坐着的良秀。

她似乎在看着我发呆，看到我睁开眼，她脸上是来不及收起的愣怔。

我默默扶着腰坐起，然后缓缓坐直看向了她。几乎是瞬间，良秀的面上又浮起了熟悉而完美的笑颜："你怎么睡了这么久啊？我可是推了王爷的邀约守着你呢。"

我不理睬她，低头看着已被包扎好的右手掌，良秀立刻"善解人意"地说道："你昏睡之时，我还帮你包扎了受伤的手，你说你要怎么感谢我呢？"

"你想我怎么感谢？"这一句话我说得格外平静。

正因为如此，良秀面上明显有些失望："不对呀，这种时候你应该揪着我衣领说一定要杀了我、我不得好死之类的话才正常呀。"

我面无表情地看着眼前像个"戏精"一样的良秀，眼眸动了动说道："你的话本来就这么多吗？"

良秀看着很是诚恳："其实我平时话很少的，遇上你的这几天，我几乎把下半辈子的话都提前说完了。"

我嘴角一挑，故意激怒她道："你的意思是你下半辈子准备当哑巴了？"

良秀抿嘴笑着，并未接话，过了片刻才又说道："我就说总觉得和你很亲近，你这性子可真是对我胃口。"

懒得和她虚与委蛇，我直截了当地开口："兵符你已经拿到手了，为什么到现在都还没杀了我，留着我还有什么用处？"

良秀一愣，目光变了变，半天才十分认真地回道："你放心，我是不会杀你的，之前王爷想要你的命，可是被我拦了下来。"

"那前几天你喂给我的毒药算什么？"我丝毫不客气。

良秀眼珠转了转，并没有接我这句话，反而问道："你都不问我为什么不会杀你吗？"

我没有接话，她也不介意，自己又笑着说道："因为我们可是一个地方的人，念在这个情分上，我也会留你一命。"

"你也是豫州的？"我下意识反问。

却见良秀笑得十分灿烂，并没有否认。

我不由觉得有些讽刺起来，这豫州还真是个"风水宝地"，什么样的人都能养出来。

良秀也没有想在这上面多浪费口舌，换了一副嘴脸，像一个八卦的闺蜜一样自来熟地问："托你的福，这几天我可看了不少好戏，倒是让我生了一个疑问，你说小燕王和秦王，你到底喜欢哪个呢？"

屋里十分安静，半天都没有人说话。

在我冷漠的目光下，良秀才收起了刻意装熟的模样，有些不怀好意地说道：“要是我，肯定会喜欢小燕王吧，毕竟他可都能为了你放弃自己的性命。”

手指一瞬间收紧，我暗里做了好几个深呼吸，才勉强压下了心头涌上的令人窒息的感觉，继续保持面上的镇定。

良秀目光貌似不经意地扫过我紧握的拳头，才又说道：“其实秦王人也不错，看他那模样，应该不会是个薄情的人，你说你要是老实留在他身边当个侍妾，便是吴云韶进了门，高偃也未必会负你，偏偏你一门心思地往外跑。”

“当个侍妾？像你一样吗？为了自己往上爬，就苦心孤诣地去残害别人？”我毫不留情地反问道。

“这有什么不好的？”良秀一脸理所当然，“水往低处流，人往高处走啊。”

我缓缓垂了眼眸：“道不同不相为谋。”

良秀盯了我许久，半天才又恢复了笑颜，意味不明地说道：“小蘼，其实我真的挺羡慕你的。”

我皱起了眉头，这个人已经从奴才爬到侧妃的位置了，怎么现在却反过来羡慕我？真是典型的得了便宜还卖乖。

“肯定是有人把你保护得很好，所以你才能这么单纯。”良秀再次开口，语气显得有些飘忽。

我看着她，没有迟疑地说道：“不，我曾经在秦王府的那几年里，只是浣衣园子的下等丫鬟，从来都没有人保护过我。我之所以和你道不同，是因为我不像你，总是不择手段地想往上爬。”

良秀仿佛听到了什么好笑的事情，但最终只是笑着摇了摇头，似乎很无奈地说道：“真想让你和我换换人生啊，这样我也能看看你最终会不会做出同样的选择。”

什么意思？

我微微眯眼，听这意思，她过去在吴府似乎过得并不好。

良秀也没有想解释的心思，只是抛出了她留在这里的真实目的：“后天就是秦王大婚的日子，王爷到时候会带着齐王妃过去，我一个侧妃，就不需要去露面了。想来我许久都没有见过淑妃娘娘了，也是时候该去拜访了，到时候你想不想和我一起……进宫？”

淑妃？不就是高弘朗的母妃吗？

既然良秀如此说了出来，那选择在高偃成婚的这天去宫里，怕是不只探望这么简单，难道说他们准备那日……

为什么要带我？若我的猜想是真的，良秀哪里会让我自由选？到最后结果都一样。

所以看着良秀面带期待的表情，我压下了心头的震惊，只是问道：“这种事情，他还会让你一个侧妃亲自参与？”

似乎我的问话很让良秀满意，她带着几分倨傲说道：“他能走到今天这一步，可都是因为我，我自然是要去亲眼看着我所设计的一切……圆满成功。”

我心里飞快地盘算着，最后故作警惕地反问：“那你带着我，就不怕我坏了你们谋划已久的事？”

良秀笑得十分坦然：“你这种充满不确定的人物，不带着你才怕坏事呢。再说了，这个机会可不常有，难道你不想亲眼看到……”说着她缓缓靠近我，在我耳边吐出四个字，“皇权更迭？”

果然，他们要谋反。

看到良秀仍是冲我灿烂地笑着，我终于知道为什么我一直对她的笑容觉得反感了，因为她那张爱笑的脸上，唯独眼睛显得死气沉沉，所以再完美的笑在她脸上都会失了几分颜色，像是个假人在一直冲我笑。

我曾见过无数的人，就拿这里比较突出的几个人来举例——温和隐忍如高玠、跋扈张扬如胡元离、阴郁寡言如高偃、精明耀眼如高弘朗……这些人算是顶尖的几个代表，如今我却觉得眼前这个相貌普通的良秀，比他们任何一个都更让人难猜。

看着良秀似乎起身要走，我也问出心底里的话：“你到底是因为什么才注意上我的？”

我应该不曾在人前太过出格，这已经不是我的错觉了，她是真的对我格外不同。

良秀临出门时才十分随意地耸了耸肩说道：“之前给你说了几次觉得你亲近，你都不信，那我也就不说了，反正到……最后你总会知道的。这两日你就好好歇息吧，别等到后天没精力去看那场大戏。”

房间落了锁后，便又只留我一人。我这才舒了口气，手掌抚上腰际，眼前顿时一亮。怕有人监视，我再一次倒头躺了回去，一颗心却不受控制地“怦怦”直跳。

之后两天，良秀果然没有再出现。

我一直被关到高偃大婚的那天中午，刚用过午饭就被几个人押了出去，径直被送上了一辆马车，里面正坐着一脸微笑的良秀。

马车走了许久才进了皇城，因为车里太过安静，我甚至可以听到车外窃窃私语的人声。谈论的内容大多都是白日里迎亲的场景，听说这场婚事声势空前浩大。十里红妆，鼓乐齐鸣，队伍绕着皇城走了好几圈，才回了王府。

原本并不小的秦王府，今日被挤得满满当当，连参加婚宴官员的马车竟然都停放不下了。若只高偃一人，自然是到不了这等阵仗，可是在太尉府和高弘朗的连番出力下，满朝官员几乎都前往赴宴，和多年前太子成亲的阵仗已然相差无几。

听了这一路上的闲言碎语，我心里却异常平静。良秀暗中瞄了我几眼，却没有多说什么。

到了淑妃的宫殿时，已经是黄昏时刻，前来迎接的宫人对良秀很是热络，想来也是她经常来的缘故。

淑妃看到良秀后也很是亲切，看到我时明显地眉头一皱，不知道良秀凑近淑妃耳边说了什么，淑妃便不再追究我的问题了。

晚膳期间，二人聊起了家常，看起来倒是和普通关系和睦的婆媳无异。等到天色完全黑了之后，淑妃才令人撤了吃食，起身拉着良秀的手笑道："我看这天色不早了，也差不多到时间了，本宫正好要去皇后娘娘那里一趟。本宫记得你也许久没拜见过你的母后了，不如就和我一起过去吧。"

"都听母妃的。"此时的良秀如同恭顺良淑的儿媳一般听话。

她们相携走了出去，路过我身边时，良秀淡淡瞄了我一眼，那眼神大有"自己乖乖跟上，别逼我动手拉你"的意味。

我实在猜不透她的意图，只能咬牙跟上，毕竟以她的拳脚功夫，又是在宫里，我不可能逃得掉。

进皇后宫殿之前，良秀落了一步，忽然抬手在我后颈处一拍，一阵刺疼袭来，我想说话时却发现自己发不出任何声音。正当我惊骇地想尝试再次发声时，良秀丢开手里的银针，用只有我们两人能听到的声音说道："这只是一时的，你最好给我乖乖看着，现在我还不想杀人，不过等一下你要是不知分寸地想要做些什么，那么除了你之外，我敢保证这个宫殿里的人都会因为你的举动而死。"

本就已经无法说话，她的这番话彻底打消了我找其他人通风报信的念头，别人因我而死的这种绝望，经历了才知道完全能逼疯活着的人。

皇后宫殿里摆放的装饰器具，比方才在淑妃宫里所见的好上不只一星半点儿。

皇后也并非独自一人待在宫殿里，旁边还坐着一身便服的德妃，看到我们这一行人进去，皇后立刻带上了得体却又不怎么热络的笑开口："往日里你也不常来本宫这里走动，怎么今日突然心血来潮过来了？"

淑妃恭敬地行了个礼，才又故作几分埋怨地说道："往日里我怕惊扰到姐姐，才不敢时常过来走动，这如今姐姐还反倒怪起我来了。你们整日走得这么近，倒是把我冷落了。”

皇后和德妃对视了一眼，才又淡淡地笑着说道：“你想多了。”

淑妃坐下后，一直盯着我看的德妃才带着些许不悦的口吻说道：“这丫鬟怎么现在跟着你们了？”

我正想要不要豁出去时，良秀的目光冷冷地看了过来，那模样仿佛一眼就能看透我的心思打算，下一刻她就开口回话了：“回娘娘，是臣妾之前一见这丫鬟就觉得亲近，所以特地要到了身边服侍。”

顿时我觉得德妃看我的目光更加不屑，只听她冷哼了一声说道：“也是，你们出身相近，难免会性情相投。”

这话说得就有些不留情面了，大概是把我当成了和良秀一样想往上爬的奴才。良秀仍是不恼不怒，反倒是淑妃脸面上有些挂不住了，只听她接了话说道：“这年轻人自然是能玩到一块儿去，也不在乎什么身份地位的。看着她们这模样，倒是让我想起了前几年去和亲的四公主，说起来这时间过得可是真快。”说着说着，淑妃还故作伤感地抹了抹眼眶，直把德妃说得面色苍白。

四公主是德妃唯一的孩子，而嫁出去的公主，这一生也没什么机会能再回来，做母亲的自然心里最难受了。

皇后不着痕迹地拍了拍德妃的手背，压下德妃本欲呵斥回去的话，然后才又慢慢说道：“四公主也是个好孩子，本宫听邻国传来的消息，都对嫁过去的四公主赞不绝口，由此可见这教养还是很重要的，要不然养出来的孩子不知道尊卑体统，平白让别人看了笑话。”

淑妃眼睛眯了眯，半天才笑着称是。

即便皇后和德妃一副不怎么欢迎淑妃的模样，可淑妃仍是厚着脸皮没有离开。

终于，皇后不再掩饰，抬手揉了揉太阳穴，缓缓说道：“今天就到这里吧，本宫也有些乏了，这里就不留两位妹妹了。对了，来人，去秦王府上问问太子什么时候回来，这贺酒喝的时间也未免太长了些吧。”

只是这句话说了许久，也不见有人进来，我心里一沉：怕是要开始了。

皇后身后的大丫鬟接到她的示意，便准备出去看看，只听淑妃缓缓开口：“姐姐还是不要随便派人出去了，免得又让这宫里再添上几条人命。”

“淑妃，你这是什么意思？”皇后拧着眉，声音里满是威严地问道。

此时的淑妃脸上已经没了半点儿恭敬之意，还带着些许蔑视的口吻说道：“自是好心提醒姐姐。”只听淑妃击了一下手掌，忽然不知从哪里闪出十几道暗红色的身影，将屋里的人团团围住。

等看清这些戴着面具的人的衣着后，德妃顿时惊慌失措起来，她猛地站起来冲淑妃喊道：“你把元离怎么了？”

我愣了一下才反应过来，眼前的这些人，应该就是原先胡元离手里的那些兵了，没想到德妃竟然能认出来，看来胡元离对自己这个姨母还真是无话不谈。

淑妃明显也是一愣，最终只是挑衅地笑着说道：“自然就是姐姐想的那样。”

德妃身影一晃，有些站立不稳，一旁的皇后赶紧扶住了她，才又难以置信地看向淑妃：“大胆淑妃，你这等以下犯上的作为，是不要命了吗？”

“今日从我进了这里，要不要命恐怕就不是姐姐说了算了，我劝姐姐还是老实待着，等这件事过去，说不定我还能让弘儿饶你们一命。”

淑妃越发不客气起来，把皇后激得更是口不择言。

良秀见此情形，默默凑到淑妃身边说了几句，然后就见淑妃一脸慈爱地看着她说道：“去吧。”

随即，良秀扯了我出来，将这一宫殿的人抛诸脑后。

才走出来，虽没看到一具尸体，却能闻到殿外浓烈的血腥之气，直让人心头犯恶心。

良秀却像半点儿都没有察觉似的，径直往前走。我强压下心口的剧烈不适，脚步虚浮慢了几步，被她一把扯到身边。

她的手劲儿很大，完全不像个女子。只见此时她的眼里满是嘲讽，完全没了之前的故作友善：“怎么？这还没亲眼看到，就忍受不了了？等下还有更血腥的，你要怎么办呢？”

这个人，到底是什么毛病？为什么所有的事都要拉着我去插一脚？

“你是个疯子吗？”

我咬破了自己的舌头，伴随着剧烈的痛意才勉强从喉咙里挤出沙哑的声音，却惹得她哈哈大笑，随即她大力拉扯着我，快速向前走去，似乎怕慢了会来不及一般。而我们去的方向是——皇帝的寝宫。

远远就瞧见皇帝的寝宫外围了一圈人，其中也有和刚才服饰一样暗红色的士兵，还有不少身着黑色衣服的人，估计也是高弘朗的人。

良秀毫不迟疑地抬步往里走，一路畅通无阻。没等进入内殿，我就看到不少宫里服侍的宫女太监蹲在外殿的角落，因为旁边还有持刀看管的士兵，所以这些人全都畏畏缩缩不敢发声。看到这幅场景，我越发手脚冰凉。

刚靠近内殿，就听到皇帝苍老无力的声音传来：“你要朕废太子？凭什么？”

良秀脚下一顿，才又缓缓走了进去，我也跟着走了进去。这才看到屋里的场景和我想象中的情形并不相同，看气氛仍是一派祥和，半点儿没有胁迫威逼的痕迹。皇帝坐于上位，高弘朗却是跪在下面沉默不语。

我和良秀站在角落里，皇帝应该没有发现，而看到我们的几个公公都没有做声，应该都是被替换了的，识得良秀是自己人。

不过高弘朗似乎是知道的，他的视线扫过我和良秀待着的角落后，最终也并没有管我们，只是面带戚色开口：“并非儿臣有意针对太子殿下，实在是他心胸狭隘容不下人，儿臣这才不得不冒着大不韪来求父皇。”

这又是唱的哪一出？

我一瞬间没能从刚才紧张的心情中反应过来，高弘朗如今从高偃的婚宴上半路离开，不是要趁宫里无人来逼宫的吗？

耳边忽然响起来良秀意味不明的低语：“还真是一如既往地优柔寡断。”

“咳咳……他……如何不能容你？”龙椅上的皇帝咳嗽了好几声，才恢复了正常言语，看样子身子确实不怎么好。

高弘朗重重地磕了一个响头，才又说道：“本来儿臣是不愿说的，可是前些时日父皇身体不适卧病在床，儿臣丢开了手里的事务，一心只想侍奉在父皇身侧，却听闻代理监国的太子竟然趁此时机，派人去豫州查去年那疫病之事，言语间更是意有所指，明眼人都能看出他分明就是想把此事栽赃到儿臣身上。只是儿臣一心服侍父皇，只能任其污蔑，甚至连带着为儿臣说情的几位大人，都被太子用莫须有的罪名拿下入狱。”

一番话听得我瞠目结舌，原来还真有人能如此颠倒黑白。

皇帝并未说话，高弘朗又红着双目开口：“若是父皇不信，可问身边的夏公公，在父皇昏迷的这段时间，是谁一直在床前服侍？又是谁在前朝搬弄是非？”

皇帝闻言望向身边的夏公公，后者垂眉低眼地说道：“回皇上，前段时间确实是齐王爷昼夜不分地在床前服侍。”

高弘朗果真是手段了得，竟早就为今天这一幕布好了局。

皇帝瞥了夏公公好几眼，才收回了目光，那张苍老病态的脸上，一双浑浊的眼睛里还是难掩的精明：“朕醒来差不多也有一个月了，你为何现在才来说？”

跪着的高弘朗面不改色地继续回道："先前父皇大病初愈，儿臣自然不敢让父皇过多操心，再加上平日这宫里眼线也多，儿臣也只能挑太子不在的时候来找父皇陈情。"

好哇，又给太子安了一项罪名。

我环顾内殿里的宫女公公，一个个面无表情，木偶一般，怕是他们都是被死士替换下来的。看来高弘朗今天是打定了主意，要趁高玠不在、宫里缺人之时，废了他的太子之位。

我要如何去通风报信，让还在秦王府的高玠赶回来？

胡思乱想之际，良秀忽然伸手摆正了我左顾右盼的头，小声说道："好好看戏。"她手腕的力气很大，我只能被迫又看着屋里那两人的对峙。

只听高弘朗"告状"的声音越来越悲愤："若是只有这一事，儿臣也不会如此，父皇可还记得之前儿臣曾出生入死去剿匪，回来时却被袭击一事吗？后来儿臣查探之下才发现，是太子忌讳儿臣所立之功，才会在儿臣回京之际痛下杀手。

"儿臣大难不死，念及兄弟情并未追究，没想到他却丝毫没有收敛，更是变本加厉地针对儿臣。这些儿臣先前因为不想让父皇操心，一直隐忍不提，可如今太子这些越来越不加收敛的举动，分明就是容不下儿臣，要活活逼死我啊。"

若是换个不知情的人，说不定还真能被高弘朗这番话说得对高玠心生厌恶。高弘朗也真是全才，除了谋略，演技也这么精湛。

殿里半晌才响起了皇帝的声音，听不出一点儿情绪："太子的性子，做不出来此事。"

高弘朗磕头的动作一顿，忽然抬头盯着皇帝说道："儿臣身为兄长，又岂会凭空污蔑太子？父皇也经常说儿臣是您的第一个儿子，自小就是受父皇亲自教导长大，父皇该了解儿臣的。"

听着高弘朗的哭诉，皇帝却没有半分动容，带了几分冷意开口："朕是了解你，不然你以为去年那场疫病会那样草草了事？"

此话一出，除了死士，屋里所有人都一脸震惊，原来皇帝一直都知道。

高弘朗脸色微沉，半天才嘴硬地说道："儿臣不知道父皇在说什么。"

皇帝露出了一抹比哭还难看的笑："你的确是朕的第一个皇儿，这么多孩子中，只有你是朕抱大的，便是后来的太子，朕都没怎么抱过他。因为给不了你这个位子，怕你受委屈，所以其他任何东西，朕都先顾着你，你挑剩了之后才会给别人，怎么到头来把你养得什么都想争一份呢？"

“父皇既然已经给了我那么多东西，为什么不能将那个位子一并给我呢？”高弘朗终于不再伪装，径直说出了自己的意图。

皇帝盯着他哑了半天，才颤着声音问道：“你就真的这么想要这个位子吗？”

大概是见皇帝态度有所松动，高弘朗又一次打起了感情牌：“事到如今，怕是由不得儿臣不要，若是太子登位，那儿臣的死期也就到了。”

这番话不就是在逼皇帝选一个儿子吗？

我有些惊骇地看着高弘朗，而他只是有些紧张地盯着皇帝。我动了动身子，才发现良秀的手不知道什么时候松开了我。

整个宫殿都陷入了死一般的沉寂，半晌皇帝才开口，声音里满是疲惫：“罢了罢了……”

相比高弘朗瞬间欣喜无比的面容，我的一颗心陡然下沉。皇帝的偏心，竟然已经到了这种地步。

我终于也反应过来，高弘朗今日之所以选择在皇帝面前演戏打感情牌，而不是逼宫，怕是因为他算准了皇帝最后会偏心于他。

谋反换来的皇位，自然比不上名正言顺换来的皇位稳固，所以虽是已经囚禁了皇后等后宫妃嫔，高弘朗在皇帝面前仍是用一副弱者的姿态在乞求，不到万不得已，他不会走逼宫这最后一步。

眼看着皇帝已经叫人拿来纸笔，颤颤巍巍地开始写了起来，可殿内、殿外还是没有一点儿动静。

不能再等了，把我带到这皇宫，会是良秀做的最错误的一个决定。

我用最不引人注意的动作，缓缓从腰际抽出一物，握紧后用平生最快的速度转身架到了良秀的脖子上。

本来良秀有武功，我已经做了最坏的打算，所以行动之时我也嘶吼了一声：“皇上，且慢。”顿时，所有人都望向我们所在的角落。

出乎意料的是，我威胁良秀的这一动作格外顺利，顺利到我都有些不敢相信自己成功了。

良秀垂了眼眸看着架在自己脖颈处的精致小刀，声音里满是诧异：“我记得抓你来的时候搜过身了，哪里来的刀？”

我并未回答，只是侧了身子躲到一个死角处，然后将良秀挡在身前，毕竟如今这个殿里，只有我一人孤军奋战。

良秀没有丝毫畏惧，反而恍然大悟一样地说道：“哦，我知道了，是前几天……”

她话还没说完，我手上一用力，刀面已经见了红，她也闭了嘴。

“你们是什么人？”堂上传来皇帝威严的声音。

我深吸一口气，努力地大声说道：“回皇上，我是曾经救了承安小殿下的奴才，不知皇上是否还有印象？”

只见皇帝眉目紧锁，应该是认出我了，他看了一眼同样皱着眉头的高弘朗，缓缓说道：“你是怎么闯进来的？现在又是在做什么？”

便是皇帝此时身体虚弱，面对我时仍是气场不减，本就紧张的我手都有些发抖，这一抖，倒是又把良秀的脖子划出几道血痕。

良秀还未说话，我反而看到高弘朗的目光一缩。只是我也没时间顾忌，只能简单地对皇帝说明：“皇上，我是被面前的这位齐王侧妃挟持进宫的，刚才冒死出声，是有要事相报……”

高弘朗厉声打断：“哪里来的混账奴才，天子面前岂容你如此失仪，来人，给我拿下。”

几个公公瞬间向我走来，我又一次紧了紧手里的小刀，逼得高弘朗只得开口让他们停下。

借此时机，我豁出去了一样大声喊道：“皇上也已看到，如今这殿里的人已经全部听命于齐王。方才齐王侧妃挟持着我从皇后宫里过来，那里的下人已经尽数被淑妃屠杀，连皇后和德妃娘娘也被圈禁起来，生死不明。齐王狼子野心，蓄谋已久，并非如他所说是受太子殿下逼迫才有的不得已之举。”

“一派胡言。”高弘朗眼眶渐渐充血，看着我咬牙切齿地说出了我没想到的一句话，“你一个奴才以下犯上，现在放了她，我还可以给你留个全尸。”

这一句话不只是让我诧异，连带着被我挟持的良秀身子也有些僵硬。只是我完全没心情和时间去理会他的威胁，既然他有所顾忌，倒是方便我行事。

所以我一边警惕着良秀和死士，一边继续说着话拖延时间：“奴婢所言句句属实，太子殿下生性纯良，待人宽厚，我实在不忍见他被血肉至亲如此诋毁，所以今日我便是拼了自己的性命，也要给皇上说个清楚。”

曾经因我一时疏忽受制于人，导致高玠失去了胡元离手里那股重要兵力，那现在的我至少要做些什么，就算只是些微弱的挣扎，至少让皇帝没那么快地写好诏书，多争取些时间也好。

因为我知道高玠……他们会来的。

“皇长孙小殿下曾经落水，实则是我身前这位齐王侧妃亲手推的，所以她才能从一个奴才一飞冲天成了齐王侍妾；而后京城疫病一事，根本就不是疫，染上也不会死人，而之所以有人死去，全是齐王爷一手谋划的毒杀；太子妃城外遇袭，那群难民和劫匪也全出自齐王爷之手，是为了诛杀太子殿下的子嗣；所以后来太子妃逃生后临生产之际，齐王爷又故意伤重昏迷，想要设计太子妃一人两命……这桩桩件件，太子殿下从未主动伤害自己兄弟分毫，齐王爷却丝毫不留情面，只想让太子殿下跌下太子之位。”

一番话说得我自己都有些微喘，本来刚能发声的嗓子，经过这一番陈述后，现在如同刀剐一样疼。

第十八章 皇权更迭

高弘朗看我的目光越加凶狠，似乎下一秒就想把我整个人撕碎，而沉默已久的皇帝也终于开了口：“你一个奴才，怎么知道这么多事？”

“我所说之事，都是我亲眼所见。我亲眼看到齐王侧妃推皇长孙小殿下下水。”终于说出了这件事，我心里像是搬走了一块巨石，“因为贪生怕死，我才罪该万死地闭口不提。只是心里已经生疑，实在无法安宁，还想要不自量力地去追查。虽然没有查出什么证据，可这次不小心落到齐王侧妃手里，之后的桩桩件件，都是她亲口承认的。”

皇帝看着我的眼神也越发深不可测，可这一次我不闪不避。我就是没证据又怎样，反正我也不指望皇帝能相信我，能让他生了疑心也好，指不定就能拖些时间。

最后，皇帝转了眼神看向良秀：“你当真推过安儿？”

这种事正常人怎么可能承认？

我皱眉正欲开口，突然感觉到紧贴着我胸膛的脊背一阵颤动——竟然是良秀的身体在发抖。我目瞪口呆地看着良秀的侧颜完全没了刚才的镇定，她的眼里逐渐涌出些许泪水，像是十分惊恐。然后就见良秀如同一个被胁迫的良家妇女一般说道：“不……

不是我，都是……是王爷逼我做的。”

我彻底傻了眼，但残存的理智还是让我警惕地握紧了小刀。当我看到高弘朗眼里同样的惊愕之时，我突然就心理平衡了。

半晌，高弘朗深深地看了我们这个方向一眼，随即不再管“柔弱”哭泣的良秀，转身对着皇帝行礼说道：“父皇，儿臣的侧妃受了惊吓，已经神志不清，还望父皇不要见怪，这等下贱奴才所言，自是当不了真。”

皇帝盯了高弘朗很久，又继续低头写起来。

高弘朗这才松了口气，回头朝我们这个方向冷笑了一声，却也没有让人来抓我，反倒像是忽略了我们两个人一样。

没想到皇帝听了这些话竟还是毫不迟疑地要写诏书，我不敢相信，一个父亲会偏心至此。

反正我刚才的所作所为，落到高弘朗手里肯定是个不得好死的下场，所以我也就不介意再作死一点儿，毕竟我们的仇恨值早就拉满了。

我艰难地咽了一口唾沫，中气十足地吼道：“皇上可记得曾送给太子一个翡翠扳指？我有幸……见过，那是太子整日贴身所带的心爱之物，并不是因为扳指价值不菲，而是因为那是皇上对他为数不多的馈赠。

“还有小殿下殁了的时候，全天下的人都把这个罪名怪在他头上，他却从未为自己说过半句辩驳之词，甚至为了皇室的体统尊严，强忍着不失礼于人前。可是我也曾无意撞见太子殿下夜里一个人对着小殿下的灵堂驻足，不敢靠近半步。”

一番话说完，皇帝下笔的手虽然未停，可似乎抖得十分厉害。

我喉间疼得越来越厉害，估计已经出血了，可我还是咬牙再次开口：“皇上病倒，太子殿下心里比谁都忧心，只是这个国家和百姓离不开君主，太子殿下怎么忍心看着皇上励精图治的国家一团乱麻？忠孝难两全，太子殿下才无法留在皇上身边侍奉，皇上当真要放弃这个从未行差踏错、一直委曲求全的儿子吗？”

皇帝仍一言不发低头写字，倒是高弘朗终于忍不下去了，握紧拳头双目喷火地向我这个方向走来，嘴里低声咒骂：“第一次见你就觉得不顺眼，真后悔没早点儿解决了你，你可真是自找死路。”

良秀仿佛哑巴了一样一言不发，我紧张得心脏几乎都要从喉咙里跳出来了，眼见高弘朗离我们越来越近，忽然听到皇帝开口：“好了。”

一抬头就看到皇帝在纸上盖了玉玺，伸手递向高弘朗的方向。高弘朗脚下一停，先不管我们走了回去，欣喜若狂地接过来说：“谢谢父……”

然而“皇”字许久都没有说出来，他面上的表情瞬间凝固。

只听皇帝声音冰冷地说：“齐王心怀不轨、冥顽不灵，现夺去王爵，贬为庶民，圈禁齐王府，永世不得出府。”

反转来得太快，让我有些反应不过来。下一秒，我的手腕一疼，只见良秀一手捏住我的手腕，轻而易举地夺了我手里的刀，转身看着我似笑非笑：“我还以为你不害怕呢？怎么刚才你的心跳得那么快啊？”

她并未对我做什么，只是反手钳制住我，让我无法动弹。不过此时我的心思也不在她身上，只见高弘朗彻底撕去了伪善面具，一张脸上青筋暴起。

下一刻，诏书就被他撕得粉碎，他的声音带着弥天的怒火：“开什么玩笑？”

皇帝看着自己这个完全没了儒雅形象的儿子，声音里充满了疲惫：“这么多皇子、公主中，唯有你的名字是我亲自取的。我给你起名弘朗，恢弘明朗，是希望你心胸开阔、做人光明，如今看来，你是半个字都没有做到。”

“父皇既然给不了我想要的那个位子，何必还一直假惺惺地对我这么好？让我自以为父皇是真的属意我才会如此。为何给了我希望，到现在又来给我泼一盆冷水？”此时的高弘朗似乎已经没了理智，说话越发没有顾忌。

倒打一耙的话语让皇帝的咳嗽停不下来，高弘朗不管不顾地直接下令：“来人，再拿来纸墨，伺候……皇上写字。”

一屋子的人围了上去，倒是没人再管我和良秀了。毕竟如今他们的主子篡位比较重要，我这种小角色自然没人理会。我本想借此开溜，却被良秀紧紧按着无法脱身。

皇帝浑浊的眼里满是凄苦：“你当真要如此做？”

高弘朗面上再无半点儿雍容：“儿臣本不想这样做，是皇上您逼我的，如今这后宫里的人已经全在我手上，还有今日参加宴席的官员，此时也全被扣押在秦王府里，皇上还是赶紧写了诏书，免得再徒增伤亡。”

围过去的奴才虽然手里没有武器，面上却满是胁迫，惹得皇帝咳得越发厉害，最终只听他一声咆哮，一口鲜血喷出。

一旁站着的高弘朗面上也露出了几分惊愕，只是最终他仍是毫不留情地说：“皇上赶紧写完，我也好派人去请太医过来医治。”

皇帝紧紧地闭上了眼，似乎不想再看这个自己一直捧在手心里的儿子一眼。只听他气如游丝地说道：“朕就算是死，也不会写这传位诏书。便是你手段再狠辣去杀人灭口，终其一生你也得背着谋权篡位的骂名。”

高弘朗一双手握得青筋暴起，大喝一声：“你当真以为我不会做吗？背着骂名又如何？自古成王败寇，谁在意过程如何？你执意如此，那我只能血洗了这座皇宫。来人，现在就全部开始清理，有谁不服，可当场诛杀。再派人去秦王府传旨，说是太子殿下德行有失，皇上亲口下令命其就地自缢。”

此时的皇帝话都已经说不出来了，只是死死盯着高弘朗，大口喘气。

高弘朗却是袖子一甩，抬步向外走去，余光看到了我，这才转了个方向冷笑道：“我倒是忘了还有个你。”

他伸手向我抓来，不等我闪躲，良秀竟然一抬手把我推开，站到了高弘朗面前。

高弘朗面上一滞，一双眼越发猩红，眼角似乎都要裂开来：“我还以为刚才你是真的害怕才会那样，原来……原来你也……”

虽看不到良秀的表情，可我听到她格外冷静的声音：“我的功夫是王爷亲自教的，怎么会那么不堪一击？”

此时的高弘朗如同一头暴怒的狮子，伸手就向良秀抓去。良秀一躲，回头正好看到了我。她的神情十分复杂，最终只是转回头低声说了一个字：“跑。”下一刻她就拿起刚从我手里抢的刀子开始反击。

我顾不上再想什么，拔腿就向外跑去，出了宫殿后瞬间僵立在原地。只见外面早就乱成一团，无数宫人死于侍卫刀下。整个皇宫如同人间炼狱，充满了惨叫哀号。

怎么会这样？高玠怎么还没有来？难道是我猜错了，可是明明……明明……

耳边的惨叫声唤回了我的意识，门外暗红色衣服的侍卫们一动不动，我咬牙开始向着人少的地方跑去。

脚下的砖瓦早就被鲜血染得通红，我脑子一片空白，只剩下一个“跑”字。

“太子回来了——”不知道是谁喊的，仿佛天籁之音一般，成功地拉回了我的意识。我停下来转身望去，果真看到一袭白衣的太子领着顾阳等一众侍卫，策马向这边奔驰而来，宫里的奴才们都像看到救世主一样向他奔去。我死死咬住嘴唇，想哭又想笑，这种感受无法用言语提及，只有经历了才能知晓。

高玠一行人刚到宫殿门口，高弘朗也迎面走了出来，他胸口一片血渍，身边已经没了良秀的身影。

“高弘朗，你是要起兵造反吗？”高玠骑在马上厉声呵斥。

却见高弘朗如同入了魔一样说道：“方才父皇已亲口下令，命你自缢，如今你这带兵回宫的举动才是谋逆，现在就由我来替父皇铲除逆党，全部人，听令行动。”

话音刚落，无数条黑影蹿了出去，那些身着暗红色衣服的暗军却一动不动。

高弘朗眉头一皱，直接从怀里掏出那个乌漆麻黑的兵符，高高举起喊道：“暗军听令，诛杀心存谋逆的太子，给我上！”

然而所有暗红色人影仍是一动不动，高弘朗眉头越皱越深，面上渐渐起了疑心。

这时，待在远处的我忽然听到身后一阵刀剑相击的声音，来不及抬头就撞进了一人怀里，那人单手揽住我，入目是一片通红的颜色。

然后一道凌厉而又熟悉的声音在我头顶响起：“所有暗军听本王号令，齐王造反，证据确凿，现将他的人马全部拿下，无论生死。”

这一次暗军不再像木头人一样，而是飞快地开始了行动，目标正是高弘朗。

我僵硬地昂起了头，入目的是胡元离那一脸严肃的面容，察觉到我在看他，他立刻低头冲我一笑，双目明媚。

我不自觉地伸出手去摸他的脸，是温热的。然后我指尖一用力，就听他一声痛呼松开了我：“兔子，你要掐死我啊？”

他果然还活着，我就知道……还好，我猜对了。

明明身边的杀戮从来都没有停下过，奇怪的是我心里再也没有刚才的张皇失措，也没了看到无数死人时窒息一般的恐惧。眼前一阵模糊，我是想笑的，眼眶却先湿润了，一度看不清楚眼前人的面容，半天都说不出话来。

胡元离见状，紧张坏了，看着我不停地问：“怎么了，怎么了？你是哪里受伤了吗？”

我摇了摇头，见他还是一直追问个不停，我直接踮起脚抱住了他的脖颈，把头深深地埋进了他的肩膀里。

我抱着的身子一阵僵硬，然后慢慢恢复正常。胡元离半天才僵硬着手臂轻轻拍着我的脊背，嘴上却还是很欠揍地说：“我知道了，你是不是一日不见我，如隔三秋啊？”

“嗯。”我小声地回应了一句。

胡元离拍着我的手一顿，下一刻他难以置信的声音响了起来：“你再说一遍？”

我松开了手臂，看着他一脸期待，只问了一句：“你什么时候来的？”

胡元离明显有点儿失望，却还是回答道：“我一直都跟在你身后，要不然你真觉得自己命大到乱跑一通都不会被乱军砍伤吗？”

刚才我只顾着往前跑逃命，倒是没有注意到这个。

“你的嗓子怎么了？”下一刻胡元离又皱眉说道，不过不等我回答，他就又自言自语地说道，“我知道了，是那个良秀干的好事吧？当时我看到她往你脖子上扎针就差点蹦出来了，都是太子命人拦着我。”

“你们那个时候就在？”我有些惊愕。

胡元离没有否认。

我有些想不明白地问道：“你们哪里得来的消息？”

“良秀。”

这个答话彻底把我震惊了：“良秀是你们的人？”

胡元离摇了摇头，我忽然想起良秀应该还在殿里，当即准备先去看看。

这一回神，才发现我和胡元离身边格外干净，难怪刚才我们谈话的时候没人来打扰，原来那群暗军早就把我们周围的乱党收拾干净了。

我拉着胡元离往皇帝宫殿里走，嘴上一直在问，恨不得把所有疑问一口气问出来：“你不是说兵符是真的吗？怎么高弘朗方才拿出来却没用？”

“兵符当然是真的，不过嘛……谁说只有兵符才能调兵的？”胡元离颇为自豪地说道。

迎着我疑惑的目光，他才一边注意着身边情况，一边慢吞吞地解释：“暗军只认兵符不认人这个破规矩我早就看不下去了，活生生的一个人，难道还不如那块破铜烂铁金贵？所以后来暗军一到我手里，我就开始想方设法地磨炼他们。这锻炼了十几年，才终于教会了他们看人。兵符自然也是有用的，不过还是要排在活人的命令后面。”

看着胡元离如今得意扬扬的表情，我莫名有些心疼那些在他手里“磨炼”的暗军。

“你如此做就不怕太子知道？”我一个没忍住问了出来。毕竟一个异姓王如此培养自己的势力，就不怕惹人忌惮吗？

“我手里的人本就是先皇‘送’给燕王的，皇室要是不放心，大可收回便是。”胡元离随意地说道。

我不再多想，毕竟他能拿准的事情，我不需要多插嘴。

皇宫里仍是一团乱麻，原先四处逃窜的宫女太监都已经躲了起来，只留下两派势力在厮杀。

我和胡元离走回皇帝宫殿门口并没有费多大功夫，因为早已有暗军为我们开了路。我瞧见不远处厮杀的人群里，灯火闪烁中高玠和高弘朗已经正面对上了，便是周围再乱，都没人去插手他们两个的打斗。

只是高弘朗文武都是数一数二的，所以高玠应对起来十分吃力，我向宫殿里张望了一下，里面格外安静，没有了乱军。

于是我转头对跟着的胡元离说道：“你不去帮太子吗？”

胡元离也望了一眼高玠所在的方向，撇着嘴说道：“我现在过去，指不定会成为他们两个人共同的眼中钉，这是他们之间的斗争，就让他们有仇报仇、有怨报怨吧。太子那边人手足够，多我一个不多，少我一个也不少。”

我一想也是这么回事，毕竟亲兄弟之间的事，还是他们自己来处理比较好。

胡元离的声音还有着几分怨气：“再说他之前偷偷和良秀合作都没有告诉我，还特地把我从燕王府支开，才给了良秀抓走你的机会，现在我只想守着你。”

又一隐秘的消息放出，我脚步顿了顿，准备开口之际，忽然看到了良秀躺在地上的身影。离近了才看到她的胸口正插着我的那把小刀，血液染红了一大片。我心里一惊，顾不上身边的胡元离，加快几步走了过去。

探到她还有呼吸，我心头才微宽。如今外面正乱，自是无法请太医了，所以胡元离不等我开口，自己就积极地在皇帝的寝宫里翻看有没有什么药物。

我本想跟着胡元离一起找，刚迈出一步，就发现自己的裙摆被人拽住，一低头看到躺在地上的良秀一动，缓缓睁眼看着我，我心里这才稍稍踏实。

我看到良秀嘴唇动了动，因为没听清楚，我缓缓蹲了下去。

“高……高弘朗拿下了吗？”良秀开口问道。

这个问题虽然让我心里诧异，但还是回答道：“快了。”

就算高弘朗再厉害，可是他终究失了先机，只能陷入被动中。

“那就好，这样看来他和他身后的吴家都活不了了。”说这句话的良秀显得异常平和。

不等我细想，就看到她满是期待地对着我问道：“小蘼，你说我是不是很厉害，竟然真的能毁了一个家族。”声音和表情都像是一个在炫耀着普通事情的女子。

我的脑海里如同翻涌起一阵惊雷，炸得人四肢皆麻，往日和她的对话瞬间一一闪现在眼前。

“豫州疫病一事是我曾和齐王私会时听他提了一句，然后我就想出了‘疫病’这个主意，而他完成得比我想象中的更加完美。”

“太子妃城外遇袭，也是我帮齐王谋划的，正好能栽赃给陕北的悍匪，借此机会拿了皇城里的军权。”

“为了除去太子妃肚子里那个太医称是皇子的孩子，齐王才听我所言‘负伤昏迷’，然后我设计了一系列事情，逼得太子妃早产……”

往日她说的那些话，主语都是她自己，若是细听就会发现，高弘朗更像是一个被她摆布的角色。

我嘴巴张了又张，在良秀期待的目光下缓缓说道：“你的意思是这背后全是你做的？害了这么多人，不是在帮高弘朗，而是为了除掉他和吴府？”

良秀突然笑了出来，一边笑一边吐血，脸上光芒却异常地旺盛，我心里一沉，这应该是回光返照。

她仍旧紧紧拉住我的裙摆，让我无法离开去找药。

良秀还在笑，是发自内心的高兴：“高弘朗总是在犹豫，所以我只能想方设法让他退无可退。反正吴家的每个人都该死，全部都该死，所有流着吴家血的人都肮脏到让人发呕。我是一个普通奴婢时，他们就……欺辱我；我费尽心思去了唯一一个不谙世事的嫡小姐身边，他们还是肆无忌惮、不见收敛；就算我好不容易进了齐王府，他们还是不肯放过我，所以是他们自己活该。”

听着良秀的咒骂声，我下意识地想问——高承安、蒋雅彤、王卓……还有在疫病中死去的那些人也活该吗？

本该问出这个问题的，可看着此时良秀的笑，我一个字都说不出来。

她笑得像是一个疯子，一个没有人能理解的疯子。

“真想和你换换人生啊，你那么幸运，那么有福气，我是真的想把你折磨到疯掉，让你就像我一样，整个人从里烂到外，这样就能让你也来看看我这狗屁不如的人生，明明都是奴婢，为什么就我一个人活得如此狼狈恶心。”良秀明明还在笑，眼泪却如同胸口的鲜血一样止都止不住。

“你先别说话，我去找找太医。”她的笑太让人心里难受，我避开她的视线，打断了她。

良秀却摇了摇头：“不用了，我虽主动找了太子合作，终究是杀了他儿子的凶手，他怎么可能放过我？高弘朗之前给了我一颗毒药，可是我没有喂给你，你吃的只是普通的滋补药丸，真正的毒药被我自己吃了。我的目的已经达到了，在这个世界里，多留一秒我都觉得脏。”

我愣愣地看着眼前声音越来越弱的良秀，仿佛从来都没有认识过她一样。究竟是多大的恨意，才能支撑着她做下这么多残忍离谱的事情？

我有很多疑问，可是看着她奄奄一息的模样，终究还是不忍再问。

只是良秀没有一点儿想要休息养伤的模样，像是恨不得把自己剩下的全部生命力都用到说话上来：“我其实很想像你一样，可以去愚蠢又可笑地相信姐妹情深，可以被人时时刻刻地保护在身边，可是，这里的老天爷对我太不公平了。”

她的手指已经无力拉住我的裙摆了，嘴里却还是不住地重复着：“所以你会理解我吧？你会理解我做的这一切吧？你肯定会理解我的吧？”

我哑了半天都没有言语，不知道自己该怎么认同她为了报仇拖了那么多人下水的举动。我站在自己的立场上，不曾经历过那些让她变得疯狂的事情。

半天都没有等到我的回答，良秀眼里的光芒一点一点熄灭，最后她只留下了一句话，我又靠近了些才听清：“你怎么能不理解我呢？小蘼，毕竟我们可是一个地方的人啊……”

我眼睛蓦然瞪大，慢了半拍才反应过来或许她说的“一个地方”，从来都不是我想的豫州。所以她才会觉得我能理解她的报复，所以她才如此无法忍受身为一个奴才所遭遇的事情，所以她才总是疯狂而又有些神经质地说和我亲近相像。

只是眼前的良秀已经闭上了眼睛，我颤抖着手去碰她渐渐冰冷的脸颊：“你……你也是穿……”

话还没说完，我的身子突然被冲过来的胡元离撞开，只见他比我还激动地喊着：“喂，她不会死了吧？快点给我醒醒……”

良秀已经彻底没了气息，我错愕地看着有些癫狂的胡元离，下一刻他忽然丢开良秀，双目赤红地转过来握住我的双臂说道：“没事，兔子你放心，我一定会给你找到解药来医治你的。”原来他把我刚才留下和良秀说话的举止，误解成了我是在要解药。

看着胡元离毫不犹豫地拉着我就想往外走，我的眼眶越发热了，或许良秀说得对，我真的很幸运。

我拉住胡元离，在他焦急而错愕的目光里十分坚定地告诉他：“我没事的。”

这一次叛乱，最终还是以高玠拿回了皇宫而结束。

听说落败了的高弘朗被囚禁了起来，我也不曾再见过。他给我留下的最后印象，就是那双红到像是哭过的双眼。

爆发过后的残局，收拾起来是一项烦琐的工作。胡元离把我放到恢复了层层守卫的宫殿，才匆匆离开去清点暗军。

那日我见到皇帝的最后画面，是他半躺在座椅上，像个孩子一样拉住高玠的手问道：“翡翠扳指还在吗？”

高玠最终只是默默抽回自己的手，语气平静地说：“不小心，碎了。”

而后那个一直高高在上的皇帝，眼里一瞬间失去了所有的光彩，只留下空洞的黑。

高玠一抬手，便有人服侍着皇帝去里面休息了。他忙完之后，注意到了角落里默默站着的我，身形一顿，抬步向我走来。

在我行礼之前，他反而拱手向我深深鞠了一躬。这一次我没有像之前在病床上受他一拜时那么惊慌失措。

高玠站定之后，声音悄不可闻地说："抱歉。"

不用他细说，我也知道他这句低语是为了什么。刚才胡元离和良秀也都说了，他为了和良秀合作，就把当时在燕王府的我卖给了良秀。

"她手里有我需要的消息。听说我把送婚帖的你扣下之后，她就找上了门，提了两个要求，一是灭了吴府，另一个是指名道姓要你。"高玠似乎是有些不敢看我，不过还是毫无隐瞒地说了出来，"她说只是有些话想问你，发了毒誓不会伤你性命，所以我……"

堂堂太子殿下竟然屈尊对我解释，这已经算是格外破例了，毕竟我只是个奴才，能为他助力也算是发挥了我最大的作用，哪里还会有追究的资格。

我没继续听下去，垂眉回礼说道："能为太子殿下尽力，是奴婢的荣幸。"

许久都没有听到高玠的声音再响起，看着屋里人越来越少，殿外也越来越安静，大概是收拾得差不多了。一夜未睡，我也觉得有些疲惫，主动开口提出离开。

只是刚转身，就又听高玠说道："胡元离最开始并不知道此事，所以当时他气得根本就不理会我的解释，自己不顾一切拿着兵符就跑去救你，如若不是良秀因为同我合作，背着高弘朗手下留情，怕是他就……他其实从来都不愿意和我一起利用你。"

听到这一席话，我忍不住回头看去，高玠一脸真诚地在解释，似乎怕我因为他的举动而误解了胡元离。这两个人还真是挺相似的，之前胡元离不也拼了命地在我面前说太子的好话吗？

我忍不住笑着回道："我知道。"

高玠一愣，随后也轻松地笑了起来，只是他才笑了一下，似乎是想起了什么，面色又有些迟疑。

他没发话，我倒也无法直接离开。只见他自己为难了半天，才缓缓说道："其实不只是他，我也对不起老五，他也是……"

"太子殿下，秦王来了。"我们还说着话，就有小太监跑进来禀告。

高玠嘴巴嚅动了很久，最终只是让小太监去请高偃进来，然后他神色不明地看了我一眼后，就让顾阳送我先出去。

出去的时候正好遇到进来的高偃。这些时日没见，他似乎瘦了很多，身上暗红色的喜袍也没能让他的面容和煦些。看来今天他虽没有参与宫里的这一次战斗，在秦王府应该也是忙得不可开交，衣服都来不及换下。

高偃也看到了我，瞬间面色似乎转晴了些，眼睛也柔和了许多。经历了今天这么多事情，看到熟悉的面孔，我心里有些喜意，也发自真心地冲他一笑。

屋里人太多，我们对视之后，就此擦肩而过，谁都没有停下，他进了里屋看望皇帝，我跟着顾阳离开了这里。

走出外殿，外面天色已经微微透亮。

顾阳不住地擦着衣袍上沾上的血渍，一边看着我，一边偷偷和我保持着距离，似乎是怕我嫌弃他如今这一身浴血奋战后的狼狈。

看着他局促的模样，我忍不住开口："顾侍卫长要不要先去太医那里看看自己的伤势，这宫里我也识得路，不用管我。"

"没事没事，我没受什么大伤。"顾阳赶紧摆手拒绝，才又小心翼翼地问道，"你是要出宫吗？我还是先把你安全送出去吧。"

我摇了摇头，没有再多加掩饰，直接问道："我要去找胡元离，你知道他在哪里吗？"

顾阳面色一僵，笑容似乎也有些不自然，半天才垂着脑袋说道："那……那我送你过去吧。"

"那就多谢顾侍卫长了。"我笑着回复，装作没有看到顾阳欲言又止的表情。

随着黎明到来，太阳升起，这一场我目睹的血腥屠杀终于正式落下帷幕，而到了民间只变成了语焉不详的传言。

官方消息是齐王高弘朗心怀不轨，筹谋已久，欲趁百官齐聚秦王府庆贺之时，带兵偷回皇宫，意图逼宫，还好及时察觉出了端倪的秦王高偃提前告诉了太子高玠，并暗中从川西调来了不少兵力。

在高弘朗的人围了秦王府时，川西州官付文成带着人马从秦王府的梅林里杀了出来，成功解救了婚宴上被围困的百官，反败为胜。

秦王府梅林里那一条密道也因此变得天下皆知，顿时掀起了无数官员在自己府里修密道的风潮。

当然了，这都是后话。

至于皇宫这边，意欲谋权篡位的齐王被及时赶到的太子和燕王拿下，所有叛军也被顺利清剿。而皇帝在此场劫难中，彻底对往日自己最宠爱的儿子失望了，以至于身体每况愈下，久久卧床不起。太子正式开始处理政事，平日已和皇帝无异，只差登基这最后一步。

作为谋逆的主力军，太尉府被判满门抄斩，除了已经嫁出去的吴云韶在秦王的求情下保留了妃位，其他吴氏之人无一幸免。而齐王府这边，除了太师拖着年迈的身体接回了自己的女儿齐王妃，并由太子下旨和离外，剩下的人全被圈禁在齐王府，不得外出，等待审判。

“为什么没有杀高弘朗？”听到这个消息后，我第一时间去问了胡元离。

离宫后，我好几日都睡不着，一闭眼就是那被血染红的皇宫。胡元离似乎也知道，每天都会陪我说话，直到我睡去再离开。

如今的他正半躺在躺椅上，满眼喜爱地看着手里我刚塞给他的那个丑兮兮的香囊，悠闲地说道：“他自然活不了，不过也不能让他死得太快。”

“为什么？”我一边剥着瓜子，一边不理解地追问。

只见胡元离收起了香囊，开始一脸认真地帮我剥瓜子：“他好歹还是皇上最宠爱的儿子，若是现在死了，说不定那个容易被感情冲昏了头脑的皇上又要下令皇城守孝，岂不是耽误了我们的亲事？”

“不会吧？皇上对这个儿子应该彻底死心了……不对，你刚才说什么？”嘴里的瓜子在喉咙一噎，我咳得满脸通红才咽了下去，“什么亲事？”

胡元离冲我一挤眼，人就瞬间消失了个无影无踪，留在原地的我目瞪口呆。

第二天，我就被德妃宣进了宫。

她对我的态度虽然还是不怎么友好，不过比之前已经好上了许多，只是不冷不热地让几个教养嬷嬷教我规矩，看样子竟然是要把我留在她这里一段时间。尝试了各种沟通和解释，都无济于事，最后我只能老老实实地“上课”。好在教养嬷嬷倒也没有为难我，见我学东西很快，还不时在德妃面前夸我。慢慢地，德妃对我的态度也越来越和蔼了。

后来我才知道，是先前胡元离背着我进宫找了德妃，把我夸得十分“伟大无私，勇敢无畏”，才让德妃对我的态度有了转变。

大概的事情经过就是说我自己“不顾生死”地以身犯险，去了齐王侧妃身边当卧底，然后又在齐王谋反那天，不顾个人安危，独自一人站出来把齐王骂了个狗血淋头，并且十分英勇地当众指责他狼子野心，连带偏心于他的皇帝也被我给一起骂了。

这一说法听得我脸红一阵白一阵的，毕竟当初我是真的没想去卧底，都是自己蠢才会被人绑了去。不过可能是因为高玠也没有反驳，这个说法反而被越来越多的人相信，众人看我时的崇拜眼神让我更加心虚了。

学了几日后，胡元离一直都没有出现，我渐渐地也憋了一肚子的气。气还没消，就被高玠叫了过去。他直接给我解释了我突然被叫进宫学规矩一事：“胡元离说要用他这次的军功换一道赐婚的圣旨，此事你应该听他说起过吧？”

听说倒是也听说了，不过他怎么都没来问问我？

正在我心里别扭的时候，高玠仿佛心有灵犀地开口道：“他已经缠了我许多天，我也是今日才有时间宣你过来。他自己不敢问，就让我来问问你，反正赐婚圣旨还没有下，这燕王妃你若是不愿意也没关系。”

燕王妃？

我一愣，心跳飞快地加速起来，原来胡元离曾经对我说的话是真的。

不过他那个性子，也会胆怯不敢问我？都已经把我叫到皇宫里学规矩了，现在才马后炮地来问我意见……

我撇了撇嘴没有回话，高玠反而笑道：“不过我看你这模样也不是不情愿的，我也就放心了。”

殿里一阵安静，我低着头盯着自己的脚尖，倒也没有开口反驳。

最后高玠叹了口气说道：“我知道有些事确实对不住你，所以即便是你没有了那个翡翠扳指，你想要的，我也会破例给你。”

闻言我诧异地抬起了头，给我什么？我想要的是什么？

却见高玠淡笑不语，只是深深看了我一眼后，就抬手让小太监送我离开，使得我越发一头雾水。

回德妃宫里的路上，我遇上了巡视的顾阳。或许不是碰巧遇上，他那模样像是在等我。说了几句后，见他咬牙拿出了一件东西递到了我面前，是个巴掌大的木盒。他似乎有些不敢看我：“听说你……你要成婚了，这个是我特地送给你的贺礼。”

这赐婚圣旨还没出来，消息传得可真快。

我并未接下，摇头婉拒了：“顾侍卫长的心意我领了，只是这贺礼我是不能收的，若旁人知道了，怕是会生出什么闲话来。”

顾阳一愣，清秀的脸涨得通红，有些笨拙地收回了手说道：“是……是我唐突了，真不好意思。”

“没事，”我努力绽放出最灿烂的笑容，看着眼前有些笨手笨脚的男人，认真地说，“我是真的心领了。”

顾阳也终于露出了会心的微笑。

如今他已是皇城里的侍卫统领，自然不能同我多待，不过说了几句话，我就抬步告辞。即便身后的视线强烈到不容忽视，我还是毫不动摇地没有停下脚步。

只是今日这出门一趟，确实不怎么太平。前面声嘶力竭喊叫着的两人，又是熟人。或许应该说喊叫的只有一人，因为高偃从头到尾都是沉默的，只有吴云韶一个人在哭喊着。身边的丫鬟和李茂山几度想劝慰，都被吴云韶堵了回去，她哭喊的大意就是为什么高偃要欺骗她，为什么不能帮她救父母。

我本欲悄悄走开，却听到清脆的巴掌声传来，一回头正好对上高偃被打得侧过来的视线，顿时脚下也走不动路了。

吴云韶似乎是闹了一场后体力有些不支，打了这一巴掌后，自己反而先昏了过去，高偃牢牢地接住了她差点倒地的身子，然后把她交给下人，自己朝我走了过来。

看到他走近，我竟然还是条件反射地想要行大礼，只是清醒过来时勉强按着教养嬷嬷的教习行了个礼。

高偃声音淡淡地开了口："学得不错。"

我偷偷抬眼，看到他方才被打的侧脸已是通红一片。在我愣怔之间，他忽然伸手，不等我反应就拉起了我的右手。我一惊，想抽手却被他紧紧握住。下一刻他双手稍一用力就摊开了我的手掌，盯着我洁白的手心看了片刻，才说道："还好，没怎么留疤。"

我这才想起之前被良秀关起来时，我曾经拿着碎瓷片威胁她，自己的手掌也被划破。然后我几乎是下意识地看向了高偃被我咬过的手腕："五爷的手没事吧？"

高偃缓缓松开了我，说道："也没事了。"

我心里这才踏实了些，毕竟高偃一直在做卧底，已经承受了很大的压力，却还平白遭受了来自我的伤害，这自然让我心里过意不去。

想到这里，我问出了那个早已心知肚明的问题："五爷一直都是太子的人吗？"

"是。"高偃回答得很轻松。

可是我也能猜想到他的不容易，毕竟高弘朗可不是那么容易被糊弄的人。于是我不由自主地冲高偃伸出了两个大拇指，衷心地夸道："五爷，你真厉害。"

高偃一愣，看着我的手势有些不解："这是什么意思？"

"就是很棒、很厉害的意思。"

话音落，我终于看到高偃笑了，笑得眉眼都是弯的。原来一个面容阴郁的人，大笑起来会这么好看。

身边引路的小太监又开口提醒，我才和高偃告了别。

走出几步，我突然想起了一件事，立刻回头看了过去。正好对上高偃来不及收回的视线。他还站在那里纹丝未动，看到我的目光，他似乎有些狼狈地别开了头。

我目光闪了闪，还是努力用最灿烂的笑容喊道：“五爷，那日谢谢你偷偷塞给我的刀。”

高偃过了半天才转过头来看我，可能这风有些大吧，所以他才红着眼睛笑着冲我点头。然后我用力冲他挥了挥手，转身一步步走出了他的视线。

我是真心感谢他的，不只是因为他趁我昏迷之时塞到我腰带里的那把小刀，更是因为一向寡言的他破天荒地当着良秀和我的面说了许多废话——

“你这里里外外少说也有几十号精心挑选的人，便是一个会功夫的人也差不多要丢了半条命才能逃走。”

“你没有缘由地格外看中这丫鬟，那就应该多想一想大哥说过的话。”

……

因为这些话，才让昏迷过去的我能够慢慢找回理智，才让我不至于真的被良秀的心理战术逼疯，也才让我对胡元离还活着有了几分希望。

他从来都没有在我面前掩饰对高玠的敬意，所以即便外面如何传他们有了嫌隙，我心里最多只是存疑，毕竟他曾经很认真地说高玠自小就把他当弟弟，他们三人的关系从未有过疏离。也正是因为如此，我才有了那场他们三个小时候的梦境。

这天晚上，许久不见踪影的胡元离终于露了面，却又是半夜三更地摸到了我住的房间里，他手疾眼快地捂住了我差点号叫的嘴，低声说道：“是我。”

我翻了个白眼，怎么就不能白天过来呢？

只是胡元离看着比我更恼怒，他盯着我忿忿不平地说：“这几天我忙得不行，你在这里倒轻松，还有时间跟人去拉拉小手，笑着聊天，都传到我耳朵里了。”

他能忙什么？白天高玠还说是胡元离整日缠着他的。不过这话传得确实是有点儿快了，怕是因为我现在的身份不再是个简简单单的奴才，所以一举一动也就引人注意了许多。

我眼珠转了转坐了起来，看着胡元离假意抱怨道：“当个王妃也太麻烦了，处处都有人盯着，算了，我后悔了，不想当了。”

胡元离一听，顿时急了起来：“那可不行，反正你现在反悔也迟了，我都在太子和……面前发了誓说以后只要你一个。”

我也不着急，慢慢地说：“你这乱发誓也不怕得了报应，别人又不是傻子，再说你的女人那么多，现在不是都在那燕王府吗？”

话音刚落，我额头上就挨了胡元离的一个爆栗。他气鼓鼓地说：“你以为我这些天在忙什么，还不是在给那堆人安排去处！”

这一下我是真的有些瞠目结舌了：“你竟然要把你的侍妾送给别人？”

胡元离抬手狠狠揪着我的脸庞说道：“我是那种人吗？燕王府那一堆人可没一个是我自己真心求回去的。你不也看到过我之前因为怕别人发现踪迹，就用这些人来打掩护吗？你是不知道前几年皇上猜忌心有多重，随便一件小事他都能想得十分严重，所以我们也只能避着他行事。现在太子身边没有那么多隐患，我也不需要这些挡箭牌了。”

我忽然想起之前他曾鲜血淋漓地出现在秦王府，外面的人却说他去追花楼姑娘了，果然，他们这些人的过去都没那么简单。

“再说了，小爷我可是很爱干净的，不是什么样的人都能入了我的眼。”胡元离一副尾巴翘上天的样子。

我沉默了半晌，还是没忍住追问了一句：“可那些姑娘家，能去哪里呢？”

胡元离刚得意了没一会儿的双目顿时又喷起了火：“你竟然还关心她们？”

说着说着，胡元离甩掉靴子，自己翻身上床给了我一个气鼓鼓的背影。我戳了戳他，他还是一动不动。

过了许久，我只能自己找话题说道：“你是怎么找过来的呀，这大半夜的应该没人给你带路吧？”

本来没有想他回答，没想到他忽然转过了身，眼里已经没有了方才的恼怒，他这气消得倒是挺快。

胡元离一伸手把我拉到他怀里，我有些不自在，刚想挣扎，就听他靠近我耳边轻轻地说：“说来也奇怪，便是走过上百遍，我也记不住这世间的任何一条路，却偏偏能记住去你身边的路。”

第二日刚醒来，高玠身边的人就来了，和赐婚圣旨一同传过来的，还有另外一道圣旨——“燕王胡元离，因护主有功，特赐川西为其封地，成婚后自行离京搬迁南下。”

一道接一道的喜讯让我的头脑都有些反应不过来，胡元离日后要去川西生活了？那我不是也要去川西了吗？

这才想起高玠曾意味不明地说，就算是破例，也会给我想要的……原来就是这个。

不得不说，我心里高兴得恨不得在地上打几个滚。离开这个压抑的皇城，的确是我曾经日思夜想的，毕竟到时候天高皇帝远，自然也不必再学这么多的规矩了。

不过我也不敢在德妃面前表现得太过开心，毕竟她唯一的外甥要离京了，她想起来就会抹眼泪，我要是笑得太开心，岂不是遭人白眼？

成婚前一天，胡元离又半夜三更溜到我房间里，我熟练地给他腾了块地儿之后，才打着哈欠说：“嬷嬷说大婚前是不能见面的，这样不吉利。”

胡元离倒是毫不在意：“谁敢说不吉利，我就去拔了她的牙。”

“德妃娘娘也说了。”

胡元离硬生生地把接下来的话咽回了肚子里。

然后我又问道：“不是说燕王世代不能全部离京吗？你走了的话，谁留在燕王府呢？”

胡元离沉默了半晌，才说道：“太子说了，他的孩子，他会自己来护，用不到我手里的暗军。”

闻言，我也沉默下来，许久后还是问了一句：“我听说太子刚定下新的太子妃了？”

胡元离只是“嗯”了一声，

安静了一会儿，我也有些困了，翻了个身嘟囔道：“不管了，我要睡了，明天嬷嬷可是一大早就要来叫我的。”

胡元离没有说话，只是伸手过来像抱娃娃一样搂住我。不影响我睡觉，我也就任由他去了。

第二日果然天还没亮，几个嬷嬷就冲进来给我梳妆打扮，胡元离已经没了踪影，我不得不打着哈欠起来。一顿忙活后，坐着等待的我差点又睡了过去，却被来人叫醒。

许久不见的李茂山看着更苍老了，他托着一个小木盒，说道：“老奴奉秦王之令，特地前来给……燕王妃送礼。”

我本来不想收，李茂山却说：“王妃还是先看看为好。”

忍着对这个称谓的不习惯，我接过木盒伸手打开，里面只有一页发黄的单薄纸张。展开一看，却是许多年前我签下的卖身契。

现在看来，恍如隔了几辈子，心里一时说不清是什么滋味。

“五爷说燕王妃现在是自由之身，可以按照自己的意愿，肆意地活了。”李茂山的声音再次响起。

我紧紧地握住了那张纸，抬头看到李茂山看我的目光格外慈祥。我曾经也看过他这样看高偃，如同是在看自己的孩子一般。

鼻头有些发酸，我努力地吸气保持镇定。

李茂山突然又说道：“五爷心里有你。”

幸好这屋里没有其他人，所以这句大逆不道的话才没被别人听了去，而李茂山像是怕以后都没了机会，所以飞快地讲了出来。

我小心翼翼将卖身契收了起来，一边折叠一边低声说道："我知道。"

屋里一片安静，收好之后，我才又恢复了笑容，看着李茂山很真诚地说道："替我再谢谢五爷吧。"

李茂山嘴唇动了几下，却还是没有多言。

我是从德妃娘娘宫里被胡元离接走的，临走时还听到德妃哽咽着说"你们都要好好的"，惹得我心里竟然也有些酸涩。

出了宫门，胡元离又恢复了不正经的模样，不顾旁人视线，一下子钻进了我的轿子里。他本来还想掀我的盖头，被我打了一下手背后才老实坐好，只是人死活都不愿意下去，说是要陪着我坐，还好花轿比较大，倒是也不挤。

新娘的头冠本来就重，我累得已经不想说话了，一直沉默着，而胡元离好像有些语无伦次，一直说着些不知所云的话，我也没有往脑子里听。

放空了的脑子一瞬间想起了什么事情，我下意识地喊了出来："完蛋了。"

"怎么了？"红盖头外面传来胡元离紧张的声音。

我有些难以启齿地说道："你给我的那一盒子房契钥匙，我之前走得匆忙，好像忘在了秦王府的那间屋子里了。"

婚宴都是胡元离和德妃准备的，偶尔会来问问我的意见，我一时半会儿也没想起这回事。胡元离之前既然给我了，自然也不会开口再问我讨要，所以我这个时候才想了起来。

胡元离难得地和我一起沉默下来。

花轿外是锣鼓喧天的喜乐，花轿里是两个刚拜堂就一起怀着沉重心情担心未来口粮的新人。

尾声

秦王妃死了。

刚听到这个消息的时候，我还正在想着怎么厚着脸皮，不被发现地溜回秦王府撬地板。

据说她是跳了后院池塘自尽的，被发现时人都已经漂了上来。

前几日还见她同高偃争吵，虽然面色憔悴了些，不过看着也没有那么心如死灰，没想到这事情变化得如此之快。

心里有些沉闷，看着身边可怜巴巴看着我的胡元离，我终究还是决定不再去想这件事。

燕王府的管家每日都来禀报关于搬家的事，不胜其扰的胡元离又出了一个我觉得还不错的“馊主意”。

众所周知，燕王胡元离行事十分荒唐，只是这一次他又刷新了大家的底线。

成亲后的第二天，燕王府便开始着手搬家至川西一事。只是管家收拾妥当之后，才发现主人不见了，留下的只有小燕王龙飞凤舞的一张纸条：我们出去游历了，你们可以先行去川西，等置办好了新府邸，我们再过去。

叫苦不迭的管家一边心里骂着人，一边没日没夜地独自操心着搬家事宜。

除了这一传闻，还有另一个让人唏嘘不已的消息——秦王妃死后，太子体恤受了打击、精神恍惚的秦王，便放他回去在府里休养几日。只是秦王回去后，不知道是不是魔怔了，竟然下令让人放干了他平日里最爱的鱼池里的水，即便死了一池子的鱼也不见他叫停。

池塘干了后，他又赶走了所有人，下令谁也不许靠近，自己一个人在淤泥里从白天翻找到了黑夜。

因为无人在场，自然也无人知道那天他究竟在找什么。

番外

众生相

· 吴云韶 ·

吴家人被捉拿入狱时，我正一身嫁衣，坐在婚房里欢天喜地地等待自己的郎君。

起初是满府的喧哗喊打声，我还以为是婚宴举办的什么热闹节目，可是渐渐地声音越来越奇怪，不再像是喜庆的祝贺。

我问了身边陪着的嬷嬷，她声音里明明满是不安，却还是宽慰我不要担心。

她是自小抚养我的奶妈，不管我长到什么年岁，她总是喜欢把我当成一个小孩子来看待。

临出门时，嬷嬷用她那双粗糙的手细心地整理了一下我的盖头和衣裙，声音像是哄孩子一样说道：“小姐先坐着，老奴这就去前院看看，这大喜的日子，未免也太闹了些。小姐这盖头可是要留给王爷来揭的，你千万不要自己动，老奴去去就来。”

嬷嬷这一走去了很久，我坐得全身酸疼也不敢乱动，毕竟嬷嬷说了，我的盖头是要等自己郎君来揭的。只是到最后，我也没有等来那个揭盖头的人，只等来了跌跌撞撞回来的嬷嬷。

她说，齐王谋逆被擒，吴家上下皆被投入狱。

盖头终究还是被我自己一把扯下了，满头的珠翠被拉扯得凌乱不堪，散落了一身。

我觉得爹娘肯定是被人冤枉了，他们在我面前从来都那么好，怎么可能会做这种大逆不道的事情？

我想找高偃解释，却被人软禁了起来。哭也哭了，闹也闹了，最后我还是被人看着，一步也出不去。于是我不吃不喝，歇斯底里地闹到最后，自己都受不住昏了过去。

醒来时终于见到了心心念念的那个人，我挣扎着起身抓住他的衣袖问道："我爹娘呢？"

高偃缓缓收回自己的衣袖，躲开了我的目光开口："吴家参与齐王谋反一案，所以被一并拿下问罪。"

我知道这事，我也知道自己说的他肯定不信，所以我带着最后一点儿希望问他："那我还能见我爹娘一面吗？"

这一次，他终于没有再沉默，只是十分艰难地点了点头。于是我赶紧把自己收拾干净，跟着他去了牢狱。

牢狱里的爹娘都是灰头土脸的模样，娘亲哭喊着要我救他们，父亲反而很是从容镇定。

后来我才知道不是父亲镇定，而是他知道了自己毫无翻身的可能。所以他才说，成王败寇，愿赌服输。

牢里哭声一片，我的脑袋都要爆炸了。我本来坚信吴家是被人陷害的，可是看到父亲现在这副模样，我有些动摇。

渐渐地，母亲似乎也冷静了下来，只是小声哽咽着说，让我日后好好照顾自己，因为没人能照顾我了。

哭喊的人群里，我的那位十一哥骂骂咧咧的声音格外刺耳。

他在骂我曾经的丫鬟良秀，什么难听肮脏的话语都往良秀身上丢，还有几个平日里不出彩的庶子也在附和。

我不明白一向沉默寡言的良秀怎么招惹了我这个十一哥，也不明白为什么这种时候十一哥还在骂良秀。

吴十一骂完良秀后，顿了片刻又恶狠狠地看向了我，他说我眼光不好，是个灾星，所以我身边的人都不是什么好东西。

他似乎还没有骂过瘾，可是接下来就被父亲狠狠一巴掌打断，父亲喘着粗气说道："还不是因为你们自己荒淫，祸害了人，才惹出来的祸！"

十一哥捂着脸，蹲到一边不再言语。

半晌，父亲才又看着不知所措的我，放缓了口气说道："你顾好自己就行。"

我想问到底怎么了，父亲都做过什么，他却不再言语。

留得时间太长，高偃进来叫我。瞧见他的时候，父亲的脸色一下子难看无比，可是瞥见了还站着的我，父亲才僵硬着脸说道："秦王真是好手段。"

高偃没有过多停留，只是扯着我离开。即便我说破了嘴皮，他仍是一副石头模样，不言不语。

我带着缥缈的希望想着，高偃他既然能保下我，说不定也能保下我的爹娘。可是接下来的时间里，便是我拿自己的命来威胁，他也没有再松过口，只是轻描淡写地让人看紧我。

可能是因为我如同疯了一样地整日闹着，一向跟在他身边的李茂山私下里来找过我几次。

他说，高偃现在已经尽了他最大的努力，吴家伙同齐王谋逆，已经是确凿的事实，能保下一个我，对高偃来说已经很不容易了。

我的嬷嬷也强作镇定地对我说，吴府现在只剩一个我，所以我一定要好好活着。

闹得累了，也可能是清醒了，我终于安静了下来。

每个人都要我好好活着，我却活得如同一具行尸走肉，也不知道这样的活法，算不算是辜负了他们。

我没有再哭喊着见高偃，他自然也不会主动来找我。

我又去了一趟齐王府，塞了许多银钱后，竟然真的放我进去了。

我是在良秀曾经住的院落里找到的表哥，往日里气度非凡、恃才矜贵的大皇子，如今却一身酒臭，潦倒不堪。

我唤了他好几声，他都像是没有听见一样不理会我。

最后我问："良秀做了什么？"

表哥这才像是大梦初醒一般地看向我，眼里却空洞得吓人："她做了她该做的。"

我不懂。

表哥却又哭又笑起来："我原以为她手段狠辣，不惜自己手上染满鲜血都是为了给我铺路，所以我才如她所愿拉了整个吴家下水，狠了心哪怕是不择手段也要用最快的速度去争去抢，可是到最后我才发现，原来她给我铺的路，是一条死路。"

为什么他们说的话我好像都听不懂？明明良秀先前在我身边时，只是一个脾气温和的丫鬟而已。

“良秀到底怎么了？”

表哥收回了目光不再看我，像是丢了魂似的说道：“前几日宫里的那位‘好心’给我送来了一封信，说是不能让我输得不明不白。”

我看到满地的酒坛里面有一个满是污渍的纸团，表哥不再言语，我也就自己捡了起来。展开后宣纸上面的字大多数都被酒水打湿，看不清楚，不过不影响看出纸上所写的大意。

说的是良秀早些年伤了身子，再也无法有孩子，而这个“早些年”还是在吴府里的日子。我忽然想起父亲那堆不成器的庶子，母亲提起来都是一脸厌恶，总是让我不要接近他们。

屋里是让人喘不过气的安静，混合着酒气，只让人心头作呕。

最后，表哥终于再次开了口，却是赶我走：“你还是回去好好做你的秦王妃吧。”

不知为何，表哥看我的眼神里面，除了空洞，竟然还有些怜悯。明明我衣衫整洁地站立着，一身脏污的他却在可怜我。

看不得他的眼神，我像是心虚一样飞快地逃回了秦王府。

知道了吴家人并非无辜，我再无法理直气壮地站在高偃面前，让他去救我的家人。所以每日我都躲在屋里，浑浑噩噩。

嬷嬷看不下去，抹着眼泪哀求我好好过日子。我也想啊，可是我做不到那么没心没肺地忘记一切，只过自己的日子。

终究嬷嬷是我身边唯一一个老人儿了，看着她越来越白的头顶，我终于还是听了她的，去找高偃求和好好生活。

我端着嬷嬷准备的甜汤，去了高偃的屋子。他还没有回来，我便一个人在屋里等着，瞧见书桌上的烛火弱了些，我便走过去剪了剪灯芯，放下剪刀时看到桌子上散落着几本乐谱。回想起以前自己无忧无虑的时光，我鼻子有了些酸意。

随意拿起乐谱翻看了几眼，我忽然觉得有些不对劲，又翻看了其余几本，手抖得越发厉害。

环顾屋里，极为简单的布置，除了起居所需的用品，几乎都没有一个装饰物。这屋里根本就没有乐器，为何要看乐谱？

我转身在书桌附近翻找起来，终于看到书架旁边不起眼的一个角落，有一个能装进人的大箱子，箱子上面却干干净净。

我打开了箱子，最上面是一把干枯了的花束，下面就是整整齐齐的各式乐谱、棋谱等杂书。

我抖着手一一翻看，都是一模一样的字迹，若是仔细瞧，还能看出这字迹由一开始的生涩到后来的流畅。

刚才在书桌上看到的几本，若是旁人看了，便会觉得是高偃的字迹。可是我不一样，未出嫁前，高偃的字迹我看了无数遍，早就记在了心里，所以有稍微的差别我也能看出来。

这些书籍上的字，比高偃的字少了几分功底，也多了几分隽秀。

我忽然想起来不知道是去年还是前年，有一次在表哥府里正说着话，高偃听了他府里下人的悄悄话，就匆忙告了别，当时表哥还看着他的背影，笑着说道“表妹可要小心些了”。

我心里不服气，第二日便出动上门，还派身边的丫鬟去他府里打听。这才得知高偃昨日中途回府，是因为他院里的那个下人被叫去了宫里。

我这才第一次正眼看了那个叫荼蘼的丫鬟，她是高偃屋里誊抄东西的。虽然她总是低着头，沉默又守规矩，可是不知为何我看见她心里就不舒坦。现在我才知道，原来这就是女人的直觉。

曾经去皇庙，我还刻意让丫鬟去为难她。其实当时我看到了角落里高偃的身影，可是最终他只是默默离开，并未替她出头，所以我还以为是自己误会了，这才放下心来。

后来我还拿给十一哥提亲的名头要那个丫鬟，高偃也没有拒绝，只是说等我入了门，随我安排丫鬟的去处。

现在想想，我还真是可悲又可笑，才能被这样轻易蒙骗过去。

过去高偃对我的种种礼遇，让我以为自己是特殊的，因为在别人面前一向孤高清冷的他，在我面前总是知无不言、言无不尽，态度也十分温和。

所以这段时间我都还在自我欺骗，现在我才彻底明白，也无法再骗自己。他接近我，对我好，只不过是有利可图罢了。

头脑里像是困了只野兽，疯狂地在我脑子里号叫碰撞，忍无可忍的我转身拿起烛火，丢在了木箱里。枯草和纸张最是容易点燃，几乎是瞬间，火焰就大了起来，照得我眼底通红。

我突然明白之前在齐王府，表哥看我眼神里的那种怜悯，因为他早就知道，我们都是一样可怜的傻子。

屋外的含玉最先发现不对劲，赶紧跑了进来，看到我面前这一箱子着火的书籍，她的脸色瞬时苍白起来。她大声呼喊着叫人过来救火，而我则像看一场闹剧一样冷眼旁观着。

救火的下人还没有进来，高偃的身影倒是先出现了。看到他脸上的表情如同破裂的冰面一样，再无往常的镇定和沉默，我彻底死心了。

方才我还残留着一丝妄想，觉得可能是我想多了，现在看来，只是我猜对了——我从来都没有误会他对那个丫鬟的不同。

高偃亲自扯了帷幕，扑打着那处火，门外的下人也纷纷端了水跑进来。

火被灭了，却也只留下了一堆灰烬和烧黑的木箱空壳。

高偃背对着我站了许久，屋里的下人也都不敢说话。

“你为什么要娶我？”我也不知道自己是怀着哪种心情问出了这句话。

高偃缓慢地转过了头，出乎意料的是他面上又恢复了一如既往的冷漠。

我倒是希望他能痛骂我，至少能让我看到一个无措暴怒却也真实的他，这样我也可以肆无忌惮地骂回去，把我被利用的所有不平发泄出来。可是高偃只是转头对身边的李茂山语气平静地说：“把她送回去，日后不许再放进我的院子。”

不等李茂山下令找人拉我，我自己就先走了出去，然后控制不住地笑了起来。不顾旁人惊愕的目光，我笑了一路，直到躺在自己床上也没停，笑得脸都酸了。

看着担心不已的嬷嬷，我支开了她，说：“我很好。”

半夜的秦王府格外安静，我一路走到了后院的池边，也无一人发现。

湖面在月光下波光粼粼，看着是一幅安宁的好场景，倒是让我对为接下来要毁了这幅宁静的画面生出了几分愧疚感。

我曾是这京城里的第一贵女，家世显赫，父母和睦，琴棋书画随便哪一样，都能让人发自肺腑地赞不绝口。

就算勉强接受了家族没落是因为痴心妄想罪有应得，我本可以忍辱偷生，装作不知情地活着，带着亲人的遗愿咬牙活着，可是今天之后，我再也无法苟活下去。

我生来倍受恩宠，唯独遇上高偃后，被羞辱成了连一个下等奴才都比不过的可怜女子。

我无法接受自己是如此失败的一个人，也无法再见高偃一面，因为一见他，我就会想起那个像傻子一样痴心错付的自己。

身子坠落到冰冷的池水之前，我脑子里只剩下一个念头——下辈子我再也不要去主动爱一个人，赌上了一颗真心，还输得一败涂地。

·顾阳·

“娘这一辈子没什么本事，最自豪的事情就是养育了一个你，这个镯子……咳咳……这个镯子你收下，日后若是遇到了心爱的姑娘，记得说是娘给自己儿媳准备的礼物。”

手里碧绿的玉镯并不值几个钱，可是我知道这是娘亲最珍贵的东西，因为那是父亲还在世的时候，亲手送给娘亲的。便是小时候家里穷得揭不开锅，娘亲也没有想过要卖掉这只玉镯。

娘亲带着欣慰的目光闭上了眼，我请了几天的假，来处理后事。

定了亲的人家说守孝三年就可以了，可是想起一人拉扯我长大的娘亲，我还是决定守满五年。

不过我也理解定亲人家的心思，所以筹办完丧事之后，我便亲自上门去赔礼道歉。若是他们愿意等，那我就把这玉镯送出去当信物；若是他们不愿，那也是人之常情，我自然也不会不满。

当我带着玉镯回东宫的时候，太子殿下还夸了几句我是个不计较的性子。

孝期里当值，我一如既往，唯一不同的是我在此期间升了职，变成了侍卫长，原先的侍卫长已经被任命为武将，去了边疆。

当上侍卫长以后，身边各怀心思的人变得显眼起来，各种拉关系攀交情的人也越来越多。还好殿下宽厚，有时还会亲自指点我要如何处理。

我同太子殿下经历了无数风雨，有时候不用他说，我便能知道他的心思。

秦王生辰宴那日，是我第一次见到那个叫荼蘼的姑娘。在我们这些下人都退居一旁，不敢多言语时，她却主动站了出来说她懂些医术。在我还吃惊于她的胆色之时，她就用一种奇怪的手段救醒了小殿下。

太子似乎也很惊讶，盯着她看了许久，最后不忍心，还把自己的衣物给了一身狼狈的她，然后看了我一眼，我就知趣地上前送她回去，然后要回了衣服。

正堂中面对齐王的质问，荼蘼看起来畏畏缩缩，口齿却极为清晰，倒是和那种胆小或胆大的奴才都不同。

因为救了小殿下，所以太子对她有些印象，过了些时日还问起秦王，她的身子怎么样了。

秦王语气很平静地说道："没什么，就是在床上躺了半个月。"

太子闻言看向了小燕王："你那一脚踹得可真重。"

小燕王跷着二郎腿，轻哼了一声也不接话，仿佛说的人并不是他。

太子倒是也没有追问下去，就此扯开了话题，只不过在一侧站着的我，清楚地看到了小燕王眼里似乎有些罕见的闪躲。

这件事过去以后，很长时间我都没有再见过荼蘼，只是偶尔从小燕王和小殿下嘴里听到她的名字，这才想起有她这么一个人。

就在我差不多都要忘记这么一个人的时候，荼蘼又用一种强势的方式让人彻底牢牢记住了她。

太子妃去别院养胎时，太子令我一同前去，于是我开始负责别院里的安全。

后来秦王来接太子妃回东宫的时候，我再次见到了荼蘼。这一次她似乎已经变成了秦王的亲信，能清晰地看到秦王同她说话时语气和眼神的不同。

秦王把她留在了太子妃的院子里，她却一个人站在院子里无所事事，也不进去。就在我犹豫要不要过去打声招呼时，太子妃出来了。

住到别院以后，太子妃几乎是隔上几天就会去一次小殿下的陵墓，我们都习以为常。只是不知为何，荼蘼一直在阻止，似乎很不放心的样子。

太子妃本就不怎么喜欢她，所以宋嬷嬷最后不由分说地拉上了她一起去。我本想开口帮着说几句，权衡之下还是没有多嘴。

我跟在太子妃的马车旁，半路上忽然听到荼蘼的声音，是在喊小燕王，最后甚至直呼小燕王的名讳，果然小燕王气急败坏地拐回来掀开了那辆马车的车帘。

同时，我身边的马车也响起了太子妃强压怒火的声音："顾阳，你去给小燕王赔个不是。"

不等我骑马过去，就看到小燕王甩下了马车的车帘，转身离开。只不过我瞧见他脸上似乎并没有怒气，反而还有些沾沾自喜，也就不多事再去插嘴。

只是没想到，这次还真出现了意外。

在被难民堵住去路时，我心里已经隐隐有些不安，下意识地握紧了佩剑。马匹受惊遇袭之后，我一边提高了警惕，一边思索着出路。

马车里她的声音却不见丝毫慌乱，似乎还有些安定人心的作用："那你尽全力，能挡一时是一时，我有办法救出太子妃，需要你给我争取时间。"

荼蘼说的救下太子妃的方式就是以身替之，临出发前她还说了石破天惊又大逆不道的一番话："太子妃娘娘，若奴婢今日有什么不测，那我心里第一个怨的，不会是那贼人。还有这同行三十余人的死伤，全是为娘娘今日的一意孤行所累。”

所有人大气都不敢出，我彻底确定，这个姑娘的确和别人不同。在她身上，竟然让我看出了几分那些上位者才有的镇定气场。所以当马车上的她目光坚定地向我伸手说“你带我走”时，我暗自下定决心，这次豁出性命也要保她安全。

她没有死，却也不是平安无事。

听闻太子要去燕王府看她时，我拖着刚包扎好伤口的身体，坚持要同去，太子倒是没有多想，不过被宋嬷嬷看在了眼里。再后来她被德妃叫进了宫里，太子妃本是叫宋嬷嬷过去要人，是我把这个任务主动抢了过来。

于是宋嬷嬷反倒第一个知道了我的小心思。而太子妃把我叫去询问时，我只觉得面红耳赤，竟说不出一句完整的话来。

面对荼蘼时，我平生第一次有这种语无伦次的感觉，绞尽脑汁想话题，却一次次把天聊死。只是她总是一副神情淡淡的模样，既没有因我不知礼的问话而恼怒，也没有因我发自肺腑的告白而脸红。

她对感情之事像是一个格外迟钝的孩子，和危难时使出铁血手段的她判若两人。

我并不着急，想着给她时间慢慢理解，只是没想到东宫接下来发生了一系列让人措手不及的事情。

太子妃逝去后，太子在人后几乎很少会笑，我时常守在他的寝殿门口，看他屋里的烛火亮一个通宵。可是第二日在人前，他还是一如既往地温和，不过若是细瞧，便能看到他眼底的红血丝越来越多。

太子似乎不怎么想见刚出生的小皇孙，只是事无巨细地布置了小皇孙所有的起居事宜，自己却很少抱那个孩子。

他动手打秦王时，我本想上去拦，可是太子瞄了我一眼，我心里一惊，那是暗示我不要插手的意思，所以我也就不敢再动。

虽然不知他们动手有几分真假，可是太子应该是用了真感情在演。可能也只有借这个机会，借这个短暂的时刻，太子才能“失礼于人前”，做一个没那么完美的太子和……夫君。

很长的一段时间，小燕王几乎天天都来东宫，我偶尔听到他们之间的只言片语，似乎提到了“荼蘼”，只是我也不敢再多听下去。

太子似乎从此振作了起来，我们这些侍卫也都松了口气。

去参加齐王长子的百日宴时，我也不知道是出于什么心思，再次把那只玉镯揣在了腰际。

在齐王的院子里看到荼蘼时，我才明白了自己是什么心思。

她在和齐王的一个夫人说话，看到我出现似乎也很惊喜，由此我心跳得更快起来。回宴席的一路上，荼蘼却又恢复了心事重重的样子，我的手不停在自己腰间摸索，却不知道该如何开口。

强作镇定邀请她乞巧节出来，却被她柔声拒绝。我一紧张，半天都不知道该如何言语，转眼我们就到了宴席，我再没有机会开口。

我们见面的机会本就少，因我的一时犹豫，失去的机会便再无法弥补。只是我心里一直想着这件事，思来想去没忍住，趁着休沐去秦王府找她，却只得到了一个她在忙，没时间见我的答复。

这已经是拒绝了吧？

我回了东宫，心情十分低落。

只是没过几天，她突然来了东宫，本来脑子里说服自己放弃的那些念头，一看到她就想着——再试一次吧。于是我这一次不再犹豫，直接说："等下你要是办完了事，能不能稍微停留一下，我有一个……东西想给你，先前就想给你，只是一直没有机会。"

她没有拒绝，可是等我回去拿了玉镯，却只得知她惹怒了太子，被关押起来了。我问遍了所有人，却无人知道她被关在哪里。

而太子终于也发现了我的心不在焉，史无前例地厉声说道："顾阳，记住你的职责。"

我忍了又忍，终究不再探寻。

后来我时常会想，若是那时我不顾一切坚持要找她，会不会有不同的结局？想了想，自己却又笑了，因为我不可能不顾一切去找她，而我们也不可能会有不同的结局。

小燕王每次提起她时的目光和她后来看向小燕王的目光，我早就看在眼里，可还是自作聪明地视而不见。

敢直呼小燕王名讳，还没惹恼他的，京城里的确没几个人能做到。

所以听到小燕王请旨赐婚的消息，我心里像是放下了一块巨石，空前地轻松起来，迎着太子探究的目光，我也可以毫不闪躲。

只是那只玉镯我还想送给她，这次不是送给心上人的意思，而是将自己一直以来的软弱彻底送出去。

可是她到底还是没收，只是语气诚恳地说："我是真的心领了。"

她没有说谎，我也不再强求。

看着手里的木盒，我有些头疼地叹了口气——没想到送一只玉镯，竟是如此难的事情。

· 李茂山 ·

人一旦上了年纪，可能最喜欢的就是追忆往事。

只是因为年纪大了，我已经记不清自己是几岁进的宫，唯独记得我进宫的那天，宫墙外的柳树吐了新绿。

那时候我只是个唯唯诺诺的小太监，管事的太监总管脾气不好时，我还会被责罚几天不许吃饭。饿得狠了，只觉得自己双眼发黑，走起路来轻飘飘的，似乎下一秒就要飞到天上去。

上天的前一瞬间，视线里出现了一只洁白的小手，顺利把我拉回了地面。那只小手里还握着一个泛黄的馒头，我如同恶狼一样狠狠地夺过来，撕咬着硬得像块石头的馒头。

吃到渣都不剩的时候，我才回过神看向那只手的主人——一个圆脸丫头。她似乎有些吃惊，可是见我望过来，她立刻就绽放出最灿烂的笑容。

我们是这样相识的，那时候我们都还不知道，往后的数年里，会只剩我们相依为命。

她很爱笑，就算是被皇后娘娘责骂、被年长的嬷嬷排挤，也没能影响她脸上的笑颜。而那张笑颜，在见到了那个名叫付文成的侍卫后，更加灿烂。

他们本就是同乡，我算是后加入进来的。

回忆起来，那是我们三人最快乐的时光，在这个凉薄到看不见丝毫人情味的深宫里，我们在一起的时候，天似乎都一直在放晴。

宫里新来的娘娘闲聊时，提起她们家里漫山遍野的格桑花。我第一次在她眼里看到那么深切的向往，因为听闻格桑花开的地方，是代表幸福的地方。

正因如此，我开始努力看人眼色，顶着大太监的各种言语折磨去讨好主子，因为我要努力讨赏攒钱，然后——送那个爱笑的丫头风风光光地出嫁到格桑花开的地方，以一个……哥哥对自己妹妹的心思。

只不过，这一切我都没有告诉过她。

爱笑的人都是心地善良的，我怕她会因此心怀愧疚，而我只想看到她无忧无虑的笑颜。

可是我们都没有想到，皇上也喜欢上了这张笑颜。

承恩之后，她就再没有笑过，变成了众人口中那个木讷呆板的“丽嫔”。这变化之大，让皇上也心生恼意，丢给她一个嫔位后就不管不顾了。

那时候皇后宫里正好缺了个副总管的位置，大太监属意我，可我还是毅然决然地去了她的宫里，因为她怀上了孩子，而身边无人。

她没有笑过，也没有哭过，便是听说付文成升职离京，她也不发一言，还是我偷着去送的人。

付文成也没有了之前我们聚在一起时的明朗，只是语气沉重地说，若是以后有困难，可以去川西找他，只要是她的事，他绝对不会袖手旁观。

付文成走后，她越发消瘦，便是长大的五皇子知礼又懂事，也不见她有丝毫笑颜。

我磨破了嘴皮子地劝解，还拿出五皇子来当借口，也不见她有丝毫缓解，甚至宁可自己去养几条不会说话的鱼，也不愿多去关心下自己孩子的课业。

她病逝的那天，已经瘦得让人不敢细看。

弥留之际，她拉住了我的手，对着我喊出了那个从她变成丽嫔后就没有再喊过的称谓。她说：“哥，我撑不住了。”

那个时候我才知道，从变成丽嫔的那一天，她就已经死了，只不过是拖到了现在才闭眼罢了。因为她心底里还是无法丢下自己的孩子一个人在这宫里。

处理完丽嫔后事的那天晚上，五皇子把自己锁在屋里，不让人进去。向来守规矩的太子殿下生平第一次不顾宵禁，违背了宫规，偷偷翻窗溜进五皇子的屋里，陪着自己的弟弟度过了这个难熬的夜。

从那以后，原本就不喜欢说话的五皇子更加沉默。

即便是有一次，那个集万千宠爱于一身的大皇子高弘朗在背后耻笑“不过是个宫婢生的，算得上什么皇子”，暗处里的五皇子也没有丝毫恼怒，甚至走出去还能语气平静地唤一声“大哥”。

我这才发现，这个孩子的心思远比我想象的深。

终于熬到了离宫立府，五皇子也变成了五爷，我们不用再谨小慎微、提心吊胆地生活了，可还是不见他有丝毫愉悦，平日里也十分寡言。或许在皇宫里生活的日子，已经彻底剥夺了他想说话的权利。

第一次见那个叫荼蘼的丫鬟时，我们老远就看到她在梅林前驻足。

梅林里的隐秘只有我和五爷知道，刚处罚了一个意图打探的丫鬟，现在又有一个不知死活地冒出来，所以我明显感觉到五爷的心情不太好。

我们走近了，那丫鬟才匆忙跪了下来，缩在地上小小的一团。

我看到五爷的视线瞄过不远处雪地里的那一枝梅花后，定格在那丫鬟被冻得红肿的手指上，并未言语。正好一贯胡闹的小燕王来了，才打断了这里压抑的气氛。

到了晚上，临睡前五爷突然对我说："去找一找白日遇见的那个丫鬟。"

大概他还是不怎么放心，我也就应了下来。

不过当时那个丫鬟看上去害怕，一直低着头，只记得她一身简陋的装扮，至于她的样子，却是记不住了。

我这样回复后，五爷倒也并未再过多追究。

只是没想到过了几日，那丫鬟竟然自投罗网来了，不知道她是胆大还是有恃无恐，竟然还戴着那日戴的簪子招摇过市。

碍于又在场的小燕王一通胡闹，加上那个丫鬟的底细又干净，五爷并没有再多追究下去。

而后不知道是不是天意，每次要把那个丫鬟忘记的时候，她都会以各种方式冒出来。最后五爷直接下令让我把她调到眼皮子底下，大概是这样看着还安心些。

出乎意料的是，茶蘼格外安分守己，从来没有试图打探任何消息，每天都兢兢业业地干着自己的工作。

于是日子久了，我渐渐注意到五爷目光停留在她身上的时间越来越长，也不再仅仅带着试探。

我是看着五爷长大的，茶蘼来了之后，我才第一次看到他不再总是一副旁人勿近的模样。

他会掩饰不住地笑，会控制不住地发脾气，哪怕是他独自一人待在屋里难过，我心里都是高兴的。因为他从没有像是一个孩子一样肆意地活过，连我都极少见他情绪外露，如今终于有了一人教会他表露这些情绪。

我整日乐呵呵地看着那两人之间的相处，慢慢地心里却生了几分忧虑。因为这个茶蘼看着随和好脾气，却极难接近，便是她笑脸迎人，可是一眼就能看出那只是客气。倒像是一个爱笑版的五爷，只不过一个是用冷漠来伪装自己，另一个却是用和善来隐藏自己。

这也难怪她能改变五爷的性情，可能相似的人才更容易敲开彼此的心扉吧。

可是也正是因为相似，才更加难以相处，两个人都在等着对方先迈出那一步，自己却原地不动。所以我才忍不住一次次地去提醒，却没想到那个看起来文文气气的小丫鬟，脾气竟然比五爷更为执拗。

秦王妃去后，还是太子的高玠给了五爷几日休息的时间，可是他从始至终都没有插手王妃的葬礼之事，只是在丢给我的时候说了一句：“按王妃等级办理就好。”

我也不敢打扰他，只能自己一人筹办。

听闻他放干了后院里的池水，我又被吓了一跳，赶过去的时候只看到一池淤泥，还有些鱼儿在垂死挣扎，一个个下人面面相觑，却无人敢去擅自捕捞。最后还是我开了口，他们才开始挽救那些鱼儿。

回到院子里的时候，他已经沐浴过换了件干净的衣服，一个人坐在桌前看着一大堆奏折。明明太子说了让他好好休息，现在看来，他丝毫都不想休息。

我试探性地回禀着府里的诸多事宜，他一如既往地提了些无关紧要的要求，像是什么都没有发生过一样平静。

若是我没见那个被放干水的池塘，没听下人说五爷一人满身泥污地在池里摸索，可能会真的觉得什么事都没有发生过。

那是他向来放在心尖上的鱼，只有我知道，那也是他对母亲隐晦而又执拗的思念。

所以我忍了又忍，终于开了口：“后院的池塘可是要换水重新修建吗？老奴听下人说好像还没找到负责的工匠。”

五爷的面色仍是没有一丝波动：“你看着办就好。”

我也没了其他话语可说，事到如今，我是越来越无法看透这个小主子的心思了。

他不愿多说，我也就不再多言。

入夜，风有点儿凉，我见书案右侧的窗户开得太大，就上去关小了一些。回身准备出去的时候，无意瞥见那些奏折的下面似乎压着什么东西。

定睛一看，是个极为简陋的黄铜发簪，做工十分粗糙，表面却发亮，一看就被人精心擦拭过。

我记得这个簪子。

刹那间我的眼眶有些酸，嗓子口也有些堵，怕失态的我赶紧快步准备离开，却听身后传来五爷的声音，带着空前的平和。

他说：“茂山叔，我没事。”

从他娘亲过世后，就再没听他这样称呼过我。

我的心里一瞬间闪过万千个念头，可是到了嘴边，只变成了一句：“老奴……知道。”

· 胡元离 ·

第一次注意到那只“兔子”的时候，她正一个人在池水里扑腾。我靠近了些，才发现她并不是溺水，而是似乎在池水里找着什么，姿势极为怪异。

想起高偃生日宴上的事情，我准备离开的步子一顿。

虽然我从小到大打过不少人，却很少会对一个女子动手，怪只怪那日情况……太过特殊，毕竟那么多主子在场，不教训一下这丫鬟，她后面更难逃罪责。回想起来，似乎那天这个小丫鬟还呵斥了我一顿。

想到这里，我就彻底歇了离开的心思，寻了个靠着舒服的柱子，看着水里那个十分忙碌的身影。反正我也不认识路，就先看看这个丫鬟在水里要什么花样。没想到那丫鬟倒是挺专心致志，盯着她看了那么久，都没有发现岸上还有一个人。

后来我们对视后，那丫鬟明显一副受了惊吓的模样，才缓解了些我等了这么久的不耐。

逮着她狠狠地吓唬了一顿，才弄明白她如此大费周章只是为了找一根破簪子。我心里嗤笑，真是个没见过世面的奴才，连名字也如此奇怪。

等到了高偃的院子，我没忍住又提了此事：“你这府里有个傻子，为了支几文钱的簪子，自己跳下水去找，也不怕出了意外毁了你的池塘。”

高偃似乎并没有放在心上，只是随口说了句：“那我明日让人去寻块牌子，放在水榭上用作警告。”

我也没有揪着这个话题不放，只是回府后让管家去寻一根姑娘家用的簪子，管家习以为常又十分迅速地完成了任务。

直到听说高承安单独去找她，我才又想起了这回事，于是又一次去找高偃的时候，我揣上了这根簪子。

出乎意料的是并没有见到那只“兔子”高兴的表情，反而是自己在一直磨磨唧唧说个不停。要不是嫌弃她一身湿漉漉、脏兮兮的，我就自己动手把簪子插到她头上去了。毕竟高玠已经承了那个丫鬟的恩情，我这么做，也是为了以防别人日后再问起时，自己理亏。

这样告诉了自己，我就没再把此事放在心上了。

如果不是后来的那一场意外，或许那只“兔子”，并不能让我记上一辈子。

那是我的一次判断失误，差点赔上了自己的性命。

有人窥探我手里暗军的势力，我追查之下进了皇宫，没想到落入了对方的圈套，被引到了只有皇室之人才知道的禁地，还让皇上误会有人觊觎他的玉玺。

我撑着最后一口气给高偃通了消息，还好高偃不问事情经过就直接把我救了下来，然后我就不省人事了。

再次有意识的时候，我一眼就看到了地上那只“兔子”的床铺，还有自己身上破旧不堪的衣物。

环顾四周，我头脑有些发蒙。

什么情况？自己不是到了老五的院子吗？怎么现在却住在了这里？

因为身上的伤势过重，我强忍着心里的嫌弃没有动弹，准备先观察下情况。所以后来当“兔子”喂我汤药的时候，我怕药有问题，才紧咬牙关不松口。

没想到那只看起来胆小的兔子却伸手捏住了我的鼻子，一边大力地往我嘴里灌，一边嘴里嘟囔着：“‘小阎王’，你知不知道这药是我费了多大功夫才得来的？我都不舍得给自己用，你还不配合？”

这只“兔子”口中的“小燕王”，怎么我听起来这么不对劲？再说我什么时候受过这气？忍无可忍准备睁眼时，忽然那只“兔子”又小心翼翼地给我擦拭着脖颈。于是已经涌到喉间的怒气，又被我咽了回去。

我自小就特别不喜欢别人碰自己，就算流连烟花之地时，也极少会让女子碰到自己，可出乎意料的是，这只“兔子”这一系列的动作，却没有让我心生厌恶。

可能是她的动作虽然笨拙，却又格外细致轻柔，也可能是她后来轻声轻语地抱怨：“看在我这么尽心照顾你的分上，以后也对我好些吧，我是叫荼蘼，别总是像骂人一样叫我秃子了。”一番话竟然让我发不出脾气来。

荼蘼——这一次，我是真的记住了她的名字。

高偃回来的时候，我也听到了动静，休养了这几日，我已经恢复了大半的气力。先前说不清是因为什么，我一直假装昏迷，只是现在已经不能再装下去了。所以等安静下来后，我就悄悄靠近了高偃的屋子。

然后就听到里面紧张到发抖的那道声音：“奴婢见小燕王伤势严重，从府医那里拿回来的药粉有限，不知道五爷什么时候回来，就只能先紧着小燕王用了。”

我站在窗口，虽然看不到被高偃挡住的那个身影，却正好可以看到被高偃揪住的那只手臂，血淋淋的伤口在洁白而又纤细的手臂上，显得格外骇人。

一瞬间我想起了那日荼蘼抱怨时说起的“你知不知道这药是我费了多大功夫才得

来的，我都不舍得给自己用”的这句话，我生平第一次有些说不出话来。

像我们这种人，早就习惯了在刀尖上行走，明明此时自己的伤势更重，明明曾见过无数更为严重的伤势。可是那只还在发抖的手臂上流淌的血液，莫名让我觉得分外刺眼，甚至无法再看下去，所以我赶紧现了身。

高偃等无人后才开始问我究竟做了什么，涉及暗军，我倒也没对他多说，只是提醒有人开始针对太子高玠。

这是实话，备受皇上宠爱的皇长孙刚落水没几天，我这边只忠于皇上和太子的势力就受到了不明势力的攻击。看来是有人按捺不住，想要开始从侧面瓦解高玠的根基。而高玠向来不喜这些权谋算计，哪怕我提醒过他，他也没有放在心上。

所以我只能先回燕王府养伤，然后更加小心行事，自己这几日的行踪，我也全丢给了管家去对外安排公布。只不过一个人静养的时候，那只纤细的手臂却一直在脑海里挥之不去。

心烦意乱了几日后，未等身上伤势彻底愈合，我就再次出了门。本来是想去我常去的那些场所解闷儿，半路上却遇到了荼蘼，几乎是一瞬间，我沉闷了几天的心情就明朗了起来。

她手里拿着什么东西，自己傻乎乎地笑着看了半天也没注意到靠近的我，于是我伸手夺了过来。

看起来只是一个普普通通的首饰罢了。

看到荼蘼一副紧张的模样，本来没什么兴趣的我心里有疑，厚着脸皮就揣走了。可回去后我研究了许久也看不出什么端倪，于是再次把管家叫来：“你去查查这个首饰的来历。”

明明更昂贵的白玉簪子她都没什么兴趣，怎么偏偏这一串手链，能让她如此着急？

管家动作一如既往地快，第二日就把这串手链的底细查了个一清二楚——只是一个普通工匠所做，成色不好，样式也不讨人喜欢，所以一直堆压着卖不出去。

末了，管家又插了一嘴：“听说这花式还是一种不祥的花，所以知情的人都十分避讳。”

我越发疑惑：“这是什么花？”

管家思索了半天才说道：“好像是一种叫……对，叫荼蘼的花，京城里倒是很少见，大多都是生于山野草间。”

“它叫什么？”我再次问道。

“荼蘼。”这一次管家并没有犹豫，还热心地解释，“这种花开在春末，民间都觉得它是代表着美好事物的终结，所以一般人都把它看作不祥之花。”

不祥？

我盯着手链有些呆愣，那为何她拿着这个会如此欢喜？还有，什么样的父母，会给自己孩子起这种不祥的名字？

因为自己实在是想不明白，所以我又一次跑到了荼蘼的屋里。

说来也奇怪，那日我离开时记的这个屋子，而今天想着要来找她时，脑子里竟史无前例地对这条路径格外清晰。

见到她后，我没头没脑地尬聊了几句，后来本来是想开口问“那日你买的手链，你可知道是荼蘼花式”，可是话还未说完，我突然有些问不出来了。

她若是不知道，那自己提这个话题平白招惹晦气有什么意思？

她若是……知道，那自己提这个，会不会让她觉得自己是在戳她痛处，嘲笑她？

向来行事肆意妄为的我第一次体会到了左右为难的感觉，最终我还是没问就直接离开了。

回去后我还是一直盯着那串手链。我父亲故去得早，记忆里他们在的时候，虽然对我也没少打骂，给我的宠爱却不曾少过分毫，所以我一时也想不明白——究竟是怎样的人，明知是晦气，还丝毫不忌讳地偏要靠近呢？是真的豁达到丝毫不介意，还是因为同病相怜才想要彼此慰藉？

回想起荼蘼曾经为了一支簪子下水寻找的事情，还有她说起是自己弟弟所赠时不自在的神色，我才明白过来，怕是她并没有那么豁达。而过去自己觉得不算什么的廉价簪子，背后可能还有着别人无法启齿的故事。

思来想去，我始终觉得心里不大舒坦，总有一种莫名的自己做错了事的负罪感。

带着这个心思，我便经常出现在荼蘼的身边，因为我觉得这个小丫鬟似乎越接近越让人看不明白。

我还专门跑去了那些首饰匠人的铺子，然后按照那串手链的花式，自己亲手做了一支发簪。想起荼蘼说的首饰太贵重，她不敢收，我还特地挑了黄铜的材质。

怕荼蘼这一次又会找其他借口不收，所以我便不给她拒绝的时间，直接给她戴了上去。

谁也不知道当看到荼蘼真的戴着发簪出来的时候，我心里有多高兴。只是那毕竟是在葬礼上，我暗地里狠狠地掐了自己几把，才不至于面露喜意。

本以为她频频看自己，是有什么话想说，所以我才找了机会碰面，可是她说出来的话却句句都向着高偃。

如同是有人往熊熊燃烧的炭火上泼了一盆冷水，我平生第一次这么生气，尤其是看到她发髻里我亲手费心做的簪子，更觉得刺眼。

那天晚上回府后，管家小心翼翼地问在屋里生气的我晚上要吃什么，我咬牙切齿地说："红烧兔子、清蒸兔子、爆炒兔子……不管是什么做法，统统做一遍。"

吃了几天的"兔子宴"，我觉得还是不解气，偏偏我越气还越想见那只惹我生气的罪魁祸首"兔子"。

后来在街上看到荼蘼的主动示好时，我强忍着不理睬她，自己好歹是个王爷，总不能让一个丫鬟对自己召之即来挥之即去吧？

然后这就变成了我这一辈子最后悔也是最不愿意回忆的事情。哪怕是后来我们成婚后到了川西，哪怕是荼蘼每日都完好无损地睡在我的身边，可是想起这件事，我还是会觉得呼吸不畅。

我这一辈子，见过高山流水，走过荒野大漠，上过战场，下过烟花之地……按理说，什么场面没有见过？

可是唯独看到泥地里双目紧闭的荼蘼时，我仿佛被人用最大的力气狠狠地打了一棍，从此眼里和心里，都再忘不掉她的影子。

即便后来她从没有因此事怨过我，可是每当我想起来的时候，就会忍不住地后怕。

思绪不知飘到了哪里的我，回了回神，看向睡梦中的"兔子"，把抱着她的手又紧了紧，感觉一辈子都不想再撒开她了。

"兔子"被我吵醒，带着怒气狠狠一巴掌拍到了我的头顶，然后挣脱我翻身睡去。

已经睡不着的我，再次厚着脸皮凑了过去，像个新婚的小媳妇一样在她耳边小声问道："兔子，你是从什么时候开始喜欢我的？"

等了半天也没等到她的回答，仔细一看，她已经又熟睡了过去。

我心里不满，却也不敢再吵她，只是轻手轻脚地又抱住了她，像是在告诉她，也像是在自言自语："我喜欢上你，可是远比我自己发现的还要早。"

· 高偃 ·

最开始决定把那个叫荼蘼的丫鬟调到自己的院子里，只是一场意外。毕竟我这秦王府里的人虽不多，来路却不少。所以当府里突然出现了一个既能下水救人、又识得那么多字的丫鬟时，很难不让人心生警惕。

虽然查明了这个丫鬟底细很干净，可是她接二连三的举动并不简单。

胡元离给她送的那支用木盒装着的簪子，以及招呼都不打一声就跑到浣衣园子找人的高承安，让我决定把她调到身边。因为我也想看看到底是什么样的奴才，能在我府里低调了这么多年，然后又是用了什么手段，引起了这么多人的注意。

后来我才知道这是我犯的第一个错——给李茂山下令调荼蘼过来当差，自以为只是为了方便监督。

初来的荼蘼并没有招惹什么是非，我也就没怎么多留意她，直到那日，我听见她说："这秦王府就等同于奴婢的第二个家，外面即便富贵再多，我还是更贪图安稳些。"

那一个字让我愣了许久。若是旁人能攀附上太子和皇长孙，不用再跟着我这个没什么存在感的秦王，自是应该欢天喜地，她却说秦王府是她的……家。

这是我第一次正视这个丫鬟，为了奖励她的忠心，我还给她安排了新的活儿——习字。

她识得那么多字，物尽其用罢了。

当被荼蘼无意撞破救胡元离一事后，我心里有过几分犹豫，究竟是要留还是要杀。只不过想要永除后患的心思，在看到那只淌血的手臂后，便彻底湮灭了。

我觉得自己只是要留下一个忠心又能为自己所用的人，毕竟我手里的人不多，而荼蘼看着也很聪明。

这个决定，便是我犯的第二个错。

那时候我只是想着，这个抱着金子，嘴巴就会咧到耳边的姑娘，留她在自己身边似乎也挺不错。所以当高弘朗难得主动开口向我要人时，我心里被背叛的感觉一下子到达了顶峰，可能是已经对荼蘼的忠心怀抱希望，所以才无法容忍她再想反悔。

荼蘼在屋里跪着的时候，我手里拿着书本，一页都没有看进去。我拼命地压抑着自己不断涌上来的怒气，才不至于当场失控。而这连我自己都险些控制不住的怒火，却在听到荼蘼的一番话后，一瞬间消失了个干净。

她说：“奴婢早已经把王府当作自己的家了，还请五爷不要赶奴婢离开……奴婢自小就不讨家人喜欢，所以之前才被家人抛弃过一次，若是王爷再把奴婢送人，那奴婢就是被抛弃第二次了……”

正好，我也不讨家人喜欢。

正好，我也被自己的娘亲抛弃在了皇宫里。

这种一直被人嫌弃着长大的心情，没有经历过的人，永远都无法感同身受。

我似乎无法再把眼前的这个丫鬟，只当作一个聪明的姑娘来看待了。所以我才说：“你今日所说之话，我都记下了。”

这也正是我犯得最大的一个错，那就是信了荼蘼的话。

我的身边还未有过会说这种话的人，便是李茂山，也只是因为娘亲才会对我好，荼蘼似乎是第一个没有任何目的而选择我的人。

因为是第一个，所以我才分辨不了真假，以至于后来无论发生什么事，我都坚定不疑地认为荼蘼会一直在我这里。

猎场上救下了吴家嫡女后，面对着高弘朗一反常态的示好，我心里是前所未有的不安，所以我才赶忙不顾伤势回了府，以为这样就能避开。然而事实并非如我所想，有些事，我想避却终究无法避。

高承安入殓的前一天，高玠曾试探性地问过我：“齐王那个表妹，这几日是不是总找你……”

话未说完就被我仓促地打断：“没有。”

看到高玠略显错愕的表情，我才反应过来自己似乎有些过于急着否认，只是我清楚高玠问这句话的意图。

等甩开了心底涌上来的抗拒，我才放缓口气继续解释：“不过是见了面给我道了几句谢，仅此而已。”

一旁的胡元离手里抛着茶杯盖，看似吊儿郎当地调侃道：“这时机可真够巧的，先是我府里来了不明底细的人刺探，然后就当着我的面出了吴家小姐遇袭一事，现在承……”

“安”字还没有说出口，胡元离就赶紧闭上了嘴巴。

饶是如此，屋里高玠的面色仍是很明显地失了几分血色。

过了许久，高玠才又主动开口打破了沉默，只是声音里满是疲惫：“明日，你们莫要迟了。”

我和胡元离对视了一眼，低声应和。出了东宫，胡元离仍是一脸无所谓地往前走，横冲直撞地让人格外憋屈，本就憋着一股气的我对着那个大摇大摆的身影讽刺道：“走那么快做什么？做贼心虚吗？”

胡元离的背影明显一顿，转过身来反问：“我有什么好心虚的？”

“那日你心里明知是计，为何没有提醒我？”等了这么多天，我才终于有机会问出这个问题。

“我没提醒？”胡元离夸张地指着自己，“你自己说，那天我给你说了多少遍不要去管那吴家嫡女的死活，怎么你听不进去，如今反而还要怨我？”

那个时候胡元离态度不明，根本就没有说清楚，情况危急，我又哪里知道他是好心提醒，还是荒唐地想看热闹？只是这些道理自然无法认真同胡元离争辩。

我离开之际，身后又传来胡元离漫不经心的话语：“你救便救了，平白得了一个人情不好吗，怎么还要动肝火？”

几乎是瞬间，我就听懂了胡元离话里的深意，所以不由得冷笑道：“你若想要，这人情给你便是。”

到了秦王府，我心里的郁闷依旧挥之不去，可当我看到那个埋头在书桌前誊抄的身影时，表情不禁微微放松下来。

虽然入了圈套，不过想来自己若是不愿，高玠自然也不会逼迫，毕竟我只是一个没什么权势的王爷而已。而为什么第一反应是不愿，连我自己也没想明白。

余光无意扫见此时自己身边笑得一脸褶子的李茂山，我下意识地撇过了头，莫名脸上有些发热，赶紧抬步进了屋子，咳了一声开口：“抄到哪里了？”

看到荼蘼望过来的视线后，我很明显地感觉自己心情没那么压抑了。只是荼蘼似乎太过理智清醒，在我面前总像是戴着一张假笑的面具，虽然规矩，却让人心里不怎么舒坦。

我私下练习了许多遍，想着告诉荼蘼，她不必总是恪守一个奴才的本分，便是……逾矩了也可以。然而那场疫病之后，让我再也没机会说出自己练习了许久的话。

被圈禁在东宫的高玠哑着嗓子说：“我不想怀疑他的，可是你们都不知道狩猎之前，是他曾在我面前无意提起，说承安想养一个小宠物，我才起了心思。我一直都认为那只是他和安儿走得近，了解安儿才说的，所以我就从未提起此事。可是……可是，现在所有的事情都已经指向了他。”

出了东宫，我拐去了齐王府，果然见高弘朗不仅没有半点儿忧虑，还刻意地回避着我暗示要帮高玠的问题。

一颗心陡然下沉，他们终究还是避不开这手足相残的戏份。

所以我也不再低调行事，锋芒毕露、费尽心血地帮高玠挽回朝局，只为了能够和高弘朗分庭抗礼，不必用自己来当筹码。

我本可以为高玠做任何事情，因为那是我看得比自己生命还重要的太子兄长。可是平生第一次，因为自己心里的不愿，高玠排到了第二位。

然而我们都低估了高弘朗的狠辣程度，一个高承安还不够，连太子妃肚子里还未出生的孩子也在他算计的范围中。

城外的那一场袭击，彻底改变了东宫里的高玠，他明明双目赤红，声音却平静得让人心惊，他说："五弟，我需要你。"

高玠作为太子，从来都是照顾着我的，也从未向我求过任何东西，从小到大，一直如此。那么如今高玠开了口，我也就没有了拒绝的余地。

那条曾经埋了很久的吴家嫡女的隐线，终于再次被提到了明面上。现在的我们和高弘朗不再势均力敌，为了赢，只能也不择手段，利用一切能利用之人。

所以我没办法从燕王府带走她，一是因为秦王府无人能看顾昏迷的她，二是因为胡元离殴打难民被罚禁闭后，高玠身边便只有我一人能用。

因此把她留在燕王府，是我唯一能选的选项。

后来突然在府里看到一脸平静的荼蘼时，我有一瞬间觉得自己是在做梦，还是李茂山的提醒才让我回了神。

我费了很大功夫才主动问起："你有什么想问我的吗？"

我是希望荼蘼能质问我的，质问我为何要把她丢在燕王府不管。可是荼蘼低着头，缓慢而坚决地摇了摇头。于是我那颗疯狂跳动的心一瞬间坠落了下来，堵住了胸腔中所有的话。

我试着安慰自己慢慢来，还有大把时间，荼蘼会一直在我身边，可以等解决完所有的事情，再慢慢说给她听。因此哪怕是后来察觉到荼蘼私下的小动作，我也按捺住，没有问起。

因为高弘朗言语中若有若无地会提起荼蘼，我当机立断地联系了李茂山口中娘亲的故人付文成，对着高弘朗只是说自己要去川西拉拢人手，然后借此把荼蘼安置在了那里。

可是这一次我失败了。

荼蘼说过的话，一次都没有算数过，不管是之前的不离开秦王府也好，后来的愿意等我也好，都是假的。

可能我们都有错，她错在了不相信我的安排，而我错在了太相信她的话。

而后面订婚宴上闹出的事，才让我彻底醒悟。

我可悲地发现，这一辈子，我都无法做到像胡元离一样，光明正大、无所顾忌地为荼蘼挡在前面。所以在高玠和高弘朗的这场博弈中，我对高玠提出了第一个，也是唯一一个要求——保证她的安全。

父皇还是没能熬到这一年的春节。于是，本是辞旧迎新的热闹时节，又变成了满城缟素的沉寂。

高玠也终于从太子变成了皇帝，整日都忙得焦头烂额。可是这一次，我并没有再不辞劳苦地为他分忧，他也没有开口强求。

私底下，我派人去了旧齐王府一趟，问了问那个潦倒的齐王要不要去送父皇一程，毕竟他是父皇一直最疼爱的儿子。

回来的侍卫只是说，齐王拒绝了。

曾经意气风发、挥斥方遒的齐王殿下，如今却变成了一个酒囊饭袋。

我终究还是没有去齐王府，因为我自己也不清楚该用什么表情、什么方式出现在高弘朗的面前。

一直以来，我都觉得自己只有高玠这一个亲人。可是那个在下聘之前会偷偷拉了几车聘礼跑到秦王府送给我的高弘朗，还是让现在的我失去了前去探望的勇气。

这一年冬至，看着忙里偷闲的高玠磨破了嘴皮留我在宫里，我也就不再坚持。

我们兄弟二人就坐在平日里高玠看奏折的屋子，有几句没几句地聊着，已经满三岁的小太子殿下一个人蹲在屋子的正中央，拿着一些木头雕刻的小玩意儿玩得不亦乐乎，奴才们都守在门外。

高玠若不开口找话题，我也就自顾自地沉默着。

不知从何时开始，往日里无话不说的兄弟已经变得如此生分。

或许是高玠觉得心里有愧，便主动找了话题想缓和气氛，笑着说道："咱们小时候，若是被父皇瞧见了拿着这些东西，怕是会被责罚上许久。"

我的目光还在小太子的身上并未转开，开口道："先皇自是会对皇上你严厉些。"只字不提自己。

气氛再次冷了下来。还好这时殿外来人通报，说是晚膳准备好了，才打破了这尴尬的氛围。

"原本皇后是让准备宴席的，可是我让她今年先缓缓，父皇年初故去，算起来我们二人也许久没有一起吃过饭了。"刚坐到席上，高玠就开了口。

我却没有心思回应。

一顿饭吃得异常安静，只有埋头往嘴里扒饭的小太子，才使得这顿饭没那么尴尬。

吃到末尾，高玠视线瞄过我面前没有动过一筷子的饺子，随口说道："这冬至该是吃饺子的时节，你好歹也吃一个。"

我漱了口后就坐着一动不动，听闻此言，我许久未作声，只是最终也没有拿起筷子。

饭后我开口准备告辞，而高玠也终于说出了他今日的真实意图，声音悄不可闻："老五，抱歉。"

我行礼的动作一顿，而后又恢复如常。

抱歉?

是对什么抱歉?

是对一边答应了会护好她，一边却转手把她当作筹码送给别人而抱歉，还是对答应了会藏好她，结果人却被胡元离中途带走而抱歉呢?

迎着高玠满是愧色的眼眸，我只是俯首回道："皇上言重了，天色已深，臣弟这就告辞了。"无视高玠欲言又止的表情，我就势退了出去。

其实我从未怨过任何人，因为我心里比谁都清楚，那本就是我自己选择放弃的，如今又哪里能怨到别人身上。

像是在寺庙里看到荼蘼被吴云韶欺负，我选择了假装没看到，于是当荼蘼问起"王爷怎么不问我衣服是怎么湿的"时，才哑口无言。

像是在高弘朗长子的百日宴上，荼蘼不听我的警告，与高玠身边的侍卫长同进同出，惹得高弘朗看我的眼神又多了几分猜忌，我虽有不得已，还是选择罚她跪了一整晚。即便是那一晚，我也同样没睡。

荼蘼说过，我们二人住的距离不过五十丈，可到最后我还是输给了不仅相隔甚远而且连路都记不住的人。

这一年的冬至并没有下雪，我的眼里却好像有着一片化不开的雪层。

这世上，有些人自小就能言善辩、讨人喜欢，可是有些人，穷其一生，都学不会"开口说话"。

因为过去从没有人教过他，而未来也不会有人能让他去慢慢学了。